Renegade

by Lora Leigh

凍てつく瞳の炎

ローラ・リー

多田桃子=訳

マグノリアロマンス

RENEGADE
by Lora Leigh

すばらしい編集者のモニークへ。
助け、導き、助言をしてくださったことに、
そしてなによりも、あなたの友情に感謝いたします。

また、固定概念にとらわれない優秀なふたりの弁護士、
アイリーン・オブライエンとダグラス・バランタインへ。
ご助言とご尽力に感謝いたします。
おふたりのおかげで、わたしの人生は救われました。

主な登場人物

ミケイラ・マーティン――ドレスショップの経営者でデザイナー。
ニコライ・スティール――コードネーム〈レネゲイド〉。エリート作戦部隊所属。
ジョーダン・マローン――〈ライブワイヤー〉。エリート作戦部隊の司令官。
テイヤ・タラモーシ――エリート作戦部隊所属。
ディアドラ・メイプル――ドレスショップの店員。
マディックス・ネルソン――建設会社の社長。
ルーク・ネルソン――マディックスの息子。
エディ・フォアマン――建設会社の現場監督。
イアン・リチャーズ――元SEAL隊員。
カイラ・リチャーズ――イアンの妻。元諜報員。

凍てつく瞳の炎

プロローグ

すばらしく美しいドレスたち。

ミケイラ・マーティンはうしろにさがって完成した商品を見つめ、自分の腰を撫でながら満ち足りた気持ちで微笑を浮かべた。

これらのドレスはロマンティックな夢から生まれた。とてもたくさんの軽やかなレース、サテン、シルク、シフォンから。それぞれのドレスには数えきれないほどの小粒真珠が手作業で縫いつけられている。三着のウエディングドレスをひとつひとつ、愛情こめて作りあげた。そして、花嫁付添人のためのこの翡翠色のドレスは、特に細部に気を使って縫いあげた。翡翠色はミケイラの大好きな色で、デザインも自分で考えたものだった。

何年にもわたる努力と夢がようやく実を結び、丹精こめて作りあげたデザインブランド〈ミケイラズ・クリエイションズ〉は、ささやかな注目を集め始めていた。ミケイラはファッションショーで成功するなどという夢は抱いていなかった。夢見ているのは、上質な店だというささやかな評判を得て、自分で開いたこの店を繁盛させていくことだ。

深いため息をつき、ドレスたちを手放す心の準備をしようとした。本当は箱に入れて家に持って帰ってしまいたい。一着たりとも自分の目の届かないところにやってしまいたくなかった。

「その顔、なにを考えてるかお見通しよ、ミケイラ」店員のディアドラ・メイプルが髪をうしろに払って腰に両手をあて、心得顔でミケイラに笑いかけた。

愛敬のある表情をしていて、赤みがかった金髪を長く伸ばしているディアドラは、この店の商売を支える看板娘だ。顧客を満足させるのはミケイラだが、ディアドラはミケイラが作ったウエディングドレスや高級な夜会服を引き立て、客を呼びこんでくれる。いまそっと撫でていたこの花嫁付添人のためのドレスも、ミケイラが手ずから作りあげた一品。ただひとりの女性のため、その人だけの体に合わせてデザインした一点物だ。

店の小さな一角には、ドレスほどフォーマルではない服も置いてある。数は少ないが、ここにしかないデザインのよりカジュアルな服と、ユニークな一点物の靴やアクセサリーを取りそろえている。しかし、店の大部分を占めているのは、ミケイラが愛してやまないフォーマルなドレスやウエディングドレスだった。

「ええ、わかってる、手放さなきゃいけないのよね」ミケイラは無理して笑顔を作って、さらに身を引き、最後にもう一度、名残を惜しむ視線をドレスに向けた。「いいわよ、未来の花嫁と幸運な花嫁付添人のお客さまに電話して、ドレスが完成したからお渡ししますって伝えて。だけど、急いでもらったほうがよさそう。やっぱり、わたしが盗んでいっちゃうかもしれないから」

ディアドラは首を横に振りながら軽く小さな笑い声を発し、薄茶色がかった緑色の目を楽しげにきらめかせた。ほっそりした体に合わせて仕立てられた、襟のないノースリーブのシルクブラウスを着ている。灰褐色のスリムな膝上丈スカートと、同じ色合いのパンプスのおかげで、エメラルド色のブラウスが引き立っている。腰まで届くほど豊かに伸びている、つややかに赤く輝く金色の巻き毛も。

「今日は仕事帰りにスコットを迎えにいかなきゃいけないから、思い出させてって言ってたでしょ」壁にかけられた時計に目をやっている。「時間どおりに迎えにいきたいなら、急いだほうがいいんじゃない?」

ミスター甘ったれのスコッティは、ミケイラの弟たちのなかでもいちばん頭にくる存在だ。いちばんかわいげがある弟でもあるが。一家の末っ子《ベイビー》であるスコットは、いつもハッピーに笑顔で過ごしていて、なにかを真剣に考えるということがまずない。いつまでたっても〝車で迎えにきて〟、〝どうしたらいいか教えて〟、〝お金を貸して〟と言ってくる。母親はそんな末っ子を〝甘えん坊さん〟と呼んでいるが、ミケイラは――愛情をこめてではあるけれど――単に〝ぐうたら〟と呼んでいた。

「遅れたらぐずぐず文句を言われるんでしょ」ディアドラが笑いながら言った。「早く行ったほうがいいわ」

ミケイラはしかめつらをしてから、彼女の〝宝物《ベイビー》〟である店のなかを見渡した。この店はミケイラにとって、なにものにも替えがたい大切なものだ。

「タクシーを呼んで弟を迎えにいかせたら」ディアドラが声をかけた。「そうすれば、ここに立ってもう少し自分の作品に見ほれていられるわよ」

ミケイラは笑い声をあげたが、視線はしばらく動かせなかった。それから、くるりと向きを変えてチョコレート色の毛足の長い絨毯が敷かれた床を歩きだした。

並べられているさまざまなドレスの横を通ってカウンターに向かい、そこの下にある棚から請求書の束を取り出した。

「残らず支払いずみなのよ」達成感に満たされて、ディアドラに告げた。「これから、あといくつかこういう注文が取れれば、少しはらくになるはず」

「注文はどんどん来るわ」ディアドラの口調には確信がこもっている。ミケイラも信じずにはいられなかった。

店はゆっくりとではあるけれども、確実に成長している。ときどき、ミケイラは満たされた気持ちで胸がいっぱいになってしまうのだ。現在の景気を考えれば成功の見こみはない、と誰しもに言われたビジネスを、彼女は続けられている。

「こんなウエディングドレスを、いつかわたしたちも着られるのかしらね？」ディアドラがあごでくいっとドレスを示した。「まったく、ミケイラったら、そろそろ理想の人を待つのにも飽きたんじゃない？　わたしは飽きてきた。わたしは、ほぼ完璧な人で手を打てそうよ」

ミケイラは顔をそむけ、内心の不安を隠そうとした。理想の人なんて夢の産物じゃないかと心配になるときがあった。夢見ている信じられないくらいすばらしい理想の人との一夜も、心の底からの恋愛も、愛し合う者どうしの絆も、想像の世界とロマンス小説のなかにしかなくて、現実にはないのではないか。

「わたしはだめそう」いくら不安でも、理想をあきらめると考えただけで首を横に振っていた。「永遠に続くものもあるはずよ、ディアドラ。夢のためにどうやって努力すればいいかわかっていれば」

ここでの夢は必ずしも結婚であり、子どもであり、ただ一緒に暮らしているだけで日常が冒険に思える生活である必要はない。とはいえ、ミケイラがなかなか手放せない夢はそういうものだった。

ディアドラのため息は深刻だと言わんばかりだった。「あなたみたいな実用主義のロマンティストなんて聞いたこともない」と責めるように言う。「いい、ミケイラ、永遠に続くものなんてないのよ。どうして手に入るもので我慢しないの?」

結婚のことだ。ディアドラは結婚の話をしている。ドレス、結婚式、指にはめるちっぽけな金の指輪、家を囲むすてきな白い木の柵。そういったものをほしがっているのだ。

ミケイラにとって結婚とは、ほかの献身的な行為と同じく、たくさんの努力と理解と忍耐を必要とするものである。生まれてからずっと、両親の結婚生活を見てそう思ってきた。母と父が、本物の愛とは、絆とはなにかを示す完璧な見本となってくれている。ミケイラはそのとおりのものを手に入れたかった。単なる結婚式でも、金の指輪でも、白い木の柵でもない。ほしいのは家族の一員であるという感覚、ひとりでいるよりも大きなまとまりの一部になれているという感覚だ。ミケイラが加われるよりどころ。

ミケイラは依存する人間ではない。面倒を見てもらいたいとも、誰かの面倒を見ていたいとも思わない。少なくとも、相手の責任を肩がわりするという意味では、そうしたいとは思わない。自分の心を捧げて相手の心を引き受けたいとは思う。夫には日々そばにいて生活をともにしてもらえたらいい。そしていつかは、ふたりの子どももできたらいい。

夢は完全にかなえたい。ミケイラは待つつもりだった。待っているあいだに、どこかにいるその人が、現実になって迎えにきてくれないかなと願ってばかりだった。〝若いころには戻れやしないんだよ〟祖母にはちょくちょく釘を刺されていた。確かに祖母が言うように、二十六歳でまだヴァージンというのはおくれを取っている。

まだヴァージンである事実をいったいなぜ祖母に知られているのかは、いまだに謎だ。自分には見えない赤いVのしるしが額に描かれてでもいるのだろうか？

「理解できないわ、ミケイラ」店員のディアドラはカウンターに寄りかかり、茶目っけのある笑顔のまわりにふわりと髪を垂らした。「わたしは、ベッドでひとりで寝ているあいだになにを逃してるか、わかってるから」

ミケイラは笑い声を発した。「そんなにしょっちゅう、ひとりで眠ったりしてないくせに。聞いたところによると、ドレイクと慎みのあるつき合いをしてるとは言えないみたいじゃない」

ディアドラとドレイクは高校生のころからつき合ったり別れたりを繰り返している。自分たちが愛し合っているのか、憎み合っているのか決めかねているらしい。ディアドラも、ドレイクが理想の人なのか単なる便利な人なのか決めかねている。

「はい、じゃあもう行くわ」ミケイラは支払いずみの請求書をしまい直し、最後にもう一度、店内を見渡した。

それからキーをつかみ、向きを変えて昔風のガラス扉を開け、歩道に出た。ヘイガーズタウンは春のうららかな暖かさにすっかり包まれていた。木々はいっせいに芽吹き、すでに鮮やかな新緑を輝かせている枝も多い。そうした枝は歴史ある町を吹き渡る穏やかな風に揺れていた。

ミケイラはこの町の暮らしを愛していた。ここがふるさとだ。ヘイガーズタウンで生まれ育った。デザインの学校に通うためニューヨークに行ったが、この町を離れているあいだずっと、帰ってきたくてたまらなかった。

ヘイガーズタウンは不規則に広がった、人でにぎわっていることの多い町だ。いい季節のころには多くの旅行者が訪れ、活気にあふれている。ニューヨークやワシントンDCみたいに心身が疲れるほど忙しくはないが、ヘイガーズタウンには生気が満ち、興奮がみなぎっていた。

ミケイラは確かに興奮を感じていた。

薄手のジャケットのポケットからキーを取り出し、リモコンを押してチェリーレッド色のジープのドアロックを解除する。前々からほしいと思っていて、ようやく決心して買った車だ。踏み段に足をかけ、車内によじ登った。

膝のあたりでスカートをぴんと張らせて、両脚を車内に収め、ドアを閉めた。エンジンをかけると車体を通して伝わってくるうなりがうれしくて、満面の笑みを浮かべたくなる。

車の流れに加わり、こんでいる道をゆっくり進んで州間道70号線を目指した。この道を何キロか進んだ道路沿いに、弟が働いている建設現場がある。

その建設現場には、新たに設計されたオフィスができる予定だ。弟が働く会社にとっても、ミケイラたちの父にとっても、大きな仕事。父はこの建物の配管工事の契約を勝ち取り、親戚も内装の一部を請け負っている。

ヘイガーズタウンはにわかに景気づき、成長している。ミケイラは成長が早すぎるのではと不安になることもあったが、成長の過程をまのあたりにできるのはうれしかった。

CDプレイヤーの電源を入れ、お気に入りの一枚を挿入した。車内に八〇年代のソフトロックが響き、じわじわと思考をぼやけさせ始めている疲労をやわらげてくれた。

春に結婚式を開く花嫁たちのために、いま店で待っているドレスを完成させるべく、ここ四カ月ずっと根を詰めて働きどおしだった。注文を受け、仮縫いをし、本縫いをし、直しをした。秋の終わりから冬の終わりまで、店は大繁盛とまではいかないものの忙しいには違いなかった。今年は、これまででいちばん売り上げを伸ばせた年だった。

家に帰って、泡風呂につかってゆったりしたい。そうやって満足感にたっぷり浸ってから、明細書や請求書や注文書の照合に取りかかろう。

今日は金曜日の夜かもしれないけれど、ミケイラにはまだまだするべき仕事があった。ほかにすることがたくさんあるわけでもないし。最近、デートの泉は干あがりぎみなようだと、認めざるをえなかった。

それとも、もしかするとディアドラから指摘されたとおり、ミケイラは理想をあまりにも高く設定しすぎているのかもしれない。

その可能性はつねにある、と心のなかで認めた。ひょっとしたら現実の世界には存在しないかもしれないものを、ミケイラは求めているのだから。

友人のうち誰ひとりとして、キスだけで相手の男性に夢中になって心をさらわれそうになった経験などないらしい。誰かと一夜をともにして世界が変わる体験をした人もいない。恋した相手以外の人と一緒になるなんてもう考えられなくなるくらい、ひとりの相手に心を捧げている人もいない。友人たちはよく浮気をしては、ある種のゲームみたいに楽しんでいる。追いかけ、追いかけられ、ばれずに賢く立ちまわるスリルを味わっている。

そういう人たちは自分の生活を、自分の子どもたちの生活を、もてあそんでいるのだ。ミケイラはそんな行為にかかわりたくなかった。

求めているのはロマンスとときめき、それに誠実さ。うそをつかれるのは大嫌いだし、愛した相手に裏切られるかもしれないと考えただけで、自分の人生に深くかかわってこようとする男性の内面をとことん念を入れて見極めようとしてしまう。

友だちからよく言われるように、どうかしているのだろうか？　基準がとにかく高すぎて負けが明らか、孤独な人生へ一直線間違いなしなのだろうか？

頭がどうにかなっているわけではないと思うけれども、確かに不安にはなり始めていた。

自分はどうしようもなくロマンティストすぎて、まさにどうしようもない孤独な人になりつつあるのだろうか。

弟のスコッティはなんて言っていたっけ？　姉ちゃんは自分で作ったドレスに囲まれて、自分の完璧ハウスで孤独に暮らすはめになる。完璧にひとりぼっちの死を迎えるその日まで、理想どおりの完璧なチャーミング王子をぐずぐずと待ちながら。

そのとおりの未来が自分を待っているのではと、ミケイラはひどく恐ろしくなった。

こんなときはディアドラが正しいのではないかと思えてくる……ほぼ完璧な人でいいんじゃないかしら、と。ただ、いまのところほぼ完璧な人すら見つけられていなかった。ほぼ完璧な人が見つかったら、そのときは考えてみよう。一応、考えてはみたのだと言い張るために。

そんな考えにあきれつつ、新しく開発中のビジネス用地沿いにある出口をおり、でこぼこ道に車を進めた。未舗装の私道の突きあたりで地面からぬっと伸びている巨大な鋼鉄と金属でできた建造物が見えてきた。

六階建てのオフィスビルの骨組みの前にジープを寄せた。ここまで迎えにきて、とほとんど命令口調で弟のスコッティに頼まれたのだ。

あの末っ子はどうして自分の車をつねに走れる状態にしておけないのか、ミケイラはいまだに理解できなかった。スコッティは自分の車のあちこちをいじくりまわしては必ず改造に失敗して、完全に動かないものにしてしまうくせに、姉に電話してまんまと迎えにこさせるのにはいつも成功するのだ。

そのうち、つねづね警告しているとおり、家族会議を開いて弟に関する問題解決に向けて力による介入を求めよう。スコッティは車の中身に手を突っこんではいけないということを学ばなければいけない。実際に壊れているところがないなら、修理する必要なんてないのはあたり前ではないだろうか？

建設途中のビルの前の泥だらけの道に車を停め、乱暴に息を吐いた。

ミスター甘ったれに、またいらいらさせられる。いつもどおり、弟はいるべき場所にいなくて、するべきことをしていなかった。

今回は、迎えにきてくれた姉を待っているべきなのに待っていない。

いったいどこにいるのだろう？　だいたい、どこかに人がいるのだろうか？　建設現場には人っ子ひとりいないように見えた。

ＣＤプレイヤーから流れる濃厚でセクシーなバリー・ホワイトの歌声を小さくして、ハンドルを指でたたいた。唇を一文字にし、泥だらけの建設現場を見まわす。日が陰ってきたので目を細めて、弟の姿を捜した。

唇にさらに力を入れ、心のなかで十まで数える。

いらいらしない、と自分に言い聞かせた。今日はとても気持ちのよい一日だったのだから、こんなことでそれを台なしにしたりしてはいけない。これまでに手がけたなかでも特にすばらしいウエディングドレスを三着、それに花嫁付添人用のドレスの最後の一着を完成させたのだ。何列も連なる小粒真珠。途方もない長さのサテン、シルク、レース。どこまでも続く飾りひだ。おまけに、それらによって得られた高額の報酬。

二カ月に及んだ、小さな真珠の列の繊細な縫いつけ作業。おかげで、これから一生そのドレスたちを大切にしてくれるだろう花嫁三人の涙ながらの笑顔を目にできた。

あのドレスたちが、一生続く結婚の喜びに寄り添って大事にされますように、とささやかな祈りを捧げる。

で、弟はどこだろう？

ミケイラは家に帰りたかった。グラスにワインを注ぎ、新しい大きなバスタブのなかでリラックスし、まだ体から抜けきっていない緊張がほぐれるまでつかっていたい。明日は数人の花嫁、ひとりの花婿、完璧なパーティーに着ていく完璧なドレスを探している社交界のお嬢さま四人と会う予定が入っている。

ミケイラはそこまで考えて笑顔になった。お嬢さまたちは何冊ものデザイン帳に目を通すことになっている。夜会服、セクシーな光沢のあるドレス、やわらかくふわりとしたドレスでいっぱいのデザイン帳だ。とりわけ辛口な批評をする人も息をのむほど完璧に仕立てられた作品を見れば、彼女たちはミケイラが求めてやまない利益を店にもたらしてくれるだろう。

現在、世界を見舞っている金融危機も、ドレスやさまざまなアクセサリーの売り上げには影響を及ぼしていないように思える。社交界の育ちのよいお嬢さまたちにとって、それらは〝マストアイテム〟だからだ。

ミケイラは腕時計を見てふたたびハンドルを指でたたき、いら立ちのこもった息を吐いた。またミケイラに車で迎えにきてほしいなんて考えを、スコッティは二度と抱かないほうがいい。こんなのは、もうこれっきりだ。すでに十分もここで待たされている。甘ったれはいったいどこにいるのだろう？

ミケイラはＣＤプレイヤーを切り、ジープのドアを開けて外に出た。

オイル、土、それに汗くさい男の体臭に違いないにおいがして、鼻にしわを寄せた。建設現場というのはどうしてこうなのだろう？　弟に迎えにこさせられるたび、必ず現場からは男くささが漂ってくる。

迎えに出向いたりするのは、これで最後にしよう。スコッティも彼女かなにかを作ればいいのだ。車で迎えにきてほしいというスコッティのために、喜んで何度も車を出して本人を捜しにいってくれる誰かを。

この前、スコッティが車で迎えにきてと言ってきたとき、ミケイラは一時間も待たされるはめになった。帰る前に本気で重要なプロジェクトを終わらせなければいけなかったからと、スコッティは言い張った。このとき弟は道具小屋でポーカーをして遊んでいただけだったと、ミケイラはあとになって知った。

卑劣なやつ。

ぐっと歯をかみしめ、腰につけたホルダーから携帯電話を取って弟の番号を押した。

呼び出し音が鳴る。

「スコッティです。メッセージを残してね」留守番電話だ。ミケイラは留守番電話が大嫌いなので、メッセージなど残さず切った。絶対に後悔することを言ってしまうに決まっている。まったく、せめて電話に出るくらいできないのだろうか。

「おい、こっちは任せとけって言って引き受けてやっただろう」

上から聞こえてきた怒声にミケイラは驚いてあとずさり、ビルを見あげて声の主を探した。スコッティが上にいるのだろうか。

見つけたら、とっちめてやる。

別の聞き取りにくい低い声がして、ミケイラは耳を澄ました。

「よう、あんたはもうおれに借りがあるんだぜ。そろそろ払ってもらわなきゃ困るんだよ、わかってねえな、くそったれ。金がいるって言ってたんだろ。こっちは役に立ってやったんだから、今度はお返しをいただかないとな」

品のない言葉遣いで会話している人たちは誰かと目で探しながら、ミケイラは鼻にしわを寄せた。

それに答える、低い聞き取りにくい声がした。

「よう、もうそろそろ我慢も限界寸前だぞ。とっとと払っとけよ。いったいどうなってるのか、おれがやつにくわしく話しちまう前に」

この声は、スコッティの上司だ。名前はエディといった。現場監督のエディ・フォアマン《フォアマン》。ミケイラの弟たちは三人して、この名前をおもしろがって笑っていた。

ミケイラは声をかけようと口を開きかけた。現場監督に自分がここにいることを伝え、弟の居場所を教えてもらえたらいいと思って。

「いったいなんのまねだ？　そんな銃はしまえ。てめえ、どうかしちまったのか？」

恐怖に襲われて顔をあげたミケイラの視線の先に、ふたりの男の姿があった。

「おまえは高くつきすぎるんだよ、エディ」この低く、険しく、怒りに満ちたうなり声を耳にして、ミケイラの背筋に鋭く突き刺さるような恐怖が走ったが、目にした光景にはもっとすさまじい衝撃を受けた。五階下からでも、男が手にしている銃に視線が釘づけになった。黒い銃身が夕暮れの光を受け、悪意を感じさせる物騒な鈍い輝きを放っている。

ミケイラは銃から視線を引きはがし、それを握っている男を見た。徐々に暮れていく夕闇のなかでも、その陰影のある顔を見分け、口のなかが一気に乾いた。マディックス・ネルソン。弟が働く建設会社の社長。マディックスが、自分の会社の現場監督に銃を向けている。

エディ・フォアマンの顔ははっきり見えた。ぼってりとした顔にしわが寄ってゆがみ、不意を突かれて恐怖に襲われた表情が浮かんでいる。いっぽう、マディックス・ネルソンの表情は冷酷だった。あの人があんなに冷たい顔をするところなど見たことがない、とミケイラは思った。ここ数年、マディックス・ネルソンとは何度も会う機会があった。三人の弟たちはみな、ネルソンの会社で働いている。ミケイラと年がふたつしか離れていないいちばん上の弟などは、もう四年も〈ネルソン・ビルディング・アンド・コンストラクション〉に勤めていた。

ミケイラの父親も、所有する配管工事会社を通してマディックスとともに仕事をしている。

両手が震えだし、恐怖に胃を締めつけられた。ミケイラの視線の先で、マディックスは銃口をあげていき、まっすぐエディ・フォアマンの胸に狙いを定めている。

「いかれ野郎！」エディがあえいだ。「そんなやばいものはおろせ。金さえ寄こせば、それでいいんだよ。見返りをくれることになってただろ」

「おまえは結果を出してくれることになっていたはずだ、エディ」マディックスは怒りの表情で歯をむき出し、ぞっとする声を発した。

この状況が信じられずに固まってしまい、ミケイラが見ていることしかできずにいると、エディがあとずさりをした。が、逃げ場はない。エディの背は太い鋼鉄製の梁にぶつかった。逃げ道はひとつしかなく、そこにはマディックス・ネルソンが立ちふさがっている。

なんとかしなくては。どうしたらいい？

一歩踏み出すマディックスを見て、ミケイラは恐ろしさと、これをまったく現実として受け入れられない気持ちとで胸が締めつけられる心地がした。

ミケイラはうしろ歩きでジープに戻り、ドアをつかんで急いで車に乗りこんだ。エディに逃げるチャンスを作らなければ。それができるのはミケイラしかいない。

ミケイラがなんとかしなければいけない。

「やめろ、この野郎！」エディが大声をあげた。

ミケイラはクラクションをたたいた。どうか間に合って……。

直後に響いた銃声に、ミケイラは悲鳴を発した。ジープのギアを入れたとき、五階から未舗装の地面にエディが落ちてきた。死んでいる。ヒステリーに襲われそうになって、ミケイラはまた叫んだ。

仰向けに倒れたエディの目は見開かれ、生気がなかった。アクセルを踏みこんだとき、運転席のドアに銃弾が続けざまにあたる音がした。一発がドアを貫通し、トランスミッションの硬いプラスチックを打ち砕き、鋭い破片を飛び散らせた。

ハンドルに身を伏せ、猛スピードで建設現場から逃げた。両手が震えている。必死で腰の携帯電話ホルダーに手を伸ばした。ようやく電話を取り出し、登録してある短縮ダイヤルを懸命に押す。胸の奥から泣き声がこみあげてきた。

「おお、ミキか、スコッティから電話があってな――」電話を通して父の声が聞こえた。

「ああ、どうしよう！　大変なの！　パパ、人殺しよ！　殺されたの！　目の前で人が。わたし、ずっと見てた！」

ひどい嗚咽で体を揺らしながら、未舗装のでこぼこ道から州間道に出て、家を、両親がいるところを目指した。

「ミキ、落ち着きなさい」父親の口調が張りつめて厳しくなり、逆らえない響きを帯びた。

「いま車を運転しているんだね、ミキ？」

「どうしたらいいの、パパ、わたしにも撃ってきたのよ」わめいて、バックミラーでうしろをうかがった。こんなにひどく震えているのに、道路からはみ出さずにジープを運転できていることに驚く。「撃ったのはマディックス・ネルソンよ、パパ。顔を見たの」

「ミキ、いまどこにいる?」

「スコッティを迎えにいくことになってたの」そのとき、血の気が引く考えに襲われた。

「スコッティはどこかしら、パパ? あの子はどこにいるの?」

「ミキ、落ち着くんだ」父が鋭い声を出した。

父の有無を言わせない声の響きは、ミケイラに子どものころを思い出させた。子どものころもこんな声を聞けば、父はこれ以上ないほど真剣だとすぐにわかった。父はいま、これ以上ないほど真剣だ。

「いいかい、よく聞くんだよ。いまからトラックに乗るからね、ハニー。ママと一緒に迎えにいく。いまどこにいるか言ってごらん。そっちに向かうから」

ミケイラはあせって居場所を伝えた。

「そのまま家に向かうんだ、ハニー」父は命じた。「話を続けて。もう車でそっちに向かってる」

「スコッティはどこ?」ミケイラはすすり泣いた。「スコッティも現場にいたのかな?」

どうしよう、弟が殺されてしまったはずがない。そんなこと、考えるだけでも耐えられない。

「スコットからはさっき電話があったよ、ミキ」父親が保証した。「別の車に乗せてもらったんだそうだ。わたしと電話しているあいだにあいつの電話の電池は切れてしまったから、ミキに連絡できなかったんだ。スコッティは無事だよ。だから運転に集中しなさい。もうすぐ着くから、わたしたちの車を見たらジープを停めるんだ」

父の横で話しているらしい母の声もした。落ち着いた話しぶりだけれど、ものすごく心配しているとわかる。

もう安全だ。すぐに安全になる。誰かがミケイラを傷つけるなんて、父が絶対に許さないはずだ。

ジープを警察に停められずにすんでいるのが、とにかく不思議だった。停められていたら、確実に酔っていると思われただろう。パニックが思考を脅かそうとしている。ミケイラはパニックに陥ったことなどないのに。三人の弟たちと一緒に育ったのだ。少しでも隙を見せれば、三人の弟たちは姉の正気を失わせようとする。ミケイラは弟たちに隙を見せたことなんて一度もなかった。

それなのに、いまは胸が苦しくて息もつけない状態だった。目に涙があふれて前がよく見えない。どうやっても目を覚ませない悪夢のなかにいるようだった。

「人殺し」ミケイラはつぶやいた。

「いまそれは胸にしまっておきなさい、ミケイラ・アン。忘れないでおいて、わたしたちと落ち合ったあと、警察に一緒に行ってから思い出すんだ」父がまた逆らえない口調でファーストネームとミドルネームを呼んでくれたおかげで、ミケイラはふたたび迫っていたヒステリーに襲われずにすんだ。「いまどこだい、ハニー?」

もう一度、早口で居場所を告げた。

「すぐ先にあるガソリンスタンドで車を停めなさい」父が言った。「わたしたちもすぐそこまで来てる」

「あった。あったわ」ミケイラはいっそう激しく泣きだした。

信じられなかった。エディ・フォアマンの顔が目に浮かび続けた。生気のない目。胸に広がる血。折れ曲がった体。

「ミケイラ、停まるんだ！」父親が大きな声を出した。

ミケイラは頭を左右に振ってまばたきをし、力いっぱいハンドルをまわしてガソリンスタンドに入った。急に曲がったせいでジープが傾き、大きく揺れてから停まった。ミケイラはギアをパークにし、ドアを押し開いた。

落っこちるようにしてジープをおりると、父と弟ふたりがそれぞれ乗ってきたピックアップトラック二台から飛び出して駆けてきた。家族のうしろには思いがけなく州警察官がふたりいた――父か弟が呼んだのだろう。ミケイラは必死で走って父親の腕のなかに飛びこんだ。両腕でしっかり抱き留められる。

もう安心、と自分に言い聞かせた。父と警察官がなにもかも解決してくれる。

マディックス・ネルソンは、もう誰も殺せない。

1

四週間後

ニコライ・スティールは危険な雰囲気をかもし出す黒のハーレーをワシントン・ストリートの空いている駐車場に停め、数秒間エンジンをうならせてから、あせらずにバイクを静めた。歩道を通りすがった女性数人の好奇心に満ちた視線は気に留めず、通りの向かいにある〈ネルソン・ビルディング・アンド・コンストラクション〉のオフィス入り口を見つめる。

過去に受けた恩があると、不快な状況に陥るときがある。いまがまさにそうだった。ニックはネルソンに恩があった。何週か前、かなり重要な情報を提供させたのだ。ニックは首を横に振りたくなった。あの借りが、いまになって厄介なものになろうとしている。

「着いたぞ」ヘルメットに内蔵された通信リンクを介して低い声で報告した。

「ヘルメットは一緒に持っていってね、反逆者《レネゲイド》。通信機はオンにしたままにして。こちらで会話を傍受して相手の狙いを突き止めたいから」テイヤ・タラモーシ、赤毛の妖精を思わせる通信担当の女が、リンクを通して静かに指示した。

ニックは自身の暗号名《コードネーム》を耳にして、あきれて天を仰ぎたくなった。ほかの隊員たちと違い、ニックのコードネームはこれまでに何度も変更されている。差し向けられる作戦の内容がそれぞれ異なるため、それを反映してのことだ。この個人的な仕事で〝レネゲイド〟が用いられるということは、今回、彼は単独で動くのだ。

ネルソンとの最初の話し合いは、ニックの司令官であるジョーダン・マローンに監視される。確かめるためだ。この話し合いが確かに個人的なものなのか、それ以上の意味があるものなのかを。エリート作戦部隊や、ニックの偽造身元《カバー》を危うくする可能性があるものなのかを。

イグニッションからキーを引き抜いてバイクをおり、内蔵されている高感度電子機器の動作を妨げないよう慎重にヘルメットを脱いだ。

ネルソンの狙いがなんなのか見当もつかない。わかっているのは、ネルソンができるはずのない方法でニックに連絡を寄こしてきたという事実のみだ。この事実がジョーダンを警戒させた。ゆえに、ネルソンにはたっぷり質問に答えてもらわなければならない。

ヘルメットを抱え、車の流れが途切れるのを待って、ゆったりと通りを渡った。一メートル近い身長のため、人々の注意を引かずにいるのは不可能だ。背丈に加え、この頑健な体つき、白金の長い髪、稀有であると自覚している北欧人に特有の印象深い顔立ち。これらの特徴があるがために、ニックが平たい場所で身を潜めることは不可能だった。

だからこそ、彼は陰を好む。陰にまぎれ、見張り、待ち構え、可能なかぎり人の注意を引かずにいる能力には長けていた。

陰のなかはより安全だ。陰に潜んでいれば強いて他人と交わる必要もない。友情や忠誠心を抱いてしまうといった危険を冒さずにすむ。魂を苦しめる、名づけようもない飢えを満たしたいという欲動に負ける恐れもない。

歩道に足を踏み入れるやいなや、通行人たちからいっせいに避けられた。通行人たちは警戒しつつも好奇の目で彼を見つめている。本能で、この男は危険な生き物であると感じ取っているのだ。

ニックは〈ネルソン・ビルディング・アンド・コンストラクション〉のオフィスに入り、受付デスクに歩み寄った。

「マディックス・ネルソンを呼べ」ニックに間近でそびえ立たれた小柄で若い受付係にとって、普段から陰気で荒々しいニックの声は、いっそう恐ろしげに響いたようだった。

受付係は緊張したようすでごくりと喉を動かし、茶色の目を見開いた。まだ社会に出たばかりで若いため、目の前で自分を見おろしている危険な存在に対して魅力は感じられないのだろう。生まれつき備わっている本能で恐怖におののき、逃げ出したがっているだけだ。

「よ、よろしければ、お名、お名前——」

「スティールだ」ラストネームのみ告げた。部隊から与えられた名前であり、身元である。

受付係はあせって受話器を取りあげ、ぎくしゃくした動作で番号を打ちこみ、電話の相手に彼の名を伝えた。

「ミスター・スティール、ミスター・ネルソンのアシスタントがすぐにまいります」受話器を戻し、右にある椅子が置かれた狭いスペースに必死で目を向けている。「すぐにまいりますので」

ニックは若い女に情けをかけた。受付デスクから身を引いて離れる。が、腰はおろさない。ロビーのはじに陣取り、背後の壁にもたれて待った。

長く待たされはしなかった。

マディックス・ネルソンのアシスタントであるアリソン・シェンキンスが、エレベーターを使わず、階段をおりて現れた。ほっそりした黒のスラックス、オーダーメードだろう白いブラウス、ヒールの低い靴といういでだちで物静かな有能さと自信をかもし出し、的確な狙いどおりの印象を人に与えている。

「ミスター・スティール」アシスタントはまっすぐニックの前に歩いてくると、細い手を差し出してあいさつした。「早急にお越しくださり、ありがとうございます」

ニックは皮肉をこめて片眉をつりあげ、握手に応えた。見るからに大きい自身の手で、女の手を握りつぶさないよう気を使う。

「エレベーターか階段のお好きなほうでまいりましょう」と、女がうながした。「ミスター・ネルソンはオフィスにおります」

「階段でいい」

「けっこうですわ」アシスタントは愛想のいい微笑を浮かべて向きを変え、階段へ歩きだした。「こちらです」

ニックは案内に従った。アシスタントとのあいだには慎重に距離を置き、片ときも油断せず、視線を走らせて周囲を警戒し続けた。

ネルソンがこんなに早く恩に報いろと要求してくるとは思わなかった。非常に数少ない人間しか知らないはずのつてを通して、その連絡が来るとも予想していなかった。

「わたくしも普段から可能なかぎり階段を使うようにしてるんですの」二階からさらに上階へあがっているとき、アリソン・シェンキンスが笑顔でニックを振り返った。「エレベーターのほうが早いですけど、ヒップには階段のほうがよいでしょう?」

「しかもマディックス・ネルソンに準備をする時間をやれるからな」ニックは低い声で述べた。

アシスタントは階段の途中で足を止めかけて笑みを冷ややかにし、おしゃべりをやめた。背を向けて歩を速め、四階でドアを押し開いた。入った先はアシスタントの贅沢なオフィスで、その奥がマディックス・ネルソンのオフィスだった。

マディックスはニックを待たせなかった。自分のオフィスの入り口に立って出迎えた男の色濃い髪はうしろに撫でつけられているが、ニックの記憶にある以前の姿ほど整ってはいない。顔にはしわが増えており、ひそめられた眉が作る表情には不安が色濃かった。六週のうちに、この男の顔は悲惨とも言えるほど変わっていた。

「ニック、来てくれて感謝する」マディックスはさっと手を振ってオフィスにニックを招いた。

ニックはすばやくオフィス内部、そしてマディックスへと視線を動かし、先に入れとうながした。

マディックスは陰気な笑みを浮かべて先にオフィスへ入った。

ニックも、テイヤがオフィス内の鮮明な音と画像を傍受できるようバイクのヘルメットを小脇に抱え、なかに足を踏み入れた。

「思いも寄らないつてを通して連絡をくれたな、ミスター・ネルソン」ニックは部屋のはじに寄り、壁を背にした。「理由を説明してもらおうか？」

マディックスは手で髪をかきあげた。髪のありさまからして、そうするのは初めてではないようだ。

「リリー・ハリントンと彼女の婚約者トラヴィス・ケインを通してきみに連絡を取ろうとしたんだが、ふたりは国外にいて頼めなかった」マディックスは静かに話し始めた。「だから、突き止められた数少ないケインの関係者を通して、きみに話を取り次いでもらうしかなかったんだ」

ニックはふたたび片眉をあげ、黙ったまま待った。マディックスは両手で顔をこすったのち、机の向こうの大きな椅子に腰をおろした。スーツの上着は椅子の背にかけられ、シャツの袖はぞんざいにまくりあげられている。着ているシャツもスラックスもしわだらけだ。マディックスは追いつめられた男の姿をしていた。

「時間がかかったよ」ようやく相手はため息とともに言った。「ケインは昨年アスペンにいたし、ベイリー・セルボーン・ヴィンセントと知り合いである可能性があると、やっと突き止めたんだ。そこでベイリーの夫であるジョン・ヴィンセントに連絡を取って、きみに話を取り次いでもらえないかと打診した」

　これを聞いてニックは椅子に背を預け、無言でじっとマディックスを見据えた。ジョン・ヴィンセントがつてになると突き止めたのは、そういう経緯だったのか。ジョン・ヴィンセント、コードネーム赤外線探知装置《ヒートシーカー》はニックと同じ機関に属する秘密エージェントだ。

　マディックスがニックに連絡をしてきたとき、ジョンの存在を知られていたとあって物騒な懸念が生まれたのだ。

「トラヴィスがアスペンにいたと、どうして知った？」ニックは尋ねた。

「レイモンド・グリアを通して知った」マディックスは答えた。「レイモンドの妻メアリーとは若いころ知り合いだったのでね。グリア夫妻は数週間前にワシントンＤＣに来ていて、そのときメアリーがベイリーとジョン・ヴィンセントの結婚の話をしていたんだ。ジョンの友人であるトラヴィス・ケインが、花婿の付き添いとして式に出席したとのことだったから」

　世間はなんと狭くなりつつあることか、とニックは内心で嘆いた。

「それで、誰を消してほしい？」ニックは訊いた。

　彼がこの身元を得るずいぶん前から、ニックの評判は確立されていた。ニック・スティールは暗殺者であり盗っ人で、どんな仕事でも引き受ける用意がある。

　マディックスは愕然とした表情を浮かべ、数秒間その顔つきのまま動かなかった。「いや、誤解だよ、ニック。誰かを消してほしいなんて望んではいない。ある人物がわたしを消したがっているわけを突き止めてほしいんだ。町はずれにある、わが社の建設現場で起こった殺人事件について聞いたかい？」

ニックはまなざしを鋭くした。「少しはな」

その殺人事件に関するテイヤの情報は、あの女にしかできないほど徹底して深く踏みこんだものだった。ニックは集められた証拠をひとつ残らず知っているし、捜査がどの範囲までどの程度深く及んでいるかも、マディックスが殺人を犯したところを目撃されたにもかかわらず、当時、完璧なアリバイがあったことも知っている。

マディックスがわざとらしい笑い声をたてた。苦々しい、怒りのこもった声だ。

「理解できんよ。あの子のことはよく知っているんだ。あの子の家族のことも。彼女の父親にはわが社の仕事をしてもらっていた。親戚にも、弟たちにもだ」疲れきったようすで頭を左右に振っている。「あの子はそれはもういい娘さんだったんだよ、スティール。これまでミケイラ・マーティンが頭のおかしい人間だなんて思えたことはなかった。それなのに、いったいどうしてしまったんだ？」

「あんたは雇ってた現場監督を殺してないと言ってるんだな？」ニックはどちらでも大してかまわないといった口ぶりで尋ねた。

「ああ、自分が雇っていた現場監督を殺してなどいないさ」マディックスはさも不快げにニックをにらんだ。「きみならすでに知っているのは間違いないと思うが、わたしは事件が起こったとき、市長と警察署長と市の有力者たち数人と、仕事の件で緊急に会っていたんだ。

そういった事実があるのに、あのとんでもない娘は信じようとしない」

マディックスは椅子を離れて歩いていき、歴史あるオフィスの大きな古めかしい窓の前に立った。下界のせわしない人や車の往来を見つめたのち、振り返ってニックを見る。

「きみに手を貸してほしい」マディックスの幅の広い日焼けした顔には疲労によるしわが刻まれていた。「そちらが情報を必要としていたとき、わたしはそれを差し出した。ハリントン家が使用していた屋敷の見取り図がほしいと言われたから、それを粛々と提供しただろう。そちらに必要とされて、こちらは応えた。今度は、わたしがきみを必要としているんだ。わたしに借りができたと言っていたね。いま、その借りを返してほしい」

ニックは口を引き結び、熟慮の表情で相手を見返した。確かに、この男には借りがある。否定するつもりはない。それに、マディックスは最上の者を雇うにあたって費用を惜しんだりはしないだろう。ニックは最上の仕事をする。ありとあらゆるたぐいの仕事をこなす。最上の身の安全を求める者がいれば、ニックが呼ばれる。最上の暗殺者を求める者も、ニックに連絡を寄こす。

「では、その娘を殺せと?」ニックは答えを迫った。

「なんてことを言うんだ、違う!」マディックスはいまにも発作を起こしそうになった。ショックと驚きによって、顔つきががらりと変わっている。茶色の目がまたもや大きく見開かれ、顔から飛び出しそうだ。「あの子に傷ついてなどほしくない。あの子がいったいどうしてしまったのか知りたいだけだ。なぜ、あの子はわたしを標的にした?」

ニックは椅子の上でゆったりと構え、困惑している男を観察した。

「マディックス、おれについて調べさせたのなら、おれがどんな仕事を請け負って評判を築いているか承知しているだろう。問題の娘に単純に消えてほしいという話ではないなら、なぜおれが役に立つなどと考えた？　ハエたたきが必要なときに、大ハンマーを買おうとしているようなものだぞ」

マディックスはニックを見つめ、まるでぞっとしているかのようにかぶりを振った。張りつめたそぶりでつばをのみ、喉骨を激しく上下させている。「ほかに頼れる人がいないんだよ。実際にこの件を解決してくれそうな人はきみしか知らない。頼む、ニック、わたしは以前きみに手を貸しただろう。重ねて言うが、あの子には傷ついてほしくないんだよ。いったいなにがどうなっているのか突き止めたいだけだ。ミケイラはうそつきだなんて言われるような子じゃないんだ。何者かがわたしを破滅させようとしている。ミケイラ本人か、ほかの誰かかは知らないがね。いったい誰が、なんの目的でそうしようとしているのか知りたい」

くそ、こんな面倒に巻きこまれるのはごめんだ、とニックは思った。

本人が言うとおり、マディックスは何週か前に、ある作戦にかかわる非常に重要な情報を提供した。部隊の一員が危険にさらされた作戦。数カ国の安全保障に極めて重大な影響を及ぼした作戦だ。ニックはマディックスに借りがある。しかし、先ほど述べたとおり、マディックスはハエをたたくために金を払って大ハンマーを用いようとしているのだ。

ニックは膝に片方の足首をのせ、その上にヘルメットを置き、フェイスシールドをマディックスに向けた。

「現場監督を殺したのか、ミスター・ネルソン？」ニックは冷ややかに尋ね、手をあげて、口を開きかけた相手の言葉を遮った。「やってないと言い張る前に考えるんだ。警告しておきたい。うそをつかれて、あとでそれを突き止めたら、おれはあんたを殺す。あんたのために口裏を合わせてうそをついた連中もだ。話を先に進める前に本当のことを言え。あんたの本当の目的も」

マディックスは首を左右に振った。憔悴しきった顔をゆがめてデスクの向こうへ戻っていき、椅子に腰をおろしている。統制のためだ。ニックは思った。そこでなら、もっとも統制を握りやすいとマディックス・ネルソンは感じている。

「わが社の現場監督を殺したりしていない」マディックスはふたたび両手で顔をこすってから椅子の背にもたれ、肘掛けに両腕を置いた。「誓って、あの場にはいなかった。あの娘に傷ついてほしいとも思っていない。痛い思いも、怖い思いも、これっぽっちもしてほしくない。ただ、いったいなにがどうなっているのか知りたいんだ。例のオフィス建設プロジェクトに協力してもらえるよう心から望んでいた非常に優良な建設業者三社、この業界で最良の契約配管業者一社、室内装飾家ひとりを、わが社はすでに失っている。なにもかも、ミケイラ・マーティンのせいでね。彼らはミケイラを信じているから、プロジェクトから手を引いたんだ。神に誓ってもいいが、わたしはそうした彼らを責めもしないよ。わたしだって名指しされている本人でなければ、あの子を信じていただろうさ。そう思えるだけ、ミケイラはこれまでずっと正直者だったんだ。それだけ評判のいい子だ」いまやマディックスの顔には当惑しか浮かんでいなかった。「善良な女性を知っているかと訊かれたら、わたしだって最初にミケイラを思い浮かべていただろうね」

マディックスはかぶりを振って重々しくため息をつき、しばらくずっと唇を引き結んでいた。

マディックスが真実を語っているように振る舞っているのは間違いない。興味深く見守るニックの前でマディックスは顔を伏せ、長いことデスクを見つめていた。

ようやく顔をあげてニックに視線を向け、ため息をついたマディックスの暗褐色の目には、困惑がありありと浮かんでいた。「いいかい、わたしはあの子がドレスショップを開いたときの資金集めにだって手を貸しているんだよ。妻もわたしも友人みんなに声をかけて、ドレスやタキシードやスーツを買うときはあの店に行くよう、あの子のためにできることならなんでもしてきた。妻のグレンダとミケイラは友だちだったんだ。今回の事件が起こるまではね。ミケイラがどうしてこんなうそをつくのか、どうしても理解できない」

「それで、この件をおれに調べてほしいというのか？」ニックは不審をこめて訊いた。「おれを雇うのにいくらかかるか知っているのか、マディックス？　いまいましい借りがあるとはいっても、安く引き受けたりはしない。こいつは凶暴な犬を檻に閉じこめるような依頼だ」

マディックスが険しい目つきをした。「借りがあるだろう、スティール。きみ本人がそう言った。わたしにひとつ借りがあると。いまこそ、それを返してもらいたいのだ」

「借りがあるから値引きしてやろう」ニックは不機嫌にうなった。「ほんのわずかだけな。こいつはありふれた仕事じゃない。あんたははっきりしない仕事をしろと要求してる」

マディックスが身を乗り出した。「ニック、わたしは以前きみに協力することで厄介な立場に追いこまれた。そんな行為をリリー・ハリントンの信用にそむくことで自分の事業を、家族を危険にさらした。リリー・ハリントンが知ったら、ワシントンDCでわたしが得ているかけがえのない契約から手を引くよう、彼女が友人たちを説得した可能性だってあった。わたしはきみがしていたことのために危険を冒したんだ。この点を思い出した上で、額を決めてくれたまえ」

ニックは立ちあがった。「通常の仕事料金の八割を現金でもらおう」

一瞬、マディックスの目に苦悩が揺らめいた。「いま個人所有の現金はそれほど持っていない。問題の殺人事件以来、事業資金はいたるところから監視されているし」マディックスが苦労して絞り出した声には力がなかった。「五割にしてくれないか、スティール。このとおりだ。わたしは顔が広い。恩に着るから」

「あんたの恩などいらん、マディックス」ニックは立って相手を冷たい目で見返した。「朝まで〈スイーツ〉にいる。気が変わったら知らせろ」

「スティール」マディックスもあせって椅子から立ちあがった。「聞いてくれ、この件はよくない感じがするんだ。わたしは直感に従って事業を築いてきた。いまは、この直感がねじれにねじれて苦しいほどだ。現在いったいなにが起こっているのだろうと、脅かされるのはわたしだけではない気がする。この子の身も危うくなるだろう」マディックスは机から一枚の写真を取り、腹立ちのこもった手つきでニックのほうへ投げて寄こした。

ニックはその写真を見るべきではなかった。見るべきではないとわかっていたのだが、ヘルメットを正しい角度に傾け、写真の画像をテイヤに届けなければならなかった。その過程で、ニックの視線もまたまっすぐに写真へと向かい、彼は目を凝らして見入ってしまった。彼の心のなにかが、そこに見たものにとらわれてしまった。

豊かで健康的な色濃い金髪がリボンのようにまっすぐ写真の女性の肩に流れ落ち、やわらかくて温かみのある命の通ったカーテンさながらに胸にかかっていた。きれいな広い額。ニックのなかにいる雄の獣を誘う、ぽってりとした下唇。髪よりも少し色の濃い、弧を描く眉の下の瞳に吸いこまれそうになった。アメジスト色の目だ。たかが写真だというのに、その瞳は輝いていた。手を加えずとも、長く濃いまつげに取り囲まれている。女は化粧をしていなかった。無垢で、正直で、清らかな顔。

清らかさなど多くの場合うわべだけのものだと、ニックは知っていた。ところがどういうわけか、ニックの魂の皮肉な一面でさえ、目の前にあるこの女の清らかさは芯まで本物だと信じたがっていた。

「この子には三人の弟と両親がいるが、全員とにかく善良な人たちだよ」マディックスが投げやりに言った。「この娘さんは」指でぐいっと写真を指す。「まっとうな子だ、ニック。わたしはこの子が生まれたときから知っていて、この子だって物心ついたときからわたしを知っている。その子が、あろうことか、わたしを疑って調べているんだよ。いろいろな人に聞きこみをして。自分が目撃した、銃で人を殺した犯人はわたしだという思いこみを絶対に捨てようとせずにね」マディックスの両手は怒りで震えていた。ひょっとしたら、かすかな恐怖も表れているのかもしれない。「あの子のせいで取引も顧客も失った。睡眠もだよ。この年では体にこたえるくらいだ」

「通常料金の八割だ」ニックは値下げしたいという体の奥を締めつける欲求に逆らって繰り返した。「〈スイーツ〉にいる」

意志の力で向きを変え、ぼうぜんとしているマディックス・ネルソンを残してオフィスをあとにした。

建物の外に出て通りを渡り、バイクにまたがってヘルメットをかぶった。

「情報を寄こせ」あごの下でストラップを締め、ハーレーのエンジンをかけながらテイヤに指示した。

「あなたが部屋に着くころには集められるだけ集めとく」テイヤが請け合った。「わたしが直接、届けにいってあげるわ」

ニックはバイクを発進させ、あごの筋肉をこわばらせてホテルに向かった。

「すでにわかっていることは、テイヤ？」と相手を問いつめる。「手ぶらってことはないだろう」

リンクを通じてクスクス笑いが響いた。「レネゲイド、信じて、今回ばっかりはいまのとこ本当にさっぱり手ぶらなの。でも、あきらめずに調査中よ。コーヒーを用意しといて。着いたら話し合いましょ」

ミケイラは、いまは亡き現場監督《フォアマン》、エドモンド〝エディ〟・フォアマンの家の前に立った。この名前が頭に浮かんでも、もうおもしろくなって口元をゆるめたりはしない。いまやなじみとなった胃の沈みこむ感じがして、落ちてきたときのエディの顔を思い出して恐怖に襲われるだけだ。エディの目は驚きに見開かれ、生気を失ってうつろだった。シャツに徐々に染みこんで広がっていく血。一本の脚は普通では考えられない角度にねじれていた。

落下の衝撃で背骨も、腰も、脚も折れていた。しかし、死因となったのは心臓を撃ち抜いた銃弾だ。マディックス・ネルソンが撃ちこんだ銃弾。

ミケイラは深く息を吸いこみ、髪をうしろに払って背筋を伸ばし、ひびの入った歩道を進んで、エディが妻のジーナとともに住んでいた二階建ての二世帯住宅に向かった。

ジーナとは一度しか会ったことがなかった。マディックス・ネルソンが社員や請負業者やその家族たちのために催した会社のピクニックで顔を合わせた。ジーナは静かな女性という印象だった。あまり笑顔も見せていなかったし、口数はさらに少なかった。この家庭では、エディが出しゃばって注目を集めたがっていたらしい。エディは騒々しくて厚かましい人だった。けれども、あんな死にかたをしていいはずがない。

ジーナが夫の死について進んで話をしてくれるといいのだが。これまで、ミケイラがエディ・フォアマンやマディックス・ネルソンについて質問をしても、ほとんどの人がとにかく非協力的だった。いぶかしげな目でミケイラを見る人もいれば、あからさまにいやそうな態度を見せる人たちもいた。

おかしなことに、マディックス本人はこの一件に関してやけに控えめな態度を貫いている。どうやってか複数の市会議員、さらには警察署長からアリバイを証明してもらっていた。また、マディックスは濡れ衣だと声高に無罪を訴えてもいない。あの男はとにかく賢く振る舞おうとしているのだと、ミケイラは判断していた。自分は鳴りを潜め、友人たちに殺人を犯した自分の罪を隠させている。

玄関の前に立ち、ミケイラは粗末な木のドアをきびきびとノックした。ドアのペンキははがれ、戸枠にはひびが入っている。木でできたポーチもうらぶれた雰囲気だった。

エディ・フォアマンは自宅の維持にはあまり熱心ではなかったようだ。

玄関がゆっくりと開いた。

「ミス・マーティン」ジーナ・フォアマンの声には、かすかにため息が交じっていた。「そろそろあなたが来るんじゃないかと思ってたわ」

ジーンズとTシャツ姿の警察の通信指令係である彼女は、急いでいて、疲れているように見えた。たぶん自分の身にも危険が迫るのではないかと不安で、夜も眠れないのだ。同じ立場だったら、ミケイラだってそうなる。

まっすぐなレイヤーカットを施された濃い金色と茶色の髪が、ジーナのきれいな顔立ちに添ってちょうど首元まで届いていた。チョコレート色の目には陰りがあり、その下のくまで、やっぱり眠れていないのだとわかった。

「ミセス・フォアマン、少しのあいだ話がしたいんです」ミケイラは真摯にジーナを見つめた。「いくつか、どうしてもお訊きしたいことがあって」

ジーナ・フォアマンはしばし目を閉じていた。働きに出る格好だ。黒いTシャツには通信指令係の記章がある。この人が仕事よりも、夫の死について気にかけてくれていますように、とミケイラは願うばかりだった。とはいえ、息を詰めて期待しているわけではない。

落胆させられるに決まっているのだ。息を止めて待っていなくて正解だった。

「なにも話せないとわかっているでしょう」申し訳ないけど、という口ぶりでようやくジーナは答え、戸枠にかけた腕で額をこすった。

「みんなからわたしと話をするなって言われてるのはわかってるわ」ミケイラは悔しい思いで認めた。「だけど、あなたのだんなさまが冷酷な犯人に殺されたのよ」叫びだしたかった。怒りが体のなかに寄生しているように広がって、自制心をむしばんでいる。

「ミス・マーティン、もう忘れて」ジーナはまっすぐに立って穏やかに思いやるように言った。「夫の死については警察が捜査してる。ライリー署長が、あの人を殺した犯人を必ず捕まえてくれるわ。全面的に信頼してるの」

ミケイラは忘れることなどできなかった。うつろな目をこちらに向けていたエディ・フォアマンの顔を頭から追い出せない。記憶に絶えず苦しめられていた。

「本気？」疑いがはっきりにじむ声で尋ねた。「ライリー署長は、あなたのだんなさまを殺した犯人をかばい続けるだけじゃない？」

ジーナ・フォアマンの表情がこわばり、ふたたび褐色の目に深い悲しみがよぎった。

ジーナが夫の死を悲しんでいるのは確かだ。ミケイラから見て、エディ・フォアマンは愛情深い忠実な夫とは言えなかったようなのに。

「あなたとは話せない」ジーナは拒絶の言葉を繰り返した。「こんなことはやめてちょうだい。わたしに、信頼している人たちを疑わせるようなまねはしないで……」

「わたしもマディックス・ネルソンを信頼してたのよ」どうしても相手から話を聞かせてほしくて、ミケイラは抑えた口調で説得をこころみた。「ミセス・フォアマン、わたしは目の前であなたのだんなさまが殺されるところを見たの。彼を撃った男を見た。この事実をあなたは無視できるのかわからないけど、わたしは無視できない。毎晩、あの場面を悪夢に見るんだもの。逃げたりはできないのよ」

忘れられもしなかった。忘れようとはしたのだ。夢から逃れるためだけに眠るまいとした。どうしても、命を奪われたエディ・フォアマンの姿を頭から追い出せなかった。あの日の夕方の音もにおいも恐怖も忘れられない。自分までマディックス・ネルソンから発砲されたときは、完全に恐怖で頭がいっぱいになってしまった。いまだにあの出来事のせいで、確かなものなどなにもないという感覚がつねに頭につきまとっている。明日があるなんて考えも、決して確かではなくなった。

ジーナが涙で目を潤ませ、震える唇に手をあてた。目には疲れと悲しみもあふれ、暗い影を落としている。こんな苦しみを前にして、ミケイラはつらくなった。自分が相手をさらに苦しめていることが、つらかった。

「頼むから、こんなことしないでちょうだい」ジーナが頭を振り乱し、首元までのダークブロンドが揺れた。

きれいな人だ。でっぷりしていていばり屋だった夫には、ジーナ・フォアマンはきれいすぎる奥さんだと、ミケイラはつねづね思っていた。

「ミセス・フォアマン、どうしても突き止めたいんです」ミケイラはこぶしを握りしめてみぞおちを押さえつけ、絞り出すように言った。「どうしてこんなにたくさんの人がマディックス・ネルソンのためにうそをつくのか、そのわけを知りたい」

「そんなこと言われても、わたしはあなたを信じられないのよ」ジーナはミケイラの頼みを拒みつつも、涙交じりの声になっていた。「あなたの言っていることが真実だなんてわたしは信じられないの、ミス・マーティン。だって、それが真実だったら、何年も信頼してきたマディックス・ネルソンが殺人犯だっただけでなく、わたしの上司も、尊敬してるほかの人たちも、マディックスのためにうそをついていることになるのよ。そんなの信じるわけにいかないの。わたしはあの人たちをよく知っているんだから。あなたのことはよく知らない。さよなら」

目の前でドアが閉じた。

ミケイラは指で乱暴に髪をくしけずり、向きを変えてポーチをあとにした。またしても行きづまりだと歯を食いしばる。

エディ・フォアマンの葬式から三週間、妻のジーナから話を聞くために家を訪ねるのは先延ばしにしてきた。それだけたてば、ジーナ・フォアマンもマディックス・ネルソンと彼の友人たちの言い訳に疑問を持ち始めてくれるのではないか、と望んでいたのだ。

いや、言い訳ではなくうそだ。殺人に言い訳などあってはならない。それをもみ消すことも。

ジープへ戻っていきながら、怒りに足を踏み鳴らして叫びたくてたまらなかった。ここ数週間、ミケイラが質問をし、人々から話を聞き出そうとしていることについて、家族ですらやめたほうがいいんじゃないかと言いだしていた。

心配でいても立ってもいられなくなっている両親を責められはしない。市議会が一致団結して、マディックス・ネルソンに裁きを受けさせるどころか、彼をかばおうとしているように思えるのだ。

警察も、ミケイラが質問をぶつけようとしようものなら、威圧する態度をとる。ときにはあとをつけられ、見張られることもあった。しかし、いまのところまだ脅されたりはしていない。とはいえ、ミケイラは道路交通法はきっちり守ったほうがいい気がしていた。さもなければ、とんでもない額の罰金を払わされるはめになりそうだ。

もうすぐトラブルが起こりそうな予感がした。まだ起こっていないのが不思議なほどだ。警官たちはみな表向きはやけに丁寧で冷静そのもので、あからさまにミケイラをまったく相手にしない態度をとっているが、警官たちのまなざしの奥に潜む気配を彼女は感じ取っていた。自分は守ってもらう必要が生じても、決してここの警官たちを頼りにはできないだろう。

ジープの前を通って向こう側へ行こうとしていたとき、通りでエンジンがうなりをあげる音を聞いて顔をあげた。通りをゆっくり流している危険を感じさせる黒のハーレーが目に入り、それにまたがっている驚くほど背の高い、たくましい体つきの男性に視線を引きつけられた。

男性の頭全体は黒いヘルメットに覆われていたが、肩から足先までそろいの黒のレザーで固めている体の尋常でないすばらしさは隠しようがなかった。

ミケイラは息をのむ寸前だった。女が完璧な男性美を備えた体を目にする機会なんて、そうそうない。あの体が完璧な男性美でなかったら、そんなものはこの世に存在しないだろう。すらりと伸びる筋肉に覆われた脚。広い肩。力のみなぎる腕。それに、ミケイラの大間違いでなければ、あのぴったりした黒いジャケットの下に隠れているのは、筋肉でうねのできている引きしまった腹だ。

うわあ。

あんな男性は雑誌のなかでしか見たことがなかった。

あんな人を目にするのが、四週間前、ミケイラの人生が台なしになる前だったらよかったのに。人が殺されるのを目撃し、生まれ育った町、愛する町で自分の言葉などなんの意味も持たないのだと思い知らされる前だったらよかった。

自分の人生はまた元のとおりになるのだろうかと思ってしまうときがあった。いまはもう、正義を追い求めることしか考えられない。しかも、友人のディアドラから毎日言われているように、ミケイラはよく知りもしない人のために正義を追い求めている。

いや、本当にそうなのだろうか?

ミケイラは、自分自身のためにも正義を追い求めているのではないかと考えるときがあった。

ミケイラを信じてくれる人は誰もいない。あの日の夕方、マディックス・ネルソンが自分の会社の現場監督を撃ち殺したところを目撃したというミケイラを、誰も信じていない。確かに、みな親切に話を聞いてくれはする。たいがいの人は、本当に親身に意見を押しつけてくれた。

たぶんマディックス・ネルソンによく似た別人だったんだよ、と言われた。

酔っていなかった? 薬を使ってたとか? こんな質問を何度もされた。

ミケイラは唇をぎゅっと引き結んでバイクに乗った男性美の見本から視線を引きはがし、ジープに乗りこんだ。

男の人にかかわっている時間はない。いまは、空想をふくらませている場合でも、恋をしている場合でもない。男の人がミケイラを助けてくれるはずがない。どうしてみんなからうそをつかれるのか突き止めるまでは、誰からも助けてもらえない。

真相の究明より大切なことなどないのだから。

ミケイラはうそつきでも、頭がどうにかなったわけでもない。それを証明するには、自分ひとりの手でなんとかするしかないようだった。

2

ニックは黒いヘルメットをベッドに放ってから、ホテルの部屋に入ってすぐのところにある冷蔵庫の前に行った。小さなスイートルームは贅沢ではないが、清潔で居心地がよかった。

「なにがわかった？」部屋の奥のソファに腰かけてこちらを見つめているテイヤを振り返った。

「ほぼなにもなし」テイヤは華奢な肩をすくめて燃えるように赤くて長い髪を払い、きらきらと輝くエメラルドに似た瞳をニックに向け続けた。「問題の女性は正直者で、期限どおりに請求書の支払いもすませ、不渡りの小切手を出したこともない。そして四週間前までは、この町で経営している自分の服飾店で身を粉にして働いていたわ。四人姉弟のいちばん上。父親は頼りになる誠実な人物だと思われてる。あの子のすてきな家族一同みんなそう。弟のうちふたりはスピード違反の切符をもらったことがあるみたいだけど、その程度。アメリカのどこにでもいる普通の家族なのよ、ニック」テイヤは首を左右に振り、困惑の面持ちでニックを見つめた。「いかがわしい過去も、秘密も、傷のある評判もなにもない人を調べることになるなんて思ってもみなかったわ。ショック状態になってもおかしくないくらい驚いた」

相手の言葉にニックは低く鼻を鳴らし、冷蔵庫からビールを取り出してバタンと扉を閉めた。

「ばかを言うな」うなり声を出す。「もっとなにかあるはずだ」

テイヤはわざとらしく傷ついた顔をしてみせた。「自分の仕事の進めかたはしっかりわかってるのよ、レネゲイド。しかも、わたしはとにかく優秀なの。あの女性に隠された秘密があったとすれば、必ず見つけてる。それがまったくないっていうのが、今回の件でとんでもなく興味深いところなのよ」

ニックはボトルのキャップをねじってはずし、広くはない部屋の奥へ行ってテイヤの向かいの椅子に座った。

「あの女はマディックス・ネルソンと寝てたんじゃないのか？　袖にされた恨みって可能性は？」

かぶりを振るテイヤの唇に妙な笑みが浮かんだ。「彼女の婦人科の記録を確認したの。あなたの標的はヴァージンよ、相棒。百合のように真っ白で清らか」

ニックは衝撃を受けて目を見開いた。「この世界にヴァージンが生き残ってたとはな？」

テイヤもまなざしに驚きを浮かべて眉をつりあげた。「まあ確かに、十七歳以上でそういう人は少ないけど」笑いながら同意する。「とりあえず、彼女はそういう人なのよ」

「なんてこった」ニックは首のうしろに手をまわしてうなじで髪を束ねていた革紐をはずし、当惑して頭を振った。「不細工ではなかったぞ。どこか体でも悪いのか？」

「病気はなし」テイヤはきっぱり否定した。「昔ながらの隣の家に住む感じのいい女の子そのものなのよ。どうやら、そんな女の子も絶滅してなかったみたいね」

これはニックの理解の域を超えていた。そんな感じのいい清らかな女にこれまで自分は出会ったことがあるだろうかと考えてみて、いやないと結論づけた。誓って、ヴァージンとかかわり合った経験などなかった。

「どうしてどこにでもいる昔ながらのアメリカを代表する隣の家の女が、事実上、家族一同に仕事を提供してる男の評判をぶち壊しにしようとしたりするんだ?」考えこんであごをこすりつつ、テイヤに尋ねた。「今日の午後、マディックスから聞いた話では、女の弟たちも、父親も、親戚どもでさえ、マディックスの会社から仕事をもらってるそうじゃないか」

「仕事をもらってたでしょ」テイヤは訂正してブルージーンズをはいた脚を組み、ソファのはしに寄りかかった。「ミケイラの父親は、ネルソンこそ犯人だって娘が訴えたあと、週が明けるなり、ネルソンの会社との契約を打ち切ったんだもの。弟たちも翌日、会社を辞めた。親戚も二日後、マディックスがサインする気だった室内装飾の契約書の交渉から手を引いた。重機の操作をしてるほかの親戚ふたりも、次の週には仕事を辞めたわ」

ニックは与えられた情報について考えながら、人さし指で上唇を撫でた。

「今日の午後マディックスのオフィスを出たあと、あの女がエディ・フォアマンの家にいるのを見た」とテイヤに告げる。「家の前をバイクで通りがかったとき、あの女は帰るところだった」

テイヤはうなずいて、ゆったりした白いシャツの肩を引っ張りあげた。「ミケイラはたくさんの人に話を訊いてまわってる。ほとんどの人はミケイラが来て質問をしても、仕方ないくらいに思って我慢してるみたい。みんな、ミケイラとマディックスのどちらを信じればいいかわからなくて困ってるのよ。当のマディックスも、彼のアリバイを保証してる人間たちも、心からミケイラの訴えに困惑してる態度を見せている点は、ミケイラに不利ね。もちろん、どんな場合も陰謀にかかわっている人たちは、訴えられようが穏やかな態度で対応したほうが、見せかけ上、都合がいいんだろうけど」

テイヤの説明に、ニックは片眉をつりあげてみせた。「同じ立場だったら、おれはそこまで我慢強くしていられないな」

「あら、してられるでしょ」テイヤはにやりとした。「あなただったら、ほんとに穏やかにやんわりと引き金を引くでしょうよ」

ニックは笑いがわりのうめき声を発して口元にビールをあてがって飲み、どうも存在しないらしい情報について考えた。

「マディックス・ネルソンのほうはどうだ？」

「マディックスによれば、銃による殺人が起こったとき、彼は警察署長とふたりの市議会議員とともに緊急でビジネスの会合をしていたそうね。出席者それぞれがマディックスの自宅を訪ね、マディックス本人が彼らを招き入れるのを見たと、近所に住む人たちが証言してる。ネルソン家の近所の人たちは詮索好きのようだわ」

「近所の連中っていうのは、たいがい詮索好きだ」ニックはぼそりと言った。

テイヤは同意のしるしに頭を傾けている。ニックは椅子の肘掛けを指でたたいた。

「おもしろい話だな」しばらくたって口を開く。「どこにでもいる隣の家の優しい女が、まっとうな会社の大物を殺人犯だと訴えて、訴えられたほうには当時、家で会合をしていたという完璧なアリバイがある。少しできすぎた話じゃないか？」

「少しね」テイヤは肩をすくめた。「率直に言うわ、ニック、わたしは作戦部隊がこの地域に配置してる情報提供者全員からも、そこに含まれない提供者数人からも情報を集めた。ジョーダンとも私的なつながりがある人たちを通してあなたがマディックス・ネルソンから連絡を受けて以来、この件をなにからなにまで調べ尽くしたの。それなのに、マディックスについてもミケイラについてもなにも見つけ出せなかった。あなたがマディックスの依頼を引き受けるなら、仕事はあなたに一任されるわ。ジョーダンから警告よ。この件はおまえひとりで処理しろって。部隊は別の作戦でダラスに行かなければならないから、わたしたちはあなたに協力できない」

くそ、こんな一件にかかわり合うのはまっぴらごめんだ。今日ジーナ・フォアマンの家を立ち去ろうとしていた女に対処するくらいなら、荷物をまとめてテキサス州に舞い戻りたかった。

意思に反して、先ほど目にした長く豊かな濃い色の金髪が脳裏によみがえった。おそらく、あの女の目に引きつけられ、即座に心を奪われてしまったからだろう。じかに目にしたアメジスト色の瞳は、写真よりいっそう美しく見えた。写真のなかにかいま見たと思った清らかさもまた、確かにうわべだけでなく女の芯から放たれているものであった。

「ジョーダンは、この件を迅速に処理してほしがってるわ」テイヤは立ちあがり、ニックを見据えた。「あなたが一緒にいてくれないと、わたしたちみんな寂しいもの、ニック」

ニックはこのメッセージに対して唇をゆがめ、ビールを飲みきった。前屈みになり、ソファと椅子のあいだにある大きな詰め物入りスツールの上の木製トレーにボトルを置く。

当然、部隊の連中はおれにいてほしいだろう、とニックは思った。ジョーダンの部隊は少数精鋭だ。隊員がひとり欠けるだけで任務達成は難しくなる。

「全力を尽くすさ」請け合ったが、このささやかな恩返しに、取られるわけにはいかない時間を取られるはめになりそうな気がした。

「ねえ、ニック、この件にはいっさいかかわらないで、離れてしまったほうがいいんじゃないかしら」テイヤがニックの座っている椅子の横に来て、肩に小さな手を置いた。「わたしたちほぼ全員、たくさんの人にたくさんの恩があるけど、本当に恩を返すなんて不可能な場合も多い。この件も、そういう場合のひとつなのかもしれないわ」

そう言われても、立ち去るという考えにニックのなかのなにかがかたくなに抗った。決意の表情で華奢なあごを力ませていたミケイラ・マーティンの顔が、脳裏をよぎる。

ニックは、しばしば心を深く読みすぎる女に顔を向けるかわりに、部屋の反対側の壁にひたすら視線を据えた。「やってみなきゃわからん」

「ええ、やってみればわかる」テイヤはニックの肩を優しくたたいてからドアへ向かった。

「なんでも助けが必要になったら電話して。あと、エリート2のお嬢さんたちは明後日までこの町にいるの。彼女たちの協力が必要になった場合、明後日までなら頼れるわよ」

かつては欧州作戦を担当する第二エリート作戦部隊の一員であった三人の女性たち。元の司令官たちが別の部隊を担当することになったため、彼女たちは無期限にジョーダンの指揮下に入ることとなった。三人はいまや書類上は完全にアメリカ人であり、次の任務を待っている。

ネルソンが金をかき集めてきたら、ここにとどまるしかなくなる。ニックはひとり考えた。ニコライ・スティールはただでは働かない。だが、マディックスには借りがあった。そしてニックは、借りを返すのは重要だと考えていた。

服を脱いでシャワーの下に立ち、湯を調節し、ハーレーに乗っていたあいだに体にたまった汚れを洗い流し始めた。

マディックスのオフィスを出たあと、バイクを走らせて関係者の居場所や住まいを確認してまわった。そんななか偶然に、ジーナ・フォアマンの家をあとにするミケイラ・マーティンを見たのだ。激しく降りかかる湯の下でニックは目を開き、視線をさげた。初めて生身のミケイラを目にした瞬間から収まることを知らない猛りを見せる、太い欲望のあかしがそこにあった。

これまで生きてきて、こんなにもあっという間に硬くなったのは初めてだった。とりわけ、手に入れられないとわかっている女を相手に、こんなにも興奮した経験はない。

それをいうならば、ミス・マーティンがしたようにニックをあっさり退けた女も、これまでひとりもいなかったのだ。初め、ミケイラは興味を覚え、見ほれる表情を浮かべた。が、そのあと、しかめつらになってニックから顔をそむけたのだ。ニックは決してうぬぼれているわけではないけれども、いら立ちを覚えた。

そんな仕打ちをされて、いっそう硬くなるばかりだった。

あの女はあまりにも小さい。彼女が必死になってびしょ濡れになったとしても、四五キロにも満たないだろう。それでいて、体にはめりはりがあった。かたちよく丸みを帯びた胸は体に合わせて仕立てたらしき白のブラウスをむっちりと押しあげ、男の気を引く春らしい緑のスカートはふわりと広がってちょうど腿まで覆っていた。服に合わせたストラップサンダルも、長くはない脚をかわいらしく見せていた。

あれで一六二センチ以上の身長があると言われたら、ニックはとてもショックを隠せないだろう。あの長く豊かに広がるまっすぐなダークブロンドは、男が夢見る髪だ。あの髪は男の体にからみつき、男を彼女に縛りつけて離さない。

ニックは顔をしかめ、温かい湯に打たれながら下腹部に手を伸ばした。

彼女はあまりにも小さいので、ニックは彼女にまたがられている場面を想像するしかなかった。大きくそそり立っているニック自身を上から包みこみ、彼のまわりに愉悦の叫びを響き渡らせるミケイラ。彼を包みこむ場所はきつく締まっていることだろう。そう考えて、ニックは自身をつかむ手に力をこめた。熱く、なめらかに濡れているはずだ。ミケイラには彼を受け入れやすいよう充分に興奮し濡れてもらうつもりだが、それでも彼女は強烈な官能の悦びと混ざり合った刺激を感じるだろう。

顔をかっと赤らめて。あのアメジストの瞳は色濃くなるだろうか？　あたり前だ、そうなるに決まっている。

ミケイラに包みこまれているつもりになって、太い柱を握る指を動かした。熱くてきつい場所に硬直して大きくなった彼の分身を優しくのみこんでいき、神々しいくらい美しいまつげを快感にはためかせるミケイラ。

彼女をじっと見つめていよう。ニックは指にいっそう力をこめた。彼を受け入れていくミケイラを見つめていなくてはならない。徐々に腰を落としていくミケイラの、ふっくらと赤く色づいたやわらかい花びらが幅のある先端を包みこむために開かれていくさまを。とろりとした蜜が彼の竿を覆い、ゆっくりとしたたって張りつめている袋まで届くだろう。

そんな想像と同時に熱い湯がふくらんだ睾丸を伝い、ニックは歯を食いしばった。

ああ、彼女とのセックスにのめりこんでしまう。

いったん根元まで沈めたら、彼を自由に乗りこなす相手の顔を見つめていよう。あの長い髪がすべて女の体のまわりに降りかかるさまを目に焼きつける。髪は乳房の上にも降りかかるのではなかろうか。髪の隙間から、つんととがった乳首が顔を出すのではなかろうか。

そうなったら、髪を払いのけてやって感じやすい胸の蕾に指でふれてみてもいい。前もってニックが吸いついておいたおかげで赤く色づいてふくらんでいる胸の蕾だ。優しくそこを愛撫し、舌で味わいながら、両手で女の体を撫でる。どこもかしこもすみずみまで。甘い肌のどこもかしこも、ふれずにはおかない。この両手、唇、舌で、甘い体を知り尽くしてしまおう。

自身を握る手の動きが速くなり、股間は想像上の悦びに満たされて張りつめ、解き放たれたいと切に願って悶えた。

このいかつい両手で彼女のかたちのよいヒップをつかむ。ウエストは指ですっぽり包んでしまえるに違いない。ミケイラを押しとどめ、急ぎすぎてはいけない、早く終わらせないでくれと引き留める。奥まで彼に満たされているミケイラをぐっと引き寄せ、愛らしく繊細なクリトリスがこすりつけられるようにする。そうしたら、ミケイラは叫んでしまうだろう。硬い柱のまわりでやわらかいプッシーを波打たせ、達しようと彼を吸いあげ、きつい秘所をさらに熱くし、潤わせるだろう。

その感覚を想像しながら激しくペニスをしごいた。想像のなかで、ミケイラは彼の名前を叫び、支えを求めて彼の腹に両手をつき、がくりとのけぞり、真っ赤になった唇を開いて息をしようとあえいだ。

ここまできたら、ニックも相手の求めに応えるしかない。

応えるとも。ミケイラの腰を両側から力強く支え、下から突きあげ、快く熱を帯びた女の深みのもっと奥へ、もっと力をこめて打ちこむ。ミケイラも締めつけ、わななないて応えてくれるだろう。そこは激しく波打ち、ニックの分身に強烈な刺激を送りこみ、ミケイラは背をそらせる。

それでも、いっそう勢いに乗って彼女を抱く。可能なかぎり力強く、深く身をうずめ、女が解き放たれるのを感じ、蜜があふれて柱を浸すのを感じてから、ニックもともに達する。

「くそ、そうだ」うめいて目を閉じた。玉が締めつけられて興奮のうねりがどっと背筋を駆けあがり、握っているものがびくりと動いて種が放出された。

ここで一気に突き入れるだろう。低いうめきが押し出された。根元まであの女のなかに身を沈める。また精液がほとばしり、握る手に力がこもって動きが激しくなった。達しながらも、ミケイラを貫き続けるのだ。あまりにも長いあいだ自分のなかにあると認めずにいた猛烈な飢えも、高まっていた欲求も、残らず彼女に注ぎこむ。切望に駆られてくぐもった雄叫びを響かせ、腹筋を固め、最後の激しいけいれんに身を震わせるとともに、ペニスの先から解放のしるしが抜けていった。

ああ、なんてこった。彼女にすべてを捧げたはずだ。

シャワー室の壁にもたれかかり、呼吸を整えようとした。

たとえミケイラがあんなに小さくて、か弱いとわかっていても、自制できそうにない。

〝あなたは怪物よ。信じられないわ、ニコライ。わたしを気遣う気持ちがこれっぽっちもないの？　その手でふれられるたびにわたしが傷ついていても、おかまいなしなのね？　あなたに抱かれてわたしは苦しんでいる。それだけでは足りないというの？〟

よみがえってきた記憶にたじろいだ。正気が戻ってくると同時に、辛らつな言葉が脳裏を引き裂いた。

ミケイラからも、怪物だと思われるだろうか？　欲望でただ彼女を傷つけるだけの男だと思われるだろうか？

もちろん、そう思われるに決まっている。嫌悪に胸をさいなまれた。どうしたって自分はミケイラを傷つけてしまうだろう。ミケイラはあんなに小さいのだ。それに引き換え、この体は大きすぎる。

だいたい、そんなことを心配する未来などありはしないのだ。

彼は死んだ男だ。死んだ男に渇望などない。死んだ男に欲求などないのだから。

視線をさげ、脚のあいだのものを見てぎょっとした。死んだ男は渇望も欲求も抱かないはずだ。であるならば、この手に握っているのは死んだ男の一物ではない。それは、ニックが持っているべきではない渇望を静めるのに、手では役に立たないと強硬に主張していた。

「ちくしょう」鋭く突き刺さる嫌悪を覚えて悪態をつき、シャワー室にあるラックから乱暴に布を取って、せわしなく石鹸の泡を立てた。

こんなことをしているひまはない。

ニックの——割引後の——料金ということになっている二一八万ドルをマディックスがかき集めてしまう可能性はないとは言えない。あんな連絡は無視するべきだった。ニックはぞんざいに体をこすりだした。自分にはまだいくらか道義心が残っていることなど、忘れてしまうべきだったのだ。借りなどないと言い切って、次の任務へ向かってしまえばよかった。

そうすべきだったのに、しなかったことがとにかく多すぎた。最大の過ちは、一対のアメジスト色の瞳をのぞきこみ、自分は死んだ男だという事実を忘れてしまったことだった。

頭をぶるぶると振ってシャワーを終え、いいかげんに体をふいてからジーンズとTシャツを着た。寝室に行ってハイキングブーツをはき、紐を結ぶ。

マディックスが金を用意してしまうというわずかな可能性に備え、用意をする必要があった。このささやかなゲームにかかわっている者たちの情報をもっと集めなければならない。テイヤが集めた情報だけがすべてであるはずがなかった。

誰かがうそをついている。マディックス・ネルソンか、あるいはミケイラ・マーティンが。ニックはとりあえず、あたりをつけて調査を始めたかった。マディックスは誠実すぎて怪しくも思えたが、たいがいの人間はニックにそう簡単にうそはつけない。あらゆるうそをまのあたりにし、聞いてきたので、うそをつく人間の表情も、言い分と矛盾する反応も知り尽くしているのだ。

ミケイラ・マーティンから自社で雇っていた人間を殺したと名指しされて、マディックスは激昂するかわりに困惑していた。ミケイラに反撃してもいない。警察署長も同じく穏やかな態度を保っている。マディックスは大変うまい対応を取っていると、ニックは認めざるをえなかった。

しかし、それをいうなら、ミケイラも引けを取ってはいない。

ニックが狭い簡易キッチンに入り、ちょうどバックパックを動かそうとしていたとき、力んでドアをノックする音がした。

ニックは振り返り、反感をこめたまなざしで深緑色のドアをにらみつけた。結局、マディックス・ネルソンは金をかき集めおおせてしまったらしい。

緑のスチールドアの前に立ち、のぞき穴から外を見る。やはり、予想していた男だった。決然とした表情で閉じられたドアを見据えている。

ニックは取っ手をつかんで慎重にドアを開け、うしろにさがって訪問者を部屋のなかへ入れた。

マディックスの背筋はがちがちに張っており、歩きながら背に手をまわして小さな円を描くようにそこをさすっていた。別の手にはブリーフケースを持っている。

中身がなにかわかっているニックは、そのブリーフケースをねめつけた。ちくしょうめ。

「二十八万ドルだ」マディックスは部屋に入ってすぐのところにある小さなテーブルにブリーフケースを置いた。ニックの目の前だ。

相手はブリーフケースをじっと見つめて重いため息をつき、ニックに視線を戻した。「さあ、受け取ってくれたまえ」とうながす。「きみのものだ」

ニックはテーブルに近づいてブリーフケースを寝かせ、ロックをはずしてふたを開けた。札束をざっと確かめる。確かに、二十八万ドルのようだ。恩返しに対する料金。くそ。

道義心とはなにかを理解するよう育てられたことを後悔してしまう日がたまにあった。恩義の真の意味を理解してしまっていることを。なぜならいまここで、ニックは締めつけられる感じがする腹の底から、一線を越えてしまおうとしているとわかっていたのだ。

ガチャリと音をたててロックをかけ直し、マディックスに恨みのこもった視線を投げつつブリーフケースを押しやって返した。

「全額そろっているはずだ」マディックスは困った顔つきでニックを見返した。

「だったら、しっかりしまっておけ」ニックはうなり声を発した。

マディックスは困惑の色濃いまなざしで黙ってニックを見つめ続けた。「だが、そちらが前払いで寄こせと」と指摘する。

いまや例の一線がニックの眼前にあった。越えてしまえ、過去によって作り替えられてしまったろくでなしになってしまえとそそのかされた。いまこの一線を越えてしまえば、永遠にそのままでいることになる。元に戻れなくなる。

この胸に太陽に照らされた小麦色の髪がふわりと広がることもなくなる。アメジスト色の瞳に心の底からの信頼をこめて見つめられることもなくなる。引き受けるべきではないとわかっている仕事の報酬として目の前に置かれているこの金によって、どのみちそんな信頼はのちに台なしにされてしまうだろうが。

「金を持って、さっさと出ていけ」意識して冷淡な声を出した。万が一にも、この胸の奥で荒れ狂っている矛盾する感情には気づかれまい、たったいま迫られている決断を下したくないと思っていることには気づかれまいとして。

「ええっ……」マディックスの顔にパニックが浮かんだ。

「あんたにはいまいましい借りがある」ニックはことさらにそっけない口調で言った。「料金はいらん。金は取っておけ、マディックス。あんたがうそをついていたということになった場合、その金でおれを買収できるかもしれんからな」そこで念を入れてまなざしよりも冷えきった笑みを浮かべた。「そんなまねをしても無駄だとは思うが」

ニックは、マディックスが金を集められなければいいと願っていた。マディックスにはアリバイがあるとはいえ、殺し屋の手配をにおわせる個人資産の多額の引き出しに対しては、捜査局が目を光らせているに違いないとあてこんでいたのだ。

ニックは夢と清らかさを思わせる目をのぞきこんでしまった。あの清らかさが本物だとわかったら、どんなことがあろうと彼女を傷つけさせはしない。

いったい、どこからこんな考えがわいてきたのか？

「あの娘が気になっているんだな？」マディックスが首を横に振った。「あの写真を見れば、そうなってしまうとわかっていたさ。あの目がそうさせるんだ」

ニックは相手に視線を向けて悟った。先ほどマディックスの会社を訪ねたとき本能的に疑っていたとおり、手玉に取られている。

「あんたと話す必要があったら連絡する」マディックスに告げた。「それまではおれの前からとっとと消えて、おれなど知らないふりをしていろ。さもなければ、おれは消えるぞ、マディックス。あの女があんたをつるすのに手を貸してからすぐにな」

そうすることは可能だった。そうしたっていい。マディックスにいくつアリバイがあろうと関係なかった。そんなものは残らずつぶしてしまえる。

「わたしはそんな心配をする必要はないんだよ、ニック」マディックスはブリーフケースを持ってドアに向かいだした。「きみの正体なんてさっぱり知らないと正直に言い切れる」

ニックは身を引いてマディックスに道を空け、ドアに向かう相手を見つめた。マディックスは部屋の外に出て、一瞬だけ立ち止まって最後に困惑のまなざしをニックに投げてから立ち去った。

ニックはドアを蹴って閉め、思わず悪態をついて両手をうなじで組み、寝室に入っていった。

胸を焦がす激情は年を追うごとに苛烈さを増すばかりだ。たいがいは任務に没頭して、なんとかそれを抑えこんでいた。十年前、ジョーダンから一生に二度とないチャンスを与えられて以来、みずから進んで冷たく感情のないロボットになろうとしてきた。世のなかから姿を消すチャンス。ルールなどなしに戦うチャンス。世界を変えるためのチャンス。

彼はなにかを変えただろうか？

変えたとは言えない。

夜はまだ眠れなかった。いまだに銃声を聞き、彼が車のなかに助けにいく前にそこで死んでしまった娘の悲鳴を聞いて目を覚ましていた。

充分に世界を変えていたら、いまごろはあんな悪夢も見ないようになっているはずではないだろうか？　穏やかに眠りにつけるのでは？

完璧に整えられている、寝心地のよさそうな広いベッドを見つめた。〈スイーツ〉はほぼ完璧なベッドを用意している。しかしニックは経験から、このベッドでも少しも眠れはしないとわかっていた。

ヘルメットはソファに置いたまま、ハーレーのキーをつかんで部屋を出た。ドアをきっちり閉め、ホテルをあとにして、人目につかない裏の駐車場に行く。そこに停めてあったバイクに細工をされていないかすばやく確認したのち、またがってキーをぐいっとまわした。

眠れないなら仕事をするだけだ。ここですべき仕事は山ほどあった。マディックスがうそをついているかどうか確かめるつもりなら、まず調べるべきはあの女だ。

善良と評判の女はひとり残らず、ささやかな悪徳を秘めている。無垢だとか清らかさだとかいうものは存在しないのだ。ミケイラ・マーティンには善良な要素がたくさんあるのかもしれない。しかし、悪い要素もまたどっさり隠し持っているに違いない、とニックは賭けていた。善良な女の防御を突破する秘訣は、彼女の悪徳を見つけ出すことだ。

パーティーで浮かれ騒ぐのは好きではないようだが、ダンスは好きらしい。継続してつき合っている恋人はいないようだが、かなり頻繁にデートに出かける傾向がある。この女は謎としか言えない。

駐車場を出て、煌々と照らされているヴェーゼル大通りを走り、数分進んだ先にある〈カンクン・カンティーナ〉を目指した。

前もってテイヤが調べた情報によれば、ミケイラは仕事も家族も友人も大好きで、概して人生を楽しんでいる。まじめであるべきときはまじめだが、社交生活も満喫している。

ニックにとって、ミケイラは新種の女だ。社交生活も仕事も両立させて楽しんでいる女の扱いかたなど、自分にわかるかどうか自信が持てなかった。

ニックが普段から接し慣れている女は陰があるか、世をすねているか、冷酷か、猟奇的か、あるいはそれらの特質を併せ持っている者たちだった。なんらかの理由で、闇しかない場所で長く過ごしすぎた女たち。部隊でともに働く女たちでさえ、それぞれが心の傷を、闇を抱えていた。彼女たちは陰にまぎれて存在する邪悪をあまりにもたくさん目にしすぎ、知りすぎてしまったのだ。

ミケイラは、邪悪などこれっぽっちも知らない女に見えた。男に、嵐のなかの平穏を与えるタイプの女なのだろう。それとも、これまでニックが知りもせず手にもできなかったすべてを思い起こさせ、清らかさとは憎むべきものなのだと思い知らせる女なのだろうか？〈カンティーナ〉の駐車場に入りながら、ニックはどうしてもそうは考えられなかった。あの女の腕のなかで見つけられるであろう平穏を憎むなど、想像もできなかった。

ニックはぶるっと頭を振った。かつて父に言われたではないか。平穏とはわが身から生まれるものであると。ニックはまだそんな平穏を、この身のなかに見つけられずにいた。

ハーレーを安全に停め、〈カンティーナ〉に足を踏み入れた。大きく響き渡る音楽。週末のにぎわい。薄暗い照明。エリート作戦部隊に加わってから訪れた、ほかのほぼすべてのクラブと同じありようだ。

ダンスフロアはこみ合っていて、はっとするくらいうまいカントリーウエスタンバンドが奏でる曲のリズムに合わせ、大勢の人間が体を揺らしていた。

ニックは店内に視線を走らせ、小麦色の髪を捜した。ミケイラは習慣どおり動く人間のようだから、今夜もここで見つかるはずだ。

ミケイラは週五日、ほとんど毎日夜まで自分の店でこつこつと働いている。日曜日は昼食も夕食も両親とともにし、求められればいつでも友人や弟たちのために駆けつける。

いつも社交の予定はいっぱいで、幅広い交友関係がある。確かに、どこにでもいる親しみやすい隣の家の女の子だ。どの報告もそれを裏づけている。

ここからが、ニックの仕事だ。それらの報告を徹底的に調べあげ、真実を探り出す。そうするあいだ、おのれの魂を守りきれさえすればよいのだが。

3

ミケイラが指でテーブルをとんとんとたたいている横で、デート相手のタッド・ドーソンは友人たちと立ち話をしていた。タッドは平日は毎日、法律事務所で働いて、それからまた週末も同じ職場の人たちとつき合っている。ミケイラにはそれがあまり理解できなかった。

三十歳のタッドは感じがよくて、誠実そうに見えて、理想の人の資質をすべて備えているように思える。とはいえ、いまミケイラは理想の人を探しているわけではない。本当に違う。しかし、父にもちょくちょく言われているように、若くいられるのはいまだけだ。

父は大事な娘であるミケイラに身を落ち着けてほしくてたまらないのだ。

ミケイラは殺人犯に裁判を受けさせ、元の暮らしに戻りたくてたまらなかった。作りたいドレスがあって、仕上げたい未完成のデザインが待っている。自分には戻るべき暮らしがある。

こんなところでデートしているより、もっとほかにするべきことがあるのに。デート相手の男性は平日もずっと取り組んでいた訴訟のことばかり頭にあって、ダンスをしようという気もあまりないらしい。ミケイラもダンスをすれば、いまだに心を落ち着かなくさせているエネルギーを少しは発散させられるだろうに。

とりあえず、まだデートできているだけましかしら。ミケイラは皮肉に思った。どうも人々はミケイラ側か、マディックス・ネルソン側かに分かれているようなのだ。ミケイラを信じているか、単におかしなことを言っているくらいに思っている人は、彼女を友人の輪に加えてくれている。いっぽうネルソン側の人たちは、はっきりミケイラを避けていた。

タッドがいまだにデートに誘ってきたのも、勤めている法律事務所の経営者がミケイラの父親の親しい友人であり続けていて、いまのところ公平な立場でいようとしているからこそではないだろうか。

そうはいっても、ミケイラとタッドの関係はがらりと変わっていた。親しくなりかけていたふたりの関係は、数週間前からぎくしゃくしてきていた。今夜かぎりでタッドに会うことはもうないのでは、と本気で思えた。

ミケイラなどここに存在していないも同然なくらい、タッドはこちらにまったく関心を向けていなかった。

「あの人でなしは有罪間違いなしだったのにな、エミリー」タッドの軽い笑い声で、ミケイラの物思いは中断された。怒っている、あるいは正義が守られていないことを問題視しているというより、タッドは単におもしろがって、感心すらしていそうな口ぶりだった。

話題になっている〝人でなし〟とは、妻を殺した犯人のことだ。

「あら、ベイビー、検事だって充分な証拠がないってわかってたはずよ。わたしは単にそこを指摘してあげただけ。そのために、わたしたちは大金をもらってるんでしょ。大事な依頼人ができるだけ有利になるよう、ことを運ぶために」タッドの友人であり同僚であるエミリー・シャルツは、うぬぼれきったしたり顔で答えた。

法律事務所の正弁護士《パートナー》の娘であるエミリーは、高慢で偉そうな女性だ。これまでずっと、ミケイラはエミリーのそういうところに目をつぶってきた。家族ぐるみの友人だったので、エミリーのさらにかんに障る性質の数々でさえ、ずっと気にしないようにしてきた。数週間前までは。

明らかに正義に反する誤審だ。ミケイラはそう思って口元をこわばらせた。弁護士が、それはたくさんの人たちから憎まれているのも不思議ではない。弁護士たちにとって大切なのは勝訴することだけなのだ。少なくとも、一部の弁護士たちにとっては。なかには少数の善良な弁護士たちもいると、ミケイラは認めていた。ただ、この集まりにそんな善良な人はいないだけだ。

「だからこそ、エミリーはあっという間にパートナーに昇進できるんだろうなあ」タッドは尊敬もあらわに言った。

「それは、わたしだけにかぎった話じゃないでしょ」エミリーがタッドのほうを向き、あからさまな関心のこもった熱い視線を送った。「そう言うタッドだって、昇進まっしぐらじゃない。実力を見せつけて、パートナーたちから目をかけられてる」

ミケイラは椅子にもたれ、わざとらしいやり取りを見せつけられていた。長身で、すらりとしていて、洗練されているエミリー・シャルツ。背丈がある上に曲線が見事な体つきと、強烈に発散されている優越感が、間違いなく彼女のカリスマ性であり、性的な魅力なのだろう。あのクールな視線にタッドがすっかりその気になって、早くも落とされそうになっているのも、まったく意外ではなかった。

こっそりいなくなっても、きっと誰も気づかない。ミケイラは、ちょっとおもしろがるくらいの気持ちで思った。ミケイラが家に帰って、少し仕事をしてから、健康にいい時間にベッドに入ってしまっても、タッドはデート相手がいなくなっていることに気づきもしないだろう。

「お客さま」すぐ横でウエイトレスが、ミケイラに声をかけた。テーブルの向かいにいる連れたちは、こちらにちらりと目をやる程度で無関心だ。

ミケイラは顔をあげた。「はい？」

「カウンターにいらっしゃるあちらの紳士が、あなたに一杯ごちそうしたいとおっしゃっておられます」ウエイトレスが指し示す先のカウンターには、金髪の男性がゆったりと座っていた。驚くほど背の高い、北欧系に違いない顔立ちの男性。店の離れたところにいても、ぱっと目を引く姿だった。

ミケイラはちらっとタッドを振り返ってみて、かすかな笑みを浮かべつつ首を横に振った。「けっこうです、ありがとう」と答えて立ちあがった。「今夜は、もう帰るところですから」

淡い青の瞳、無造作に伸ばした白金の髪、数十メートル離れたところにいても女の足を止めさせるに違いない体つき。あのたくましい肩にも、誰の支配も受けそうにない、険しく野性味を帯びた表情を浮かべる顔にも、たるみなどいっさいなかった。

一夜のうちに伸びたひげが、口のまわりとあごに影を落としている。男としての自信がひしひしと伝わってくる、見るからに危険な存在。

男の全身から危険な力が放たれていた。彼は危険を身にまとっている。危険な力は男の一部と言っていいほどで、ミケイラはその影響を受けて胸を高鳴らせてしまった。

似たような男たちには会ったことがあった。ただ、彼らはあの男ほど強力でも、危険でもなかった。あまりにも長く戦いに身を置きすぎて、故郷に戻っても、戦いにおもむく前に送っていた安定した平穏な日々の暮らしに適応できなくなっていた男たち。しかし、そうした男たちでさえ、あの男の鮮烈な印象と比べたらかすんでしまう。あの男は根底から危険、危険そのものだった。

今日、目にした黒をまとったバイク乗りも、最高の肉体の持ち主だった。あの男と同じ体つき。だが、あの男の険しい顔立ち、冷ややかな氷を思わせる青の目、固い決意を秘めた表情は、彼が単なる鍛えあげたすばらしい肉体だけの存在ではないと警告していた。あの男は生ける武器だ。

本当に、もう家に帰ったほうがいい。どういうわけかあの男の関心を引いてしまったのなら、自分は思っていたより厄介な事態に巻きこまれてしまっているのかもしれない。

ミケイラがテーブルを離れても、タッドは気づきもしなかった。こんな扱いをされて、女の自尊心が傷つかないはずがない。ミケイラがついに折れるまで、デートをしようと何週間もしつこく誘ってきたのはタッドだったのに。タッドは幼いころからの知り合いで、いい友だちだった。いい人だけれど、自分のデート相手に大して注意も払えなくなるくらい、上司の娘によく思われようと必死になっている。ミケイラにも、そうする相手の気持ちは理解できた。ミケイラは長身でも曲線美を誇る体つきでもないし、タッドが加わりたがっている社会的地位の高い人たちの一員でもない。背は低いし、たぶん体の曲線は強調されすぎている。長い髪はブロンドではなく、ブラウンでもない。母に言わせれば、くすんだブロンドだ。まっすぐだから、ふわふわでもない。胸も大きくはないし、手軽な一夜の相手になるつもりもなかった。

そうなると、ほとんどの男に相手にされない。

大勢の危険人物たちのあいだを静かに縫って出口を目指した。

〈カンティーナ〉は郡の大きなコンベンションセンターとホテルの下にある。コンベンションセンターやホテルとつながっていて、そこを訪れた客が楽しむのに欠かせない場所となっている。

ミケイラがしばしば楽しむのに欠かせない場所でもあった。ここ数週間は、楽しむ気もあまり起こらなかったが。

ジーンズのポケットからジープのキーを引っ張り出すとき、今日はタッドが遅れてきてくれて本当によかったという思いが頭にぱっと浮かんだ。おかげでタッドの車に乗せてもらわず、自分の車でクラブに来る理由ができた。

おかげで、自分の車に乗って家に帰れる。

薄暗い駐車場を歩きながら、万が一の場合に備えて身構え、二本の指のあいだに挟んだキーをぎゅっと握りしめた。絶対の安全などありえないと恐ろしい体験を通して学んだ。いついかなるときになにが起こるかわからない。みずから招いたわけではなくても、なにかが起こる可能性はある。

用心深く暗がりをにらみ、隠れているかもしれない脅威を見逃すまいとすみずみに目を凝らしつつ、できるだけすばやくジープに向かった。

〈カンティーナ〉の入り口近くに停めることはできなかった。通りの向こうの駐車場に停めるしかなかったのだ。あのとき空いていたのは、はじのほうの離れた場所だけだった。

クラブのそばの安全な場所に停められないとわかったときに家に帰るべきだった。けれども、タッドにとても熱心に誘われていたのでむげにできなかった。

今夜はいい教訓になった。

足取りを速め、車に充分近づいてからリモコンキーでドアロックを解除した。カチッと音がして、ミケイラは車の反対側へまわった。ドアハンドルに手を伸ばしたとき、自分の過ちがどれだけ深刻なものだったか思い知らされた。

乱暴な両手に背後からつかまれた。

「面倒を起こしやがる、くそ女め！」うしろで耳障りなうなり声がした。

ミケイラには無駄に三人の弟たちがいるわけではなかった。抵抗もしない犠牲者になるつもりは絶対になかった。

恐怖はたちまちわさあがった。恐れが生き物のようになってうなり、暴れ、全身にアドレナリンがどっと流れて、ミケイラはただ生き延びるための本能だけに従って動いた。

二本の指にしっかり挟んだキーを握って、こぶしを振りまわした。

暗闇で男がうめき、ミケイラは突き飛ばされた。体が回転してジープの後部にたたきつけられる。

幌屋根の側面に顔がこすれ、スペアタイヤで胸を強く打った。痛みに一声悲鳴をあげてから息を吸い、すぐに叫び、蹴り、引っかき、指のあいだに挟んだキーで攻撃を繰り出した。暗いので、ほとんどなにも見えない。陰になった黒い顔。襲ってきた相手はミケイラよりさほど背は高くないが、力は強かった。

男の指がミケイラの喉に巻きついて締めあげた。ミケイラはキーをやわらかい腹めがけて突き出した。うっという声とともに指がゆるんだが、一瞬後、顔の側面に大きなハンマーがめりこむような衝撃を感じた。

こぶし。ぼうぜんとなって、こぶしで殴られたのだとわかった。ショックと痛みに包まれて、貴重な数秒間、全身の力が抜けてしまった。指のあいだからキーが滑り落ちた。身を守るための唯一の武器が。そのとき、男の粗暴な指がふたたび喉に巻きついた。

殺される。

そう悟って思考をかき乱された。力ではかなわない。もう、まったく力が入らない。感覚が途切れ途切れになり、呼吸が用をなさないほど浅くなった。

死ぬに違いないと思った。

ニックは〈カンティーナ〉を出て、クラブの明るく照らされた正面入り口のまわりに鋭い視線を走らせてミケイラを捜した。車が何台も音をたてて通り過ぎ、暗がりにヘッドライトの明かりを投げかけていくなか、まなざしを険しくして捜索を続ける。

気づく間もなく、ミケイラはクラブを抜け出していた。人ごみにまぎれた彼女を、ニックは見失ったのだ。家に帰ろうとしているのではと気づいたころには、おくれを取りすぎていて追いつけなかった。

ミケイラは入り口のそばに車を停めていたに違いない。こんなにもあっという間にまかれたということは、〈カンティーナ〉入り口の真正面に駐車していたとしか考えられない。

ニックはあごをこわばらせた。

向きを変えて駐車場のはじにある自分のハーレーへと歩きだしたとき、聞こえた。押し殺された悲鳴が。

足を止めて耳を澄まし、通りの向こうにある駐車場を見渡した。

いまの悲鳴はどこから聞こえてきた？

あそこだ。また聞こえた。

ニックはすぐさま動きだし、通りを渡った。駐車場の奥で、もみ合うふたつの影があった。アスファルトを蹴って走る彼の耳に、絞め殺されそうになっている女性の怒りに満ちた叫び声が届いた。

背の高いほうの影が一瞬うしろに離れた。ほんの一瞬だけですぐにまた襲いかかっている。

ニックは離れすぎていた。

「ミケイラ！」声を張りあげ、車のあいだを全力で駆け抜けた。

襲撃者の影がはっとして体をひねり、一秒もたたないうちに走りだして逃げていった。

ニックが恐怖に包まれて見つめる前で、駐車場の向こうを通り過ぎた車のライトを浴びて、どこまでも穏やかな小麦色の髪が一瞬きらめいた。

ニックがそこにたどり着く寸前に、ほとんどスローモーションに感じるほどゆっくりと、ミケイラが地面にくずおれた。

くそ。そんなはずがない。

間に合わなかったのか。

恐怖に思考をかき乱されつつ、あせってミケイラのかたわらに膝をつき、全身に両手を走らせて確かめた。まぎれもない血の染みはないか。骨が折れているところはないか。突き出ているナイフの柄はないか。

「やめて」弱々しくあえいで、ミケイラは胸をまさぐるニックの両手を押しのけようとした。

「なにしてるの？」

ミケイラの声はくぐもっていた。喉を締めつけられていたかのように。目が暗闇に慣れ、ミケイラの顔が見えた。出血はない。ミケイラは片方の手でニックの手を押しやり、もういっぽうの手で首を撫でている。

「ミス・マーティン？」ニックはミケイラの顔から髪を払いのけてやり、手を貸して上体を起こさせた。「大丈夫か？」

ニックが弱い男なら、普通の男だったなら、震えていただろう。

こちらを見あげるミケイラの顔を両手で包みこむと、彼女の頭がふらふらと揺れた。ミケイラは震えている。

「ミケイラ？」ニックは損傷を負った喉から発せられる自身の声が耳障りな音にならないよう努めた。ずっと昔、あまりにも激しく、熱く襲いかかってきた炎によって傷ついた声だ。

「大丈夫よ」ミケイラの声は小さく、弱々しかった。「あなたは誰？」

「ニックだ。ニック・スティール」

くそ、会うのは初めてのはずなのに、彼女の名を呼んでしまった。怪しく思われるに決まっている。

「あのウエイトレスが親切にきみの名前を教えてくれたんでね」懸命に呼吸を整えながらまだ首をさすっているミケイラを、ニックはじっと見つめた。「本当に大丈夫か？」

ミケイラはさっとうなずこうとしたが、痛みに顔をしかめて動きを止めた。

「絞め殺されそうになったの」恐怖におののく、かすれ声で言う。「あの男、あなたが追い払ってくれたのね」

あんな人間のくずはもっと早く追い払うべきだった。ミケイラは殺されていてもおかしくなかったのだ。ナイフを使われたら一瞬で終わっていたはずだった。だが、襲ってきたのが誰であれ、そいつはミケイラをすばやく、らくに殺すつもりはなかったらしい。

なんてありがたいことだ。

「起きあがらせて」ミケイラは地面に両手をついて立ちあがろうとした。

「さあ」ニックは相手の両脇に手を差し入れて、慎重に抱えあげるようにして立たせた。しっかりバランスを取って立つまで見守って支えてやる。「病院に行ったほうがいい」

ミケイラはそろそろと顔をあげた。

「えっ、そんなの絶対だめよ！」かすれている声を聞いて、ニックの胸に激しい怒りがこみあげた。声帯を傷つけられた声だ。首を絞められているあいだ息をしようと必死にあえいだのも、喉を軽く痛める原因となったのだろう。

「検査を受けるべきだ」

「うちの家族全員が復讐の天使みたいに押しかけてくるわよ」震える手をあげて額にあてている。

「どこも傷ついていないかどうか確かめたほうがいいだろう」

「平気よ」ミケイラは深く息を吸った。「震えてるだけ」

「そんなに震えていては運転はできな――」

「キーを見つけなきゃ」そうっと左右を見まわして捜している。「見つけるのを手伝って」

キーはミケイラの足元にあった。

ニックは屈んでキーを拾いあげ、受け取ろうとするミケイラの手の届かないところに遠ざけた。

「病院に行くか、おれの運転で家に帰るか。選んでくれ」

ミケイラは見知らぬ人をじっと見あげた。この人の接しかたはまるで、ミケイラをよく知っているかのようだ。わけがわからない。ミケイラはこの人を知らないのに。確かに、この人と前に会ったことはない。会っていたら覚えているはずだ。

「どなただったかしら？」

「ニック・スティールだ」答える男の声はひどくざらついているのに、とても優しかった。

「名前だけ聞いても、どんな人だかわからないわ」男の手のなかのキーを見つめて言った。

「わたしのキーを返してくれない？」

相手はゆっくり頭を横に振った。白に近いブロンドが両肩をさらりと撫でた。身に着けている黒い服は夜の闇に溶けこんでいる。

「言っただろう、おれの運転で家に送っていくか、病院に連れていく。すぐにでも電話して救急車か警察を呼んだっていいんだ」

「やめて」すぐさま反応してしまった。

警察を呼ばれるなんて最悪だ。助けてくれるかどうかも怪しいと真剣に疑っていた。ひょっとしたら、襲撃した人にメダルをあげるんじゃないだろうか。

「警察はよして」家に帰れさえすればいい。

「じゃあ、行こう」ニックに腕をつかまれた。乱暴にではなく、ただ絶対に振り払えないほど固く腕を取られて、ジープの助手席側に連れていかれた。「乗るんだ。家に送っていく」

手を貸されて助手席に乗りこみながら、ミケイラが用心深くいぶかしげな視線を向けると、相手は微笑を隠していた。

ほかにも選択肢はある。ジーンズのうしろポケットには携帯電話が入っているから、弟の誰かに電話することもできる。

いや、絶対にだめだ。電話したら、どの弟もすっかり慌てきって両親に連絡し、ミケイラは意思に関係なく病院に連れていかれるはめになるだろう。そうなったら、父は警察に電話するに決まっている。そして、警察が関心のないそぶりを見せようものなら、父は警察をののしり、怒鳴りつけるだろう。母はきっとショックを受けてしまう。母親は、この町の警察官ほぼ全員のファーストネームを知っている。そんな警察官たちにミケイラの優しい母がさらに失望してしまうような事態を招いても仕方ない。

ミケイラの母ジョリー・マーティンは、先週ミケイラが店に不法侵入されたと警察に連絡したとき、涙を流して嘆いていた。警察官がひとりも現れなかったからだ。父はどうしようもないと言って署に電話し、州警察に訴えるぞと脅していた。

そこまでしても役に立たなかった。

運転席側のドアが開き、よく知らない男が目を見張るほど大きな体で入ってきて、ミケイラの体に合わせて固定してあったシートを限界までうしろにさげてから、体を折り曲げるようにして席に座った。

「住所は？」男はミケイラに顔を向けて尋ね、イグニッションにキーを差しこんでエンジンをかけた。

ミケイラがすぐに住所を告げると、男はギアを入れてバックし、駐車場からジープを出した。

「住所を聞いただけで、どこかわかるの？」

ミケイラはヘイガーズタウンには住んでいなかった。初めて買った家は、ウィリアムズポート近くの小さな町にある。

「実を言うと、よく知ってる。今日の午後、きみのうちの隣の家を借りたばかりなんだ。引っ越すのは明日になってからにするつもりだったが」男がこちらにちらりと目をやり、ダッシュボードの弱い光を受けて歯がきらりと輝いた。「ものすごい偶然じゃないか？」

ミケイラはまったく偶然を信じない。が、確かに隣家は貸家だった。ミケイラの家と同じ煉瓦と化粧漆喰塗りの平屋は、常緑の生け垣と見栄えのいい松の木にプライバシーを守られて立っている。

「それで、あなたはどうやって自分の車に戻るつもり？」

「乗ってきたのはハーレーだ」男は言った。「電話でタクシーを呼んで、家の前で待たせておいてくれ。きみが安全に家に入るのを見届けてから、おれは帰る。引っ越しは明日になってからするつもりなんでね」

「どうして、わたしの安全なんて気にかけるの？」

理解できなかった。現在ワシントン郡とその周辺の人たちは、どうもミケイラを殺したがっているか、笑いものにしたがっているかのどちらかのようなのに。

ミケイラは殺人事件を目撃して、犯人の顔も見た。にもかかわらず、彼女の証言を誰も信じたがらない。なぜなら、殺された被害者があまり好かれていなかった上、殺人犯が地域社会の有力者で、突き崩せないアリバイもあったからだ。おまけに、どうしてもミケイラを黙らせたがっている人もいるらしい。

「どうして、気にかけないと思う？」交差点で車を停めて、ニックは聞き返した。「男が全員くそったれというわけじゃないさ、かわいいお嬢さん」

ミケイラは思わずぱっと眉をあげた。〝かわいいお嬢さん〟ですって？

じっと車の流れを見つめ、膝の上で両手を固く握りしめて、自制心を失うまいと必死になった。恐怖は心のなかで野生の生き物のように暴れ、抑えておけなくなりそうだった。この男性は見知らぬ人だ。けれども、ミケイラを襲ってきた犯人ではない。この男に襲われたのだったら、いとも簡単に殺されていただろう。彼の両手はとても大きかった。極めて長身の鍛え抜かれた体と、粗削りな顔にふさわしく。

「あなたやほかの人が〝くそったれ〟だなんて言っていないわ」すでにあざが広がっていそうな顔にふれる。「今夜、わたしをサンドバッグがわりに殴りつけた人は別だけど」

「きみは、ハンドバッグなどの盗めそうなものはなにも持ち歩いていなかった。強盗目的だったとは考えられないな」と、ニック。「どうして襲われたのか、心あたりは？」

ミケイラは相手の横顔をさっと見やり、疲れを覚えてため息をついた。「あなた、このあたりの人じゃないのね？」

ニックは喉を鳴らして笑った。「ああ。テキサスから来た」

「やっぱり」とはいえ、この男がテキサスに住んでいたとは、なんだか考えにくかった。

「こっちに来てから、もうしばらくたつの？」

「家を借りる程度には長くいる」ニックはミケイラにすばやく視線を向けて笑顔を見せてから、道に目を戻した。「ところで、まだこっちの質問に答えてくれていない」

ミケイラは答えに迷って唇をかんだ。「わたしは、何人かの人たちに腹を立てられているのかもしれないわ」ニックにどう取られるかと神経質になって肩をすくめた。怒ってもいた。

ここのところ、店はミケイラのデザインを求める人たちより、物見高い人たちのせいでにぎわっていた。ミケイラはもう友人に秘密を守ってもらえると信じなくなっていた。たくさんの友人たちが、ほかの人に打ち明け話を広めていた。ミケイラも、マディックス・ネルソンのようにうまく立ちまわろうとした。表向きは控えめな態度を保ち、殺された現場監督と関係があった人を捜して話を聞き、真相を突き止めようとした。ところが、誰も話をしてくれなかった。マディックスには完璧なアリバイがあった。警察署長や市議会議員ふたりも同席していた、夕方に開かれたビジネスの会合だ。こんなアリバイなら、ミケイラだって信じただろう。この目で事件を目撃していなければ。

「〝かもしれない〟だって？」ニックはふたたびミケイラに目をやり、州間道に入ってウィリアムズポート近くの出口を目指した。「いったいどんな事情で、誰かを怒らせた〝かもしれない〟んだ？」

「できれば、その話はしたくないの」ミケイラはきっぱり首を横に振った。「あなたがテキサスから越してきた理由のほうが知りたいわ」

「仕事だ」横から見る、険しく鋭いニックの顔には心を騒がせる色気があった。

こうしてこの男の顔を見ていると、妙に体が反応した。胃がきゅっと締めつけられ、はっきりわかるほど鼓動が速くなる。胸の奥で心臓が激しく打って、呼吸が浅くなり、いままでになく体の内側が敏感になっていく気がした。

「どんな仕事？　なにをしてるの？」声が少しかすれてしまったが、言い訳はできる。襲われたばかりだからだ。殴られた。父親に尻をたたかれたことすらないのに。殴られたのなんて生まれて初めてだった。

「民間の警備機関で働いている」ニックのしゃがれていると言っていい声は、ミケイラの感覚をこするように刺激した。いままで耳にしたなかでも、とりわけ官能をかき立てる声だ。

「民間の警備機関って、どんな？　ボディーガードとか？　警備員とか？」殴られてうずいていた場所の痛みがひどくなってきて、髪を払いのけた。

どこも折れていなかったのが不幸中の幸いだ。

「今回の仕事は特注のセキュリティーシステムの取りつけだ」ニックは答えた。「電子機器には強いんでね」

「〝今回の仕事〟ってことは」ミケイラは痛む肋骨にそろそろと手をあてた。「ほかの仕事をするときもあるの？」

「ボディーガードも配達もする。幅広く、なんでもこなせるんだ」ニックは州間道をおり、ミケイラが地元と呼ぶ小さな町に車を走らせた。

「じゃあ、ここへは個人向けのセキュリティーシステムの取りつけで来てるのね。どんな人の依頼？」この男と離れられるまで、なんとか気を散らしていたい。

「関係者以外には教えられない」ニックはふたたびミケイラに目を向け、ものやわらかに言った。「すまない」

「気にしないで」ミケイラは相手の事情に理解を示した。家までもうすぐだ。胸の片すみでは、このドライブがもうすぐ終わってしまうのを残念に思っていた。

この男と車内にいると安全な気がした。彼について、ほとんどなにも知らないのに。

「痛みがあるんだな」ニックが不意に険しい声を出した。ジープをゆっくりミケイラの家の私道に入れ、ギアをパークにしてから顔を向ける。

ミケイラはあせって脇腹からぱっと手を離しかけた。

「ついさっき、どこかの男にわけもなく襲われたのよ」皮肉をこめてきっぱり言う。「いくつかあざができて当然だわ」

「やはり、病院に行ったほうがいい」真剣なまなざしでミケイラを見据えて、ニックは勧めた。「気づいていないだけで、深刻な傷を負っているかもしれない」

ミケイラははっきり否定した。「ただのあざよ」

「自分でそんな判断はできないだろう、ミケイラ」ニックは声を低めて諭すように言った。「あざどころではない深刻な傷なのに、自覚していない場合もある」

「ジープにたたきつけられて、顔を殴られたの」深刻な傷ではないはずだと説明しようとした。「内臓も傷ついていないし、骨も折れていないはずよ。ただ、痛みがあるだけ」

「しばらく、顔の片側全体にあざができて消えないはずだ」ニックはそう言って手を伸ばし、痛む頬にふれるかふれないかのところまでそっと指を近づけた。「それだけでも、あの男は殺されて当然だ」

ミケイラは抑える間もなく唇を開いていた。鼓動がさらに速くなり、心臓が喉から飛び出しそうなくらい胸の高鳴りは激しくなった。

恐怖のせいではない。ニックに指でふれられそうだと思い、ときめいてしまったせいだった。

「殺すなんて話はやめましょう」ミケイラはもう少しで唐突な、苦々しい笑い声を発しそうになった。人殺しについてなんて、いまは考えたくもない。「あなたのタクシーを呼ぶのを忘れてたわ。タクシーが着くまで少し待ってもらわなきゃ」

ニックはおもしろがるように唇を曲げた。「気にするな」脇につけているホルスターから携帯電話を取り出して、番号を押している。

よ。外で待ってる」

「迎えがいる」電話の相手に言って、住所を告げている。「ああ。つかまえられてよかった

ニックは携帯電話を閉じた。

「友だち？」ミケイラは尋ねた。

「同僚だ。あの女はおれに借りがあるからな」ニックは携帯電話をホルスターに戻し、また

ミケイラのほうを向いた。「コーヒーでもごちそうになりたいところだが、きみが〝ノー〟

と言うのはほぼ間違いないと思える」

ミケイラはつい笑顔になってしまった。この好奇心をかき立てる男性といくらもっと一緒

に過ごしていたくても、望むほど大胆にはどうしてもなりきれなかった。

「ごめんなさい」ミケイラはため息をついた。ひどく残念がっている気持ちがそこにこもっ

てしまった。「父はこの件をまず自分に知らせなかったことで、間違いなくかんかんになる

わ。その上、わたしがよく知らない人を家に入れたなんて知ったら、自分は娘をきちんと育

てられなかったのだろうかって考え始めるに決まってる」

「父親の言うことに耳を傾ける女性とは。めったにない存在だ」ニックがにやりとし、その

弾力のありそうな、かみ応えのありそうな唇の曲がり具合で、ミケイラの胃に宙返りを起こ

させた。ああ、どうしてもあの唇を味わってみたい。

「数は少ないけど、そういう女性も残ってるのよ」請け合い、脇腹が痛むのも気にせず軽い

笑い声を発していた。

「ああ、そのようだな」ニックは同意のしるしに頭を傾けた。「おっと、迎えの車があと二分でやってくる。時間があるうちに言っておかなければ、会えてよかった、ミス・マーティン」

「わたしも言っておかなくちゃ、助けてくれてどうもありがとう」ミケイラは笑顔で応じて手を差し出した。「もう、キーを返してくれる？」

ニックはイグニッションから引き抜いたキーを、そっとミケイラの手のひらにのせた。指先が手のひらにふれた瞬間、ミケイラは肌を走る、かすかなエネルギーの流れを感じた。

渡されたキーを握ろうとして、離れていく彼の指を指でかすめた。

「本当に、ありがとう」ミケイラの声は、さっきよりもかすれていた。

「またすぐに会える」ニックは約束した。「覚えているかい、すぐ隣に住むんだ。さあ、見ているうちに無事に家のなかに入ってくれ。そうすれば、もうきみは安全だと安心できる。きみのお父さんのように、おれも心配性だ」

「お子さんがいるの？」この人は結婚しているのかしら？　ああ、なんてことなの、隣の家に奥さんや子どもたちと一緒に越してくる既婚の男性に、ぼうっとなってしまっていたのだろうか？

ところが、ニックは表情を凍りつかせていた。氷を思わせる青い目のなかに、なにか殺伐とした荒々しい光が宿っていた。

「昔はいた」彼はようやく答えるなり、なにかを振り払うかのように激しく頭を一振りして、ドアのインナーハンドルを引き、すばやく車をおりた。

この話をしたくないのだ。それは明らかだった。

昔は父親だった、とニックは言った。では、子どもを亡くしたか、なんらかの理由で会えなくなってしまったのだろうか？

訊くのはよそうと、好奇心を抑えこんだ。軽々しく話題にしないほうがいいこともある。特に、まだよく知り合っていないふたりのあいだでは。

ミケイラが座っている助手席側のドアが開いた。ニックが手を差し伸べ、ジープをおりるのを優しく手助けしてくれた。

「ニック、ごめんなさい」ミケイラは彼の腕に手を置いた。

「なにが？」暗がりで、ニックのまなざしが鋭くなった。

「あなたに、つらい記憶を思い出させて」ミケイラは小さな声で言って少し離れ、うしろにいるニックを意識してしまいながら、慎重に歩道を歩いていった。

ドアにはちゃんと鍵がかかっていた。鍵を差してドアを開け、なかに入って警報システムの暗証番号を打ちこんだ。なにもかも異常なしのままだった。明かりもついたままだし、飼い猫のビスカスもミケイラが帰ってくるといつもするように、キッチンに続くアーチ形の入り口から鳴き声をあげた。

「なにもかも異常なしよ」ニックを振り返って言った。背の高い、たくましいニックが見おろしていた。守るように。「本当に、感謝するわ」

「おれもだ」ニックは手を伸ばし、ミケイラの殴られていないほうの頬にふれると、すぐに背を向けて離れていった。

家の前に車が停まり、ドアが開いたとき、ミケイラにも車内にいる赤毛の女性が見えた。当然のように背が高く、きれいな人だった。

ふたりは去っていった。

家に入ってドアを閉め、また鍵をかけてセキュリティーシステムを作動させた。それから、ミケイラの家族になっている、黒白の長い毛を生やした、かなり大きな雄猫を見おろす。

「さて、またふたりっきりね、ビスカス」

猫はもう一声鳴き、背を向けて軽やかな足取りでキッチンへ入っていった。

家に一匹で留守番させられていたのだから、おいしいものをもらえて当然だと思っているのは間違いなかった。

たぶん、ミケイラもおいしいものにありついて当然だ。顔にあざができただろうから。脇腹も痛んでいて、あざになりそうだ。今夜は怖い思いをした。そして、あの男性から離れたくないのに離れなくてはならなかった。

父親はショックを受けてしまうだろう。

父親の怒った声が聞こえてきそうなのに、口元には小さな笑みが浮かんだ。

弟たちはパニック状態に陥るはずだ。

そう考えても、ミケイラの興味はそがれなかった。

胸のときめきも。

4

「信じられない！」翌朝早く店に入ってきたミケイラを見るなり、ディアドラは恐怖に満ちた声を出し、本当に信じられないようすでぼうぜんとなった表情を浮かべた。

ミケイラはディアドラと出勤時間が一緒になるようにした。今日はディアドラに接客を任せて、自分は隠れているためだ。

「見かけほどひどくはないのよ」ディアドラを安心させようとした。

顔がかなりひどいありさまなのはわかっていた。あざは頬からあごにかけて口元まで広がっているのだ。下唇は切れてしまっており、グロテスクに腫れあがってはいないけれど、信じられないくらい不快感があった。

「見かけほどひどくはないですって？」ディアドラは目を大きく見開いてシルクに包まれた腰から両手を離し、毛足の長い絨毯の上を横切ってミケイラに駆け寄った。

「ミケイラ、いったいなにがあったの？」友人は新緑を思わせる色の目から涙をあふれんばかりにし、両手でミケイラの肩をつかんで顔にもっと光があたるようにした。「ああ、なにこれ。誰に殴られたの？　弟たちのために保釈金を集め始めたほうがいい？」

「うちの弟たちはまだ知らないの。あなたからも言わないでね」ミケイラはぞっとして震えそうになるのをこらえた。家族に襲撃について知られないよう、できることはなんでもするつもりだ。

「知られずにすむとでも思ってる？」ディアドラはまた腰に両手をあてた。クリーム色のシルクスカートが腰でぴんと張り、ライトブルーの袖なしブラウスの下で肩がまっすぐになった。

「隠しておいたほうがいいのよ」ミケイラはぼそぼそと答えた。「知られたら、生活を台なしにされるもの」

「それで、なにがあったの？」ディアドラにあらためて問いつめられ、ミケイラはさっと首を左右に振って店の奥にある事務室に行った。ディアドラもついてくる。

「クラブの駐車場で襲われた」ふたりして事務室に入ってから答えた。「路上強盗じゃないかしら」

「それか、ネルソンの狂信者かもね」ぴしゃりと言うディアドラの口調には怒りがあふれていた。「そうなんでしょ？」

「ほんとにわからないんだってば、ディアドラ」ミケイラは片づいているとは言えない机にハンドバッグをぽんと置き、その前のやわらかい詰め物入りの椅子にそろそろと腰をおろした。

「ほかにどこを傷つけられたの？」用心深い座りかたに、ディアドラも気づいたに違いなかった。

必ず気づかれるのだ。家族も友人も、まるで過保護な熊みたいになってしまうときがある。

「あのね、ちょっと小突きまわされただけなのよ」ディアドラを落ち着かせようとした。「そしたら、正義の味方が現れて救ってくれて、わたしを無事安全に家まで送り届けてくれたの」

この話で、まんまとディアドラの気をそらせた。

「正義の味方？」ディアドラはミケイラの机のはしに浅く腰かけ、開いたドアから店の入り口がはっきり見える体勢で、答えを迫る目つきになってミケイラをにらんだ。「友だちに細かいとこまで全部、話しなさい」

ミケイラは笑い声をあげた。「細かいとこって、なに？　どうしてわざわざ話さなきゃいけないような詳細があるだなんて思うの？」

背丈や、髪の色や、目の色や、男の魅力そのものずばり、みたいな詳細だろうか。ああ、ミケイラは確かに細かいところまで胸に刻みこんでいる。

「決まってるでしょ」ディアドラも笑った。「〝正義の味方〟なんて言葉は聞き捨てならないわ。彼について、なにからなにまで話して」

ミケイラが口を開きかけたとき、ドアにつけたベルがチリンチリンと鳴った。ディアドラが口をとがらせるのを見て笑いそうになったが、すぐに友人がものすごいものを見て驚きに打たれた表情に変わったので口をつぐんだ。

ミケイラはおずおずと身を乗り出し、絨毯の上を歩いてくる男の姿を見て、ため息をつきそうになるのを我慢した。黒のレザーパンツ、バイカーブーツ、筋肉質の広々とした胸の上で伸びているTシャツ。ドレスショップに入ってきたのは、ニック・スティールだった。

「あれが正義の味方」あまりの驚きに動けなくなっているらしいディアドラを見て楽しくなり、こっそり告げた。

「ミケイラ？」ニックが事務室まで来て、ミケイラとディアドラを交互に見た。

氷を思わせる青い瞳。あのまなざしの奥には、本当になんらかの感情が秘められているのだろうか。昨夜、ミケイラはあの瞳の奥にあるのは氷だとは思わなかった。感情を表さない、世のなかを冷たく見つめる目だとは思わなかった。かわりに、なにかを感じた。ニックの振る舞いや口調から、なにかを感じ取った。

ニックの言葉は、はっきり覚えていた。昔は父親だった、と言っていた。子どもを失って、心の底から傷ついたのだろう。それでも、ほかの者を気にかける心は残っているのだろうか？

「どうしたの、ミスター・スティール？」ミケイラは椅子にもたれ、あともう一度だけという気持ちで、鍛え抜かれたすばらしい体に視線をさまよわせた。

ニックは、ミケイラやディアドラに与えている影響は百も承知といったようすで、唇の片はしをあげた。気づかずにいられるはずがない。ディアドラは彼をまるで甘い食べ物のように見つめ、シュガーハイになりたくてたまらなそうな顔をしているのだから。

「ああ、お嬢さん、きみに用があってね」氷のような目に、一瞬ぬくもりが灯った。「今晩、一緒にステーキを食べるのはどうだろう？　うちのグリルで何枚か焼こうと思ってる。ビールも適当に用意してね」

「ミケイラに行く気がないなら、わたしが行くわ」いきなり口が利けるようになってディアドラが言った。「ときどき、この子はおばかさんになっちゃうでしょ」ミケイラが顔をしかめてにらみつけると、ディアドラはとても楽しそうな表情を浮かべていた。

「おれは、彼女をすこぶる賢い女性だと思ってるよ」ニックはセクシーな笑みで唇のはしをあげたままやんわりと答え、腕組みをして戸枠に寄りかかった。

ミケイラの両脚のあいだが熱を帯び、しっとりと湿ってきた。トクトクトクと高鳴る胸のせいで、息が弾む。この男性は、ほかの男性が及ぼしたこともない影響をミケイラに与える。

「ええ、すこぶる賢いわよ」ミケイラは会話に乗りこんでいく感じで宣言した。

「どうかしら」ディアドラは机に手をついて身を寄せ、ちらりとミケイラを見た。「彼女の顔を見てごらんなさいよ。ほら、この子はひとりで暗い場所に行ったりしちゃいけないってわかってたはずよ。あなたはそんな暗い場所で彼女を見つけたんでしょう?」

「確かに、そうだ」ニックの熱い視線がすっとミケイラに戻ってきた。「駐車場のいちばん暗い場所に車を停めて、どこかのくそったれのサンドバッグになってやっていた。まだ、そのわけは聞かせてもらっていない」

ディアドラは驚いてミケイラを振り返った。「この人に言ってないの?」続いてニックを振り向く。「知らないの?」

「自分で調べていないとは言っていない」

では、知っているのだ。

ミケイラは緊張してごくんと喉を動かし、深く息を吸った。とりあえず、痛む脇腹が耐えられるくらい深く。

「もう、なにか調べはついた？」

「いくつかは」ニックは答えた。「昨夜、きみが襲われたわけがわかるくらいには」

「手際がいいのね」胸に落胆がこみあげた。ニックが信じてくれているのかどうか、わからなかった。

「それで、あなたはどっちを信じるの？」ミケイラが訊きたいと思っただけで訊けなかった質問を、ディアドラが口にしてくれた。

ニックはまるで驚いたように、ディアドラを見返した。「どちらかといえば、サンドバッグを信じたくなる。理由もなしに殴られるなんて、ありそうにないからな」

ミケイラの胸はとろけてしまった。完全にわけのわからない考えかただけれど、ニックはミケイラをばかにしていないし、うそを言っているんじゃないかと疑ってもいない。

「やったじゃない、賢い男よ」ディアドラはニックのほうに手を振って、満足しきった表情でミケイラを見た。「さあ、あなたがステーキをごちそうしてもらいにいかないなら、わたしが行っちゃうわよ」

ふたたびベルの鳴る音がして、ディアドラは勢いよく机を離れていった。ニックはドアのそばを離れ、事務室に入った。事務室を出かけたディアドラがいきなり動きを止め、ミケイラの耳にもはっきり届く泣き声をあげた。

誰が来たのか、ミケイラはすぐわかった。振り返ったディアドラの顔には哀れみがあふれていた。「今日は休みをもらえる?」友人が尋ねているあいだにも、ミケイラの父親と弟たちがぞろぞろと店に入ってきていた。

ミケイラは背筋が寒くなった。「わたしもいなくなっていい?」

ニックは借りた家の裏のテラスにいた。グリルを熱し、ステーキはグリルの横に突き出た小さな台に用意してある。そのとき、隣の家とのあいだにある門がきしんで開く音がした。

ニックは笑みをこらえた。

今朝は、ミケイラの父親に昨夜の一件をくわしく話してからすぐ店を出た。去る前に身分証明書を提示させられ、なぜ現場にいたのか、いつまでミケイラと一緒にいたのか徹底的に根掘り葉掘り訊かれ、信用照会先まで告げさせられた。間違いなく、ミスター・マーティンはこの信用照会先に確認の連絡を入れるだろう。

あの男はひとり娘を守り抜こうととにかく必死で、一緒にいた三人の息子たちも父親に負けないくらいがんばっていた。ミケイラが家族に深く愛されているのは間違いない。

ミケイラは父親や弟たちに合わせてやっていたが、ニックに向けるまなざしには懸命にすがる思いが表れていた。不意に押しかけてきた家族から救ってほしいという必死の願いが。

おもしろがる気持ちがあるのを、ニックは否定できなかった。だが、おもしろがりながらも、そこにはいくばくかの深い悲しみが影を落としていた。彼も、自分の娘を同じくらい必死に守ろうとしただろう。ラムゼイ・マーティンが自分の子どものために抱いている不安や愛情をまのあたりにして、突き刺さる罪悪感を覚えた。

ニックがラムゼイ・マーティンの子を利用しようとしているように、どこかの男が自分の子を利用しようとしていると知ったら、自分はどうするだろう？

その男を殺す。

考えるまでもなかった。

しかし、ミケイラはもはや子どもではない。清らかな魅力でニックを狂気に追いこむ大人の女だ。

自分の子どもだろうと、ほかの誰の子どもだろうと、子どもとミケイラを同等に考えるのは無理だ。ニックは男として当然、ミケイラのなかの女を見、欲望をかき立てられていた。

「いつになったら自由になるかと思っていたよ」振り返らずとも、テラスに近づくミケイラの気配を感じた。

「わたしの一日が完全にだめになったのは、全部あなたのせいに違いないわ」なじるような口ぶりに、思わず唇のはしがあがった。本気で責めているわけではなく、いらいらをぶつけてみたいだけなのだろう。

「だからおわびに、きみのビールは特に冷やしておいた」ミケイラを振り返った瞬間、確実に欲望が脚のあいだでふくれあがった。昨晩よりもいっそう硬く、あっという間に。

ちくしょう。なんという眺めだ。あのやわらかそうな小麦色の髪が顔の片側に豊かに流れ落ち、特別なアメジスト色の目が鋭く一心にこちらを見つめている。

このまなざしに心の奥まで完全に射貫かれた。炎さながらに体じゅうを燃えあがらせていく。両肩に玉の汗が浮き始め、股間が痛いほど張りつめた。

くそ、ミケイラを味わいたいという欲求が激しすぎて耐えられなくなりそうだ。体のなかで荒れ狂う渇望のあまりのすさまじさに、震えだしそうだった。

いますぐ、この女がほしい。ここまでなにかを欲したことなどなかった。

「ステーキの焼き具合はどうしようか？」ミケイラから目をそらさなければならなかった。ミケイラに背を向けなければ、彼女を抱えあげてそこの広い木のテーブルに乗せ、手で撫であげながらあの薄いワンピースを太腿からまくりあげ、さらにははぎ取ってふっくらした乳房をあらわにさせてしまうだろう。

「ミディアムでも、なんでもいい」ミケイラは答えて、テラスへあがった。「ステーキと一緒に食べるサラダやポテトも用意してくれてるといいんだけど。今日あんなひどい目に遭わされたんだから、あなたには貸しがあるもの。聞いて、みんなに病院に引っ張っていかれたのよ。病院がどんなとこだか知ってる？　あんなところ大嫌いよ」

一瞬だけならいいだろうと、ニックは自分を説得して振り返った。あとほんの一秒、ミケイラのようすを見てみるだけだ。

ミケイラは階段のいちばん上の段に立っていた。腰を横に突き出してそこに手をあて、陽光でできたケープのような髪を両肩にふわりとかけている。

なんて小さいのだろう。とんでもなく華奢すぎて手をふれるのが怖いほどだ。ああ、この女のせいで死ぬことになる。夜が明ける前に彼女を手に入れたいという飢えが限界を超えて、この世を去るはめになりそうだ。

「サラダもポテトもなかに用意してある」ニックは自信を持って告げた。

下調べはしてあったのだ。実は訊くまでもなく、ミケイラの好きなステーキの焼き加減も知っていた。シーザーサラダと、焼いた皮つきポテトが好きなことも知っている。サラダにはシーザードレッシング、ポテトにはバターとマヨネーズドレッシングをかけるのが好きだ。ほかにも、ロールパンには蜂蜜、甘い紅茶にはレモンを添えるのが好きらしい。

いつもワンピースを着て、ジーンズはめったにはかない。そして服の下に好んで身に着けているのは、シルクとフレンチレースの下着だ。

あのワンピースのなかにもぐりこみたくて死にそうだ。

「冷えてるビールはどこなの？」ちょっといらいらした声を聞かされて、硬くなるばかりだった。意欲をかき立てられるばかりだった。

「どうぞ、かわいいお嬢さん」グリルの下の小型冷蔵庫を開けてビールのふたを取り、振り向いて手渡した。

渡すときにふたりの指が軽くふれ合い、ニックは自身の体がいっそう張りつめるのをはっきり感じた。この分では、いずれ脚のあいだのものが爆発しかねない。

誘うように漂ってくるのは甘い、まろやかな高ぶりの香りに間違いないのではないだろうか。あるいは、ミケイラのまなざしのなかにあるのは無垢な好奇心にすぎず、ニックは想像をふくらませているだけなのかもしれない。

「まったく、うちの家族には本当に頭にくるわ」ミケイラはピクニックテーブルの椅子にすとんと腰をおろし、細い脚を膝の上で組んだ。淡い青のストラップサンダルが、かろうじて膝まで届いている白と薄い黄色のサンドレスによく映えている。

ひらひらと舞うサンドレス姿は、悶えたくなるほどかわいらしかった。女らしく、やわらかく、誘いかける。こんなものを見せられたら、男はそれを女の体からはらりと取り去りたくなってしまう。

「きみを愛しているんだろう」ニックはグリルの上のステーキをひっくり返した。なんとか気をそらさないと、この裏のテラスですぐにもミケイラを誘惑してしまいそうだ。

「死ぬほどね」うしろでミケイラがかわいらしくふうっと息を吐いた。「あなたが帰ってからすぐ、母も現れたの。わたしが病院なんて行きたくないって言ったら泣きだして、わたしの顔をまじまじと見てから、さらに泣いちゃったのよ。みんなから逃げ出すのがどんなに大変だったか想像もつかないでしょう？　父は弟たちをわたしの家に送りこもうか、なんて脅してきたのよ。あの弟たちがどれだけ人をいらいらさせる子たちか、想像できる？」

「弟たちは心配してるようだったじゃないか」ニックは、ミケイラがきっかり三日であの三人を始末してしまうところを想像できた。三人の弟たちは、店にニックがいるあいだずっと力んだ態度をとり、ドスを利かせ、ニックをにらみつけていた。

「あの子たちは頭に問題があるんじゃないかしら」またふうっと息を吐いている。

ひどい言いように、ニックは小さく笑い声をたてた。

「あの子たちが赤ちゃんのときに、父がみんなを頭から落っことしたに決まってるわ。あの三人は、合わせても普通の人より頭が悪いんだから」

いら立ちには愛情もこもっていた。ミケイラは弟たちを愛している。いっぽうで、ニックは姉をひどくいらつかせる弟たちの気持ちも理解できた。遠い昔、ニックにも女きょうだいがいた。彼女に絶えずつきまとい、守ろうとした。

「だが結局、つきまとわれないようにできたんだろう？」どうかそうであってほしい。これからミケイラを徹底的に誘惑するつもりだからだ。同居している弟たちが三人もいたら、この企てはかなり難しくなるだろう。

「うちに来たら手作りの料理を食べさせてやるって脅したの」目のはしで、ミケイラが肩をすくめているのが見えた。

「料理は苦手なのか？」

「あの三人にはそう言ってるの」ミケイラはビールを唇にあてがって景気よくあおった。それを見て、ニックはジーンズをはいたまま達しそうになった。あのかわいらしい唇が彼の体にあてがわれたら、どんなセクシーな光景になるか想像するしかなかった。彼の硬くなっているところにあてがわれたら。

それはさておき、いまの話で多くがわかった。ミケイラは家族の過保護な行動から自分を守っているのだ。食べざかりの弟たちに、姉は料理ができないとわざと思わせている。

ニックはステーキの焼け具合を確かめたのち、グリルから取りあげて陶器の皿にのせた。テーブルに歩いていってミケイラの前にステーキを置き、家に入ってほかの料理も取ってくる。

一本目のビールでミケイラのいら立ちはやわらいだようだった。宵闇が迫るなか、二本目のビールはステーキとともに楽しんだ。ニックはテーブルのはじに用意してあったシトロネラキャンドルを灯し、小型冷蔵庫からビールをもう二本出して、皿を片づけた。

「あなたにもばちがあたるべきよ」席に戻ったニックに、ミケイラは少し口をとがらせてふっとすねたような顔をした。顔に広がったあざでさえ、この魅力あふれる表情をまったく損ないはしなかった。

「どうして?」ニックは喉を鳴らして笑い、顔を近づけた。「お父さんに言いつけたりしていないぞ」

「だけど今朝、店から帰ろうとしてた〈カンティーナ〉のオーナーに話したでしょ。オーナーはそのきっかり五秒後には、うちの父に電話してたのよ。このあたりでは気をつけなくちゃいけないの、ミスター・スティール。この町では秘密にしておけることなんてないんだから」

「よく覚えておく」ニックは注意深くミケイラを見つめた。「ただ、あのクラブのオーナーからはかなり興味深い情報を聞けたよ」

ミケイラの目を見つめていると、一秒もしないうちに、無邪気な陽気さは用心深い疑いに変わった。

「そうでしょうね」ミケイラは体をこわばらせ、まなざしに落胆をあふれさせた。

「似たようなトラブルに何度も巻きこまれているんだろう、ミケイラ？」ニックは穏やかに尋ねた。

ミケイラの唇が明るさの感じられないかたちに曲がり、一瞬、深い悲しみの表情がよぎるのをニックは見て取った。

「ええ、そうよ」肩をすくめたせいで、サンドレスの薄いストラップがなめらかな肩を滑って落ちかけた。「マディックスには完璧なアリバイがあるんだもの」ミケイラが顔をあげ、真正面から目を合わせた。「あなたがサンドバッグの側に味方するっていうのは確か？」

ミケイラのまなざしには皮肉と、傷ついた心がありありと表れていた。ミケイラは自分の目で見たことを信じきっているのだ。マディックス・ネルソンが殺人を犯したと、心から信じきっている。

「おれは〝その場にいなかった〟側にいると言っておこう」ニックはようやく答え、不意に感じたこの鋭い罪の意識はなんだろうと考えた。「それでも、弱い立場の側に肩入れはしたくなる。きみはこの件で確実に弱い立場の側だと言わざるをえないよ、スイートハート」

〝弱い立場〟なんてものではない。

ミケイラはニック・スティールをじっと見つめ返した。薄い青の目にいま一瞬よぎった影はいったいなんだったのだろう。そのせいで目の色が濃くなり、まなざしがそんなに冷たくも、感情を欠いてもいないように見えた。

あの目の奥に、この男はなにを隠しているのだろう？

「ええ、わたしは弱者よ」否定せず、肩をすくめて手を伸ばし、ずれたドレスのストラップを直した。

ニックはそのようすを見つめていた。閃光さながらになにも見逃さない視線でミケイラの動きを追い、また濃く陰った感情を一瞬だけのぞかせる。そこには熱い欲望もあった。確かに、男のまなざしの奥に熱い欲望がかいま見えた。その一瞬の光は、ミケイラの神経のはしばしにも火をつけた。いきなり燃えあがった炎のように、すさまじい勢いで肌をなめ、胸の先をとがらせ、いっときミケイラは本当に息ができなくなった。

「もう帰らないと」と言いながらも、普通ならそうすべきとおりに慌てて立ちあがりもせず、座ったまま相手の視線にとらわれたままでいた。

「どうして？」食べたくなる唇。この男は、かじりつきたくてたまらなくなる唇をしている。ほんの少し豊かで、ほのかに官能を漂わせている唇。秘められた自制心と、抑制を振り切って解き放たれたがっている、魅惑の渇望を感じさせる唇。

ミケイラは相手の渇望を心で読み取った。体に勢いよくわきあがっている女らしい欲求の力で感じ取れた。

「あなたは危険だから」かすれる声を出した。テーブルから手を浮かせると、指が震えた。

「最近のわたしの生活には、すでに危険が満ち満ちてるし」

　立ちあがろうとするのに苦労した。

「本当にもう帰りたいのか、ミケイラ？」

　立ちあがったニックに顔を寄せられた瞬間、どうしたらいいかわからなくなった。

　相手の目に見入って動けなくなった。氷にとてもよく似た青い目。一見すると、北極さながらに凍りついているように見える。でも、近くで見ると違う。近くで見ると、ずっと奥で揺らめいている青い炎がうかがえた。

　唇が重なり合うまで近づいて、それが見えた。

　このキスだ。

　本で読んだのはこのキスだ。このキスを中心に展開する映画も見た。けれども、いままで実際に体験したことはなかった。これが初めてだ。

　唇と唇がこすれ合うと、やけどするような感覚が体に走り、なにかわからないけれど陶然とさせるものが血管を通って満ちていく気がした。激しく、現実とは思えない快感が全身を襲い、両脚のあいだに集中した。そこの小さな芯をふくらませ、入り口を潤わせる。官能を呼び覚まし、五感に訴える、動けなくなるほどの恍惚に押し流され、唇を開いて舌の最初の愛撫を受け入れた。

　前にもキスをした経験はあった。キスはたくさんしてきた。ヴァージンとはいっても、キスをされたことがないわけではなかった。ふれられ、誘われたことがないわけではなかった。それでも、こんなふうにその気にさせられた経験はなかった。さらに唇を開き、興奮と好奇心のおもむくままに振る舞ってしまう。こんなキスは一生に一度のものだ。危険と、傷心と、報われるはずのない渇望を象徴するものだ。

ミケイラが震えていると、ニックがテーブルをまわって近づいてきた。そうするあいだも唇は離さず、キスは深まるばかりだった。唇を口の奥まで時間をかけて吸いあげるようについばまれる。唇どうしをすり合わされ、舌をなめられた。それからニックは顔を傾けて、唇を奪った。誘惑に夢中になっている男のように。

ミケイラには抵抗する気もなかった。こんなに男らしい男に、ここまで身をゆだねるのは初めてだった。これまでこんな男らしい男に近づく勇気もなかったし、近づきたいとも思わなかった。安全で、安定している、穏健な暮らしが送れればそれでいい、とずっと思っていた。

最近は少しもそんな暮らしが送れていない。だったら、見つけられる悦びを少しでもつかんだほうがいいのではないだろうか？

不意に抱えあげられて、はっと息をのんだ。ピクニックテーブルのなめらかな天板を太腿のうしろで感じ、ニックにうなじを支えられていっそうキスを深くされた。

夏の暑さが体の外だけでなくなかにも一気に流れこんだ。男の力強さを感じ、唇を奪われて、めまいがしそうだった。もっと、このめくるめく感覚を味わいたい。

ミケイラは思わず相手の髪に手を伸ばし、髪をひとつに束ねている革紐を指で引っ張っていた。硬く冷たい感触の髪がミケイラの指に、ニックの顔のまわりにさらさらと降りかかった。この官能を刺激する感覚も、ミケイラの体のなかでふくれあがりつつある快感を後押しした。

「なんて勇気のある小さな美女なんだ」ニックがささやきかけて顔を離したので、ミケイラは目を開けた。

いったいなぜ、この目を冷たい、氷のようだなどと思っていたのだろう？　氷などではない。激しく燃えさかっている青い鋼色の炎だ。

「勇気？　ばかなのかもしれないわよ」声はかすれきっていた。ただ、いま声をかすれさせているのは、ニックの両手に太腿をさわられ、ドレスの裾を押しあげられているからだ。

硬くなった手のひらの熱いざらつく感触を受けて、いたるところの神経に焼けつく快感が広がった。ミケイラはさっと視線をおろした。見なければならなかった。目を丸くし、唇を開いて見ていた。大きなたくましい手がドレスを太腿の上までゆっくりまくりあげ、二本の親指がシルクのパンティの中心にあるしっとりと湿った場所に行き着くまで。

開いた両膝のあいだに、ニックは立っていた。脚を動かしてミケイラの太腿をさらに開かせ、パンティの中心に親指をほんのかすかに滑らせる。

「ニック……」ミケイラは息をしようとがんばった。これはいけないことだと自分を説得しようとする。これまでずっと男を知らないままでいたのだ。正しいときが来るのを待っていた。

これが正しいときなのだろうか？　それとも、この男は単に人の体を自在に操るすべを知っているだけなのだろうか？

「大丈夫だ。少し味見がしたいだけなんだ、かわいいベイビー」甘い声でささやかれた。

「清らかなものなんて一度も味わったことがない」

ミケイラはさっと視線をあげて目と目を合わせた。淡い青のまなざしの炎で彼女の五感を愛撫しながら、ニックは顔をおろしていった。

唇がミケイラのあごを優しくなぞって首へとおりていった。鮮烈な快感が体のすみずみを刺激し、いたるところに枝分かれしていく。ミケイラは熱さに陶然とさせられて悶え始めた。

親指が、ふれてほしさにうずいていたクリトリスに押しあてられた。力強く、迷いのないふれかたをされて、神経のざわめきが螺旋状に下半身に伝わった。興奮に体の奥まで貫かれ、荒々しいまでの欲望で全身に力が入った。

もっとこんなふうにふれてほしい。こんなにもなにかを望んだことなどなかった。腿の内側にあたる熱い指先。両脚のあいだの小さな芯を押す親指。口のなかを深くまさぐるキス。

信じられない体験だった。

この男は究極の悦びをもたらす究極の危険な男だ。ミケイラはヴァージンにふさわしく、まともに影響を受けてしまう。

この上なくすばらしい感覚が抗えない恍惚をもたらしつつ、体じゅうに行き渡った。抵抗しようという考えも、相手を押しとどめなければという思いもかき消していく。肌は感じやすくなってほてり、覆いかぶさってくるニックを受け入れるため、ミケイラはテーブルを背に横たわった。ニックは膝をテーブルに近づけ、片方の手でミケイラのヒップをつかんで引き寄せると、親指にかわってその膝を両脚のつけ根にぐっと押しつけ、ミケイラをひどく悩ませた。

二十六年もヴァージンのままでいたのに、いまこの場でそんな決意はすっかりなげうってしまおうとしている。

口元を離れたニックの唇にあごから首へとたどられて、頭をうしろに倒す。ニックのあごに生えたひげが感じやすい首の肌にかっと熱い感覚を残し、彼の唇はさかんに官能をかき立てて感覚を千々に乱れさせていった。

信じられない。気持ちがいいどころではなく、恍惚の境地に達してしまう寸前で、息も継げなくなりそうだ。考えることもできなかった。感じる以外にはなにもできない。

ああ、なんて心地いいのだろう。

ニックは指先で乳房の際をかすめていたかと思うと、顔をさげていき、丸みの上を唇で撫でてからそこをなめた。舌がちろりとなめる炎のような感覚をもたらし、思いも寄らない早さで子宮にざわめきを巻き起こした。

「いままで生きてきて味わったなによりも、きみは甘いに違いない」ニックがうなるように言ってドレスのストラップを肩から押しさげ、胸をもっとあらわにした。大胆にドレスをおろしていき、感じやすい胸の頂までむき出しにしてしまう。

この人のテラスで、こんなまねをしているの？　ピクニックテーブルの上で、こんなふうにふれさせて、味わわせて？　そうされるのを、ミケイラは心から楽しんでいた。

指で横から乳首をさすられ、背をそらして身を差し出した。胸の谷間をなめる舌を感じる。この舌を胸の先端にあててほしい。あの熱い口の奥へ、すっぽり吸いこんでほしい。こんなにもふれられたいと求めたことはなかった。

危険に直面したせいだろうか？　もう少しで未来を奪われるところだったと自覚しているからだろうか？　危険のせい？　それとも、単に目の前のこの男のおかげだろうか？

この男は現実とは思えないほどすばらしい。

ニックは抑えたうめき、あるいはうなり声を乳房に伝えながら、唇ですっと胸の先端を撫でた。刺激的な快感が敏感な蕾を襲い、あらゆる感覚が一緒になった途方もない嵐に包まれた。

ミケイラはがくりとのけぞり、背を弓なりにして、叫び声を抑えるために唇をかんだ。胸のとがりを唇で挟みこまれて舌でなぶられている。濡れた、熱い炎のような舌で。

もっと続けてと懇願したくてたまらなくなった。本気でそうしようと思いかけたとき、耳を疑ってしまう声が聞こえてきて、一瞬で凍りついた。

「ミケイラ、庭に出てんの？」

弟？　スコッティ？

ぱっと目を開くと、ニックが伏せたまつげの下からふたりの庭を分けている門のほうへ視線を向けられるだけ、わずかに顔をあげていた。

「ミケイラ、家の前に車を停めてんだからいるんだろ。どこだよ？」

ミケイラはぼうぜんと口を開いた。「この前、居留守しようとしたときは警察を呼ばれたの」

ニックの表情が獲物を逃すまいとする獣めいた険しさを帯び、目が危険な光でぎらついた。自分はこんなところで、なんて状況に陥ってしまったのだろう？　良識はどこへ行ってしまったの？

「姉ちゃんがいない、ニール」スコッティが大声を出している。「ボーにも知らせて、保安官に電話しようぜ。今回は、あいつもまともに取り合ってくれるかもしれない」

ミケイラは目を見開いた。弟たち全員でここに来てるの？

い、い、いい、い。

もう、どうにかして。

「放して」もがいてニックの下から抜け出そうとしながら、彼のそばではまだ抗いがたいほどもろく、女らしく感じた。「本気で保安官に電話されちゃう」

弟たちは姉に恥ずかしい思いをさせようがおかまいなしだ。けれども、ミケイラは幸せ者だった。弟たちに心配されている。あんなふうにやたらに守りたがり、いらいらさせられるくらいしつこいけれど、弟たちはミケイラを愛してくれている。

ニックの視線がゆっくりとミケイラに戻ってきた。彼のまなざしの奥に葛藤が見える気がした。ミケイラを放すか、放さずにいるか。弟たちを無視するか、さらにミケイラを誘惑するか。

ついに、ニックは一呼吸置いたかと思うとすぐさま穏やかに上体を起こし、テーブルから

ミケイラを助け起こした。

片方の手でドレスのストラップを引きあげ、別の手で襟ぐりを整えて、丸みを帯びた胸を

隠してくれる。それから、彼は身を引いた。

「運よく救われたな」ニックは言い、唇のはしをあげた。「行って、用をすませてきてくれ、

かわいいお嬢さん。あとで話そう」

話す？　会話がどんな方向へ進むか、はっきり想像がついた。

「わたしは、あなたから離れているのがいちばんだと思うわ」小さな声で答えた。「傷つき

たくなんてないもの、ニック」

「傷つきたがる人間がいるか？」ニックはミケイラの背後を見やった。「弟たちが来たぞ」

「ミケイラ」門を開けて近づいてきたボーは、怪しむように問いかけた。「こんなところでな

にしてたんだ？」

ニックはうしろにさがった。「おやすみ、かわいいお嬢さん」

背を向けて家に入り、スライドドアを閉めて行ってしまった。

ミケイラは向きを変えて弟たちを目の前にし、やれやれとため息をついた。

運よく救われた？　単に、いっとき見逃してもらえただけなのではないだろうか？

5

マディックス・ネルソンの家はヘイガーズタウンでもっとも高級な住宅街にあった。そこの高台の大邸宅や立派な門構えの屋敷は贅を尽くした造りで、厳重に警備されている。ネルソンの屋敷はこの住宅街のなかでは贅沢ではないほうだが、塀で囲われた門つきのコミュニティーのなかに、ほかの同じような家々と並んで立っている。どの家も高級で、警備が厳重だ。

ニックは、すでに数台の車が停まっているネルソン家の私道にハーレーを乗り入れた。そうしながら、エディ・フォアマンが殺された夕方、マディックスが自宅にいた、と近所の住民たちがどうしてあんなにはっきり言い切れたのか、そのわけがよくわかった。近所の連中は恐ろしく詮索好きなのだ。いまこのときも、バイクをおりて美しく配置された歩道を正面玄関に向かって進みだしたニックは、六人以上の視線に一挙一動を見張られていると気づいていた。

凝った装飾の施された玄関ポーチにあがるやいなや、ドアが開いた。

「ニック」マディックスがドアを開け放って、ニックが通れるよう身を引いた。「全員そろっているよ」〝全員〟とは市会議員ふたり、警察署長、市長、それに妻とマディックスの息子であるルークのことだ。

ニックはマディックスの案内で、内装に金はかけているがこれ見よがしではない静かな屋敷のなかを通り、奥にある執務室へ向かった。

執務室に入るなり、閉じられている厚手のカーテンと濃い色の木でできた壁際に、とりわけ入念に目を光らせた。

「ニック、紹介しよう。ジョン・クッカー市会議員、デンプシー市長、ダニエル・ライリー署長、キャロライン・フォークナー市会議員、妻のグレンダ、息子のルークだ。エディが殺されたときも、われわれは全員ここにいた」

「こんなのばかげてるわ、マディックス」マディックスの二度目の結婚相手であるグレンダ・ネルソンは、間違いなく彼の自慢の若妻なのだろう。この三十三歳の元モデルは色の濃い肌と大きな黒い目をしたエキゾチックな美女で、こんな会合への出席を求められて明らかに気分を害している。

息子のルークは、すみにある椅子にだらしなくもたれて座っていた。褐色の目は刺々しく、甘やかされて増長した自意識を感じさせる。あの顔つきからすると、他人が勝手に予定した集まりに自分を無理やり出席させるとはもってのほかだ、と考えていそうだった。

市会議員の男女はふたり並んでラブシートに座り、ニックを興味深そうに見つめていた。このふたりのあいだにはやけに親密な空気が漂っており、ねんごろな仲であるとしか思えなかった。両名それぞれ別の相手と結婚しているはずなのだが。

警察署長は火の入っていない暖炉の横の椅子に腰かけていた。唇を固く引き結び、はしばみ色の目に疑惑をこめてニックをにらんでいる。デンプシー市長は軽くうなずいて会釈をした。

マディックスの一味が勢ぞろいだ。

「わざわざ集まっていただき、ありがたい」礼儀にかなったあいさつをしようと、ニックは口を開いた。

「無理やりいさせられてる人間もいるんだけどな」マディックスの息子がばかにしさった態度で言った。

「ああ、そうだろうな」ニックは否定しなかった。「だとしても、協力してもらえてわれわれ全員、大いに助かっている」

とんだ協力だ。息子が会合の場に来ていなかったら髪をつかんで引きずり出してやると、ニックはマディックスに警告していた。どうやら、マディックスはこの脅しを息子に伝えたらしい。

「どうしてルークやわたしまでここにいなければいけませんの、ミスター・スティール？」グレンダが胸の前で腕を組んだ。落ち着いた淡いクリーム色のブラウスと、しゃれた白いショートパンツを着ている。「どう考えても、いなくたって問題ないでしょうに」

「あなたがたは全員、エディ・フォアマンが殺された晩はここにいた」ニックは言った。

「いくつかお訊きしたいことがあるんでね」

「そうよ、わたしたちは全員ここにいた。だから、マディックスが誰も殺してないのはわかりきってるでしょ」グレンダは文句を続けた。「つまり、こんな集まりは時間の無駄なのよ。わたしの意見としては」

こいつらに協力する気はないらしい。

「あんたに意見を訊いたかな？」ニックは冷たくやんわりと尋ねた。

「やめなさい、グレンダ」マディックスが低い声でたしなめた。「ニックの仕事の邪魔をするんじゃない。ニックがおまえたちにも同席してほしいと言うんだから、理由があるに決まっているだろう」

「ミケイラも呼べばよかったんだよ」ルークが唇をすぼめて小さく笑みを浮かべ、下卑た関心をあらわにした。「そしたら、ここまで退屈しなかっただろうに」

ニックは首をまわして若い男を見据えた。「そいつはまたどうしてだ、ネルソンくん？」と問いかける。

ルークの関心の笑みが、期待の笑みに変わった。「この件がすんだら、いただいて当然のものをいただくのもいいかと思ってさ。あの厄介な女にはとことんじらされてたんだ。いきなり人の親父を人殺しだとか言いだして、すげなくしてくるまでは」

「そのしょうもない口を閉じろ、ルーク」マディックスがかっとなったようすで息子を怒鳴りつけた。さもなければニックが、息子の口を永遠に閉ざすべく行動に出てしまうところだった。「こんな問題が起こる前から、あの子にはちょっかいを出すなと言っていたはずだ。甘えきって適当に遊んでいるおまえのような人間に、あの子はもったいない」

マディックスの口調には辛らつな軽蔑が表れており、ニックは驚かされた。ルークはマディックスの唯一の子ども、大事なひとり息子のはずだ。いまとなっては救いようがないほど甘やかされきっているのは、見ればわかる。いまさら無駄というときになるまで、なぜマディックスが息子に対してこうした強い態度を示さなかったのか、ニックには理解できなかった。

「この子の母親のせいで、こんなふうに育ったんだ」息子をにらみつけながら、マディックスが言い訳がましく言った。「結局、その母親の手にも余るほどどうしようもない人間になってしまうまでね」

「二十七歳の大の男だろう。家から放り出して、ひとりでやっていかせたらどうだ」ニックは冷ややかに告げた。「とりあえずいまは、おとなしくそこに座って口を閉じていればいい。そうしないなら、おれが相手をする」

また性懲りもなく口を開きかけたルークに、ニックは冷たく揺るがない視線を向けた。そのとたんルークはふたたび椅子にだらりともたれかかり、口は利かずにふてくされた表情で全員をねめつけるだけになった。

「どうしてわたしたちをここにお集めになったの、ミスター・スティール？」市会議員の女性が声を発した。一連のやり取りに見るからに退屈してきている。それはニックも同じだ。

ニックはなんの感情ものぞかせないまなざしを市会議員の女に向け、「好奇心を満たすため、ですかね」と答えた。

本当の目的は、マディックスのアリバイを信用できるか正しく判断するためだ。ほかの人間が考えているほど、罪悪感というのは器用に包み隠せるものではない。あの晩ここにいたと証言しているとおりの場所に全員を集めてみれば、ニックは確かめることができる。この人間たちがうそをついているのか、例の会合が本当に開かれていたのかを。

「あの日、おれはこの部屋にいもしなかったんだけどな」ルークがぶすっとした口調で言った。「上にいたんだよ。おれの記憶が正しければ、この部屋のまわりをうろつくなって親父にやたらしつこく言われたから」

マディックスが口元をこわばらせ、息子をとがめる顔つきになった。「こいつは酔っていたんだ」

「ああ、酔ってたよ」ルークはばかにするように笑った。

「わたしはプールサイドにいたわ」グレンダは執務室の外にあるプールのほうへ優雅に手を振った。「マディックスの仕事にかかわったりしないもの」

そうに違いない。これが初めてではないが、ニックはこの一家のかかわり合いかたにあきれ返った。この一家は、ニックが愛するものすべてを失う前、故郷ロシアにいた彼自身の家族とは似ても似つかなかった。家族はニックを救うために政府に進んでたてつこうとはしなかったかもしれない。だが、家族のなかに親を敬わないような愚か者は誰ひとりいなかった。ニックも兄弟姉妹も若いうちから働き、自立するすべを学んでいた。だから、ルーク・ネルソンや、マディックスの自慢の若妻のような男や女を、ニックはまったく理解できずにいた。

「特に知っておきたいことでもあったのかね、ミスター・スティール？」警察署長が敵意を隠しきれていない目つきを向けてきた。「それとも、単にわれわれを調べてやろうという腹か？」

ニックはあざけりで口元がゆがむに任せた。間違いなく、この警察署長はニックを調べたのだろう。ライリー署長の目つきを見ればわかった。自身のキャリアの転機となりうると考え、喉から手が出るほどニックを逮捕したがっているのが見て取れる。確かに転機となりうるかもしれない。ニック・スティールのまわりを幾重にも取り巻いているうわさを裏づける証拠を、この署長がひとつでも実際に用意することができたなら。幸い、うわさはただのうわさだ。アメリカ政府や国軍や司法当局でさえ、しばしばニックが提供する情報に依存している。またときには、ニックのサービスに頼ることすらあるのだ。

「単に調べてやろうという腹だ」ニックは認めてやり、胸の前で腕を組んで視線をマディックスの息子に戻した。「で、ミズ・マーティンとは知り合いなのか？」

「三カ月のあいだ、あの女を接待するのにだいぶ時間を割いてやったんだよ」ルークは愚痴っぽく答えた。「おれと寝る寸前までいってたくせに、いきなり意味不明に親父を破滅させようとし始めた」と言ってマディックスをにらみつけている。「そうしたがるのも無理ないかもしれないけどな」

ニックの前でマディックスは大げさにあきれた顔をした。「こいつはあの気の毒なお嬢さんにデートをしてくれと二年もうるさくせがんでいたんだ。あの子もこいつに黙ってほしいばかりに、ついに折れてしまったんだろう」

ルークは父親の意見をせせら笑い、曲がった根性を丸出しにした目つきでニックを見返した。「あの女はすっかり冷えきってるとしか言えないって。おれだったら、そんな氷も溶かしてやれただろうけど」

冷えきっているだと？　ミケイラが？

ニックは一片の疑いもなく確信した。このルーク・ネルソンがミケイラを手に入れる見こみなど、はなからなかったはずだと。一週間前、ニックの家の裏にあるテラスにいたミケイラは、決して冷えきってなどいなかったのだから。

「このなかにエディ・フォアマンと知り合いだった者は？」部屋にいるほかの出席者たちに問いかけた。

「そんな人がいるとは思えないわ」市会議員の女性が答え、入念にブロンドに染められた髪をうしろに撫でつけた。「あの晩の会合はマディックスもかかわっている市の事業に関するもので、マディックスの建設業とは関係なかったんですから」

おおかたニックが予想していたとおりの答えだった。こうした質問も、現場監督に関して得られるかもしれない情報も、ここへ来た真の目的とはほとんど関係がない。

それにしても、予想よりずっと多くの事柄を知ることができそうだ。ただ観察しているだけで学べることというのが、かなりある。

「これまでにどんなことがわかったろう、ニック？」マディックスは額をこすりつつ、ほかの出席者たちに不機嫌な視線を投げた。

「まだなにも」ニックは、あらためてルーク・ネルソンに視線を投げた。自信をこめた視線だ。「ただ、おれはミケイラの家の隣に引っ越した。感じのいい女性だ」

「話したとおりだろう」マディックスは首を左右に振っている。「こんな問題を起こすような子ではないと思っていたのに」

ルークはニックをにらみ返していた。

「あんたがこの町にいる理由をミケイラが知らずにいるのも、いつまでだろうな？」底意地の悪い喜びのこもった耳障りな声で言う。「あんたも隠そうっていう気はないんだろ？　うそをつかれてミケイラがありがたがると思うか？」

ニックは片眉をあげてみせた。「この状況で、うそをつくことはありえないだろう」肩をすくめる。「ミケイラもすぐに事情を知るさ。こちらも否定けしない。いまも事実に反することは彼女に言っていない」

ニックやミケイラを攻撃する材料をルーク・ネルソンに与える気はなかった。ニックがここにいる理由をほかの連中に知られようが、知られまいがどうでもいい。マディックスからは、ミケイラがうそをついている理由を突き止めてくれと依頼された。問題は、うそをついているのがミケイラなのか、マディックスなのか判断できない点だ。考えてみると、これはどうにも収まりが悪い状況だった。

「おれたちがあんたを調べあげてないとでも思ってるのか、スティール？」ルーク・ネルソンが敵意をむき出しにした声を発した。

「いいかげんにしろ、ルーク」マディックスが低い声で息子を黙らせようとした。

「言ってやれよ、ライリー」ルークが警察署長に向ける薄ら笑いには悪意がこめられており、あざけりがにじみ出ていた。「だけど、その悪党を逮捕するのはあんたには無理か？　逮捕できないのか、わざとしないのか、どっちだろうな。単に度胸がなさすぎて立ち向かえないとか？」

ライリー署長が怒って幅の広い角張った顔をこわばらせた。ニックはあっさり首を横に振った。「おれを逮捕するのは無理だ」署長を見据えて告げる。「まだ法を破ったことはないのでね」

といっても、これはまったくの真実ではない。

「それくらいわかっている」署長は悔しげな声を出した。「いいか、スティール、わたしがここにいるのは、ひとえに友人であるマディックスのためだ。マディックス同様、なんとしてもこの件を解決したいからだ。さもなければ、どうにかしてあんたを電気椅子送りにしようとしただろう。たとえ、ある種の政府機関があんたを使えると考えていようがな」

「そのくらいわかってくれているのか。幸運なことに、おれには友人がたくさんいる」ニックは認め、会釈をしてやった。「ということで、そこのマディックスのしょうもないせがれをぶち殺してしまう前に、おれは失礼しよう」

ルークが激怒のあまり顔を引きつらせて乱暴に立ちあがり、父親を振り返った。

「気の毒にな、マディックス」哀れみを覚えてニックは口を開いた。「しばらく小遣いをやるのをやめてみたらどうだ。そうしたら、こんな親の顔に泥を塗るまねはやめて、まっとうな人間らしく振る舞いだすかもしれない」

マディックスは顔を伏せて鼻梁を押さえてしまった。ニックは部屋を出ていった。ほぼ同時にグレンダとルークがわめきだすのが聞こえた。グレンダがルークの肩を持っていても、意外ではなかった。市会議員ふたりと同じく、グレンダとルーク・ネルソンもベッドのなかでお楽しみと、しけこんでいるようだ。

マディックスも気づいているのだろうか。

よく考えれば、マディックスもばかではない。おそらく気づいているのだろう。

マディックスの家をあとにして、停めていたハーレーにまたがり、キーをまわした。重く響くうなりをあげてエンジンが息を吹き返す。

広い私道を抜けて防犯ゲートを、その先にはあると感じられる自由を目指した。まったく、あんな暮らしを送るくらいなら、残りの人生すべてをエリート作戦部隊に捧げたほうがましだ。マディックス・ネルソンの暮らしからかいま見えた不実や、身勝手ないさかいに我慢を強いられるくらいなら。

マディックスはみずからが生きていく上で抱いている価値観を共有するよう、息子を育てあげられなかったようだ。それだけは間違いない。

いっぽう、ミケイラはきちんとした価値観を持っている。

いったいなんだって、いきなり考えがそちらに向かうのだ?

急に全身がこわばった。先週この腕に抱いたあまりにも小さく、壊れ物のように思えてしまう女について考えたとたん、無意識に体に力が入った。

ミケイラについて考えずにいることも、彼女を見つめずにいることもできはしなかった。殺人犯を追っている時間より、ミケイラのあとをつけている時間のほうが多いくらいだ。仕事ですらないのに。ニックの仕事は、殺人を犯していない、少なくとも犯していないと言い張っている男について、なぜミケイラがうそをついているのかを突き止めることだ。

これはひどく厄介な仕事になっている。予想していたより、時間を食いそうなのは確かだ。司令官のジョーダンからは、あとどのくらいかかるのかと、すでにせっつかれている。部隊はすでにニック抜きで次の作戦に送りこまれている。ともに戦ってきた長年のあいだで、初めてだった。

いまになってこんなことが起こるべきではないのに、ニックはどうしてもこの町から離れられないと感じていた。

ミケイラの顔にできたあざは、ようやく少し薄れ始めてきたばかりだ。そんな事実を知っているのは、ひそかにミケイラのようすを確認し続けていたからにほかならない。われながら気色が悪いと思いながらも、ミケイラを見守り、ミケイラの動向をチェックせずにはいられなかった。

ミケイラは彼女よりよほど体格がよく、力も強い何者かに暗がりで襲われたのだ。ミケイラが目撃した出来事が原因か？　それとも、ミケイラはその出来事を目撃したと思いこんでいるだけなのか？

　マディックス・ネルソンが殺人を犯したのか否かを巡って、この周辺の人々の意見が分かれていることはニックも知っていた。マディックスなら人を殺しかねない、と思っている者も多い。マディックスなら人を殺しかねないが、エディ・フィアマンを手にかけたのは彼ではないと考えている者もいる。その他の人間たちは、こんな話はばかげているけれども、繰り広げられている争いはおもしろいと考えていた。

　そして、ある晩、ともかくひとりの人間は、その争いを引き起こした可憐な女の息の根を止めようとしたのだ。

　ミケイラの身に取り返しのつかない危害が及びかねなかったと考えて、凍てついた塊のような怒りが腹の奥に居座った。必死でそんな気持ちにはなるまいと抗ったにもかかわらず、彼女を守りたいという危険な感情がこみあげた。

　ちくしょう、人生で大切なものはもう充分失ってきたではないか。決して完全に自分のものにするわけにはいかないとわかっている女に、本当に強い感情を抱いてしまっていいのか？

　あの女と寝ることはできる。ミケイラが長いあいだ大切にしてきたまぶしい清らかさを奪い、この心の奥に巣くっている闇で彼女の純粋さを汚すことはできる。だが、ミケイラを自分のものにし続けることはできない。ほんのいっときだけ、ミケイラにふれるときに流れこんでくるぬくもりと光で魂を満たすことはできるが、すぐに立ち去らなければならないのだ。

あと二年ものあいだ、ニックの人生はニック自身のものではない。二年たったあとも、自分の人生を生きられるとは言えないだろう。この期間が過ぎたからといって、少しでも幸せな人生を送れる見こみなどありはしない。

大勢の敵を作ってきた。どんな人間も歩んでいけるわけのない危険な道を歩んできた。その先に平穏な暮らしがあるわけがない道を。

この世界の目立たない場所にある、あらゆる暗部を見てきた。殺し屋として。争いと破壊を広める者として。そんな争いや破壊を、ぬくもりを人に伝える女の暮らしに持ちこみたいわけがないだろう?

それなのに、背を向けて立ち去ることもどうしたってできない。

あまりにも強く上下の歯を閉じ合わせていたためにあごが痛みだした。渾身の力でバイクのハンドルを握りしめ、町へ向かう。ミケイラがまだ仕事をしているに違いない店へ。

ミケイラは夢を創造している。あの店でミケイラがしているのは、そういうことだ。ドレスというかたちの夢を作っているのだ。純粋な女のためだろうと、疲れきった女のためだろうと。みずから生み出したデザインのドレス一着一着を一針ずつ縫うたびに、自分の夢をかたちにしている。

恋と冒険の夢。ろうそくを灯した夜と情熱の夢だ。

ニックは知っていた。ミケイラが自宅の奥の部屋で、自分だけの夢をこしらえていることを。いつかミケイラ自身が結婚する日に着るであろう、作り始めたばかりの繊細な白いドレスだ。

ニックはミケイラの家に忍びこんで、そのドレスを見ていた。作りかけのアンダースカートの繊細なレースに指でそっとふれてみて、テーブルの上のデザインスケッチに目を奪われた。

ミケイラは自分のウエディングドレスを作っている。サテンとレースとビーズとアイボリーで。ミケイラはいつかこのドレスを着るのだろう。彼女の心を永遠に自分のものとする男のために。

ニックが、その男になることはできない。

ほかの男がミケイラを永遠に自分のものにすると考えて内心は激しい怒りに苦しんでいるというのに、自分はその男になるわけにはいかないとはっきりわかっていた。

なるわけにはいかない、が、ならずにいるのも地獄だった。

ここでの仕事は、ミケイラ・マーティンがなぜ事実に反する出来事を目撃したと言い張っているのかを突き止めることだ。

ニックに言わせれば、ミケイラがうそをついているのだとしたら、彼女はニックが目にしたなかでもっとも巧みにうそをつく人間であるに違いない。そんなことより、ミケイラは、ニックがこれまでどんな女にも感じた経験のない欲求を抱かせる女なのだ。

破滅の予感は大きくなるばかりだった。

ミケイラは自分の店の厚板ガラスのウインドウを見つめて、目から涙をこぼしそうになっていた。

〝うそつき《LIAR》〟という文字が目立つ濃い赤で書かれていた。書いた犯人は捕まらないだろう。もう何度もこんな目に遭ってきたので、弁護士に電話して、ふたたび向かいの銀行に監視カメラのテープの提供を求める気すら起こらなかった。どうせまた同じような映像が残っているだけだ。ペンキでいやがらせをした何者かは、今回も見慣れた黒い覆面をしているだろう。ディアドラやミケイラが店の奥のほうにいるあいだに、犯人は通りの向こうから走ってきてペンキを吹きつけ、逃げていくのだ。

〝うそつき〟という言葉が焼き印のようにミケイラの心の奥まで傷つけた。そのときドアが開き、ディアドラが泡立っている湯を入れたバケツ、ヘラ、スポンジを持って外に出てきた。

「ごめんね、ミケイラ」ディアドラが小さな声で言った。通りがかりの人たちが足取りをゆるめて、ささやき合っている。

誰も彼もが、ひそひそと話をしている。

「あなたのせいじゃないわ、ディアドラ」自分がいけないのだ、とミケイラは思った。父親の友人である新しい現場監督の家に行ってエディ・フォアマンの話を聞き出そうとしたとき、もっと気をつけなくてはいけなかった。

それとも、ミケイラが帰ったあと、新現場監督がマディックス・ネルソンに電話したのだろうか。

「ルーク・ネルソンがバーで知り合いに、父親が私立探偵を雇ってるって話してたそうよ」ウインドウに湯をかけてヘラでペンキを落とし始めたミケイラに、ディアドラが言った。

「それらしい人を見た？」

ミケイラは首を横に振った。話を聞きにきた人なんて誰もいない。誰かが話を聞きにきてくれればいいのに、と願う気持ちもあった。そうすれば、あの夕方の出来事が現実というより現実味のありすぎる悪夢のように思えることもなくなるかもしれない。

本当にあれは現実の出来事だったのだろうか、とすら考えてしまう日があるのだ。エディ・フォアマンが実際に亡くなっている事実がなかったら、なにもかも自分の想像の産物だったのだと思ってしまいそうだった。

「ニック・スティールとはどうなってる？」友人に尋ねられた。「彼とはまた会った？」

「家を出入りしてるところは見てる」ミケイラはなかなか落ちないペンキをこすった。ディアドラも別の文字から作業に取りかかっている。「話はあれ以来してないわ」

「ベッドに行くのを弟たちに邪魔されて以来ね」ディアドラがにやにやしてみせる。

友人は気を使ってくれているのだ。ディアドラは、いやがらせをされた心の痛手をやわらげようとしてくれている。すでにこんなことが何回もあったので、ミケイラはもう自分が傷ついているのかどうかすらわからなくなるときがあった。

「その話はしたくないわ、ディアドラ」あのテラスでニック・スティールと繰り広げてしまったしくじりについて、親友に話したのは間違いだったかもしれない。

「もちろん、話したくないでしょうね」ディアドラが笑みを大きくする。「話したら、彼が恋しいって認めてしまいそうで」

もちろん、ミケイラはニックが恋しかった。それは間違いない。けれども頭の正気を保っている部分では、会わないのがいちばんだとわかっていた。

「どうでもいいの」ミケイラはなんとか肩をすくめ、手元の作業に頑固に目を向けたままでいた。「知らないままでいたほうがいいこともあるんだから」

ニック・スティールは、そういう知らないままでいたほうがいい存在のひとつだ。異星人《エイリアン》のように、宇宙の謎のままにしておいたほうがいい。

湯が文字をにじませて赤く染まり、血のように幾筋も垂れて歩道にしたたるのを見ていたら、エディ・フォアマンの姿がぱっと頭によみがえった。

よみがえってきた恐怖にこわばる喉でつばをのみ、動悸が激しくなるのを感じた。

「ミケイラ、本気じゃないでしょ」ディアドラが優しく言った。

「本気よ」悪夢のようなエディ・フォアマンの死体の記憶を必死で振り払おうとしながら、小さな声で返した。「あの人は危険な男よ、ディアドラ。わたしはいい子タイプでしょ。最悪じゃない？　わたしに言わせれば、危険な男といい子の組み合わせなんてトラブルを生むとしか思えない」

「おれにはベッドで信じられないくらいすばらしいことができそうな組み合わせとしか思え

ないが、その点、偏った見かたしかできないからな」

彼だけの深みのあるしゃがれ声を聞いて、背筋に興奮が走った。すぐさま振り返ると、目の前に胸板があった。ゆっくり視線をあげて、信じられないくらい淡い青色の目を見つめる。

　このまなざしが氷みたいだなんて、どうして思いこんでいたのだろう？　熱いまなざしだった。強烈な熱望と、男らしさと、荒々しさに満ちている。

ディアドラったら、ただじゃおかない。親友をまんまと罠にはめるなんて。

顔に血が上り、全身がほてった。それは仕方ないにしても、両脚のあいだの悩ましいほてりには、ひどく落ち着かない気持ちにさせられた。感じて、濡れて、とても熱くなっている。いきなりふれてほしくてたまらなくなって、体じゅうがざわめいた。神経のはしばしが刺激され、ミケイラとしては絶対にうずくべきではないと思っている体のあちこちがうずきだした。

「こんな話、あなたは聞いちゃいけなかったのよ」怒った口ぶりでぼそぼそ言い、ウインドウに向き直ってまたペンキをこすり始めた。必ずディアドラには仕返しをしてやらなければ。

「話があるんだ、ミケイラ」ニックがそう言って近づいた。彼の体の熱に包みこまれてしまう。「窓ふきは店員に任せられないか？」

どこかで、いつか。

「だめ、絶対に任せられない」ミケイラは、いい子の見せかけがどれだけ薄っぺらいものか証明してしまう寸前だった。ほんの皮一枚の薄さのそれが下から炎であぶられて、バターのようにあっという間に溶けてしまいそうだった。

女がどんな男からも受けてはいけないはずの影響を、ニックからは受けてしまう。彼のせいで弱くなる。彼のせいで、求めてはいけないとわかっているいろいろなことを求めてしまう。

計画を立てていたのに。その計画には、決して手に入れられない男性に恋して胸がつぶれる思いをし、将来を取り返しがつかないくらい台なしにされることなど含まれていなかった。

「もちろん、歩道でこの話をしたっていいんだ」ニックは体の向きを変えてウインドウのペンキがついていない場所に背を預け、腕組みをした。「話して聞かせようか。先週、きみの弟たちが知りたがりの守りたがりになってやろうとして押しかけてきたとき、おれがなにをしようとしていたか正確に、事細かに。たとえば、あの晩はきみのきれいな太腿がどんなにやわらかいか伝える時間もなかったな」

ミケイラは固まってしまった。一瞬、凍りつき、誰かうしろにいて話を聞かれたのではと不安で頭がいっぱいになった。息を詰めて目を見開き、ちらっと背後を見た。誰もいない。安堵の息をどっと吐き出しそうになる。

ニックをきっと振り返った。

「なかに入ってふたりで話をするんだ、そうしないなら、このまま外で話す」

「したいのは話じゃないんでしょ」ミケイラは反発した。

「確かに、話はいちばんあとまわしにしてもいい」ニックは請け合ってミケイラの手首に指を巻きつけ、じっと視線をとらえた。「ここは危険な男が公衆の面前でいい子にキスをして、彼女の汚れのない評判を汚し始めるところじゃないか？」

ニックの目の奥には楽しそうな光が宿っていたが、それはためらいがちなまたたきだった。まるでミケイラをからかって、思ってもみなかった喜びを見いだしてしまったとでもいうように。

「せっかくだけど、汚れのない評判を汚すのはもう、ほかの誰かがやってくれたから。少なくとも、正直かどうかの評判についてはね」ミケイラはため息交じりに言って、つかまれている手首を自由にしようとした。「放して、ニック。こんなことをしてるひまはないの。ウインドウの掃除をしないと」

「おれはきみとしっかり話し合いたいことがあるんだ。来てくれ、スイートハート」ニックに店のなかへと引っ張りこまれ、ミケイラはあっけにとられて相手の背中を見つめた。

くっきりと隆起した硬そうな筋肉の上で、黒いTシャツがぴんと張っている。目が離せなくなった。こんなふうに目を釘づけにされていなければ、ニックについていったりしなかったろう。ともかく、この場にふさわしい抵抗もせずについていったりはしなかったはずだ、と内心で言い張っていた。

事務室に入ってドアが閉まり、ニックが振り返ろうとしたとき、ミケイラは口を開こうとしていた。ニックの強引なやりかたに対する意見を事細かにぶつけて責めるつもりだった。

ところが、ニックのほうがすばやかった。ひとつ呼吸を置く間もなく、足が宙に浮くまで抱き寄せられ、唇を奪われていた。むさぼるように強引に、男の渇望をあらわにした舌が唇の隙間に滑りこんでくる。

ミケイラも抗わなかった。抵抗する力がなかった。抗うかわりに相手の肩にしがみつき、さらに唇を開いて、舌と舌をふれ合わせた。ニックを味わい、この上なく甘い蜜を吸うように彼を取りこもうとした。

なによりもすばらしかった。ニックを味わい、感じるのは。

危険な高ぶりと禁じられた熱情のなかにおぼれていくようだった。かけがえのない数秒のあいだ、ミケイラはまさに求めていたものを、夢見ていたとおりに手に入れ、これ以上はない贅沢な気分に浸った。

この男に恋してしまったりはしない。心のなかで誓った。こうしたからといって、将来設計が台なしになったりはしない。断じて、そんなふうにはさせない。

ほんのいっとき楽しんでいるだけだから、と自分に約束した。

この瞬間は楽しんでおかなければ。

いまなら感じられる。唇を重ね合わされ、両腕でしっかりと抱かれ、岩のように揺るぎなく熱い胸板にもたれ、自分の胸に相手の鼓動が響くのを。下腹部に押しあてられている、服の下の硬い盛りあがりも感じた。

ああ、彼がほしい。

ぐっと身を寄せ、もっと口づけを深くしよう、もっとふれようとした。全身のすみずみでニックを感じたい。いまは生きていくために空気そのものを必要としているように、ニックを必要としていた。

　ほんのいっときだけでも。

「とんだいい子だ」ニックがささやきかけて、唇をついばむようにした。両手はヒップをなぞってから丸みを包みこんだ。ミケイラはそのまま抱えあげられて背を壁に押しつけられ、ニックを感じるだけになった。

「抵抗するはずじゃなかったのか、ミケイラ？」

　太腿のつけ根にこわばりが強く押しあてられた。それはレザーパンツを高ぶりもあらわに突きあげ、熱を帯びて太くなっている。

　薄いシルクのおしゃれなミニスカートが腿の上までまくれ、レザーとミケイラの濡れている場所のあいだにあるのは幅の細いシルクの布一片だけになっていた。

　このパンティではまったく身を守れない。感覚に圧倒されていた。興奮がとことん奥まで伝わってくる。

「闘ってるわよ」ニックの唇にかじりついた。キスを中断し、身を引こうとした相手への仕返しに。

　かじりつかれて、ニックは一瞬動けなくなったようだった。しかしすぐに荒々しい欲望のうなり声を発して、唇を重ね合わせてきた。ミケイラの口に舌を押し入れ、舌と舌をこすり合わせる行為で、ふたりの体がいきなり切に求めだした行為をまねる。こうして、ミケイラの渇望をいくらかなだめるとでもいうように。ミケイラは、もうこの渇望から自由になることはないとわかっていた。

手がスカートの下にすっと入り、パンティの伸縮性のある縁のすぐそばの肌に硬い指先でふれた。

ミケイラはそこに指でふれてほしかった。下着のなかに指を滑りこませてほしい。じかにふれてほしい。

腰を揺らして、押しあてられている硬いものを押し返し、相手の肩に指を食いこませた。ニックは顔を傾けて唇を奪い、ミケイラの欲望を深め、いっそう激しく求めさせた。

この人を自分のものにできるわけがない。

こんなまねをしてはいけない。

でも、こうしたい。

正気を失ってしまいそうなほど激しく、求めだしていた。とそのとき不意にニックに身を引かれ、壁にもたれたままぼうぜんと彼を見つめた。

結ばれていたニックの髪はほどけ、肩に降りかかっている。ミケイラがほどいたのだろうか？　あの髪から革紐をすっと引き抜いたのだろうか？

そうに違いない。ぬくもりの残る革紐が指にからまっていた。紐を固く握りしめ、まっすぐニックの目を見つめて、かすれる息を何度も深く吸った。

ニックも、ミケイラと同じくらい影響を被っていた。炎に似た熱望で目をぎらつかせている。

こんなにも激しく男性に求められたのは初めてだ。こんなにもあふれんばかりの情熱をかき立て合ったことはなかった。

大変だ、もっとこれを続けられなければ、めったにしないまねをしてしまいそう。泣きだしてしまいそうだ。

「どこまで求めてるんだ、いい子のミケイラ？」ニックはパンティの縁にほんの少し指を差し入れた。ふれられてさらに湿りけを帯びた、巻き毛に覆われているふくらんだ場所を、指先がかすめる。

「どこまで？」どこまで求めているか？　どこまでも残らず求めていた。すべてを。抵抗しなければならない理由など忘れて、手に入るものはすべて手に入れたかった。

「少しだけ？」ニックはささやきながらそっと口づけ、一本の指で柔毛にふれるかふれないかの愛撫をした。「それとも、たっぷりか？」指が柔毛の上を滑り、熟れた場所になめらかにもぐりこんだ。

この上ない悦びに打たれてミケイラは息をのみ、唇を開いた。

「さあ、どっちにしてほしいんだ、いい子のミケイラ？」

6

ニックはどこまでも求めていた。

ミケイラのたぐいまれな菫色の瞳に見入った。濡れてなめらかになり、熱を帯びているきつい入り口を愛撫されて、彼女のまなざしは恍惚の霧に包まれている。

ミケイラのなかに指を滑りこませたくてならなかった。やわらかい秘所にすっぽりと親密にとらわれ、ビロードのような感触のそこに伝わる快感のさざ波を感じたい。

しかし指は入れずに、きゅっと締まった入り口を愛撫するだけにとどめた。ただ優しく、そっとふれるだけだ。

「ここはワックスで脱毛してしまったほうがいい」そう勧めると、ミケイラはまた大きく目を見開いた。ショックと熱情に同時に襲われて、とまどっている。「そうすれば、ほんのわずかにふれただけで感じられる。きみのやわらかくて感じやすい肌にじかにふれられるようになるんだ、ミケイラ。そこにふれるのがおれの指でも、唇でも、肝心なものでも、きみはふれられるたびに、むき出しの神経を刺激されているように感じるはずだ」

甘くて温かいミケイラの蜜が、指に伝った。おかげで指がさらに奥へと滑り、ミケイラの唇が開いて小さく息をのむ。

「お願い」かすれ声の懇願は、あえいでいるかのようだった。

「なにをお願いしているんだ、かわいいベイビー？」ニックは唇どうしをふれ合わせた。

「お願い、こんなことはやめて」

ミケイラを見おろした。ミケイラの瞳のなかには困惑と、欲望があった。ミケイラはこんな懇願を口にするのに全力を振り絞っているのだと、ニックは一瞬で悟った。

拒否の言葉を耳にしつつも、華奢な体の反応も感じ取っていた。ミケイラは小さな声で放してくれと懇願しつつも、背をそらしてニックに身を寄せ、彼に手を伸ばし、オーガズムを求めて体を震わせている。

ニックはその求めに応えてやれる。少しだけなら。指の動きだけでミケイラを絶頂に導き、彼女が否定しようとしている悦びを体験させてやれる。

しかし、それではずるい。ミケイラには、ニックがしてやれることを求めて懇願してほしい。一線を越えた先になにがあるのか知りたくてたまらなくなって、悶えてほしい。

これまで自分が避けていた体験がどんなものか知らない、想像するしかない、思い巡らすしかないというのは、ただ知ってしまうよりもずっと濃密な体験になりうる。

ミケイラの引きしまった入り口にふれていた指を上に滑らせ、ぴんととがった花芯のまわりに円を描くようにふれてから、手を引いた。

ミケイラとはこれで終わりではない。決して。こちらを見あげるミケイラの美しいまなざしに心の奥まで射貫かれている心地になりながら、指を口に含み、ミケイラの味を感じた。

ミケイラの味が舌の上ではじけた。とろける陽光のように、さわやかで、まぶしく、かすかに甘くて刺激のある味わい。この味にはいとも簡単におぼれてしまうだろう。

ミケイラはこれを見て目を丸くし、唇を開いた。鮮やかな赤に色づいて熟れた唇だ。この唇が分かれ、アメジスト色のまなざしがニックを見あげる場面がすぐさま頭に浮かんだ。ニックが、彼女のやわらかな口の奥を自身で貫く場面が。

そんな想像によって股間が張りつめた。ミケイラはどこまでも無垢なのだ。初めはためらいがちになるだろう。ニックは、ミケイラが本物の熱情を味わう最初の相手になる。与えられるかぎりの悦びを余さずすべて、ミケイラに捧げるつもりだった。

「では、少しだけにしておきたいんだな？」声を穏やかに保った。つぶされかけた喉でかすれる、うなり声に近い声を。

ミケイラは唇を震わせている。セクシーで、か弱げだ。このか弱さに、ニックは自分でも存在を認めていなかった心の片すみを刺激された。自分には心などないと誓っていたのに。

「どうして、こんなことをするの？」ミケイラは両手を震わせつつもスカートを引っ張って直し、うろたえたようすでニックを見あげた。

うろたえるミケイラを見て、ニックになにかが起こった。説明のできないなにかが。もう何年も硬く凍りついて動かなかった心の片すみを突かれた。

「おれがなにをしているというんだ？」彼女の顔にかかった髪をうしろに撫でつけてやりながら、ミケイラ・マーティンは死んだ男にすら夢を見させられるのだ、と降参するしかなかった。

「どうしてわたしの暮らしをかきまわそうとするの、ニック・スティール？　あなたがこの町にやってくるまで、普通に暮らしてたのに」

「退屈していたんだろう？」ミケイラのあごを指でなぞって、言い聞かせた。「バーで見ていたんだよ、ベイビー。きみを見ていた。あれ以上、退屈しきった目になっていたら、あの場で昏睡状態になっていたんじゃないか。なあ、あの夜のあと、ろくでなしは連絡くらいしてきたのか？　あのバーで一緒にいた野郎は？」

連絡はなかったらしい。落ち着かないようすで舌を出して上唇をなめるミケイラを見れば明らかだ。

「あの夜以来、彼は勤めてる法律事務所のパートナーのお嬢さんとデートしてるって聞いたわ」ぎくしゃくと肩をすくめている。「どうだっていいけど」

ミケイラのデート相手は、ミケイラが無事に家に帰れたかどうか電話して確かめもしなかったのだ。それどころか、やつはあの晩、別の女のベッドで一夜を過ごした。その後も、毎晩そうしている。あの男は獰猛な肉食女を選んだのだ。そもそも一緒にデートをしていた心優しい女を放って。

この善良な、汚れを知らない女性を放って。

恐ろしいことに、ニックはミケイラが初めて絶頂に達する体験をするとき、ともにいたがっていた。ミケイラが目を大きく見開いて体を震わせるのを見つめ、ミケイラのなかにいながらにして彼女が快楽に身をゆだねるのを感じ、ミケイラのあげる叫び声を聞きたかった。

「これで終わったわけじゃない」ニックとのあいだに距離を置こうとしているミケイラに向かって言った。目をじっと見つめて。「これで終わりだったらいいと思っているんだろう、ミケイラ。だが、おれと同じくきみも、これで終わりじゃないとわかってるはずだ」

「どうして？」ミケイラは髪をうしろに撫でつけ、とまどった顔でニックを見返した。「あなただったらどんな女の人でも思いのままでしょ、ニック。どうして、わたしに手を出すの？」

「きみだって、どうしておれに手を出す？」ニックは聞き返していた。「あるなんて知りもしなかったおれの心を、どうして開こうとするんだ？　ミケイラ、どうしてきみは死んだ男に夢を見させる？」

そこで、ニックは凍りついた。こんなセリフを口にするとは。信じられん。

それ以上なにも言わずに急いで事務室のドアを開け、店内を突っ切って外に出た。

終わりだ。断じて終わりにしなければならない。

それでも、終わるわけがないとわかっていた。

終わりではない。ミケイラの香りを頭から追い出し、舌で感じたミケイラの味を忘れなければ、終わるはずがなかった。また、そのうち忘れられるほど長く、ミケイラから離れていられるはずもない。

店の横の駐車場へ足取りも荒く歩いていき、ハーレーにまたがり、数秒もたたないうちに轟音を響かせて通りを走っていた。ヘルメットを脱いで、風で髪をかき乱され、迫りくる激しい雨の気配を全身で感じたかった。しかしそうしても、ミケイラの香りや味が頭からぬぐい去られるどころか、いっそうミケイラを思い出してしまうだろう。あの〝いい子〟の見せかけの下のミケイラは、嵐のように奔放で自由だ。

あのまなざしの奥には、単なるドレスメーカーでもヴァージンでもないミケイラがいた。本心では無難な暮らしなどまったく求めていないくせに、無難な暮らしにしがみつこうとしている女性がいた。

ミケイラから離れるべきなのに、自分はそうしないだろう。離れることなどできない。ある意味、死んでいた一ックが、ミケイラのためにしだいに生き返ろうとしていた。離れているなどできるはずがなかった。

手をあげてヘルメットの脇にある通信機のスイッチを入れた。基地で通信を担当している女と話すためだ。

「ジョーダンがいらいらしだしてるわよ、大きいお兄さん」応答するなり、テイヤは言った。

「あなたに戻ってきてほしがってる」

「まだ戻らない」ニックは返した。ここを離れると考えただけで、口調が険しくなった。

「集めてほしい情報があるんだが」

「あなたの〝恩返し〟にいちいち協力してるってジョーダンに知られて、お仕置きされちゃいそうなのよね」と、ゆっくり意味ありげに言う。

ニックは無言で待った。

「いいわ、ひょっとしたらジョーダンも昔からの脅しを実行に移して、やっとわたしのお尻をたたこうとしてくれるかもしれないし」気軽に笑い声をあげている。「どんな情報がほしいの？」

「ルーク・ネルソンの情報。マディックス・ネルソンの息子だ」ニックは答えた。「やつがミケイラとデートをしていたなんて言ってなかったな」

「ベイビー、あなたのかわいいミス・マーティンはたくさんの男とデートしてるのよ」テイヤはどこか楽しそうに告げた。「ここ一年で八人の男とデートしてる。ネルソンとのこのちょっとしたいざこざが起こっても、人づき合いが少なくなりはしなかったみたい。だけど、ひとりの相手とデートするのは二、三回で、それ以上長くつき合うことはめったにないのよ。すごく人気者なの。自分のドレスを着た人が集まるパーティーに、たくさん出席してる。エディ・フォアマンが殺される前から、ミケイラはいろんな家に招かれる超人気者だった。それがなんと、マディックス・ネルソンが殺人犯だと訴えてからは、さらに引っ張りだこなのよ。このふたりの争いを見守ろうと、町の人はみんな興味津々のようね。マディックスやミケイラの家族についてもっと知りたいなら、エレノア・ロングストロムから話を聞いたらいいわ」

エレノア・ロングストロムは、ミケイラの店の近くにあるアンティークショップを経営している。元中央情報局《CIA》エージェントでエリート作戦部隊の連絡員であるエレノアなら、ほかの者がいくら望んでも手に入れられない情報を探り出せる。

「ともかく、ルークを調べてくれ。同時に、マディックスについてまだおれがつかめていない情報がないか、探してみてほしい。この一件はどうもおかしいんだ、テイヤ。双方が本当のことを言ってるなんてありえないからな」

しばらく、テイヤから答えが返ってこなかった。「ミケイラは、かわいい子よね」ようやく静かな声で返ってきたのがこれだった。「かわいさに負けてしまいそうなの、殺し屋《アイスマン》？」

いまのように親しみを表したいときに、テイヤはこのニックネームを使う。しかし今回ニックは、ミケイラが自制心にどれだけ危険を及ぼす存在かを、あらためて思い知らされた。

「それは事件の真相とはなんの関係もない」と、テイヤには言った。「あのふたりはどちらも自説を曲げていない。真相を突き止める必要がある。なにか見つからないか、調べてみてくれ」

「了解」と、テイヤ。「でも、二、三日かかるわよ。部隊はいま作戦に取り組んでいて、わたしは情報でみんなを支えてるから」

「承知してる」作戦が第一だ。「こっちの情報は時間があるときに集めてくれ」

通信を切り、バイクで州間道を走ってから、借りている家の近くの出口でおりた。この件を終わらせなければならない。一刻も早く。さもなければ、自制心を盗む愛らしい妖精に、心まで盗まれるはめになりそうだからだ。

ミケイラは自宅の私道にジープを停め、隣の家に目をやった。家のなかも、裏のポーチも明々と電気がついている。

日が落ちてからだいぶたっていた。わざと、できるだけ遅くまで店に居残っていたのだ。防御の壁を立て直そうとして。これまで、男性にふれられてこの壁が崩れると心配になったことなどなかった。

それをいうなら、ニック・スティールのような影響を及ぼしてくる男性もひとりもいなかったのだ。

こんなことを考えても仕方ないと首を横に振り、ハンドバッグから鍵を取ってバッグを肩にかけ、ジープをおりた。

車のドアを閉め、リモコンでロックした瞬間、ニックの家の玄関が開いた。ニックが入り口に寄りかかり、腕組みをして、こちらを見ていた。

大きくて、近寄りがたく、影に覆われている。

ミケイラはニックに背を向けて家へと続く歩道を急いだ。警戒して庭にもポーチにも視線を走らせ、異常はないか確認する。

けれども、普段ほど本気で警戒してはいなかった。普段ほど怯えてもいない。ニックが見守ってくれているからだ。ニックがそばにいる。それだけで、なぜか安全だという気がした。力があって体も大きい三人の弟たちが家のなかまで一緒に来て、見まわりをし、ドアも窓もすべて鍵がかかっていることを確認してくれたときも、ここまで安心はしなかったのに。

ニックは危険な人だ。陰に潜んで待ち構えているかもしれないどんな人間よりも、危険な人だという気がした。

玄関の鍵を開けてなかに入り、ドアを閉め、暗証番号を打ちこみ、ドアに鍵をかけ直した。家のなかは静かすぎて落ち着かなかった。

完全にひとりきりになってしまったようで、なんだかそわそわする。外に戻って隣の家に歩いていきたくてたまらなくなった。それでも、そんな衝動は無理やり無視した。

こんなに遅くまで家に帰るのを引き延ばしていたのには理由があった。疲れ果てて、帰ったらすぐ眠れればいいと思ったからだ。

ところが、すぐに寝つけそうにはなかった。

リビングルームとキッチンのあいだの狭いオフィスコーナーに行って、ドアのそばの小さなエンドテーブルにハンドバッグを置き、コンピューターの前に向かった。

コンピューターの電源を入れてからキッチンに移動し、甘いアイスティーをグラスに入れ、オフィスコーナーに戻る。

椅子に座るころにはコンピューターは起動し、使える状態になっていた。

〝ネルソン〟と名前のついたファイルが、デスクトップからミケイラを威圧した。

これ以上、どうやったらマディックス・ネルソンについての調査を進められるだろう？マディックスについても、エディ・フォアマンについても、探り出せることはすべて探り出したけれど、いまだに使える情報はなにひとつなかった。

突き止められたいちばん有望な情報といえば、いくつかの仕事にまつわる製造や資材の問題について書かれた数件の記事くらいだ。こんな問題は、数えきれないほどあるほかのどんな建設会社でも抱えている。

机に両肘をついて両手で顔を覆い、これからどうしようと悩んだ。マディックス・ネルソンとエディ・フォアマンの殺害を結びつけるものはなにもなかった。唯一、ミケイラが殺害の瞬間を目撃したという事実以外は。

しかも、ミケイラの証言を誰も信じてくれない。

これ以上はどうしようもない。

マディックス・ネルソンは殺人を犯しておいて、のうのうと逃げおおせてしまう。

思わず重いため息をついて、まだ開けてもいないファイルを見つめた。あまりにもじっと見つめていたので、玄関を力強くノックする音が聞こえたとき、びっくりして椅子から跳びあがりそうになった。

立ちあがり、コンピューターの上の時計を見やってから玄関をさっと振り返った。

誰が訪ねてきたかはわかっている。体のすみずみで彼を感じられた。

「ミケイラ」しゃがれた声がビロードに紙やすりをかけるかのようにミケイラの背筋を下から上へ刺激して興奮をもたらし、まともに考えられなくなった。

それでも、足は動いて部屋を横切っていた。暗証番号を押して警報を解除し、錠をはずしてドアを開ける。

彼はもう、バイクに乗るときのレザーに身を包んではいなかった。体にぴったり合ったジーンズを浅くはき、ウエストに白いシャツを入れている。長い袖は肘までまくりあげられていて、胸元のはずれたボタンのあいだからは淡い色の胸毛がわずかにのぞいている。長く伸びたホワイトブロンドは結ばれておらず、がっしりとした顔のまわりに降りかかり、女心を刺激する悪い男の魅力をかもし出していた。

「もうすぐ十一時よ、ニック。なにか用？」ミケイラは力のこもらない口調で尋ねた。この男の強烈な魅力に抵抗しようと闘って、心は疲れ果てていた。

「しなければいけない話がある」ニックは招かれもしないのに家に入ってきた。

「明日ではだめなの？」ミケイラの意志の力がもっとしっかりしているときではだめなのだろうか？　ミケイラとしては、話をするならそういうときのほうがずっとありがたい。

「だめだ。今夜、話さなければいけない」

ミケイラはドアを閉めて鍵をかけ、相手と向き合った。

「なにか飲む？」

全身の神経のはしばしが敏感になっていた。ただ歩くだけで、腿にシルクのスカートがふれるだけで、官能を覚えた。

ああ、男性がもたらすこんな影響を知らずに、よくここまで長く生きてこられたものだ。

「疲れてるの」そう告げたが、いまこの瞬間は疲れなどまったく感じられなくなっていた。いまは興奮している。期待に胸をふくらませている。疲れはずっとうしろに追いやられていた。

ニックの視線を全身でひしひしと感じた。あのまなざしから熱い渇望が感じられる。危険なまでの熱情を感じて、怯えると同時に、期待に息を弾ませてしまった。

ニックはミケイラにふれずにいるだけで精いっぱいだった。絹さながらになめらかな肌を撫でたくて手のひらがうずうずする。横たえたミケイラに覆いかぶさり、抱いてしまいたかった。ふたりとも満たされきって動けなくなるまで。

強い欲求に襲われて脚のあいだのものがうずいた。全身のすみずみの神経がうずいている。目の前に立って、アメジスト色の瞳に好奇心と熱情をたたえている女のせいで、内側からすさまじい欲望がわきあがっていた。

しかし、ミケイラを抱くためにここへ来たのではない。これを終わりにするために来たのだ。すでにマディックスには電話して告げていた。これ以上、突き止められる情報はない。ミケイラがマディックス・ネルソンを告発する理由も、マディックスが自分の会社の現場監督を殺す場面を目撃したと信じきっていること以外には考えられない。

ニックと会った夜にミケイラが襲われたのは、ネルソンを殺人犯と名指ししたことへの反発で、怒りに駆られた者の犯行だろう。そうとしか考えられない。ミケイラの店への落書きも、なにもかも。ミケイラは身を引き、こんな問題は忘れてしまうべきだ。そして、ニックは去らなければならない。

マディックスは事件現場にいなかった、とニックは確信していた。あのアリバイは疑いようがない。だが、犯人を目撃したというミケイラの確信もまた、偽りとは思えないほど深かった。

マディックスとミケイラを疑う根拠はなにひとつない。つまり、殺人犯はいまだに野放しになっているということだ。真犯人は恐れていないだろう。自分を目撃した唯一の人物である女性が、別の男を見たと思いこんでいるのだから。

ミケイラは脅威ではない。したがって、真犯人がミケイラを傷つけようとする理由もない。もう、ニックはこの町を去らなければならない。

「どうしてこんな遅くに訪ねてきたの、ニック？」ミケイラはリビングルームのさらに奥へと移動していた。表情は穏やかで落ち着いているが、まなざしには激しい熱望が躍っている。

背に流れ落ちる豊かなダークブロンドは厚手のケープのようだ。またしても、ニックの頭に妖精のイメージが浮かんだ。はかなげで清らかな、小さな妖精。いきなり投げこまれた俗世で生きていくには、善良すぎる存在だ。

「この町を出ていく」ニックはベルトに親指を引っかけ、ミケイラにふれたい心を抑えた。

ミケイラのまなざしに驚きがあふれた。「もう仕事が終わったの？　せっかく家を借りたのに、こんなに早く終わってしまうなんて」

心から困惑し、落胆している口ぶりだ。

「予想より早く、すませてしまえたんだ」真剣に思いつめた顔つきのミケイラにじっと見つめられていると感じる、この胸の締めつけはなんなのだろう。

「そうだったの」ミケイラは重々しくうなずいた。「いつ出ていくの?」

「明日の夜には」

ミケイラはまだニックを見つめたまま、問いかけた。「じゃあ、どうして今夜はここへ?」

ニックは口元をゆるめそうになった。ミケイラはとんでもなく賢い。ニックが話した仕事と、こんなに急に町を出ていこうとしている事実を比べて、どうもおかしいと感づいているのだ。

「おれはきみが目撃した事件を調べるためにこの町へ来たんだ、ミケイラ」できるだけ、この言葉を穏やかに伝えようと努力した。ミケイラを傷つけるつもりはないと伝えるため、ささやきかけるように言った。

それでも、ミケイラはびくりとひるんだ。ちくしょう、努力してもこのとおりだ。

「マディックスの依頼でここへ来たのね?」

裏切られたという思いがミケイラの美しい目に満ちるのを前にして、ニックは数秒ずっと歯を食いしばっていた。

「マディックスとはしばらく前からの知り合いだ」ミケイラに告げた。「やつは無実だと、自信を持って言い切れる。おれがここへ来たのは、きみについて調べるためだった。きみがなぜマディックスを殺人犯だと名指しして、やつを破滅させようとしているのか突き止めるためだった」

聞こえよくごまかすつもりはなかった。これを優しく伝える方法などない。こんな話をたやすく打ち明けることも、ここを去ったあとミケイラに憎まれずにいることも、できそうにないに決まっていた。

ミケイラは身の危険を覚えたかのように一歩あとずさりし、自分の体を腕で抱き、真っ青になった。そのせいで目がいつもより大きく、暗い色になったかに見える。さっと苦しげな表情がよぎり、瞳が潤んだ。やはり、ニックは彼女の心を手ひどく傷つけてしまったのだ。すでにここ数週間、傷つけられてばかりだった女性の心を。

「そう」ささやくミケイラは、明らかに失意や怒りと闘っていた。まなざしの奥でそうした感情がふくれあがっていくのが、ニックにも見て取れた。「クラブにいた夜。わたしを襲ってきた男。あの男とも知り合い？」

ニックは表情を険しくした。この家に来る前に自分のまわりに張り巡らしていた氷に、ひびが入り始めている気がした。

「おれがきみを襲わせたと思っているのか、ミケイラ？」

ミケイラはこわばっている唇で冷たい笑みを浮かべてみせた。「ごめんなさい、ばかなことを言って。あなたは汚れ仕事も自分でやるのが好きなんですものね？　そうするほうが満足を得られるから？」

怒りをぶつけるミケイラを責められなかった。もっとひどい反応を予想していた。それなのに、こうして静かに苦悩を伝えられるのは、大声で非難されるより、よほどこたえた。

わめかれれば、背を向けて立ち去れただろう。この静かに苦しんでいる女性を置いて去っていくのは難しかった。

「きみを傷つけようとした人間は誰であろうと殺してやる」と答えた。「ミケイラ、おれは絶対にきみを傷つけない、わざとそんなまねはしない」

「うそつきはそんな目に遭ってもしょうがないんでしょう？」ミケイラは腕に指を食いこませていた。必死で自分にしがみついているかのように。「あなたもそう思ってるんじゃない？　わたしはあなたの大切なマディックスについてうそをつくなんてまねをしたんだから、そんな目に遭って当然なんでしょう？」

こんな仕打ちをしている自分がいやでたまらず、ニックは頭を左右に振った。これまでに身を置いてきたどんな状況よりも、この状況を憎んだ。つらい思いをしているミケイラの顔を見て、全身の筋肉がこわばり、彼女にふれないと誓った決意がぼろぼろになっていった。

「きみがうそつきだとは思っていない、ミケイラ」ニックはため息をついた。「同様に、マディックスが殺人犯だとも思っていないんだ。きみがマディックスを目撃したと思っていることは信じている。あのときは日が暮れかけていただろう。あの時間帯、建設現場には長い影が落ちる。そんなときは誰でも、なんでも、普段とはまったく違って見えるものだ」

ミケイラの目から一筋の涙が伝った。

なんてことだ、こんな一筋きりの涙には耐えられない。これはミケイラが、ニックから与えられている苦しみを表には出すまいと必死にこらえているあかしだ。

「ええ、それだけだったのよね」ミケイラはうなずいてみせた。皮肉をこめて、同意するふりをして。裏切られて傷ついた心をこめて。「見事に解決してくれたわ、ニック。わたしのこんな取るに足りない問題を解決してくれて、どうもありがとう」ミケイラがそこで息を詰まらせた。ニックの自分でも持っていることを知らなかった心は張り裂けそうになった。

「さあ、もううちから出て、元いた場所に帰ってくれてけっこうよ」

ニックが知っている、または知っていた女性なら誰でも、いまごろすごい剣幕でののしっていたはずだ。声を張りあげ、ものを投げて。そうしたら、ニックも逃げ出し、相手に実際なにかで頭を割られずにすんでよかったとほっとできただろう。

だが、ミケイラは違った。肩を張り、頑固にあごをあげ、全力を尽くして涙をこぼすまい、怒るまいと闘っている。

そうして、死ぬほど苦しんでいる。

ミケイラはニックを見つめ、気分が悪くなりそうだと思っていた。苦しみが体じゅうに反響して心臓に負担がかかり、胸が締めつけられた。

こんなにつらい思いをしたことが、これまでにあっただろうか？

いや、ないはずだ。おじに同じ疑問を抱かれたときでさえ、こんなにひどく傷つかなかった。

道理にかなった疑問だろうと、つらいのは変わらない。

「おかしいわね」喉を締めつけられているみたいな声が出た。「あの夜なにがあったか、あなた、一度も訊かなかったじゃない。マディックスと誰か別の人を見間違えたんじゃないか、とも一度も訊かなかった。訊かなかったわよね、ニック？」

訊かれていたら、どうしてマディックスが犯人だと確信しているか、ニックに説明できたはずだ。記憶から離れないわずかなひととき、陰のあいだから日が差し、マディックスの特徴のある顔がはっきり見えたのだと言えただろう。

それなのに、ニックは訊かなかった。

「訊く理由がなかったんだ、ミケイラ」答えるニックの表情には哀れみがあふれていた。「マディックスからも、やつの家族からも、アリバイを証言している人間たちからも話を聞いた。マディックスは本人が言っているとおり、事件があったとき自宅にいたんだよ」

ミケイラはふたたびうなずいた。ニックがこの家から、ミケイラの暮らしから出ていってくれるならなんでもいい。ただ隠れて、手ひどく傷つけられて痛んでいる心を癒やしたかった。

ニック・スティールとかかわるなんて非常にまずいと最初からわかっていた。直感に従うべきだったのだ。今回の経験に懲りて、これからはそうできるだろう。

感情のせいでこんなにも道をはずれてしまうなんて信じられなかった。出会いからずっと、根本的にはミケイラにうそをつき続けていた男性に、すっかり心を奪われてしまう寸前だったなんて。

ともかく、この男にも実際にミケイラをベッドに連れこみはしないだけの良心はあったのだ、と自分に言い聞かせた。そんな取り返しのつかない恥ずかしい展開まではいたらなかった。

「ミケイラ、きみはマディックスがエディ・フォアマンを殺した犯人ではない事実を受け入れなければいけない」ニックの口調は厳しかった。そこに立ち始めてから、時間とともに、彼の表情はどんどん険しくなっている。

「ねえ、あなたの言うとおりだってわかったから」一秒一秒、必死に涙をこぼすまいと闘っていた。どうしよう、早くニックに出ていってもらわなければ、闘いに負けて泣きだして、恥ずかしいことになってしまう。「だから、もう帰って、ニック。もう、なにもかも説明してくれたでしょ。マディックスも、もっと早くあなたを呼べばよかったのにね。そうすれば、こんなつまらない問題をさっさと解決できたのに」

ニックが憎たらしかった。ニックを憎みたかった。こんなふうに傷つくのではなくて、ニックに関するなにもかもを憎めたらよかった。ニックがずっとついていた気づきにくいうそに、鋭いつめでかきむしられるみたいな胸の痛みを感じるよりは、憎みたかった。

ニックがあごを引きつらせた。言いたいことを懸命に抑えているらしく、筋肉がけいれんを起こしそうになっている。

「どうしてさっさと帰らないの?」ミケイラは玄関に歩いていって乱暴にドアを開けた。

「行きなさいよ、ニック。荷物をまとめて、元いたところに帰るんでしょ。あなたがこの町に来る前からあなたなんていなくてもよかったし、いまだってあなたなんていなくていいの」

マディックス・ネルソンが殺人を犯しておいてまんまと罪に問われずにいると、誰かから思い出させてもらう必要などなかった。毎日のように、その事実を突きつけられている。店のウインドウにペンキを吹きつけられ、毎晩、家の留守番電話にはメッセージが残されていた。

不正への憤りが体のなかで酸さながらにぶくぶくとわいていた。エディ・フォアマンは善良な人ではなかったかもしれないけれど、あんなふうに殺されていいはずもなかった。そしてミケイラには、殺人者が法によって裁かれるようにする力もなかったのだ。

この件に関して、自分はなにもできない。それが悔しくて、胸の奥が酸で焼かれるようにつらかった。

ニックはドアを見て、ミケイラに視線を戻した。

ミケイラに言われたとおり出ていけたら。間違いなく、そうするのがいちばん賢い。さっさと玄関から出ていって、これっきりにする。明らかに、これで終わりなのだから。

にもかかわらず、一秒ごとにミケイラにふれたくてたまらなくなっていた。ミケイラにふれて味わえるのは、きっとこれが最後だ。あの現実とは思えないほどすばらしい悦び、ミケイラにふれられていたとき感じた平穏に近い心地を体験できるのは、これが最後だ。

ニックは言われたとおりに出ていくと見せかけて玄関へ向かった。視線はミケイラの瞳をとらえたままだ。体じゅうの細胞が、ミケイラのぬくもりに引きつけられていた。

ミケイラのすぐ前で立ち止まり、ドアをぐっとつかんでミケイラの手から奪い、静かに閉めた。ミケイラはショックを受けた表情で見つめている。

「今度はなんなの？」隠していた怒りを一瞬あらわにして、ミケイラは低い声を発した。「店でした質問への答えをまだ待ってるの？　少しだけか、たっぷりか、どっちにしてほしいか聞きたいの？」口元をこわばらせている。先ほどもうかがわせた苦悩のせいで、目の色をいっそう濃くしている。「答えてみましょうか、ニック？　なんにもいらないっていう答えはどう？　なんにもいらない。あなたにしてほしいことなんて、もうなにひとつないわ。ただ、いなくなってくれさえすればいい。そうすれば、あなたが存在したことだって忘れられるから」

「どうして、おれがいなくなるなんて思う？」険しいうなり声に、ニック自身もミケイラも驚いた。

この声音に響いた思いを、ミケイラも感じ取ったようだ。ニックが生まれて初めて感じるほどの、すさまじい渇望。欲するあまり腹の奥も、股間も熱く燃えているようだ。睾丸は張りつめ、ペニスは血が集まるあまり痛いほど硬くなっていた。

ミケイラを抱きたくてたまらず、悶えだしてしまいそうだ。ミケイラを自分のものにして、不可能なことをしてしまいたい。ミケイラを守りたい。その思いはあまりにも強く、ニックがしがみついていようと誓っていた自制心を一瞬のうちに振り切った。

止める間もなく、ミケイラを引き寄せていた。相手に抗う声ひとつあげさせず、抱えあげ、唇を奪い、荒々しすぎて圧倒される、理性より獣の本能に近い欲求に身をゆだねてしまった。

ミケイラも拒めなかった。

斜めに唇を重ね合わされた瞬間、ミケイラもこらえきれず唇を開き、ニックを味わい、感じようとした。あと一度だけ。

せめて最後に一度だけ。

泣くまいとこらえていた力が抜け、両目から涙がこぼれ落ちた。胸のなかで大きくなっていた苦悩が流れていくと同時に、コントロールできない欲望が防壁を打ち破った。この男と自分のあいだに懸命に築こうとしていた防壁だ。この男には、どうしても引き寄せられずにはいられなかったから。

快い感覚がすみずみの神経に伝わり、全身を翻弄した。ビロードに包まれたかぎづめが子宮をぐっと締めつけ、秘所にざわめきが走って力が入り、クリトリスもふくらんでとがり、ニックの腕のなかでなすすべがなくなった。

やっぱり悪い男だ。女に胸が裂けるような思いをさせる男。最初から、ミケイラはそれを感じ取っていた。この男の誘いに負けてしまってはいけないとわかっていた。どんなにそうしたくても。そうしたくて苦しいほどでも。

唇をいっそう開き、舌をニックの舌にこすりつけていた。悩ましい声をもらし、両手ですがりつくように彼の肩をつかむ。

ニックは野性と危険の味がした。ニックのキスは濃密かつ自然で、支配欲とむき出しのエクスタシーに満ちていた。

ミケイラは弓なりにした体をニックに押しつけた。ブラウスの裾をスカートから引っ張り出されたときも、声にならない声を発することしかできなかった。たくましい手がスカートの下に入ってヒップのかたちを確かめるように撫で、さらにミケイラを抱えあげる。別の手は胸の丸みを包みこんだ。

ニックは親指を胸の頂に滑らせつつ、ブラジャーのなかに手を入れ、乳房をすくいあげて外に出した。愛撫でミケイラの理性を奪いながら、移動している。ミケイラを抱えたまま歩いている。この状況を、自分がどこにいるかを理解する間もなく、ミケイラはソファの上質なマイクロファイバーの張り地の上に横たえられていた。ニックが覆いかぶさってくる。

ブラウスのボタンがはずされ、前が開かれた。ブラジャーのフロントホックもはずされて片方の胸の丸みに沿って舌をあてられ、キスをされる。ミケイラは驚いてニックを見おろした。とまどって見つめていた。唇が開き、ぴんと立った胸の先端をくわえ、途方もなく熱い口のなかへ吸いこむのを。

神経の密集しているとがりを舌でなぶられると、電気に似た快感が両脚のあいだに集まってきて力が入り、秘所から潤いがあふれ出た。ヴァギナが収縮してほてり、そこを満たしてほしくなる。そのとき、感じやすくなっている両脚のつけ根に硬い太腿が力強く押しあてられた。

激しい感覚に押し流されそうになった。快感が押し寄せ、口に出せそうだと思っていた抵抗の言葉を封じこめ、裏切られたという思いも、失意も、怒りも流し去り、熱情と渇望で胸をいっぱいにさせた。

いつしか硬い太腿に身を押しつけるようにして体を揺らしていた。両手はニックの髪をつかみ、胸から離れさせまいとしている。両方の太腿でニックをとらえ、花芯を相手のジーンズに、自身のシルクのパンティにこすりつける。無我夢中になるあまりしきりに乱れてしまいそうになった。

耐えられない。欲求に翻弄され、押しあげられ、強烈すぎて否定できない純粋な恍惚そのものの深みに引きずりこまれた。

もっとほしい。ミケイラはすべてを求めていた。こわばっているニック自身を自由にしたい。その熱を帯びた揺るぎないもので押し入り、奪ってほしい。初めて誰かのものになるときの快感と痛みが混ざり合った感覚を、最初の悶えるほどのオーガズムを手に入れたかった。

「ああ。ニック、お願い……」ミケイラは組み敷かれたまま身をよじった。ニックは胸の谷間に唇を滑らせ、舌を使い、ミケイラの腹に手をあてて指で肌を撫でている。

「ミケイラ」このうなり声を聞いてミケイラはさらに力を失い、愉悦の渦の奥深くへ引きこまれた。

両手でニックのシャツを引っ張り、肌にじかにふれようとする。そうしたいと激しく欲する気持ちは、まったくなじみのないものだった。

「かわいいベイビー」ニックが喉から低い声を響かせ、すっと太腿を引いて、ミケイラの腿に指を滑らせた。「くそ、ミケイラ、きみがほしくてたまらない」

そんなふうにまっすぐ告げられて、子宮に不意打ちを思わせる衝撃が走った。ぐっと収縮し、抑えられない渇望に駆られて脈打つ。

めくるめく思いがして、死にもの狂いになった。ほかのことなどどうでもいいから、ニックにふれたい。つかれたうそなど忘れ、裏切られた恨みは心のすみに押しやった。

「ミケイラ、ベイビー」ニックの指が、両脚のつけ根の濡れた場所をかすめた。「このかわいい場所にワックスをつけてすべすべにしてしまうよう説得する時間があったらよかったんだが。舌できみを愛して、きみの甘いプッシーを味わう許しをもらえたらな」

ミケイラは高い声を発した。どっと高まった快感は、こたえられないほどだった。

「そうしてほしいか、スイートハート?」ニックは唇と舌でミケイラの体を下へとたどり始め、へそのまわりをくすぐるようになめながら、そろえた指をクリトリスに押しつけた。

「口でしてほしいか?　かわいい芯に吸いついて、なめるのはどうだ?　舌で愛してやれる、ベイビー。おいしいプッシーのずっと奥まで舌を入れて」

ミケイラは息をしようとあえいで腰を跳ねさせ、ふれる手に身を寄せた。告げられたとおりのイメージが頭を駆け巡り、欲望をかき立てられる。

そのとおりにしてと懇願しそうになるまで。身を投げ出してしまいそうだった。心を捧げてしまいそうだった。自分をだましていた男性に、事実を告げずにいることでうそをついていた男性に。

両目から涙をぼろぼろと流してしまっていた。悲しみが、渇望と同じくらい大きくなった。

この男に、心を引き裂かれるだろう。なにもかも奪い去られてしまうだろう。

「ミケイラ」ひどく苦しげな割れた声を聞き、ニックに視線を戻した。彼に見あげられていた。

ニックは手をあげてミケイラの涙を優しく指でぬぐった。

「あなたにやめてと言えないの」ミケイラは突然、泣きだしていた。「無理よ。あなたがほしくてたまらないんだもの、ニック、怖いくらい」息が詰まり、感情に揺さぶられた。「あなたにうそをつかれてたって思い出したら、どうすればいい？　あなたがいなくなってしまわなければいけなくなったら？　そしたら、どうすればいいの？」

7

翌日、店に出勤したミケイラは事務所に隠れていた。夜、眠れなかったので、仕事に集中できなかった。泣きはしないが、ひどく泣きたくてたまらなかった。感情に負け、わめいて暴れ、胸の張り裂ける思いをさせたニックをののしりたかった。

昼食の時間になるころ、ディアドラは見ていられなくなったらしかった。親友が事務室に入ってきてドアを閉めたので、ミケイラはすでに集中しようとする気すら失せていた経理の帳簿から目をあげた。

「昼食の時間だから店は閉めたわ」ディアドラが言った。「話をしましょう」

ミケイラは首を横に振った。なにがあったか、今朝ディアドラには話したのだ。細かい話は省いたけれど、ディアドラはしっかり承知しているに違いない。ミケイラがニックに身も心も捧げてしまう寸前だったことを。

相手はよく知りもしない男だ。本当に些細なことしか知らない。しかも、あの男はミケイラをだましていた。

「彼は今夜、町を出ていくんでしょ？」ミケイラがなにも言わないでいると、ディアドラが訊いた。

「あの人はそう言ってたけど」ミケイラは椅子に寄りかかって両手で顔をこすった。ひどい顔になっているに決まっている。

それにしても、いったい自分はどうしてしまったのだろう？　あの男性に恋をしてしまうなんてありえない。というのに、なぜか彼が心から離れない……。ともかく、あの人が町を出ていくのはいいことだというのはわかっている。さもなければ、しまいには〝あなたのものにして〟なんて言って、すがってしまいそうだった。

「彼にさよならって言わなきゃだめよ」ディアドラが気迫のこもった声を出した。

ミケイラはのろのろと前屈みになった。「そんなこと言うなんて、どうかしちゃったの？」

ディアドラは頭がおかしくなったに違いない。あの男にふれられると、もっとふれてほしくてたまらなくなる。誘惑を断ち切れなくなる。いちばんの親友のくせに、さらに危険を引き寄せろというのだろうか？

「そうしなかったら、ずっと彼を待ち続けるはめになるわよ、ミケイラ」ディアドラの口調には確信がこもっていた。「さよならも言わないで、見送りもしなかったら、一生、あの男を忘れられなくなるの。いくら平気なふりをしてもだめ。あなたのなかではずっと、彼に置いていかれたってことになる。そんなふうにしたくないでしょ。わたしは父のことをそんなふうに引きずってる母親をずっと見てきたんだから。母は父が出ていくところを見なかったから、夫が戻ってきてくれるんじゃないかと思うのをやめられないのよ」

ミケイラは否定した。「わたしはあの人と結婚してるわけじゃないもの」むっとして言い返す。「恋人としてつき合ってるわけでもない」

「関係ないのよ」ディアドラは両手を腰にあててミケイラをにらみつけた。「いい、わたしにはこういうことがよくわかってるんだから聞きなさい。家に帰って、シャワーを浴びて、化粧をして、かわいい服を着るの。それで、あのくそ野郎にさよならって言うのよ。心のなかでは死にそうでも、顔では笑ってね。保証する、そうしたら、今夜はまともに眠れるから」

そうだろうか？　単にもっと傷つくだけなのでは？

ミケイラは重いため息をついて机の上で腕を組み、その上にどんと頭をのせて突っ伏した。

「さよならなんて言いたくない」ふてくされているように聞こえる声で、ぼそぼそと答えた。「また泣いてしまうかもしれないもの」

恥ずかしくてたまらない。ニックにきっぱりやめてと言う強さもなかったのだ。かわりに泣いてしまった。ニックは行ってしまうとわかっていたからだ。ニックはうそをついていた、ミケイラを愛してもいない、ミケイラが恋人になってほしいと思っていようといまいと、ニックはミケイラを置いていってしまうつもりだとわかっていた。

本当に、ニックがいなくなることになってよかったのだ。ニックは女の心を傷つける男だと、最初からわかっていた。悪い男というのはみんなそうだ。そういう男たちは生まれたときから人の心を奪っては傷つけてきて、自分の心を捧げることはめったにない。

ジーナ・フォアマンの家の前の通りをバイクで走るニックの姿をひと目見た瞬間から、わかっていた。究極の悪い男だと。根底から危険で、セクシーで、存在自体が犯罪と言えるほどだ。

「ねえ、ミケイラ、行ってしまった人への思いを引きずりたくなんてないでしょ。未練なんて残したくないはずよ」ディアドラがため息をついた。「帰って用意しなさい。そして、あの人が出ていくときになったら、笑ってさよならを言って見送るの。そのとおりにしないと、ずっと後悔するはめになるから」

ミケイラは顔を起こしてディアドラを見つめた。父親が出ていき、母親とふたりきりで残されて、親友がどんなに苦労したかは知っている。ずっと昔からの友だちだ。ふたりとも服が大好きで、一緒にビジネスに情熱を注いでいる。それぞれの夢があって生活もあるけれど、互いに支え合ってきた。

もしかしたら、ディアドラの言うとおりなのかもしれない。ディアドラと、くっついたり離れたりしているボーイフレンドのドレイクの関係も、波乱だらけだった。ミケイラが回数を覚えていないほど何度も、ディアドラはドレイクに心を傷つけられている。それでも離れられない苦しさをわかっている人がいるとすれば、ディアドラだけだ。

「よく考えて」親友の声には説得力があった。「これ以上、相手にあなたを傷つけさせてはだめよ、スウィーティ」

ディアドラはそれだけ言うと、事務室のドアを開けて店の表へ戻っていった。ランチにいくのだろう。

ミケイラも、食欲があればと思った。いまは食べ物について考えただけで胃が拒否反応を起こす。ニックにさよならなんて言いたくない。ニックにいなくなってほしくない。ミケイラはあの夜に戻りたかった。ニックがこの町にいる理由も、ここでなにをしているかも知らなかったころに。

ミケイラが心の奥で、わたしにも悪い男を自分のものにしてしまうことができるだろうか、とひそかに考えていたころに。

そう思って、ミケイラははっとした。ああ、こんなことを考えるほどばかではなかったはずなのに。そんなはずがない。悪い男、魅力たっぷりな男、女の敵に惹かれるなんてまねはしたことがなかった。いつも、感じがよくて信頼できそうな男性に目を向けるようにしてきたはずだ。結局、そういう男性の多くも実はそれほど信頼できないとわかっただけだったけれど。

ミケイラは二十六歳でまだ、自分の純潔を捧げるなんて子どもじみた夢を抱いて生きている。残る一生をともにしようと思った男性に、たった一度だけ捧げられる贈り物として。現実離れしている。ミケイラ・マーティンががちがちの現実主義者だなんて、誰も言えないだろう。

首を左右に振って立ちあがったとき、店の入り口の上にあるベルの繊細な心地よい音が、かすかに聞こえた。ディアドラが昼食の時間が終わるのを待たずに、また店を開けたのだろうか。

どちらでもいい。ミケイラは家に帰る。いちばんの親友のアドバイスに従って、ディアドラには本当に〝こういうことがよくわかっている〟のだと願って。

書類を集めてファイルし直し、ハンドバッグを持って事務室を出ようとしたときドアが開き、ミケイラは驚いてあとずさりした。ディアドラより先に、よく知っている男が事務室に入ってきた。

「なんなのかしらね、このものすごく子どもっぽい人は」ディアドラに鼻で笑われ、ルーク・ネルソンはにらみ返している。「まるでこの店はおれのものだと言わんばかりに、ずかずか入ってきたのよ」

「おれの家の助けがなければ、ミケイラはこんな店を持てなかっただろ」ルークは不機嫌そうに言い返した。ミケイラはこの男の誘いに折れて何回かデートをしてしまうという過ちを犯すまで、彼のこんな一面を知らなかった。

ルークは自分勝手で、自分にしか関心がなく、本人の頭のなかだけではルーク自身がいちばん重要人物だった。

ミケイラはルークをちっとも重要だと思えなかったので、ルークはお返しにミケイラを絶えず見下すようになっていた。

「なにか用、ルーク?」ミケイラは腰に片方の手をあて、いら立ちを覚えつつ彼を見つめた。「今日は忙しいから、あなたの相手をしている時間はないんだけど」

「ニコライ・スティールの相手で忙しいのか?」ルークがかみつくように言った。「はっ、もう少し常識のある女だと思ってたのにな。あんな底辺の人間とつき合うとはさ」

ルークのうしろでディアドラが怒りのあまり表情をなくし、ミケイラはショックを受けてルークを見た。

「ミケイラはあんたとデートをしてたのよ」ディアドラが鋭く切り返した。「そこからニック・スティールとつき合ったんなら、確実に進歩じゃない」

またルークからにらまれてもディアドラは目をぐるりとまわしただけで、事務室の入り口に寄りかかり、去る気はないことをはっきり態度で示している。

「ルーク、わたしがなにをしようと、誰と会っていようと、あなたには関係ないでしょう」ミケイラは告げた。

「あのろくでなしが犯罪者同然の人間だってわかってるのか？」そう言うルークの視線が、不躾にじろじろとミケイラの体をたどった。「おまえも、おまえのいい子ぶりっ子も、もっとましなものだと思ってたよ」

〝いい子ぶりっ子〟ですって？

「ぶりっ子じゃなくて素でそうなのよ」ディアドラはルークのうしろから受けて立つように言い、腕組みをして相手をにらんでいる。

「ちょっとやめて」ミケイラはふたりにあきれた顔を向けた。「いったいなにしにきやがったの、ルーク？　本当に、あなたの相手をしている時間はないから」

「ミケイラが〝来やがった〟って言ったわよ」ディアドラが大きく目を見開いた。ルークとふたりして、まるでミケイラが罪を犯したかのような顔で見ている。

ミケイラだって普段から〝来やがった〟くらいの言葉は使っている。単に声に出したことがなかっただけだ。そういう品のない言葉を口に出すのは弟たちに任せている。ミケイラはそんな言葉は口にしないほうだった。だからといって、頭のなかで使わないわけではない。

「ルーク、なんの文句があって来たの？」ミケイラはもう、このふたりを相手にどうしたらいいかわからなくなって困りきっていた。

「おまえが親しくしてるニック・スティールについて文句が言いたいんだよ」ルークはうしろを振り返り、文句があるなら言ってみろとでもいうようにディアドラをにらみつけた。

「あのろくでなしが、おれの親父に雇われてたって知ってるか？　おまえがうそをついてることを証明するために雇われたんだぜ。あいつはおまえを笑いものにするためにここに来たんだよ、ミケイラ」

ミケイラは片方の眉をあげてみせた。「とっくに知ってるわよ、ルーク」

これを聞いて、ルークは一瞬、出ばなをくじかれたようだった。驚きに目を丸くして、ミケイラを見ている。

ルークを動揺させることに成功したのだ。ニックがこの町に来た本当の理由をミケイラが知っているとは思いもしなかったらしい。ミケイラを傷つける手段を見つけたと思っていたに違いない。ルークは根性が卑しい人間だとずっとわかっていたが、ここまであからさまに意地の悪いまねをするとは思っていなかった。

「おまえだって、おれたちまわりの人間と同じく清らかじゃないじゃないか」ルークがあざけった。「やつはテロリスト気取り以外の何者でもない。そんな人間とベッドで転げまわってたんだろ？　ご自慢の高い理想の数々もそんなものだったんだな」

ミケイラは眉をつりあげたまま相手を見返した。「そう？　あなたとベッドで転げまわるのはことわったでしょう？　悪いけど、ルーク、わたしは甘やかされたお坊ちゃまより、大人の男性を探してたんだと思うわ。さあ、わたしの店から出ていってちょうだい。さもないとニックに電話して、つまみ出してもらうわ」

いちばん効果がありそうだと思える脅しであり、侮辱だった。ともかく、いまのところ、ここまでならルークにつらくあたってもいいと思えるぎりぎりの線だった。ルークは自分の男らしさを正しく評価できていないし、まわりの評価も受け入れられないでいる。ミケイラがみずからルークをつまみ出して、さらに彼のプライドを傷つけても仕方ない。それに、いま身に着けている清純派の淡いグリーンとクリーム色の夏服も、シャツに色を合わせたハイヒールもかなり気に入っているので汚したくなかった。

ルークの表情がゆがんだ。奥に秘めているどことなく不安定な感情で目をぎらつかせている。

「あいつはトラブルの元凶だ」憎々しげに言う。

「だとしても、わたしのトラブルであって、あなたのではないでしょう」

「くそったれ！」ルークは感情を爆発させて、ほとんど目の色をどす黒くした。「覚えてろ、ミケイラ」

背を向けて足取りも荒く店を出ていき、ドアをたたきつけるように閉めていった。

「いい体してるくせに中身はちんけなお坊ちゃまなのよね」ディアドラが残念そうに言った。

「神さまはひどい悪ふざけのつもりで、あいつを創られたんだわ」

「神さまは体を創られたけど、あの人を創ったわけじゃないわ」肩をすくめつつも、ミケイラもひどく残念で、不安を覚えていた。「ルークは自分であああいう人になったのよ」

ディアドラは賛成しかねるといった表情をミケイラに向けた。「マディックスとアネット・ネルソンを親に持ったのよ。あいつにほかになりようがあった？」

確かに、アネットには問題があった。しかし、ミケイラは意見を胸に秘めておいた。マディックス・ネルソンは、ある程度の価値観を持つよう息子を育てようとしていた。それは確かだと、ミケイラは知っている。長年のあいだ、ネルソン家とマディックス家は親しいつき合いをしていたのだから。

アネットとマディックスが離婚したとき、あのころまだとても幼かったルークの親権はアネットが得た。そして、マディックスが望んでいたのとまったく逆の方法で息子を育て始めた。

アネットはひどく意地の悪い女性だと、みんなの評判だった。マディックスが多くの人から好かれ、頼られていたからこそ、アネットも許容されていた。いっぽう息子のルークは……そこまで大目に見られてはいない。

「家に帰るわ」ミケイラはあきらめのため息をつき、黙ったままでいる友人を見つめた。

「あなたのアドバイスどおりにしてみる」

「やっとか」ディアドラは言った。「あの男に思い知らせてやりなさい、スイートハート。保証する。彼はこの町から出ていってしまうかもしれないけど、絶対にあなたを忘れられなくなるから」

ミケイラも確実にニックを忘れられないだろう。ミケイラがどうしようと、悠々と忘れ去るのはニックのほうだという非常に悪い予感がした。ミケイラのニックへの反応は切実すぎて、ニックを求める気持ちは強すぎた。

運命のいたずらみたいに目の前にニックが現れなくても、うまくやっていけたはずだ。あんな快楽が存在するなんて知らずに、幸せに生きていけたはずだ。

いいえ、とミケイラは思い直していた。幸せに生きていけたはずがない。あんな体験を逃していたくはなかったはずだ。なにも知らないまま生きていたくはなかったはずだ。いまになってみると、これまでどんな男性とのつき合いもうまくいかなかったわけがわかる。なぜなら、ニックと経験したような信じられないくらいすばらしい悦びが欠けていたからだ。

それがいま、ミケイラがこの体験の本当の意味をはっきり理解することすらできないまま、人生から消え去ってしまおうとしていた。

ニックは窓辺の薄いカーテン越しに家の外を見ていた。隣家の私道にミケイラのジープが停まる。

いつもどおり清純な格好だ。自宅の玄関へ歩いていくミケイラを見ながら思った。あの美しい小麦色に輝く豊かなブロンドは巧みに編みこまれて背に垂れており、前髪だけがまとめられずに残されていた。袖なしの涼しげな淡いクリーム色のブラウスは、ミントグリーン色の膝上丈スカートやクリーム色のハイヒールとよく合っている。ハンドバッグはスカートと同じミントグリーン色だ。

いつも色の組み合わせを考え抜いて完璧にまとめあげている彼女に恐れ入ってしまう。あんなふうに非の打ちどころなく重ね合わされた衣装を乱すことができるものなど、この世にはなにも存在しないのではないかと思わされてしまうのだ。

だが、ニックがミケイラを高ぶらせてしまったときは違う。

そのときのミケイラは男の腕のなかで燃えあがる。

いや、このニックの腕のなかで燃えあがるのだ。

「ミケイラが帰る前、彼女の店にネルソンの息子が来たのよ」ミケイラの店の向かいにあるアンティークショップの店主、エレノア・ロングストロムがニックのうしろで口を開いた。

エレノアは十年前に引退するまでＣＩＡで極秘に働いていたが、ニックが何者かも、所属する機関がどこかも知らない。

知っているのは、何週間か前にトラヴィス・ケインとニック・スティールがこの町にいた際、ふたりに協力せよと〝頼まれた〟ことだけだ。ニックは今回も情報を得るためにエレノアに協力を求めた。ひとりの目だけでは、とても充分ではないと承知していたからだ。

この日の夕方、エレノアが訪ねてきたのも情報を届けるためだ。ニックが去るつもりであることも、ニックのなかでは、この仕事が終わっていることも知らずに。

「せがれがなにをしにきたんだ？」ニックは背後を振り返り、妖精を思わせる小柄な祖母めいた女を見やった。なにもかも知っているかのような顔で微笑み、こちらを見つめている。

「かなり腹を立てていたのですって」エレノアは言った。「ミケイラが店を出てから、訪ねていってディアドラに話を聞いたの。ルークはとても無礼な態度をとっていたそうよ。ミケイラが身を持ち崩してあなたとベッドをともにしただなんて、思いこんでいるらしいの」

なぜ、自分はこんな話を知りたがっているのだろう？　聞いているのだろう？

ニックはそう考えて不機嫌になった。「ミケイラはたったいま家に帰ってきた」思いついて言う。「店を出てから、どこへ行っていたんだ？」

「しばらく父親のオフィスに寄っていたようね」エレノアが報告した。「母親もそこにいたみたい。ミケイラはご両親ととても仲良くしているわ。ミケイラの恋人になるか、真剣なおつき合いを始めた男性は、必ず彼女のご家族とも親しくしなければならないでしょうね」

ここを去るべき理由がまた増えた、とニックは思った。自分は家庭的な男ではない――昔はともかく、いまはもうそうではない。いまでは一匹狼だ。もう二度と深く根ざした暮らしなど送らないと誓った男は、ミケイラにふさわしくない。

「おれにはかかわりのない話だ」エレノアに告げた。「もう、この町を出る」

「それは残念だこと」エレノアはため息をついた。「いまのミケイラにはあなたが必要なのにね。どういうことなのか突き止めてもらうためだけでも」

「ミケイラはとんでもなく厄介な問題に巻きこまれている」ニックは窓から離れて言った。「マディックスが雇っていた現場監督を殺したなどと誰も信じない。まったく、おれだってミケイラが目撃したのがマディックスだとは信じていないさ。だが、ミケイラがうそをついているとも思えないんだ。手がかりひとつ、疑わしい人物ひとり出てこない。手づまりだ」

「ミケイラはうそをつく子ではありませんよ」エレノアは優美な肩をすくめ、思慮深げな青い目でニックを見つめた。「昔、あの子の父親の子守をしていたくらいだから、ミケイラのことも生まれたときからよく知っているの。弟たちだって姉より気は荒いけれど、姉弟みんな根は正直者よ。しかも、ミケイラは立派な人間であろうとしている。あの子はずっとそうだったわ。いい子なのよ、ニック、それなのにこんな問題に巻きこまれて」

「警告しようとしてるのかな、ミセス・ロングストロム？」非難めいた表情を浮かべている年配の女性に向かって、ニックは片方の眉をあげてみせた。

エレノアは唇を引き結んだ。

「やっぱり考え直したわ、ミケイラにとってはあなたがこの町を出ていってくれたほうがいいかもしれないわね」いかめしい口調になっている。「いま対応を迫られているトラブルに加えて、失恋までしたらかわいそうですからね」

確かに、そのとおりだ。ニックも人生の後悔をさらにまたひとつ増やしたくなどなかった。

「ほかに情報はあるのか？」ないならこのミーティングは終わりだとはっきり告げる口調で

訊いた。

「ほかに報告すべきことはないわ、ニック」エレノアは首を横に振った。短く切った白髪がうなじを撫でている。「ただ、あなたがこの町に来たときに言ったように、エディ・フォアマンが殺された時間、マディックスは間違いなく例の会合に出席していたのよ。市会議員たちが市の事業のために買いあげようとしていた地所が売りに出されると知って、緊急で開いた会合に。現に会合の予定が決まったのは集まる数時間前。数人の近隣住民がマディックスの家に出席者たちが訪ねてくるのを目撃しているし、マディックス自身が訪問者ひとりひとりを迎え入れるところも見ている」

なにか見落としている事実があるに違いない。ニックは手を尽くして、この一件を調べた。依頼は、ミケイラが目撃した事件について虚偽の証言をしている理由を突き止めるというものだった。答えは突き止められなかった。ミケイラが、マディックスを見たと確信しきっているからだ。

問題を解決できず、エディ・フォアマンを殺した謎の犯人が捕まらずに逃げおおせているのは、心残りだ。

「では、失礼するわ」エレノアが言った。「ほかにもなにかできることがあったら、声をかけてくれるだけでよろしくてよ。あなたがもう少し長居して、エディを殺したのが誰か突き止めることができなくて本当に残念。エディは必ずしもいい人とは言えなかったけれど、あんなふうに殺されていいはずもなかったものね」

「ほかにやることがある」ニックは答えた。

エレノアはうなずき、裏口へ歩きだした。「ミケイラの心のためにはそれでいいけれど、この状況そのものを考えると悪いことね。とはいえ、いま立ち去らなければ、あなたはいずれミケイラを傷つけてしまうに違いないという気がするわ」

あるいは、ニック自身が傷ついてしまう。

エレノアが出ていくのを見送ってから、ふたたび窓の外に目を向けた。やわらかい西日の差す夕暮れだ。

すでに荷物はまとめて出発する用意はできていた。にもかかわらず、なぜ出発していないのか、自分でもわからなかった。

心のどこかで、ここに来たときに持ってきた革の鞄ひとつを手に、この家をあとにするのは耐えられないと思っていた。なにかを置き忘れていこうとしている気がする。だが、なにを置いていこうとしているのか、はっきり自覚するのは死んでもいやだった。

頭を横に振ってそんな考えを振り払い、家のなかをまわって戸締まりをし、革の鞄を手に取った。ここに来るときに持ってきた着替え数組と、武器が入っている。

玄関から出るには苦労した。とりわけ〝死んで〟からはずっと、あらゆる場所からいとも簡単に立ち去ってきたというのに。女に対してこんな渇望を抱くことがありうるとは思わなかった。いま、あの繊細で心優しく愛らしいヴァージンに対して抱いているような渇望が生じるとは。

ついに外に出てポーチで立ち止まり、ゆっくり暮れていく夏の夕空を見据えた。雨が降りそうだ。空気に雨の気配が漂い、舌でその味を感じられそうだった。

雨の香りをかぎ取って、ミケイラを思い出した。

ニックはぶるっと頭を振り、どんどん大きくなっていく未練を振り払おうとした。私道を大股で歩きだし、停めてあるバイクを目指す。

「ニック」

ミケイラがジープの陰から現れて二軒の家の私道を分けている細長い芝生の上を歩き、そこに生えているどっしりしたオークの木の下に立った。

妖精の王女。ミケイラは妖精の王女そのものだ。そんな考えをニックは頭から追い出せなかった。あまりにも小さくて汚れなく、なぜかいまだに、この世の善良さを信じている存在。彼女に言ってやればよかったのかもしれない。機会があれば、きっと言ってやっただろう。この世には善良さなど、ほんのわずかなかけらくらいしか残されていないのだと。

「自分の家のなかにいるべきだったんだ、ミケイラ」ニックはバイクの横の金属製のサドルバッグに革の鞄を収めた。

「さよならを言いにきてはいけなかったの？」ミケイラの声に傷ついた気持ちがかすかに表れ始めた。傷ついた気持ちは、ニックがちらりと見てしまったアメジスト色の瞳にも、青ざめた顔にも表れ始めている。

「〝さよなら〟というのは友人どうしがするものだ」ニックは体を起こしてまっすぐミケイ

ラを見つめ、はっきりと言った。「おれたちは友人どうしか、ミケイラ?」

ミケイラを刺激しようとしていると、自分でもわかっていた。ミケイラはまだ怒っている。深い憤りが、まなざしにも、ぎゅっと力を入れて曲がっている口元にも残っていた。

「なんのために来たんだ?」ニックはバイクのうしろにまわりながら、ここでぐずぐずするのは間違いだとわかっていた。

いますぐこの場を去るべきだ。さらに彼女に引き寄せられる前に。長年かけてようやく見つけた壊れやすい平穏を完全に台なしにしてしまう前に。

「さよならを言いに」ミケイラは体の前で両手を組み、背筋をまっすぐ伸ばして立っている。ハイヒールをはいていても、ニックの胸の真ん中くらいまでしか背丈がない。気づけば、彼女を守りたくなっていた。大切に包みこみ、世間から守り、この清らかさもきらめきもすべて自分だけのものにしてしまいたい。

こんな欲望を抱いているというだけで、どこかの施設に収監されてしまうべきだ。こんな幻想がどんなにはかないものか、しっかりわかっているのだから。

「言っただろう、さよならってのは友人に言うものだと」うなり声を出した。

「それか、友人になれたらよかったと思っている人に言うものでしょ」ミケイラは静かに言ってから下唇をかみ、少しのあいだ途方に暮れたようにそうしていた。「あなたを忘れられそうにないわ、ニック」

腹がぐっと締めつけられる心地がした。ミケイラを目にした瞬間から硬くなりっぱなしのものも、さらにふくれあがろうとした。なんてことだ、ここまで激しく興奮したのは生まれて初めてだ。

「忘れろ」必死で抑えようとしているにもかかわらず怒りが声に出た。「おれがここからバイクで出ていった瞬間に忘れるんだ、ミケイラ。それともなんだ、男にうそをつかれるのが好きなのか？ 傷つけられるのが？」

ミケイラがびくりと体を震わせて唇を引き結んだ。「忘れるために、さよならを言おうとしてるのよ、ニック」自信がなさそうな口ぶりだ。「ただあなたが行ってしまうのを見送っただけだったら、本当に忘れられなくなるかもしれないから、それが怖くて」

ミケイラの行動のわけがわかってきたが、うまくいくとは思えない。ミケイラに言ってやることもできただろう。人生には絶対に忘れられない出来事もあるのだと。そういう出来事を体験すると、手に入れられなかったものを思って一生、苦しむはめになる。そうなると、もうどうしようもない。

ニックは困惑したそぶりをした。「いったいおれにどうしてほしいんだ、ミケイラ？」ため息をついた。「真相は打ち明けただろう。自分でそこに立っているんじゃなくて、傷つけられた仕返しに弟たちを送りこんでくるところじゃないか」

「そんなまねをしたら、弟たちはどうなるのよ？」苦々しく聞き返された。「弟たちがあなたに向かっていったら、あの子たちがみな殺しにされてしまうでしょう。運よく、あの子たちがあなたにやり返せたとしても、わたしはあなたのことを絶対に忘れない。どちらにしろだめじゃない、ニック？」

いったん、ミケイラは目に涙をためたが、まばたきをしてそれを押しこめた。いっときニックから目をそらすと、新たに気力を蓄えたまなざしで見据え直す。

ニックが出会ったなかでも、誰にも引けを取らない強さを備えた女性に違いなかった。なんて女だ。ミケイラは、ニックが大昔に捨てさせられた夢を思い出させる。戦いのなかで安らぎを見つける夢。安全がこの世のものとは思えない夢どころか重荷になる世界で、それを見つける夢。

「どちらにしろだめだ」ニックはようやく認めた。「きみがどういう態度で臨むかで違いが出るんだ、ベイビー。おれが行ったら、すぐさま忘れろ。そうしないと、きみが傷つくだけだ」

ニックはそう言いつつも、自分がミケイラの心をすでに傷つけ始めてしまっていると内心で気づいていた。相手の目に苦しみがあふれていくのを見ていた。まさしくミケイラに言われたとおりにいなくなる前に、この苦しみを癒やしてやりたくてたまらなくなった。言われたとおり、ニックはバイクでこの町を出ていくだろう。ミケイラの人生からすっぱりいなくなるだろう。だが、ミケイラと違って、ニックにはしがみつく怒りがない。ニックに怒りを抱かれるようなことをミケイラはなにひとつしていない。だから、ミケイラを思い出すとき、ニックの切望の勢いを弱めるものはなにもない。

ミケイラの舌がふたたび唇をなめ、ニックはそこを味わいたいと思った。走って逃げるより、切望に屈して身を任せてしまえと誘われた。

「ディアドラの言うとおりじゃなかったわ」ニックがふたりのあいだの距離を必死で保っているると、ミケイラがやっと小さな声を発した。

「なんの話だ？」体の両脇でこぶしを握りしめ、全身を極度にこわばらせているので、体にまだひびが入っていないのが不思議なくらいだった。

「さよならを言ったって、忘れられるようにならない。生まれて初めて惹かれた人を忘れられる女なんていないのよ。絶対」

ニックはミケイラに向かって動きだし、間に合った。

ミケイラにふれた瞬間、彼女の斜め上に光が見えた。ガラスに反射した夕日にほかならない、見間違いようのない光の断片。ミケイラをすばやく引き寄せてともに地面に倒れこんだとき、狙撃用ライフルの鋭い銃声が鳴り響き、樹皮が飛び散った。

「逃げろ！」と命じておいて、ミケイラに自分の足で動く間は与えなかった。

片方の腕でミケイラの腰を抱えて持ちあげるやいなや、それまで彼女の頭があった場所に次の銃弾があたった。ミケイラを木の陰に連れこみ、ジープの前を通って家へ走った。

目の前のセメントの歩道にまた銃弾がめりこみ、ニックはミケイラを抱えたまま家のなかに飛びこんだ。ミケイラは倒れこむように壁に寄りかかった。顔からかわいらしいクリーム色のブラウスへと一筋の赤い色が伝った。ニックの体にアドレナリンが駆け巡り、とどめようのない恐怖が押し寄せた。

「ミケイラ」名前を呼ぶ声はかすれ、聞けたものではなくなっていた。ミケイラのブラウスの前をすぐさま開き、傷を探す。傷はない。どこにもない。血だけだ。

顔の血だけ。頭を撃たれたのか？

「ああ、ちくしょう。ミケイラ。ミケイラ」ニックを見あげるミケイラは恐怖に怯えた顔つきをしていた。目を大きく見開き、ショックを受けている。アメジスト色の目がほとんど黒く見える。そのとき、ミケイラが手をあげて頭にふれた。金髪が血に染まっている場所に。

ニックは両手を震わせていた。どうか、お願いだ。ああ、神よ。ミケイラが無事でないはずがない。

「木」ミケイラが苦しげな声を出した。「木のかけらがあたったみたい」

もう一度、頭に手をあてて離し、指先についた赤い血をじっと見つめている。迫りくる嵐に揺れる木の葉のように、その指が震え始めた。ミケイラがふたたび目をあげてニックを見つめた。

「お願い」彼女はささやいた。「あの人たちにわたしを殺させないで、ニック。お願いだから」

涙がこぼれた。怯えと痛みからくる一筋の涙が真っ青な顔をゆっくりと伝い、頬についた血と混ざり合った。

ニックは恐怖に魂をかき乱されていた。いま胸を張り裂けんばかりにしている絶望的な苦痛や恐怖に少しでも近い思いは、これまで一度しか味わったことがなかった。

手元にある武器は、すぐ取り出せるようブーツの内側に装着している、銃身がごく短い小型拳銃だけだ。これでは狙撃者に対抗できない。自分の女が血を流しているというのに。

自分の女。

もはやニックがここを去ることはない。あの日、ミケイラが目撃した人物は誰なのか、ミケイラの命を奪おうとしている者は誰なのか突き止めるまでは、どこへも行かないと決意した。

8

ニックは真夜中を過ぎてすぐのころ、ミケイラの家を出ることができた。ミケイラの父親が決して娘のそばを離れないと誓ってくれたので、ニックは短い訪問に出かける機会を得た。

ミケイラの口を封じたがる理由を持つ者はただひとり、マディックス本人しかいない。あの男は、ニックが仕事を完遂せずにこの町を出ていこうとしていると知っていた。また、ミケイラが、マディックスこそエディ・フォアマンを殺害した犯人だと証明しようとするのをやめないことも知っていた。

ミケイラを狙ったのがマディックスではなかったとしても、マディックスに近い者の仕業に違いない。マディックスが殺人犯だとミケイラが証明してしまうのでは、と恐れている何者か。もしくは、マディックスがミケイラに殺人犯だと名指しされるのに嫌気が差したかに見せかけたがっている何者かなのだろうか？

あらゆる可能性を考えだしたらきりがない。ひとつずつつぶしていかなければならない。激しい怒りはニックのなかで冷ややかに、静かにそこにあった。かつて人生で一度だけ感じたことのあった殺戮も辞さない怒りが、心の奥では燃えていた。あの狙撃犯がニックの手に落ちたら、神の慈悲を請うことになるだろう。必ず見つけ出して、殺す。時間をかけて。ミケイラの血を見た記憶によって、ニックはこれからも悪夢にうなされるに違いない。

警察はほとんど役割を果たそうとせず、さらにニックの憤りをかき立てた。マディックスにアリバイを提供した警察署長を、ミケイラは一度ならずうそつきと呼んでいた。そのために、配下の警官隊から助けを必要としているいま、彼女は非常に弱い立場に置かれてしまっているのだ。

マディックスの家がある囲われたコミュニティーに忍びこんでからほどなくして、マディックス家の裏庭に入りこみ、テラスのガラスドアから書斎を見た。

家の前には警察署長の車が停められていた。ニックが予想していたとおり、マディックスはすでにミケイラが銃で狙われた件を知らされているのだ。

ヘイガーズタウンはかなり広い町だが、ある種の情報はあっという間に伝わる。

「どういうことだ、ダニエル！　きみの部下たちはいったいなにを証明しようとしている？」頭に血を上らせたマディックスの怒声が響いた。「こんちくしょうめ、自分の部下たちをしっかり統制しろ！」

パニックを起こしそうになっている口調だ。目つきを見れば愕然として困惑しきっているのが明らかで、ひどく腹を立てた表情をしている。

「なんだと、マディックス、人の仕事のやりかたに口を出すのはやめろ」警察署長も怒鳴り返した。「だいたい、わたしの部下たちになにを期待している？　あの小生意気な娘が何回わたしをうそつき呼ばわりしたと思っているんだ？　そんなまねをして、わが警官隊の全員を侮辱しているんだぞ」

「あの子が個人的にきみの警官隊のくそたれどもひとりひとりと、そいつらの先祖から子孫から未来の義理の父母までなにからなにまで侮辱しようがどうでもいい」マディックスはさらに声を張りあげ、前にあるなめらかな桜材の机に両手をたたきつけた。「いいから、なんとかしてくれ！」

ニックは入り口から誰もいない居間に音もなく入り、そこにつけ入っているにもかかわらず、この家の程度の低いセキュリティーはいかがなものかと思った。

足音を立てずに暗がりを進み、書斎へ通じる重厚な木の扉の前に立った。幸い、鍵はかかっていなかった。かかっていたところで、開けるのに大して苦労はしなかっただろうが。

「なあ、マディックス、あの娘はみずから厄介ごとを招いているんじゃないか」

「黙れ、ダニエル！」マディックスはいまにも発作を起こしそうだ。「悪党を捕まえろ。いますぐ」

そこでニックは書斎に入った。「その悪党を捕まえたら、おれに渡せ」

ニックは武装していた。彼が隠しもせず握っているグロックに気づいたらしく、振り返った警察署長は顔にショックを浮かべ、マディックスはどさりと椅子に腰をおろした。

「ああ、よかった」マディックスはつぶやき、もう何度もそうしているようだが、震える手で髪をかきあげた。「あの子は無事なんだな？」

ニックはドアを閉めて念のため鍵もかけ、ふたりの男と向き合った。

「友人の署長から聞いていないのか？」凍てついたすさまじい怒りが表に出そうになった。

マディックスは問いつめる視線をダニエルに向けている。

「傷は大したものじゃない」警察署長はぞんざいに答えた。「かすり傷程度だよ」

「そうだったか」マディックスは安堵したかのようにささやいた。身を乗り出して机に両腕をつき、ニックを見つめる。「あの子は大丈夫なんだね？」

「かすり傷程度しか負っていないと言っているだろう、マディックス」苦々しげに言うダニエルの骨張った大きな顔が、怒りに赤く染まった。「わたしがうそをついているとでも思っているのか？」

「おれが思うに、あんたは部下たちに、この町の住民のなかでミケイラ・マーティンからの訴えだけはまともに取り合わないようにさせているようだな」ニックがマディックスにかわって答えた。「あんたの署の刑事はやる気がなく、現場の捜査もいいかげんだった。覚えておけ、必ずこのつけは払わせてやる」

「なんだって、ダニエル」マディックスがまた口を開いて文句を言った。「この一件をそんなふうに扱うとはなにごとだ。ちゃんとあの子を守るべきだろう」

「この件はわたしの手には負えんよ、マディックス」署長は言い逃れようとした。「まったく、あの娘は警官隊全員を敵にまわしたんだ。この件はきみの手にも負えんさ」

「この件はおれが対処する」ニックはふたりに断言した。

すでに対処していた。ここに来る途中で何本か電話をかけたので、この件は独自の特別な捜査によって調べ尽くされる。

「だいたい、あんたはなにをしにこのうちに来たんだ?」ライリー署長がかみつくように言った。憤懣やるかたないといったようすで唇を薄く引き結び、はしばみ色の目をぎらつかせている。「あんたからも誰からも、わが署の人間や彼らの仕事ぶりについてとやかく言われる筋合いはないぞ」

「そうは思わんが」ニックは肩をすくめた。「あんたはもう帰ってくれ。話があるのはあんたじゃない」

「ふざけるな」

「帰ってくれ、ダニエル。今夜のきみの部下たちの働きぶりと同様、きみも頼りにはならないようだ」マディックスも怒りのこもった口ぶりでうながした。

ダニエルはマディックスとニックの両方を憤然とにらみつけてから、出口に歩いていった。そこの鍵を開けるのにしばらく手間取っていたが、やがて騒々しくドアをたたきつけるように閉めて出ていった。

ニックはグロックをホルスターに収めてドアに向かい、鍵をかけ直してから、ふたたびマディックスを振り返った。

「今夜ミケイラは何者かに殺されかけたんだ、マディックス」ニックの声は低く、殺意をはっきりと表していた。「このゲームのなりゆきは気に入らない」

「わたしは気に入っているとでも思っているのか?」マディックスはかっとなったようすで椅子から飛び出さんばかりだった。「くそ、ニック、あの子が殺されたら、世のなかの人間はみんな、わたしが裏で糸を引いていたと思いこむに決まっているじゃないか。わたしの頭がそこまでいかれていると思っているのか？」

ニックは机に向き合って置かれた革張りの椅子の前へ行って、ゆっくりと座った。足首を反対の脚の膝にのせ、時間をかけて相手を観察する。

「追いつめられた人間は極端な手段に出るものだと思っている」しばらくたってからニックは答えた。「幸い、あんたはまだそこまで追いつめられてはいない、とも思っているがな。そうなると、追いつめられている人間は誰なのか突き止めなければならなくなる。こんなまねをするほど、あんたを破滅させたがっている人間に心あたりは？」

マディックスは極度の疲労に襲われたかのように椅子の背にもたれかかった。

「知らんよ、競合他社の面々ぐらいか。これまでに、いくつか大口の契約をものにしてきたからな。そのせいで他社のいくつかは苦しい状況だとあせったかもしれない。だが、こんなまねをするほど、追いつめられていたわけがないよ。ライバル企業の経営者たちのことはよく知っているんだ、ニック——」

「その話はあとで聞く」ニックは遮った。「今後はミケイラを守るのがおれの仕事だ。つまり、エディ・フォアマンを殺した犯人を突き止める。そいつを捕まえたら、ミケイラの頭を銃弾で撃ち抜こうとした人間も見つけ出す。おれが犯人をとらえたら、あんたは今後そいつがまた問題を引き起こす心配はしなくてすむようになるだろう」

マディックスは緊張の面持ちでつばをのんだ。

「では、いまのところは、あんたはエディを殺していなくて、ミケイラもうそをついていないという前提で話を進めよう。ミケイラはあんたを見たと信じこんでいる。そこで訊きたいんだが、あんたによく似ている人間はいるか？」

マディックスは激しく首を横に振った。「息子でさえ似ていない。わたしは母親似で、母に兄弟姉妹はいないんだ。母方には親戚すらいないし」

「非嫡出の親戚や兄弟は？」ニックは尋ねた。

「いやしないさ。これだけ財をなしたんだから、いたらとっくに知っているだろう。そういう人間たちは金のあるところにはゴキブリのように這い寄ってくるはずだからな」

ニックは考えを巡らしつつ、マディックスを見据えた。訊いておいて無駄ではなかった。独自に調査を始める前に、非嫡出の家族の存在を除外しておきたかった。

「あんたの手元にあるエディに関する情報と、これまでの警察による捜査で明らかになった情報が残らずほしい。明日の午後までに」

「明日の午後まで待たせないよ」マディックスは机の脇の引き出しに手を伸ばした。「ファイルが手元にある。しかも、ダニエルのおかげで最新の情報がそろっている。わたし自身、すみからすみまでこの情報を確認したんだ。それでも、これといって怪しい人間を示す手がかりは見つからないんだよ、ニック。容疑者はいない。事件に関連してなにかを目撃したという人もミケイラしかいないし、神に誓って言うが、あの子が現場で見たのはわたしではないんだ」

マディックスはファイルを取り出した。優に七センチを越える厚みのあるしろものだ。警察もこの種の仕事はしていたらしい。

ニックはファイルを受け取り、ほんの一瞬ちらりと目を向けただけですぐにそれを小脇に挟み、感情をいっさいあらわにせずマディックスに視線を据えた。

「ルークをミケイラに近づかせるな」間を置いてから、年上の相手に対して氷のように冷ややかに告げた。「またミケイラのそばでうろうろしていたら、あいつは痛い目に遭うことになるぞ、マディックス」

マディックスは重苦しいため息をついた。「あいつはミケイラを好きでしょうがなかったんだよ、ニック。他人には強がってみせているが、ルークもこの件でひどく苦しんでいる」

「おれには、あんたのせがれはひどく甘やかされたがきで、あいつが苦しんでいるとしたら、ミケイラと寝られなかったからとしか思えないがな。とにかく、せがれを絶対にミケイラに近づかせるな、さもないと、おれがやつをさらにひどく苦しませてやる。わかってくれたか？」

マディックスはごくりと喉を鳴らした。「息子を決してミケイラに近づかせないようにするよ」

ニックはそっけなくうなずいて相手に背を向け、部屋をあとにした。暗い家の闇にまぎれて進み、先ほど侵入したところから外に出た。

すべき仕事ができた。

この件には簡単な解決などありえないだろうし、容疑者もいない。ニックの前にそろっているのは、清く正しいと彼が確信している女性と、無実ではないかと思われる友人と、ルールなしのゲームだけだ。

幸い、ニックが得意としているのは、そうしたゲームだけだった。

「ミケイラ？」部屋の外から聞こえてきたディアドラの声には、どことなく警告の響きがあった。

ミケイラはボディースタンドにかけられている舞踏会用のドレスから視線をあげた。

「どうしたの、ディアドラ？」

ドアが開き、ディアドラがすまなそうな顔でのぞきこんだ。「あのね、どうしてもあなたと話したいっていう人が来てるの」

「誰？」どうしても声にいら立ちが出てしまった。またしてもルークの相手をするのは絶対にごめんだ。

「わたしよ」

違った、ルークではない。とはいえ、同じくらい避けたい相手かもしれない。

グレンダ・ネルソンが部屋に入ってきた。マディックスの自慢の若妻だ。夫より優に二十歳は若く、肌は濃いココア色で、漆黒の髪を肩の上で切りそろえている、モデルらしくゴージャスな女性。こちらを見つめる深みのある濃褐色の目には、ミケイラが予想していた敵意ではなく、かすかな不安が浮かんでいた。

といっても、グレンダは普段どおり態度が大きかった。ディアドラを押しのけて部屋に入ってくると、興味深そうに広い裁縫室を見まわし、お高くとまった顔つきでミケイラを振り向いた。

「話があるの」グレンダがいやとは言わせない口調で言った。

「ここは任せて、ディアドラ」ミケイラは友人に声をかけた。「お店のほうをお願い」

ドアが閉まるのを待って、訪ねてきた女性に顔を向けた。「どんなご用かしら、グレンダ?」

疲れを感じて問いかけた。「ルークみたいに、あなたも一騒ぎ起こしにきたんだったら、そんなの聞きたくないんだけど」

グレンダは顔をしかめて首を横に振った。チョコレート色の目の色がさらに濃くなったように見える。「昨日の夜、撃たれかけたそうじゃない。心配で、ようすを確かめにきたのよ」

「それもマディックスのせいにするんじゃないかと心配で?」ミケイラは小さく鼻を鳴らした。

「まさか」グレンダはさっとかぶりを振って言い切った。「自分のこと同然に、マディックスは潔白だとわかりきってるもの。ほんとに、あなたを心配してたの。マディックスもそうよ。自分の目で、あなたは無事だって確かめたかった」

グレンダとは友だちになりかけていた。大事な友だちになってくれそうだと、ミケイラは思っていた。けれども、いまのふたりのあいだにあるのは疑いと後悔だけだ。

「このとおり、ぴんぴんしてるわ」ミケイラは両腕を広げてみせ、くすぶり続けて消えない怒りを抑えようとした。

単なる野次馬根性で今日この店にやってきた女性は何人になるだろう？　そういう人たちは余計な詮索をするだけで、なにかを買っていくような気遣いも持ち合わせていなかった。店の商品を眺めるふりをしながら、ミケイラをじろじろ見て、こそこそささやいていただけだ。大胆にもミケイラから話を聞き出そうとする人たちも何人かいたが、誰にもうわさの種なんて提供しなかった。ミケイラはそんないっさいの状況から逃げ出すためだけに、裁縫室に閉じこもったのだ。一カ月以上もこそこそうわさされ、疑われ、質問攻めにされて、もう家に逃げこんで、しばらく引きこもっていたいくらいだった。

正直であろうとし、正義を追い求めようとした結果がこれだとは、とても信じられない。「あなたが怒るのももっともだと思うわ」グレンダが穏やかに言った。「目撃したと思いこんじゃってて、間違いないと本気で信じてるのだとしたら、つらいでしょうし」

「もう帰って、グレンダ」ミケイラはうんざりだった。うそつきか、視力が悪いかのどちらかだと思われるなんて。ミケイラが本当にマディックス・ネルソンが殺人を犯すところを目撃したのかもしれないと信じようという気がある人は、ひとりもいないらしい。

「けっこうよ、だけど帰る前に、この面倒な騒ぎが始まる前にわたしたちが一緒に作ろうとしていたドレスのデザインを見せてもらいたいの」グレンダは優美な手を細い腰にあて、いつものつんとした高慢そうな表情を浮かべた。

ミケイラは眉をあげて驚いた顔をした。「ドレスのデザイン？」あのデザインは特にいいできだった。まだ机の上にある。買い手がいなければ制作に取りかかれないはずのドレス。ひとりの人物のために特別にデザインしたドレスだ。いまミケイラの目の前に立っている人物のために。

「どうして？」疑い深く尋ねた。

グレンダは理解しやすい人とは言えない。グレンダを友人だと思いかけていたときもあった。しかし、それはこの元モデルがマディックス・ネルソンと結婚して、上流社会の仲間入りをするまでだった。

「あれは、わたしのドレスだからよ」当然の理由だとでも言いたげに断言された。「そして、わたしは自分のドレスがほしいの。今年の秋の舞踏会まで、あと三カ月もないじゃない。もう、ぐずぐずしてる時間はないわよ」

「あなたには、そのドレスをとても口にできない場所に突っこんでしまえって、言われた覚えがあるんだけど」ミケイラは相手に思い出させ、腹を立ててまなざしをとがらせた。「いまになって、どうしてわたしが喜んであのドレスを作りだすと思うの？」

グレンダは腕組みをして、ミケイラをつんと見下した。「あのドレスはわたしのためにデザインされたものよ、ミケイラ。この体のために」自分の体をこの上なく愛している手つきで、優美な手を脇に滑らせている。ミケイラは目をぐるりとまわしたくなった。

収入は必要としている。それは否定できない。しかも困ったことに、ミケイラは本音ではグレンダが好きだった。この女性はいつも偉そうだが、根は親切で、ひねくれたユーモアのセンスも持っていた。マディックスと結婚するまでは、確かにそうだった。

「わたしは自分のドレスがほしいの」グレンダはてこでも引かない表情で目を細めた。グレンダがこんな顔をするときは、たいていよくない事態になる。「秋の舞踏会のためにね」唇をとがらせている。「ねえったら、ケイラ、親切にすると思って。わたしだって努力してるんだから」

「どうして努力してるの？」ミケイラはわけがわからなくなった。「どうして、わたしのことなんて気にするのよ？」

「理由なんかわかんないわよ。あなたは人の夫を凶悪犯罪者だって名指しして、ずっとそう言い続けてて、そのせいで殺されかけてる。ってことは、あなた、うそはついてないんじゃないの？　誰かに利用されてるのよ、ね。その場合、わたしは自分のドレスを手に入れたって、夫を裏切ることにはならないじゃない。そっちから言われた値段に千ドル上乗せするから、これで決まりね。契約成立。さあ、わたしのドレスを作ってくれるんでしょうね？」

「わたしをケイラって呼ばないで」ミケイラは鋭く言い返した。

「わたしのドレスを作るって言いなさい、さもないと今週中には町じゅうの人からケイラって呼ばれるはめになるわよ。必ずそうなるようにしてやるから」

なんて恐ろしい脅迫だろう。ミケイラはこのニックネームが大嫌いだった。子どものころ弟たちがいたずらを仕掛けてくるとき、いつもこう呼んできたのだ。

ミケイラは弱りきってため息をつき、デザインが置いたままになっている机の上を見やった。店にとっては願ってもない取り組みになるだろう。あのドレスは絶品だ。そしてグレンダなら間違いなく、自分の着ているドレスは世界にひとつしかない、〝ほかの誰も着られない〟ドレスであるとみんなに宣伝してくれるだろう。

これは仕事だ。仕事は仕事、と昔、父親が言っていた。

そうはいっても、父親だってマディックス・ネルソンが人を殺しておいてのうのうと暮らしていると知ってから、すぐに彼の会社と契約を打ち切ったのだ。

けれども、ミケイラにはどうしても収入が必要だった。店へのグレンダのサポートも喉から手が出るほどほしい。なんとか営業を続けてはいたが、ここ一カ月の売り上げは不振だった。危機感を覚えるほどに。

「だめよ」と答えたけれど、死ぬほどつらかった。あのドレスは、これまでにデザインしたなかでも特に美しい一品だった。「ごめんなさい、グレンダ、でもできない」

「あら、やりなさいよ」グレンダの褐色の目ににらまれた。「いい、この件が解決するまであなたが苦しんでるところなんて、マディックスもわたしも見たくないの、ミケイラ。この店にもつぶれてほしくない。これでも努力してるんだから、協力してよ……」グレンダは問題の核心に踏みこもうとしていた。「前は友だちだったでしょ。あなたのお父さんの会社は評判が確立してるからいいわよ、ミケイラ。いくつか契約をふいにしたって、かわりの仕事はいくらでもあるでしょ。だけど、あなたはどうなの？」

確かに、ミケイラの仕事は減った。

「ただのドレスでしょう」グレンダがそっと言った。「友だちのために一着作ってくれるだけ。こんな騒ぎになる前、作ってくれるって言ったわよね。現実に目を向けましょう。あなたとお父さんでは状況が違うの」

ミケイラは唇をぎゅっと引き結んで相手の視線を受け止めた。「どうしてあなたがこんなふうに言ってくるのか理解できないわ」かぶりを振って続ける。「こんなふうにしてあなたになんの得があるの、グレンダ？」

「心が安まるのよ、うるさいわね」グレンダから乱暴な答えが返ってきた。「じゃあ、あなたかディアドラからの電話を待ってるから、仮縫いがいつからか知らせてよね。必ず間に合わせてよ、ミケイラ。わたしは〝ノー〟なんて答えは受けつけませんからね」

グレンダはそれだけ言ってさっさと裁縫室をあとにした。すぐに店の入り口のベルがにぎやかに鳴ったので、店を出ていったのだとわかる。まだ部屋じゅうにグレンダの香水のにおいが漂っているなか、ディアドラが入り口に立った。

「なんの用だったの？」

ミケイラは手短に説明して、いったいどうなっているのか自分でも理解しようとした。いまだに、仕事を引き受けるべきか否か迷いながら。

「この店をやっていくにはお金が必要よ」ディアドラが冷静に言った。「賃貸料の支払いが迫ってる。そのドレスの手つけ金があれば、余裕で払えるわ」

まったくそのとおりだ。

「よく考えてみないと」ミケイラは肩をすくめ、例のデザインが置いてある机の上に視線を戻した。「何日か考えさせて、ディアドラ」

「何日か、ね」友人は重いため息をついた。「考えてる何日かのあいだに、実際ふたりともお給料をもらえるかしら。どう思う?」ディアドラが背を向けて店の表に戻っていったちょうどそのとき、また入り口のベルが鳴った。

ミケイラは急いで裁縫室のドアをつかみ、そっと閉めた。たたきつけたいところだったけれど。

ああ、こんな状況はもういやだ。どうしていいかわからなくて、悩み疲れて、とにかく落ち着かなかった。暮らしがとことんめちゃくちゃになっただけでは足りないのか、今度はグレンダがやってきてミケイラをさらに追いこもうとする。

しかも、これから家に帰ってニックと向き合わなければならない。ミケイラの家に一緒にいるほうが守りやすいと、ニックが決めてしまったからだ。

想像してうめき声を出した。家で、ふたりきり、ニックと。ニックがミケイラの家に引っ越してくることに、ミケイラの家族はそろって大賛成しているようだった。父親は不安そうではあったが。ともかく、ニックは出ていかずにまだ近くにいることになった。そして、ミケイラの脳みそをとろけさせてしまっている。そのせいで、グレンダに対処するのが余計に難しくなっているのだ。あのすばらしいドレスを作らずにいる理由を考えつくのが、不可能に思えてきているのだから。ニックにふれずにいる理由を考えつくのは、もっと難しそうだった。

ミケイラはヴァージンだ。結婚相手に捧げるために自分を大事にしている。

ばかみたい。

男性にあんなに胸を高鳴らせ、わっと玉の汗をかいたのは初めてだった。快感と興奮で胸が高鳴りすぎて、心臓が胸を突き破って出てきてしまうのではと不安になるほどだった。

指で髪をすき、向きを変えて部屋の奥へ歩いていった。たくさんの布に囲まれて、上質な布のにおいを胸いっぱいに吸いこんでも、これまでとは打って変わって満足できなくなっていた。

この店はミケイラの夢だった。天職であり、生計手段だった。それでも、恋人ではなかった。興奮をもたらすのはこの店ではなく、この店を出たら、いっそう胸を高鳴らせる体験が家で待っているという期待感だった。

家に帰ったら、みずからトラブルに飛びこんでいくことになる。

やっぱり、ドレスを完成させよう。すでに知らせていた金額にさらに千ドル上乗せした代金をグレンダから受け取り、絶対それに見合うだけのすばらしいドレスを作りあげる。〈ミケイラズ・クリエイションズ〉の評判を確立するのだ。いずれニックが行ってしまったとしても、せめてそれだけは手に入れたい。これからニックと末永く幸せになれそうだなんて幻想は、決して抱いていなかった。

こう考えたとたん、喉の奥からうなり声を発していた。

頭がどうかしている。

自分からトラブルに飛びこむなんて間違っている。

そんなまねは絶対に……。

しないの？

裁縫室を見まわし、また頭を左右に振った。

いまはこんなことを考えていられない。いまここでは、こんなふうにニックについて考えてはいけない。

制作に取りかからなければならないドレスがあって、続けていくべき暮らしがあって、家に帰ったら捕まえなければいけない殺人犯がいる。

ニックはミケイラの家に住んで、事件の真相を突き止めると約束してくれた。つまり、マディックス・ネルソンがエディ・フォアマンを殺害したと証明してくれるということだ。それには、ミケイラも協力するつもりだった。

9

ニックが八時ぴったりに店にやってくるころには、ディアドラとミケイラは店の掃除と、この日の売り上げの集計を終えていた。ふたりが新しいショーウインドウの飾りつけの仕上げをしていたとき、うなりをあげるハーレーが店の前に停まり、〝なんでもかかってこい〟と言わんばかりのたくましい肉体がシートからおりて、見ほれる長身で立った。

ニックは危険なほど魅力的な黒いヘルメットをはずして頭をぶるっと振り、真っ白に輝く豊かで官能を誘う髪が無造作に肩甲骨まで降り落ちるに任せた。

「わあ、女があのしぐさをするのを見たら、いまわたしが興奮してるみたいに、男もその気になっちゃうと思う?」ディアドラがニックを見ながら、ほれぼれしてため息をついた。

ミケイラはむっとして友人をにらみつつも、サマードレスのうしろを引っ張ってマネキンに着せ終え、ピンで留めた。ドアの上のベルが鳴り、ニックが店に入ってくる。

「用意はいいか?」険しく、深みのあるしゃがれ声。ミケイラの体の奥から快感が生まれて胃がきゅっと締めつけられる心地がした。

ディアドラがミケイラのほうを向いて目を合わせ、眉をあげて口を動かしてみせた。〝もちろんよ〟

ミケイラは友人にあきれたそぶりもしてやらずに「帰る用意はできてるわ」とニックに答

え、カウンターの上のハンドバッグを取り、ディアドラがついてくるのを待った。

数分後にはジープに乗りこんで家に向かっていた。すぐうしろを走るハーレーを意識しすぎてしまう。

自宅の私道に車を停めると深く息を吸い、ハンドバッグと、スケッチブックや道具を運ぶのに使っている革の大きなブリーフケースを手に持った。

「おれが先に入る」玄関に着く前にニックが言い渡した。「うしろにいろ。家のなかに入ったら、おれが家じゅうのチェックを終えるまで玄関で待て。なにも異常がなければ、リビングに戻ってきてそう伝える。異常があったら知らせるから、猛スピードでここから逃げてジョーダン・マローンに電話をするんだ。彼の番号は店にいるときにきみの携帯に入れておいた」

いったい、いつの間にそんなことを？

ミケイラのせいでニックの身になにか起こったり、彼が狙われたりするかもしれないと考えたとたん、恐ろしくなって鼓動が激しくなった。万が一、ニックが傷つけられたらどうしよう？　前日にミケイラを撃とうとした何者かが、かわりにニックを傷つけてしまったら？

「あと、心配するのはやめろ」命令された。その荒々しく割れた声の口ぶりは命令にしか聞こえなかった。ニックはこちらを振り返ってひとにらみ利かせてから、ポーチにあがった。

「わかりました、ただちにやめます」ミケイラがぼそっと答えると、相手は鍵を渡せと手を差し出した。

「逆らおうとするのもやめてほしい」ミケイラから鍵を受け取って警告する。「おれはこういうことをわかっていてやっているんだ、ミケイラ」

ニックは玄関の鍵を開けたあと、背から物騒な黒い拳銃を引き抜いた。一瞬、ちらりとだったが、ミケイラにもそれが見えた。

ミケイラは命令されたとおりにした。玄関に入ってドアを閉めて鍵をかけ、警報器をセットし直して、家のなかを見まわりに向かったニックを待った。

各部屋の電気がついていった。リビングルーム、キッチン、ダイニングルーム、トイレ、廊下。各ベッドルームにも入っていく音がした。それから、地下室の階段を上る足音もした。数分後、ニックがゆったりとリビングルームに戻ってきた。もう拳銃は持っていない。

「こんなのいやだわ」ミケイラは文句を言って近くのテーブルにハンドバッグとブリーフケースを置き、すたすたとキッチンに入っていった。「ばかみたいだもの」

「正直者であろうとしたがゆえの代償だ」ニックが肩をすくめてついてきた。「事件を目撃したことを通報すれば反動があるとわかっていたはずだ、ミケイラ」

ニック独特のどこまでも透き通っている青い目にじっと見つめられながら、ミケイラは冷蔵庫の前に行ってオーブンで温めるだけの夕食を取り出した。それをオーブンに入れ、温度と時間をセットしてからジャケットを脱ぎ、ニックをにらんだ。

わざわざ相手の言葉に答えるようなまねはしなかった。

「シャワーを浴びてくるわ。夕食は一時間でできるから」

あせってニックの前から逃げ出した。ニックは質問をしてくるつもりだと思っていた。ニックの目を見ればわかる。ミケイラが二度と答えたくない質問の数々。ミケイラが目撃したと確信していることを見たのは確かか、と尋ねるニックのまなざしに浮かぶ疑いを見たいとは思わなかった。

ミケイラが見たと思いこんでいること。

シャワーの下に入って、この考えに顔をしかめた。マディックス・ネルソンをこの目で見たのは確かだったのでは？

顔にかかる湯を受けて目を閉じた。ふたたび、あの日の光景を脳裏によみがえらせる。

ミケイラが見あげると、ビルの骨組みの上階に日が暮れる寸前の西日が差していた。そこにマディックスが立って、ミケイラを見おろしていた。エディ・フォアマンは落ちてきた。胸を血で染めて。

マディックスだ。あの顔立ちを見間違えようがない。整った容貌、髪をかきあげるしぐさ、がっしりとしたあごの線。ミケイラを見おろすあの男の口元は激しい怒りにこわばっていた。写真のように思い出せる。けれども、ときとともに不鮮明になってきていると認めざるをえない。

首を左右に振り、普段と変わらない夜の支度を手早くすませていった。支度を終えてみると、乾ききっていない長い髪はいつもどおり三つ編みにするのではなく、背に流れ落ちるままになっていた。夜の格好は薄手のコットンのスウェットとぶかぶかのTシャツで完成だ。

普段なら、これからリラックスする時間だ。今夜は、リラックスなんてとてもできそうにない。

ベッドルームから出るなり、客用寝室から出てきたニックと鉢合わせした。ニックもシャワーを浴びたようだ。生乾きの髪をうなじで結び、力を感じさせる険しい顔立ちと、澄んだ氷色の目が際立っている。

「もう夕食ができてるはずだわ」

わざわざ夕食のために外に出かけることはめったになかった。たいてい遅い時間に食べるので、簡単にオーブンで調理できるおいしいキャセロールを用意している。今夜のメニューはチキンボールのキャセロールだ。今日は多めに作って、一緒に食べる焼きたてのパンも買ってあった。

男の人がどんなにたくさん食べるものかは知っている。思春期以降の弟たちの食べっぷりを見ていればわかる。

夕食中は静かで、ありがたかった。落ち着く時間を必要としていたのだ。ここ二日間の出来事が神経にこたえ始めていた。現に誰かに殺されそうになったことをいくら忘れようとしても、いっそう記憶が強烈によみがえってくるだけだった。

「今日はなにかわかった？」ミケイラはテーブルの上を片づけ、あとで洗えるように数枚の皿をシンクに置いて、ようやく思い切って尋ねた。

「大した手がかりは見つかっていない」ニックは答えた。

椅子にもたれ、ふたを開けたビールを二本の指にゆるく挟み、考えこんでいる顔でミケイラを見つめている。「昨日の夜マディックスから受け取ったファイルをすべて読んだ。おれが独自に集めた情報と突き合わせて。すでにわかっていたことだが、警察も容疑者の目星をつけていない。明日、事件があった建設現場に行ってみるつもりだ。なにか見つからないか、確かめに」

「あそこではなにも見つからないわよ」ミケイラは告げた。「もう建物が半分以上できあがってるもの。エディが殺されたあたりは完全に工事がすんじゃってるし、作業員たちもあの件に関してはなにもしゃべろうとしない。マディックスがうまく証拠を隠してるのよ」

食器洗い機のスイッチを入れて、ちらっとニックを振り返った。

「証拠を隠してるのは、ほかの誰かかもしれない」ニックはため息をついて前屈みになり、真剣な顔つきでミケイラの視線を受け止めた。「きみもマディックスも真実を語っているという前提で、ここは話を進めよう。つまり、ほかにかかわっている者がいるという前提でな」

ミケイラは拒否した。「そんなのおかしいじゃない。わたしを殺したがる理由があるのはマディックスだけよ。ほかの人がエディを殺したのだったら、わたしがマディックスを目撃したと思ってるから口封じしようとするなんて、理屈に合わないでしょう?」

「その疑問への答えも、これから見つけていかなければならない」と、ニック。

「わたしだって、なにも見なかったらよかったと思うわ」シンクを振り返って、ミケイラは怒りと涙をこらえようとした。「わたしにとっても、家族にとっても、災難としか言いようがないんだから、ニック。誰もわたしを信じないのよ。完全にマディックスの都合のいいように進んでる。あの男は人を殺しておいてなんの報いも受けずにすんで、そのことを誰も気にしやしないのよ」

　ニックまでマディックスを信じているのだ。ミケイラにもはっきりわかっていた。

　ミケイラの肩はこわばっていて、まわりには緊張感が漂っている。ニックもはっきりそれを感じられた。

　ちくしょう、こんなときどうしてやったらいいのか、まったくわからない。

「一晩ゆっくり考えよう。なにか思いつくかもしれない」

「エディは殺される前、何週間もマディックスとひどい言い争いをしてたのよ」振り返ったミケイラは怒って飛びかからんばかりの目をしていた。「建設現場の事務所で、外まで聞こえるくらい大声を張りあげて。その何日かあとも、バーで口論をしていた。マディックスはなにかを理由にエディに腹を立てていたのよ。マディックスはお友だちのあなたに、エディと争っていた理由を説明した？」

「マディックスはそんなことはなにも言っていなかった。きみは、なぜいまになるまでそれを言わなかった？」

「あなたが、いまになるまでちっとも事件の解決に興味があるそぶりを見せなかったからよ」こちらを向いているミケイラの信じられないくらい美しいアメジスト色の瞳は潤んで、苦悩をいっぱいにたたえていた。「誰もわたしの話を聞きたがらないのよ、ニック。ずっとそう言ってるでしょ。誰も本当のことなんて知りたがっていないの。マディックスとエディが言い争っていたことだって、たまたま弟のスコッティが建設現場とバーにいなければ知りようがなかった。弟が、ふたりが言い争ってるのを見てたのよ」

ニックは心のなかで、建設現場を確かめにいってから、ミケイラの弟から話を聞こうと決めた。

今日は、これから耐えがたいほど長い夜が待っている。間違いなく眠れはしない。ひとつドアの向こうにミケイラがいるのだから。この家全体にミケイラの香りがあふれている。あの大きなベッドの上でミケイラがひとり寝ている。欲望をそそる温かい体をさらして横たわっている。そう考えるだけで、正気を失いそうだった。

くそ。

ニックはビールを飲み干し、ミケイラの背を見つめた。洗い終えた食器を水切りかごに移している。

ミケイラが着ている服はぶかぶかもいいところだ。しかし、ぶかぶかの服で隠したからといって、それらの下の完璧な愛らしい体をニックが忘れるわけがなかった。

「わたしも一緒にあの建設現場に連れていってくれるでしょ」ミケイラが振り向き、小さなタオルで手をふきながら、挑むようにニックを見た。

「じゃあ、きみはそこのテーブルにちょこんと乗って、おれのデザートになってくれるか？」

ニックは内心の飢えを少しだけ声に出して聞き返した。

ミケイラの顔が赤くなった。両頬が愛らしすぎる薄紅色に染まった。体のほかの場所も、あんなふうに可憐な色に染まるのだろうか？

「そんなことするわけがないわ」ミケイラの声はかすれていて、ニックはうれしくなった。口ではなんと言っても、そうするところを想像はしているらしい。喜ばしいことだ。「だいたい、そんなの、あなたと一緒に建設現場に行くかどうかにまったく関係ないじゃない」

「きみが建設現場に一緒に行く可能性と、きみがおれのデザートになってくれる可能性はどっこいどっこいなんだ」ニックは肩をすくめ、相手の表情をじっくりうかがった。「実のところ、きみがデザートになる可能性のほうが大きいかもしれない」

息をのむミケイラを見て、全身に力が入った。ミケイラはTシャツの下の乳首をとがらせている。つんととがったかわいらしい蕾が、ふれられることを待ちわびて感じやすくなっていると、ニックは確信した。もう一度、あのふたつの蕾を口に含みたかった。真っ赤に色づくまで舌で愛で、息を吹きかけるたびに、ミケイラの可憐なピンク色の唇から悩ましい声が響くように。

「そんなわけない」ミケイラは確信をこめて言い切ろうとしているが、ニックのように自覚を持って官能を追求している男にヴァージンがかなうはずがない。ニックはほかのことなどどうでもよく思えてくるほど、ミケイラを求めていた。ミケイラを味わいたくてたまらない。ひどくそう願うあまり、股間のふくらみがうずいていた。

「挑むようなまねはしないでくれ、ミケイラ」ニックは椅子から立ちあがって背を向け、ごみ箱にビールのボトルを投げ入れた。「挑まれたら簡単には引けないかもしれない。きみもおれと同じくらいひどく求めているんだろう」

その求める思いをあふれさせているミケイラをただ見ているのには耐えられないので、部屋を出た。まったく、身を引くために歩いていくだけで精いっぱいだ。

ミケイラには夢があるのだ。それがどんな夢だろうと、ニックのベッドで純潔を失うことは含まれていないだろう。少なくとも、いまはまだ。

この仕事が終わるまでに、ニックはミケイラを抱く気でいた。予感がし、確かにそうなると思った。また、ミケイラを抱いてしまったら、ふたりともおしまいだという気もした。そんなまねはしたくないはずだ、とニックが自分の胸に言い聞かせるのは、これが初めてではなかった。ミケイラ・マーティンの心を傷つけたくなどないだろう。ミケイラが未来の夫のために大事に取っておいたらしき贈り物を、奪い取りたくなどない。それなのに、渇望はニックの信念をいまにも押し流してしまいそうだった。これは、まったく喜ばしいことではなかった。

翌朝ベッドルームから現れたミケイラは、犯罪とも言えるような〝男の息の根を止める〟サマードレスを身にまとっていた。

淡いラベンダー色の袖なしのドレス。ハート形の前身頃が胸を包みこみ、押しあげている。スカートはヒップをふわりと覆ってからほっそりとしたラインを描き、膝のすぐ上まで届いていた。そのスカートを押しあげて彼女の脚をあらわにしてしまいたくて、両手がうずうずした。

華奢な足に八センチ近い踵のあるクリーム色のハイヒールをはいているにもかかわらずミケイラは小さくて、ニックの胸を打った。髪をまた編みこんでいるおかげで、優しげでかわいらしい顔立ちが余すところなくよく見えた。

最小限の化粧で肌の美しさが引き立っている。あのみずみずしいふくらみを帯びた唇にわずかに塗られたつややかなグロスを、ニックはなめ取ってしまいたくてたまらなくなった。

「朝食は自分で用意してね」ミケイラがニックのそばを通った。手にしている小さなクリーム色のハンドバッグのなかをのぞきこんでいる。「たいていディアドラが通勤途中になにか買ってきてくれるの。だから、朝はなにも作らない」

ちくしょう、昨夜はなんとか距離を保った。今朝はそうできそうにない。ミケイラの胸の谷間に位置しているあの小さなボタンの列が、指をそそのかした。ちらりと見える胸の谷間のやわらかそうな肌が、舌を誘った。

いますぐ朝食にありつく気になっていた。せめて、ほんの味見だけでも。

ミケイラのウエストをすばやくとらえて引き寄せた。

抗議される前にキッチンの中心にあるカウンターにミケイラを乗せ、きれいな脚のあいだに体を押し入れ、しっかり抱きかかえてキスをした。そのとたん、脳のシナプスは残らず発火した。

唇でミケイラにふれた瞬間、認識し、感じ、味わえるのはミケイラと熱情と女を求める本能だけになった。すでに痛いほど勃起していたものが、さらに太くなったかに思えた。睾丸も張りつめ、体がミケイラに焦がれるひとつの塊と化したかのようだった。

キスに応えて身をゆだねる女の悩ましげな声が返ってきた。ミケイラに両腕を首に巻きつけられ、乳房を胸板に押しつけられて、ニックはわれを忘れてミケイラに夢中になった。

ああ、ミケイラは混じりけのない興奮そのものの味がする。自分にそれを許してしまったら、永遠にミケイラの味に夢中になってわれを忘れてしまうだろう。

いっぽうの手でミケイラの頭のうしろを支え、別の手の指で例のボタンの列にふれた。このボタンの列は男の好奇心をそそり、じらして悩ますために存在している。

ニックはきっかり三秒でボタンをはずし終え、ブラジャーをしていないと気づいたとたん、胸の奥で息を詰まらせた。

両手でふたつのみずみずしいふくらみを包みこんだ。どうしても、そうせずにはいられなかった。顔を傾けて口づけを続け、張りとぬくもりのある乳房をこねるように愛撫し、ぴんと立った先端に親指を強く押しあてた。ミケイラはふれられてびくりとしている。

ニックは男子学生だったころに戻ったような気がした。初めて女の子にふれて興奮している十代の若造のようになっている。背をそらしたミケイラに身を寄せられ、快感に打ち震えられて、両手は震えだしそうだ。

ニックはミケイラに覆いかぶさっていた身を引き、両手で包みこんでしまったふっくらしている女らしい丸みをじっと見おろした。胸の頂の上で親指をゆっくり熱意をこめて動かすと、ミケイラが息をのみ、乳房がぐっと押しあげられるのを両手のひらで感じた。

「熟れた小さな木苺みたいだな」ささやきかけ、もやがかかったようになっている相手の目を見つめた。

ミケイラは快感にぼうぜんとなっているのだ。こうしたまなざしなら、ニックはよく知っていた。とめどない興奮に襲われているさまも、息をしやすくするために熟れた唇を開く表情も。だが、ミケイラの顔に浮かんでいるのはそれだけではなかった。目の色は濃くなってほとんど暗紫になり、奥で荒々しい欲望が光を放っている。そのとき、かわいらしいピンク色の舌が唇を湿らせた。

「なんのために純潔を大事にしてきたんだ、ミケイラ?」ニックは問いかけた。

知っておきたかった。ミケイラが抱いている夢を知っておかなければならなかった。みずからそれらを壊すという究極の罪を犯してしまう前に。

ミケイラは、はっと小さく息をのんでいる。

「ニック……」

「教えてくれ、ベイビー」声がうなり声のようになった。「きみがなんのために純潔を大事に取っておいたのか」

ミケイラは答えて、ニックを破滅させた。「あなたのためよ。わたしはあなたをずっと待っていたんだと思うわ、ニック」

いつかは、欲望に負け、身のほどをわきまえず、女に問いかけてしまうようなまねをしなくなるだろうか。ニックはこう考えながら、〈マーティンズ・フラミング・アンド・ウォーター・ワークス〉の営業所の駐車場にハーレーを停めた。

その営業所は町はずれの、過ぎ去った日々を思い出させる飾りけのない建物のなかにあった。といっても、ひなびた外観は意図してそう見せかけているのであって、手入れを怠っているわけではなさそうだ。

本格的に調査を始める前に、スコッティ・マーティンにいくつか訊きたいことがあった。マーティン家の三人の息子たちは、いまでは全員、父親の会社で働いている。父親の会社で働く前は、それぞれ別の建築分野の仕事に就いていたらしい。父親が、経験を積んでこいと息子たちに強く指示したのだ。

今週、スコットは両親とともに本店で働いている、と聞いている。あのマーティン家の末の息子に二、三の質問をしなければならない。そのひとつがこれだ。あの日、一緒に乗せて帰ってくれる車を見つけたあと、いったいなぜ、姉に連絡せず放っておいたのか。

ニックは営業所に入っていくなり、目的の若者を見つけた。スコットはニックに疑いのまなざしを向けていた。数日前の晩、ニックがミケイラの安全を守ると約束したときも、家族そろってあんな目を向けてきた。

ミケイラの家族の誰からも信頼されていない。それはそれでかまわなかった。しかし、父親を除けば、家族の誰ひとりとしてニックがミケイラを守ることに声高に反対してはいなかったようなのだが。

「スティール」スコットがニックを見るまなざしを険しくしたところで、奥の事務室からラムゼイが現れた。

ニックはミケイラの父親に軽く頭をさげてあいさつをしてから、ふたたび息子に顔を向けた。「少しのあいだ話せるか？」

スコットが不安そうに身じろぎした。ニックが話をしたがっている理由をしっかり悟れるくらい、大人にはなっているのだ。

「すぐ戻ってくるよ、父さん」スコットは父親に言い、駐車場に目をやった。

「話は事務室ですればいい」ラムゼイは息子とニックのふたりに告げた。父親らしく事態を鋭く見抜いている。「わたしの目の届くところでね」

ニックは唇のはしをつりあげてにやりとしそうになったが我慢し、さっさと事務室に入っていった。ふたりもついてくるだろう。どのみち、相手が快く協力するかどうかは、どうでもよかった。

「ミケイラは元気にやってるんだろうな？」父親と一緒に事務室に入ってドアが閉まってから、スコットが落ち着かないようすで咳払いをした。

「ミケイラは元気だ」ニックは答えた。「だが、気になるなら本人に電話をすればすむ話じゃないか？」

スコットはまた咳払いをしてから、父親にさっと視線を向けている。ラムゼイは机のうしろにまわり、そこの椅子に腰をおろした。

「スコットは、あの日、不注意な行動をした罰は受けている」ラムゼイがきっぱりと言った。「またこの話を蒸し返すために来たのではないんだろう、ミスター・スティール」

ニックは片方の眉をあげて、スコットをからかうように見た。スコットの父親が息子を守りたがるよう、ニックがわざと仕向けていることに、この若者も気づいている。スコットはもぞもぞと体を動かして、いったん恥ずかしそうにうなだれてから、すぐ顔をあげてふたたびニックと目を合わせた。

「いくつか訊きたいことがある」ニックは机の前に置かれた革張りの椅子のひとつに腰かけ、親子に告げた。「なによりも先に訊きたいんだが、あの日、ミケイラがスコットを迎えにいくことを誰が知っていた？」わざと本人には訊かず、父親に向かって尋ねた。

「スコット？」ラムゼイが顔をしかめて息子に視線を向けた。

「おれにじかに訊けばいいだろ」スコットは不満げな声を出している。「なんで、父さんに訊いてんだよ？」

ラムゼイは顔をしかめ続けた。

「子どもを相手にするときは親を通さないとな」ニックは穏やかに答えた。「きみが大人なら、あいだに人を挟まずに話をしてもいい」

ラムゼイはニックをにらみつけた。「スコットがきみと張り合えるわけがないと、お互い承知しているだろう、ミスター・スティール」

「だったら、ミケイラに腹を立てられると考えただけで、あんな不注意なまねをした子どもの頭をぶん殴る気は失せるはずだと、お互い承知しているだろう。そっちのほうが、あんたの怒りや報復より、よっぽど避けたいんでね、ミスター・マーティン」ニックは言った。

「おれはいくつか質問がしたいだけだ。それでも、あんたがどうしても息子を守りたいというのなら、親子そろって文句を言うのはやめてもらいたい。おれはただ一対一の大人どうしでこの問題を処理して、そこの子どもはできるかぎり巻きこまないようにしているんだ」

これはニックの父親が、ニックや、ニックの兄弟や、いとこたちに何度か使っていた戦法だった。

「自分でなんとかできるよ」スコットが声をあげて背筋をぐんと伸ばした。父親だけでなく自分にも、おれは大人だ、と言おうとしているようだった。

ラムゼイはニックにもう一度、警告をこめたにらみを利かせてからゆっくりと立ちあがり、厳しい顔つきでうなずいて事務室を出ていった。

ニックは座ったまま、相手の心を見透かしておもしろがっている気分を面に出して年下の男を見つめた。スコットも、自分が幸運かどうか、いままさに確かめようとしているとわかっているようだ。幸運でなかったら、ひどく痛い目を見ることになる。

ニックはすぐに本題に入った。

「別の車で送ってもらうことになったあと、どうしてすぐ姉さんに電話して知らせず、なにが起こってもおかしくない無人の建設現場に行かせた？」

この質問は事件の調査にはなんの関係もなく、ニックのなかにわきあがっているミケイラを守りたいという本能から発せられたものでしかなかった。

「忘れてたから」スコットは胸の前で腕を組んで、身の危険を覚えているのか脇の下に両手を隠した。そんなまねをしてしまって心は乱れ、重い罪の意識に押しつぶされそうになっているかのように、肩をがくりと落としている。「ミケイラから電話がかかってきたときは、父さんと電話をしてたんだ。おれの携帯は電池が切れかかってたから、ミケイラに電話しといてって父さんに頼んだ。そのころにはミケイラはもう現場に着いていて、間に合わなかった」

ミケイラの弟はぶるっと頭を振って喉のつかえをのみ、あのときの恐ろしい気持ちを思い出したらしく、灰色の目を陰らせた。「姉ちゃんを殺されちまうところだった」

「もう一度あんなまねをしてみろ、おれはどこにいようと、なにをしていようと、おまえを捕まえるからな、スコット。わかったか？　捕まえて殺す」

若者は真っ青になった。「ああ、あんたからも家族のみんなからも殺される」

「家族なら命までは奪わないだろうが、おれは違う」ニックはそう告げて、机の横にある椅子を指した。「エディ・フォアマンについて知っていることを話せ」

スコットは驚いたようにまばたきをしたが、指示に従ってそろそろと椅子に腰をおろした。あの目つきからして、ひとまず猶予を与えられただけだとしっかりわかっているようだ。

「エディは、いやなやつだったよ」スコットは重苦しい息を吐いた。「いつも手抜き仕事をして、口ではうまいこと言って、らくに金を稼ごうとしてた」

「ミケイラから聞いたんだが、エディとマディックス・ネルソンが言い争っているところを見たそうだな？」とニックは話を向けた。

スコットはうなずいた。「なにを言い争ってたかまでは知らない。話の断片を聞いただけだから。なんか、マディックスはエディを責めてるみたいだった。建設現場の事務所で、エディが怒鳴ってるのを聞いた。そんなことしねえって。マディックスはいかれてるって。そしたら、マディックスも怒鳴り返してた。そんなまねをしたら、ただじゃおかないって」

「それで、この話を警察にもしたんだろうな？」ニックは確かめた。

「あたり前だろ、警察にも言ったさ」スコットは顔をしかめた。怒って乱暴な目つきになっている。「なのに、くそ警察のやつらはまともに話も聞かなかった。マディックスは犯人じゃないから、関係ないなんて言いやがって。おれの姉ちゃんはうそなんか――」

スコットがかんしゃくを起こす恐れがあると気づき、ニックは手をあげて遮った。スコットには落ち着いていてもらわなければ困る。こんな情報は、警察の報告書には含まれていなかった。穴だらけで、欠けた情報が多すぎる。

「ほかに誰かいるか？」と尋ねた。「マディックスのほかに、エディに死んでほしがっていた人間は？」

スコットは首を横に振った。「知るかよ。みんなから死んでほしいと思われてたかもしれないぜ。言っただろ、いやなやつだったって……」

「あの日の夕方はどうだ？」ニックは重ねて訊いた。「おまえのほかに、ミケイラが迎えにくると知っていた人間は？」

スコットは鼻を鳴らした。「みんな。ミケイラはみんなから好かれてるからな。だけど、あの日、ミケイラはなかなか来なかったんだ。きっと服を縫うのに夢中で、おれのことなんか忘れてんだと思ったから、送ってくれる別の車を見つけた。何回か、ほんとに忘れられたことがあるんだよ。で、現場を出たのはおれと一緒に帰った仲間が最後だった。エディだって、おれたちより先に帰ってたんだぜ。なんでやつが現場にまた戻ってきてたのか、さっぱりわからない」

明らかに、誰かに会うためだろう。

「マディックスについて聞かせてくれ」と、さらに尋ねる。「彼も建設現場によく来ていたか？」

「来るのはいつもみんなが帰ってから」スコットは答えた。「もちろん、そのことだって警察に言おうとしたぜ。それも、聞こうとしやしなかったけど」

とりあえず、ニックにはようやく調査を進める取っかかりができた。残念ながら、その手がかりはマディックス本人に不利なものだったが。

ニックが無条件に人を信用することはない。とりわけ、恩を売る人間は信用しない。疑いが生まれたのだから、どこまでも追ってその真偽を確かめなければならない。

「スコット、あの晩、マディックスが会っていた警察署長と市会議員たちについては、なにか知っているか？」

「あいつら全員べたべたになれ合ってるってことは知ってる」スコットは勝ち気そうな顔をして身を乗り出した。「ビジネスのつき合いだろうが、愛人どうしのつき合いだろうが、どっちにしろ全員べったべただね。だから、みんなマディックス・ネルソンのためにうそをついて当然も当然なんだ。マディックスはあいつらの仲間なんだから。ミケイラはそうじゃない。そのせいでミケイラは厄介者扱いされて、警察からも信じてもらえない」

マディックス・ネルソンがうそをついているのだとしたら、ニックは必ず、やつとした約束を実行に移すつもりだった。非常に固い決意が生まれて内側からニックを突き動かしており、彼もそれに逆らうつもりはなかった。ミケイラを攻撃する者がいれば、ニックが反撃に出る。マディックスには最初から警告していた。その警告に注意を払うかどうかは、やつ自身の問題だ。

マディックスがエディ・フォアマンの殺害や、ミケイラが撃たれそうになった件に少しでもかかわっていたのだとしたら、ニックに連絡を寄こしたのはひどい過ちだったことになる。もちろん、見かたを変えれば、賢い手と考えられるかもしれない。自分が無実であることを証明するために外部の人間を雇って、この町に来させる。理由は、単純になぜ自分が標的にされたのかを突き止めるため、だと？　なんてうまい手だ。

マディックスも、アリバイを提供した者たちも、そろってうそをついていたのだとしたら、なんとしてでも全員に代償を払わせよう。

この町を去るときには、ミケイラに危険を及ぼす可能性のある者がひとりたりとも残らないようにする。

この町を去るとき。

そう考えたとたん、口のなかに苦い味が残った。胸の奥には、決してこんな感情は抱くまいと考えていた未練が広がった。

感情を抱くわけにはいかない。この町に居続けられる可能性など、万にひとつもないのだから。

10

その日の晩は早い時間に、ミケイラは家に帰った。じっと立って、ニックが家のなかを見まわり、リビングルームに戻ってくるのを待つ。今夜も、帰り着いたわが家に何者かが侵入した形跡はなかった。

よかった。これで、店のほうにも邪魔者がやってこなければ言うことはないのだが。店にはミケイラの味方より、マディックス・ネルソンの味方とその友人たちのほうがたくさんやってきた。

店の経営には助かるけれど、神経はぼろぼろにされた。

「しばらく出かけないといけない」ニックがリビングルームに戻ってくるなり言った。歯を食いしばっているみたいに、あごに力が入っている。

「どうぞ。あなたの分の夕食はオーブンに残しておくわ」ミケイラは肩をすくめた。どうでもいい、というふりをして。

一緒にいてほしいなんて思ってはいけない。この前のテラスでの午後のようなとんでもなく恥ずかしい出来事があったあとでは、ニックと一緒に過ごす時間が少なければ少ないほどいい。

「必ず、あとでいただく」ニックのしゃがれた声には危険な飢えを感じさせる響きがあり、近づかれて、ミケイラの背筋には震えが走った。

深く息を吸い、ニックの濃厚な男のにおいを吸いこんだ。夏にふと感じる冬の気配。凍えるような冬の夜にふと感じる熱を思わせるにおいだ。

「ミケイラ」ニックが前に立った。こんなふうに大きな体で見おろされて、とても女らしい気持ちになり、守られていると感じるのはおかしいのではないだろうか。

「出かけないといけないんでしょう?」ニックを見あげて訊いた。八センチ近くあるハイヒールをはいていても、背の差はほとんど縮まらず、相手と対等になった気にはあまりなれなかった。

自分は身長の低さに苦しめられる運命なのだ、とあきらめた。だから、ニックのような見あげるほど背が高くてたくましい男性に圧倒されて、女らしく守られている気分になったら、心が危険にさらされてしまう。

「危険な女だ」ニックの声が低くなり、この瞬間ばかりは、まなざしの氷は解けそうもないように見えた。

「いきなりなぜ、わたしが危険な女だなんて思うの?」内心の状態よりずっとしっかりした声が出た。

「きみは、おれがひどい体験をして学んだことを忘れさせるからだ」ニックは答えて手をあげ、親指で優しくミケイラの唇を撫でた。

ふれられて、唇が震えた。ミケイラにはなすすべもなかった。今朝、ニックが離れていってしまってから、ふれられたいという欲求は高まりどおしだったのだ。

いや、それどころではない。ニックにふれられたいという欲求で、確実にどうにかなりそうになっている。こんなに狂おしいほどなにかを望んだことなどなかった。体のすみずみが敏感になり、おかしくなくらい高ぶり、熱くなったことなどなかった。情熱に目覚めて燃えていた。

「出かけないといけないんでしょう？」同じ言葉を繰り返した。唇が親指にこすれて、声が少し高くなる。

大変なことに、両脚をきつく閉じ合わせたくてたまらなくなっていた。両脚のつけ根に走るかすかな熱いうずきをやわらげるために、ほんの少しでもいいから力を加えたくなった。

こんなふうにニックに見つめられていると、おかしくなってしまいそうだ。ミケイラの切望を、男を求める一面を見透かされているかに感じる。ミケイラはひそかに、ニックを巡って途方もなく奔放な想像を抱いていた。

「あとで話をする」この言葉は脅しのように響いた。官能を刺激する、欲望に満ちた脅し。これを聞いて、ミケイラの秘所が自然に締めつけられた。それでもミケイラはなんとか脇にどき、ニックがドアを開けて出ていくのを見送った。

ニックのうしろでドアが閉まったとき、この部屋から彼と一緒に生気もいくらか逃げてしまったと強く感じた。

そんなふうに感じるなんて、もってのほかだ。ミケイラは内心で言い張り、重い足を動かしてベッドルームへ行った。ニックと一緒に生気も部屋から逃げてしまうなんてありえない。もしそんなことがありえたとしたら、ニックが単に部屋から出ていくだけでなく、ミケイラの人生から去っていくとき、どんなひどいことになるだろう？

〝心を傷つけられないように用心するのよ、ミケイラ〟自分に言って聞かせて、シャワーの下に入った。

シャワーを浴びるのは、あまりいい思いつきではなかったのかもしれない。肌の上をじかに流れる湯は熱く、体をほてらせ、快い感覚をもたらした。両手を肩から胸、ウエストへと滑らせていく。

体を洗うタオルのざらつく感触は、ニックを思い出させた。硬く熱い手のひらでミケイラの体をなぞり、愛撫するニックを。

目を閉じると抑制が失せ、声にならない声が唇のあいだからもれた。そこに表れているあまりの欲求にショックを受ける。

いまこのときほど強く求めたことはなかった。男性にふれられ、口づけられるのを。

いいえ、男性なら誰でもいいわけではなく、ニックだ。ニックにふれられ、口づけられたい。ニックの両手に腹から腰、腿からその奥へとふれられたかった。

タオルを落として、指でふれた。あまりにも熱烈に求めているから、じかにふれなければ望みの感覚に少しも近づけそうになかった。

のけぞってシャワー室の壁に頭を預けると、髪がヒップの丸みの上をかすめ、これも快い感覚をもたらした。求めてやまない愛撫を思い出させた。ニックがそばにいなければ、得られる見こみのない愛撫だ。

両脚のつけ根のふくらみに指を滑らせて、そっとクリトリスを撫でたとたん、激しく乱れる息をのんだ。

興奮が駆け抜け、体の奥に力が入り、太腿をぎゅっと閉じ合わせた。指は、豊かに濡れてなめらかになった秘めやかな花弁を分け開き、奥へもぐりこんだ。

心地いい。怖くなるほどに。それでも、ニックにふれられたときほどの悦びはもたらさなかった。

ふたたび喉の奥から切ない声がもれ、空いている手を胸に滑らせた。まず片方の胸の先端へ、それからもういっぽうへと指で軽くふれる。ニックの硬い指先のざらつく感触を必死で欲して、つめを立てた。

もう少し。もう少しであの興奮を、悦びを得られる。

熱く激しく降りかかる湯に打たれながら、体の内側からしたたるやわらかい蜜を指でなじませた。そこにふれてほしくてたまらず、もがいた。抱かれたい。想像もしなかったすさまじい欲求に駆られた。

「ミケイラ！」

心臓が止まりそうなほど驚いて目を見開くと、ニックの青く燃えさかるまなざしが目の前にあった。

片方の手はまだ秘所を包みこみ、もういっぽうの手は胸にあてて指で頂にふれたまま、突然のなりゆきを懸命に頭で理解しようとした。

ゆっくり働き始めた頭で、ニックが服を脱いでいると気づいた。Tシャツが一息に脱ぎ捨てられ、ジーンズの前が開いてジッパーもおろされた。ジーンズが腰から押しさげられたとたん、ぐっと突き出た興奮のあかしが目に飛びこんできた。ニックのまなざしはミケイラの目をとらえて離さなかった。渇望に満ちた表情をしている。混じりけのない性欲よりも強い、なにかを求める気持ちが浮かんでいた。

「わたし……」ミケイラが口を利こう、説明しようとしたとき、太腿のあいだにあてていた手をニックにつかまれて、そこから引き離された。

顔がかっと熱くなった。自分にふれたまま、じっと立って、ニックが服を脱ぐところを見ていた。なんて恥ずかしい。それでいて、なんてつやめいた心地だろう。

湯が止まった。まばたきをしてニックを見る。手を引かれてシャワーの下から出た。

とりこにされて。ミケイラはまさにとりこにされていた。これからなにが起ころうとしているかしっかりわかっているのに、信じられないという驚きと、自分ではどうすることもできない期待感の狭間にとらえられていた。

ニックに唇を重ねられたとき、アドレナリンが体のすみずみに送り出されて感覚を高めた。

ニックに両手でふれられている。

違う、手ではない。手は使っているけれど、ニックとミケイラの肌のあいだには彼が握っているタオルがあった。

タオルで体をふかれている。

敏感になった肌をこすられて、唇を重ねたまま思わず悩ましげな声をあげた。もろくなった心地で、どうしたらいいかわからなかった。タオルが肌にこすれる感覚だけでも、こたえられないほどだ。突然の強烈な快感に不意を突かれた。

いきなりの快感にあえぐ声はニックの唇に封じこめられたけれど、ミケイラが体をびくりとさせて激しく息を吸うようすには彼も気づいたのだろう。さらに興奮を燃え立たせている。唇を斜めに重ね合わせて舌を強く押しあて、激しく攻めてミケイラの欲求をさらにかき立てる。


ミケイラはこれを理解しようとするのをやめた。腹にじかに押しあてられているニックの情熱のあかしは烙印のようだ。ニックは大きな力強い両手でミケイラを抱きあげて体の向きを変え、彼女をベッドルームに運んでいった。

ミケイラは震えていた。震えが体じゅうに伝わっていくなか、ニックからむさぼるようなキスを受けた。

「きみのおかげでおれは死ぬことになる」ニックはキスをいったんやめてミケイラをベッドに横たえ、見おろした。ミケイラは赤銅色の広い肩が落とす影にすっかり包まれた。

どうしても、この肩にふれたくなった。

丈夫そうな弾力のある肌につめを滑らせ、その下の筋肉を感じる。

「どうして？」無理やり言葉を押し出した。本当はニックを求めてねだりたいところなのに、相手の言ったことに対して問いを発していた。

ところが、ニックが手を動かして長い指で乳房を包みこんだので、ミケイラはなにも筋道立てて考えられなくなった。

「これのせいだ……」返ってきた答えをミケイラは理解できなかった。「この甘い、なまめかしい華奢な体のせいだ。きみの目の奥にある清らかさのせいでもある。きみを相手にして自制心を保っていられる自信がないんだよ、ミケイラ」

「なら、自制心をなくしたかいがあったと思えるようにして」ミケイラは泣き声みたいに聞こえないよう努力して、ささやきかけた。「お互いのために」

話しながらも、ニックにふれずにはいられなかった。こんな悦びを想像したこともなかった。ここまで男性にふれたいと必死に願うとは思いもしなかった。胸板から硬い腹筋へ手を滑らせていった。さらに、太腿のあいだからたちあがっている太い柱へ。

握っても指と指の先がつかなかった。ずっしりとしていて雄々しく、熱くて、脈打っている。指で彼の生命力と高ぶりを感じられた。

ふたたび唇を重ねられて、ミケイラは首をそらした。今度のキスにはこれまでになく情欲と熱がこもっている。

もうすぐだ、とミケイラは思った。大事にしていた理想のロマンスなんて、すっかりどこかへ行ってしまった。着るつもりだった純白のドレスも幻になった。

〝アンティークホワイトのドレスならいいかしら?〟あきらめきれずに思う。

それでも、ニックにふれたかった。ニックの体のすみずみ、どこもかしこも。

ごわつく毛の生えた太腿がミケイラのやわらかい腿にこすれた。ミケイラは相手の脛を足でなぞり、たくましさと、熱と、男らしい細かい体毛の感触を確かめた。足の裏がこんなに敏感だとは知らなかった。

首が敏感なことは知っていた。それでも、ニックの唇がミケイラの唇から首へと優しくたどり始めると、ミケイラはこらえきれず高い声を発していた。

全身をニックの体にこすりつけてしまいたい。

ニックの肩はかすかに塩の味がして、たくましく力強い男性の、生命そのものの味がする。一度味わったらくせになってしまいそうで、すでにまわりにある官能の渦のさらに奥へとミケイラを引きこんだ。

「きみはなにを願っているのかわかっていないんだ」ニックが低い声を発した。唇はミケイラの肌を撫でながら、乳房のふくらみを目指している。

なにを願っているかわかっていないですって?

「あなたがしてくれるなら、なにもかも願っているのよ」ミケイラははっきり要求した。すると、ニックが両手で乳房をすくいあげ、ひどく感じやすくなってすぼまっている乳首のいっぽうに口づけたので、ミケイラはのけぞって枕に頭を押しあてた。

「こっちを見るんだ、ミケイラ」ニックの口調は危うさを帯び、荒々しくなっていた。

どうにか目を開いて、ミケイラは相手の欲望に燃える青い炎に似た淡い色の目を見つめた。

「なにもかもなんて望んでいないはずだ」ニックがささやき、頬をミケイラの胸の先にすり寄せた。

「なにもかもよ」どんなに危なげで、どんなに強烈な情欲を秘めていても、ニックのすべてを手に入れたかった。

ニックが狙い定めるまなざしになって舌をさっと出し、胸の先端をなめた。次の瞬間にはそこを唇で覆い、濡れた火のなかを思わせる口の奥へと引きこむ。

ミケイラは背を弓なりにし、両腕をニックの首にまわして抱き寄せた。胸にふれていたニックの手の片方が、太腿へ向かう。ミケイラは注意を払っていようとした。懸命にそうしようとした。ニックが隙を見せたら、こちらからどうするか考えておかなければいけない。ニックの理性を失わせるために。ディアドラが、そうすればうまくいくと言っていた。男は自分がふれられるとうれしいところに、そうされたい方法でふれることがあると。

この説が本当でも、ミケイラはうまくできそうにない。

ニックは口でミケイラの乳首になにをしているのだろう？　吸われて、歯や舌で刺激されて、ミケイラは正気でいられなくなっていた。口の奥深くまでゆっくりと何度も引きこまれて、雷さながらに鋭い感覚が続けざまに下腹部を、両脚のつけ根の芯を襲った。

ニックに包まれてなすすべがなかった。快感がこんなにも強烈で、体の奥まで届くものだとは思わなかった。乳首から乳首へと交互に唇で愛撫され、悶えさせられているうちに、いつしかさらに無我夢中で求めていた。もっとふれられたい、もっと感じたい。

ミケイラの両脚のあいだでニックが腰を揺らし、こわばりで下腹部を突いた。ミケイラは相手の髪に指をうずめ、すがりつくように握りしめた。

快感はすさまじかった。何度も波のように押し寄せてくる感覚は強烈で、圧倒されて受け止めきれないほどだ。ニックはミケイラの胸の谷間から腹へ、腿へと口づけていった。

「きみの手に負えそうか、いい子のミケイラ?」腿に唇をふれさせて、うなり声で訊く。

「あなたがしてくれるなら、なんでも」こんなうそをついて、雷に打たれても不思議ではない。腿にニックの髪の先がさっとふれただけで、意識は大混乱に陥っているのだから。

けれども、ニックが楽しそうに口のはしをあげたところを見られただけで、こんなうそをついたかいがあったかもしれない。笑顔はすごくセクシーで、危ない魅力があって、自信に満ちていた。

そのとき、いきなり両脚のつけ根の花芯に刺激が走り、一気に全身が張りつめて、ミケイラはニックの腰まで両膝を引きあげた。

「いいだろう?」ニックが尋ねた。

〝いい〟? 指でクリトリスをつままれていた。優しく力を加減してくれてはいる。それでも、壊滅的な影響を受けた。どうやって仕返ししたらいいか考えつくための理性さえ残っていれば、仕返しをしていただろう。

実際はそうはできずにニックの髪を握りしめる手に力をこめ、腰を突きあげて彼の唇に花芯を近づけていた。

ニックの唇は求める場所の両側を撫でた。腿をかすめて口づけ、ふれる場所の神経のはしばしに火をつけていく。

「不公平だわ」ミケイラは悩ましい声を出した。

「世のなかが公平だったら、おれときみはそれぞれ地球のはじとはじにいるはずだ、シュガー」ニックが甘くささやき、さっとなめた。「公平にしてほしいのか？」

「いいえ」ミケイラは慌てて首を横に振った。いまニックに太られたら、本当に〝くそばあ〟になってしまうかもしれない。弟たちが自信満々に、姉ちゃんはいずれそうなると言っていたように。

「じゃあ、どうしてほしい？」

「口でして」

ミケイラは固まった。ニックまで凍りついている。まるで、ミケイラがそんな言葉を口にしたことによって、どういうわけか地球の回転が止まってしまったかのように。

恥じらう乙女のミケイラが？　いやらしい言葉を？

そういう言葉くらい知っている。ミケイラはむきになって思った。

「口でする？」低い声で言ったかと思うと、ニックはミケイラの小さな芯にじかにそっとキスをした。「ミケイラ、お遊びはもうすぐ終わりだ。本気で、こうしてほしいと思ってるのか？」

「言ったでしょ、できるならなんでもしてみて」どうかしていると思っても、あとには引けなかった。

どうしても思い出がほしいのだ。作れる思い出は残らず。ニックが去ってしまったあと、ミケイラは自分が生まれて初めてなりたい人間になれたのだと思いたかった。自分らしい人間になれたのだと。一度だけでも、警戒心などすっかり投げ捨てて、後先など考えず、正真正銘の官能の悦びを得るチャンスをつかみ取ったのだと。

できるならなんでも？　ニックはミケイラにまつわるありとあらゆる不道徳な計画を頭のなかで練りあげ、何度も楽しんでいた。

裸で奔放に振る舞うミケイラに覆いかぶさるというのは、そのなかのほんの一部でしかない。だが、ミケイラがこんなにも果敢に命知らずになって、やれるものならやってみろと挑戦してくるとは想像もしなかった。

なぜなら、ニックはどこまでも不道徳になれるからだ。性的な冒険を求め、支配しようとし、飢えている。自身の渇望がどんなに深いものかはわかっている。この女性を前にして自制心を発揮するのが不可能に近いことも、よくわかっているのだ。

そのミケイラが挑んできた。普段なら挑まれても平然としていられただろう。だがミケイラに挑まれたら、奥深くに閉じこめていた欲望の獣が檻から解き放たれてしまう。

ミケイラを見あげて、まつげ越しに最後の理性を残したまなざしを向け、相手が正確にはどの程度の勇気を持っているのか推し量った。それから、ふっくらと熟れたひだを分け開き、甘そうなピンクに色づいた感じやすい小さな芯に唇をあてた。ヒップがぐっと跳ねあがった。太腿をしっかり押さえて動けないようにし、うずいているに違いないとがりに細やかな気を配って続けざまにキスをした。

ニックの手の下でヒップはさかんに揺れている。キスをするごとに舌も一緒に使い始めると、ミケイラの唇からあえぐような叫びが発せられた。繊細な神経の固まりを舌ではじいて、ミケイラの内に情熱を注ぎこんでいく。

自分はヴァージンだとしても、なにも知らないわけじゃない。ふくらんだクリトリスに理性を粉々にするキスをされて燃えあがりそうになりながら、ミケイラは心のなかで必死に言い張っていた。実体験はないかもしれないけれど、本は読んでいた。話も聞いた。テレビも見ているし、自分で想像もしていた。それに、気持ちのいいことは体験してみればわかる。ニックが相手だと、ほとんどなんでも心地よかった。

腰を浮かせてニックに寄せた。全身を駆け巡る快感にとらわれてなにもわからなくなってしまわないよう闘いつつも、それに浸っていようとした。

望みどおりだ。ニックに心のおもむくままにふれられている。ただ、希望はさらにあった。ふれられるだけでなく、ふれてみたい。ミケイラがわれを忘れてニックを求めてしまっているのと同じくらい、ニックにも夢中になってほしかった。

ニックは太腿のあいだにたくましい肩を割りこませ、心ゆくまでミケイラを味わえるようにしていた。まつげをさっとあげてミケイラと目を合わせると同時に、クリトリスをなめる。

撫でては刺激を送りこんでくる愛撫は途方もなく熱をかき立て、実際に肌を炎がなめているに違いないと思えるほどだった。

ミケイラは見つめていた。ほぼ、この快い刺激しか認識できなくなって、いっそう腰をあげ、さらに求めた。

ニックもこれ以上の喜びはないといったようすで、さらに応えてくれた。秘所からしっとりと伝う愛液を追って唇と舌をあてていき、ミケイラの体を翻弄する激しいうずきの中心へ徐々に近づいていく。

指でひだを分け開かれ、またしても悩ましい声が飛び出した。ニックは舌を使っている。ゆったりと時間をかけてなめては、入り口のすぐ上をかすめ、すっとなかに入り、ミケイラがさらに身を寄せると、喉の奥から荒々しいうなり声を発している。

ミケイラは、もっと身を寄せたくて仕方なかった。

「ニック!」ぐっと舌を入れられて、思わず叫んだ。熱に貫かれて、意識に残っていた最後の抑制のかけらをもぎ取られた。

両脚をいっそう大きく開き、膝をあげて、ニックの髪に指をうずめて抱き寄せようとした。ニックの舌が体のなかに入り、ふれられた経験のない場所を撫でこすり、たったいま目覚めさせられた神経を刺激している。

ニックの愛撫を受けて身をよじり、ひとつひとつの感覚を愛し、堪能しながら、彼の髪を握りしめて離すまいとした。舌で撫でられ、貫かれるごとに、絶頂に近づいていく。熱情はいっそう激しく燃えあがり、さらに上りつめようとしていった。

もうすぐ達してしまう。瀬戸際まできているとわかっていた。いったん境を超えてしまったら、これをふたりで分かち合う心ときめく体験にするチャンスはなくなってしまう。ミケイラだけの体験になってしまう。

ミケイラもニックにふれたかった。この両手がニックの胸板を撫でるところを見て、力強く硬いニックの情熱のあかしを手と唇で感じたかった。

「ニック、お願い」エクスタシーに襲われかけて激しく身を震わせながら、声を振り絞った。

「お願いよ、ニック」

「なにをお願いしているんだ、ベイビー？」ニックが首を動かし、ふたたび腿の内側を唇でくすぐった。

「あなたにふれさせて。お願いだから、ニック、いってしまう前に、あなたにどうしてもふれたいの」

そんなまねをされたら耐えられない。

ニックはミケイラを見あげ、けぶるアメジスト色の瞳と赤く染まった女らしい顔立ちのなかに、おのれの終末を見て取った。まだ、ミケイラにふれられるわけにはいかない。いまはまだ。

目を合わせたまま、やわらかいプッシーの割れ目に指を優しくもぐらせていき、花びらを分け、浅い谷に沿って潤いに満ちた入り口を探した。

ほてってなめらかに濡れている小さな入り口はふれられてきゅっと引きしまり、撫でられて細かに震えた。ミケイラの目がさらに恍惚としていく。欲求に身をこわばらせていっそう腰を近づけるミケイラを見て、強烈な渇望がわきあがった。もっと下へ手を滑らせ、双丘のあいだに秘められた狭い通り道を一本の指先でかすめると、ミケイラの体に驚きが走った。達しかけている。ここまでくれば、ミケイラのふれ返したいという欲求を抑えておける。

繊細な薔薇の花のかたちを思わせる場所に指先だけ差し入れ、甘くみずみずしいプッシーにあらためて集中した。ミケイラの味は信じられないほどすばらしい。引き寄せられ、味わうのをやめられなくなってしまう。ミケイラは両膝をあげ、片方の華奢な足をニックの腰に引っかけて、いままでになく彼に身をゆだねている。ニックが培ってきた自制心を限界まで試している。

ニックはミケイラに没頭して自分を見失いかけていて、そのことを自覚していた。荒れ狂う欲望でペニスがどくどくとうずき、睾丸は張りつめていた。ミケイラの香り、感触におぼれ、死にもの狂いに求めていた。

手でヒップをつかんで離すまいとし、クリトリスをすばやくなめてから、口のなかに閉じこめた。そっと吸いつき、何度も念入りに舌で撫でる。下方の感じやすい入り口に差し入れた指先は、すっと奥へ進んだ。

彼の手の下でミケイラは震え、腿に力を入れて、か細い悲鳴を何度か続けて発した。指先をきつく包みこんでいる場所は脈打ち、締めつけ、さらに奥へといざなった。

ミケイラは快楽を求めずにはいられなくなっていた。秘所はさらに濡れ、指に貫かれている場所の力がふっと抜けて、彼女を抱き寄せるニックをもっと受け入れた。

ミケイラの内側で快感は恐ろしいほどに燃えさかっていた。尻を貫く指、花芯に口づけるニックの唇や舌を感じながら、緊張が高まり、深みにはまっていく。押し寄せる感覚におぼれかけていた。かぎづめを思わせる快感に肌をかきむしられ、悦びが勢いよく体じゅうに伝わって、すみずみの細胞まではじけた。

夢中でニックの名前を叫ばずにはいられなかった。腰を高く浮かせ、全身の神経に走った息をのむほど強烈なエクスタシーの電撃に、喉を締めつけられたまま悲鳴を発した。そのあとは、まぎれもない恍惚の渦に巻きこまれた。

果てしなく思われる高ぶりと悦びのめくるめく衝突が起こって、気づけばその余波のなかでどうしたらいいかわからず激しく震えて横たわっていた。

それでも、満足はできなかった。

さらに求めていた。

またニックにヒップをとらえられて動けなくなる前に、主導権を取り戻したニックに覆いかぶさられて理性を失わされてしまう前に、ミケイラは動いた。

両脚のあいだでニックが身を引いた絶好のチャンスを見逃さず、ミケイラはすばやく上半身を起こして相手の鍛えあげられた腹筋にぴたりと両手をあてた。ニックの脚のつけ根から力強くそそり立っている太い興奮のあかしにじっと視線を向ける。

「ミケイラ」苦しげな声を出すニックの硬い筋肉に覆われた下腹部に顔を寄せ、唇を押しあてた。てた。「こんなまねをするのは間違ってる、マイラブ」

ミケイラは答えなかった。答えを返す余裕がなかった。目を開けて顔の向きを変え、重量感のあるニックの体の一部分を片方の手で握ろうとした。

ニックがほしくてたまらない。ニックを感じて、味わいたい。ニックがミケイラの髪に手を差し入れた。引き離されるのではと心配になって、ミケイラは慌てて顔をあげ、太く血管の浮いた柱に唇を押しあてた。

ニックは動けなくなった。ミケイラの髪を握りしめ、ミケイラを凝視したまま、悶えるほどの苦しみにさらされているペニスに熱を帯びたサテンを思わせる唇が押しあてられているのを感じた。

なんてことだ、ミケイラはニックを破滅に追いやっていて、それに気づいてすらいない。ふれかたさえ純真で、ためらいがちだ。それでいて、こたえられないほどセクシーで、愛欲をあふれさせている。ニックはミケイラを仰向かせて、やわらかで温かい口の奥深くへ自身の先端を押しこんでしまわないよう耐えるので精いっぱいだった。

ミケイラをじっとさせておかなければいけない。こんなにも親密に彼を包みこむのをやめさせなければならない。ただミケイラを自分のものにし、表面上の清らかさを奪うのとはわけが違う。ミケイラの本質そのものである清らかさを、この手で奪うわけにはいかない。奔放で、どんな男女の冒険もためらわないミケイラ・マーティンの一面を解き放つという幻想のなかで遊び、夜を乗りきるのは自由だが、現実にそうするとなると、おのれの魂が危険にさらされてしまうことをニックはわかっていた。

とはいえ、なすすべもなく見ているしかないと思えた。ミケイラは鬱血して色の濃くなっている頂をさっとなめてから、もう一度ゆっくり時間をかけて舌を添わせ、雷流に似た混じりけのない欲望の炎を股間に送りこんだ。

ニックが見おろすなか、ミケイラはまぶたを揺らして目を閉じ、小ぶりなみずみずしい唇で脈打っているペニスの先を少しずつ覆い始めた。

ミケイラを引き離すことなどできそうにない。引き離せるわけがない。こんなにも心地いいのだから。ミケイラの口は潤いに満ちた熱そのもので、唇はぬくもりのある絹のようだ。この口のなかに引きこまれるのは、この上ない悦楽にほかならなかった。

いい、いい、なんてこった。これから身を引かなければならないのか？　そんなことが可能だなどと、どうして思いこんでいられたのだろう？

ミケイラが突き出た柱に指を巻きつけたまま、腹筋にもういっぽうの華奢な手のつめを立てて引っかいた。唇と小さな口がふくらんだ頂に吸いつき、熱を帯びたかわいらしい舌がその上で細かに動く。ニックの全身に激流さながらの興奮が押し寄せ、すべての筋肉がこわばった。

このためらいがちで無垢な行為は、これまで生きてきて体験したどんな愛撫よりもニックの心に危険をもたらした。ニックに勝るとも劣らない経験を持つ女性たちを相手にしたこともあったが、そのときでさえ、いまほど心を揺り動かされなかった。

いまは、途方もない快感に浸されて抜け出せなくなっている。快感が野火のような威力で全身を翻弄し、自制心を守る決意を台なしにしていく。これが終わったあと、ミケイラが負うかもしれない心の傷を少しでもやわらげようと決意していたのに。

それなのに、自身をミケイラの口のなかにとらえられていては自分を抑えることなどできるはずがなかった。ミケイラは無邪気に喉の奥までニックを吸いこみ、先端に悩ましげな小声による振動を伝え、いったん顔を引いたかと思うと、またしても口のなかにニックを迎え入れているのだ。

抑える間もなく欲情に駆られてミケイラの髪を固く握りしめ、性急だが力は加減してミケイラの口を貫くように腰を動かしていた。ミケイラが女の本能だけでは知りえなかったことを教えるように。

ニックを唇で愛撫するミケイラ。渇望もあらわにそうしている。そんなミケイラを見ていて、ニックは必死にしがみついていた自制心がしだいに指のあいだからすり抜けていくと感じていた。

興奮が電気の流れになって股間から背筋に走り、また股間を襲った。いまや飢えがいっそう貪欲になって胸に迫ってきた。ミケイラの唇だけでは足りない、彼を包みこもうとしているほっそりした指だけでは足りないと強く求めている。その飢えはミケイラの表面上の清らかさだけでなく、根本にある清らかさまで奪いたがっていた。

飢えの下に埋もれて隠れているのは、ニックが否定しようと闘っている熱い感情だ。ミケイラをわがものにしたい、大事に守りたいという感情の高まり。生まれてから一度も、いま抱いているような感情を持ったことはないと自覚していた。

「そこまでだ」ざらっく声とともに身を引き、ミケイラの口のぬくもりのなかから無理やり抜け出した。ミケイラを仰向けに押し倒し、両脚のあいだに腰を入れ、両膝で脚をさらに広げさせる。

ニックの獰猛な飢えへの甘美な捧げ物のように、されるがままになって横たわっているミケイラ。いっとき、彼女にしかない美しさに見とれずにはいられなかった。

恍惚を帯びたアメジスト色の瞳の奥では、青紫の炎が燃えている。小麦色の豊かな髪をまわりに広げ、ミケイラは熟れた唇を開いてあえぐように息を吸った。

先端にルビーの飾りをつけたかのような張りのある乳房が大儀そうに持ちあがってまたさがり、ニックはその真っ白なふくらみに口づけたくなる。と同時に、両脚のあいだの巻き毛に覆われた、露のしたたるふくらみにも視線を引きつけられ、ペニスが期待にうずいた。

「本当にいいのか？」これほどばかげた質問もなかった。いまになってミケイラに気を変えられたら、ニックは快楽ではなく苦悶のあまり爆発してしまうだろう。

ミケイラは手を下へ伸ばし、ほっそりとした指でニックの興奮のしるしを握って、腰を近づけた。

やけどしそうなほど熱い女性のぬくもりにペニスの先端がかすめ、ニックは官能に悶えて顔をゆがませた。ミケイラのなかに突き入ってしまいたくて、どうにかなりそうだ。

「どうだと思う？」ミケイラは声をかすれさせ、あえいでいる。ニックは腰を使って自身でミケイラの熟れた花びらを分け開き、きつく締まっている入り口を押した。

忍耐を授けてくれるよう神に祈った。ミケイラの太腿にあてた両手に力をこめ、さらに腰を寄せ、自身がミケイラのなかに沈んでいくのを見守った。

ふくらんだ頂が熱に包まれた。熱は柱を伝わって勢いよく全身に行き渡った。

心のどこかで本能が雄叫びをあげていた。〝おれの女だ〟その叫びがもう何年も魂のまわりに張り巡らしていた防壁を突き破り、一気に魂の中心まで刺し貫いた。

彼の女。ミケイラはニックのものだ。

ミケイラはニックを見あげて、ゆったりと徐々に押し広げられていく感覚を味わった。ニックが少しずつ進入し、ミケイラが思ってもみなかったかたちで、自分の肉体の一部を使ってミケイラとひとつになっていく。痛みと紙一重の快感がミケイラを支配し始めた。

懸命に目を開けていようとした。体の中心のひだが分け開かれ、愛液でなめらかに濡れた花びらが入ってくるニックを優しく包みこんでいる。

「ニック」両手で彼の手首につかまった。ニックは彼女の太腿に手をあてて支え、あせらずに身を沈めている。「ニック、わたし……」ミケイラは唇をなめた。なにを言おうとしているのか、なにをしたらいいのかわからなくなった。

快い刺激に翻弄されていた。ぐっと押し広げられる熱い感覚が興奮をもたらすエロティシズムと相まって、体の奥からいっそうミケイラを高ぶらせた。全身が内側からかっとほてり、痛みをはらんだ悦びをさらに深く感じた。

「つかまっているんだ、ベイビー」ニックの深みのある野性味を帯びた声に愛撫され、高みに押しあげられる。「おれにつかまっていてくれ、ミケイラ」

なにが待っているかはわかっている。そう思って、ニックの手首にすがりつく両手に力をこめた。ディアドラもほかの友人たちも、初めてのときは痛みがあると教えてくれた。相手の男性が大きいほど、痛みも増すと。しっかり覚悟していた。

押し進んでいたニックの先端が、はかない処女のあかしに突きあたった。そのとき、ニックが花芯に親指を押しあて、まわすようにして鮮烈な快感を送りこみ、神経をざわめかせた。いきなり訪れたオーガズムにミケイラは不意を突かれ、呼吸も忘れ、声も出せない激しい悦楽に投げこまれた。ニックが一息に身を沈め、ミケイラが彼のために大事にしていた純潔のあかしを確かに受け取ったときに感じるはずだった痛みも、感じなかった。

ミケイラは心のどこかで、ヴァージンでいたのはニックのためだったとわかっていた。ニックを知らなかった。ニックが誰で、彼がいつミケイラの人生に現れるかも知らなかった。それでも、自分はこの体験をニックとともにできるよう待っていた。

荒々しく、この上なく心地よい波にのまれて、体を弓なりにした。ふたたび力強く腰を押し出したニックを、もっと深く、しっかりと受け止める。

目もくらむ悦びの陰に痛みはかすんだ。切ないほどのエクスタシーが痛みなど圧倒した。

オーガズムが押し寄せて引く間もなく、次の絶頂に向けて押しあげられる。

ニックにこれ以上ないほど満たされ、奥深くまで打ちこまれる感覚におぼれ、全身で彼を迎え入れようとした。両腕で抱き寄せられ、唇を重ねられて、揺るぎない体に包みこまれた。

ミケイラが快感に悶えてもらす高い声に、獣を思わせる男性の低い声を重ねて、ニックはむさぼるように彼女の口を舌で貫いた。

硬い胸毛が乳首をこすり、伸び始めたひげが頬を引っかき、腿と腿がすり寄り、ニックとひとつになっていた。奥まで貫かれてクライマックスにいたり、ミケイラは魂から根こそぎ持っていかれて、純粋なエクスタシーのなかに飛び立った。

腕のなかでニックが身をこわばらせる。ミケイラの奥深くにあるニックの肉体も張りつめ、脈打ち、振動を伝えた。

アドレナリンが放出されて歓喜が訪れた。経験しなければ想像もつかなかっただろう高揚感。こんな感覚が存在することを、友人の誰ひとりとして教えてくれなかった。ミケイラが太陽のなかに飛びこんで楽園を突っ切ったような達成感に包まれていると、ニックが低い声を振り絞ってミケイラの名を呼び、外国語でなにごとかつぶやき、がくりと覆いかぶさって彼女を抱いた。

ふたりとも、ようやく居場所を見つけたように。

11

眠っている。

ニックはミケイラの穏やかな寝顔を見おろした。温かい湯に浸したタオルを手にベッドに戻ってきたところだ。

そっとミケイラの体をぬぐいながら、肌のやわらかさにあらためて感嘆せずにはいられなかった。かすかに日焼けした汚れのない肌。引きしまっていると同時に女性らしいたおやかさもあって、ニックはどうしても引きつけられてしまう。

さっきも、危うくコンドームをつけ忘れるところだった。

この考えが、バスルームへ戻るニックの頭を悩ませた。コンドームの使用を忘れたことなど、若かったころ以来だ。失った娘を授かったとき以来。それなのに、ミケイラを抱いていて忘れそうになった。

濡れたタオルを片づけ、向きを変えて、見るからに女らしい洗面台に両手をつき、その上の鏡を見つめた。

そこに映ったものを見て、ひどく胸をかき乱された。もう何年も前からこの目に、それどころか、この心に欠けていたはずの感情が、あふれ出していた。

薄い青の目は悩ましげだ。内心の悩みがはっきり表れている。過去の悪夢が襲ってくる気がした。悪夢によってもたらされる感情を閉じこめていた扉のうしろから、それらがにじみ出てくる。

扉はもはや閉ざされていなかった。ミケイラに扉を開けられてしまい、胸にこみあげてくる感情をどうしたらいいのかわからなかった。ミケイラを、これからいったいどうすればいい？

ミケイラがいる部屋をあとにして客室の冷たい孤独なベッドに戻ると心に決め、バスルームを出た。〝過ちを重ねないほうがいいに決まっている〟と思った。ミケイラとともに眠ったりしたら、あとで余計に去りがたくなるだけだ。

ベッドルームで、アメジスト色の目がぱっちりと開いていた。ニックがどうするつもりかを承知しているように、黙ってこちらを見つめている。

ニックはついさっきミケイラの純潔を奪ったのだ。彼女にとって一度だけの貴重な贈り物を。ミケイラはこれまでずっと大事にしてきたそれを、将来をともにできる見こみのない人間に与えてしまった。

ミケイラは今夜の出来事を一生、覚えているだろう。後悔して、この一夜を終えてほしくない。

自分の死刑が執行される部屋へ歩いていく男のように、ニックはベッドへ、彼を待つ女性のもとへ戻った。静かにベッドに入ってミケイラを胸に抱き寄せ、これから先、眠るとき胸に抱くのは後悔だけになるのではないかと考える。

「わたしに対して責任を感じる必要なんてないから、ニック」彼がベッドサイドの小さな明かりを消し、部屋が暗くなってから、ミケイラがささやいた。

いいや、あるに決まっている。

「責任を感じているとは言っていない」ニックは感情を表に出すまいとして声を低くし、豊かに波打っているミケイラの長い髪に指を差し入れた。

胸板に口づけられ、そこを覆う淡い色の毛をそっと指でまさぐられている。

「あなたについて、なにか教えて」ミケイラが小さな声で話しかけた。

ニックは闇に包まれている天井を見つめた。確かに、ミケイラは彼についてほとんどなにも知らない。彼は誰かに自分について教えたことなど、ほとんどなかった。

「結婚していたことがある」いったいなぜこんな告白を口にしているのか、と顔をしかめる。

ミケイラは話題に食いつくでも、質問をするでもなく、黙ったままでいた。

「娘もいた。ニコレットという名前の」自分の子どもについて誰かに話すのは初めてだった。

ニコレットのことを口にするのは。ニコレットは彼が見た夢にすぎなかったのではないかと、思えるときすらあった。

「とてもかわいらしい名前」ミケイラの吐息が優しく胸を撫でた。

ニックは胸の痛みを覚えた。これまでどおり鋭く、生々しい。けれども今夜は、痛みがやわらいでいるように感じた。時間がたったからか、あるいはミケイラのおかげかもしれない。

「なにがあったの？」数分たってから、ミケイラが静かに尋ねた。声には悲しげな響きがあった。ミケイラは、ニックの愛した娘がすでにこの手の届くところにいないと知っているのだ。

「ニコレットになにかあったと、どうしてわかった？」

ミケイラはニックの胸から頭をもたげて、彼をじっと見おろした。窓から降り注ぐ薄ぼんやりとした月の光で、隠された思いも見抜いてしまえたのだろう。

「なにもなければ、娘さんはいまもあなたと一緒にいたはずだわ」ミケイラは静謐な声で答えた。「あなたも、知り合ったばかりの女のために銃弾をかわすようなまねはしていなかったはずよ。家であなたを待っている、大切な子どもがいたら」

ああ、ミケイラの言うとおりだ。

「おれは軍隊にいたんだ」娘のためにした決断の数々があまりにもはっきりと思い出されて喉が詰まり、ニックは咳払いをした。「妻が身ごもったときは、それまでいた部隊から内勤の部署に異動した。それから、ニコレットが五歳になって、あの子の母親は妻でいることに満足できないと考えたのか、ほかに男を作った。おれは働いてばかりいた。妻とニコレットに、できるだけ贅沢をさせてやりたかった。それだけでは足りなかったのにな。

妻が出ていったときも仕事をしていた。妻と寝ていた男は、たちの悪いビジネスにかかわっていたんだ。そいつの敵が、妻とニコレットの車にそいつも一緒に乗っていると考えて、襲撃した。ニコレットは撃たれた」

銃弾の威力と速度はすさまじく、ニコレットの小さな体は引き裂かれてしまった。

いまもニックの目に焼きついている。血と、恐怖。自分の子どもを守れなかった、という現実を突きつけられた瞬間。

「おれのせいだった」しばらくたって、聞こえるか聞こえないかの声で口にした。これまで一度として認めなかった罪の意識を認めていた。女性の心をつかんでいるためには思いやりが必要なのだと、やっと気づいたからだ。

昔は思いやりなど持っていなかった。仕事や地位を重視し、自由な時間は子どものために使っていた。妻はのけ者のように感じていたのだろう。

「どうしてあなたのせいなの?」ミケイラが問いかけた。

ニックは彼女の顔を見て答えた。「おれは夫としてあるべき人間ではなかったからだ、ミケイラ。いたらない人間だった」

「ニック、本当に悲しいことだわ」ささやくミケイラの頬には確かに、暗がりでもかすかに光る涙が伝っていた。「だけど、あなたのせいで起こったことじゃない。そんな行動をとると決めたのはあなたの奥さんで、あなたではなかったのよ」

人生を楽しむ機会すら得られなかったニックの子どものために、親である彼以外の人間が涙を流している。小さくて愛らしかったニコレット。バレリーナになりたがっていた。毎晩、〝パーパ〟が帰るのを待っていてくれた、明るい、いたずら好きな子どもだった。

「ずっと昔の話だ」彼の目にもにじむものがあり、まばたきで抑えこまなければならなかった。

ミケイラは頭を左右に振った。「昨日の出来事も同じでしょう。あなたの心のなかでは、そのくらいはっきり消えないままでしょう、ニック。娘さんを愛していたのね」

ニックはしばし置いてうなずき、答えた。「ああ」

あの出来事は毎晩のように夢に現れ、毎日のように記憶によみがえっていた。胸の痛みは何年もたつうちにやわらいではきていたが、決して完全には消えなかった。

「横になってくれ」ミケイラを引き寄せ、また肩にもたれさせた。「ニコレットはきみを大好きになっただろうな。きみは、ニコレットがしょっちゅう読んでいた本に出てくる妖精にそっくりだ」

本当に、そっくりだ。このときになって、ミケイラはあの妖精にそっくりだったのだと、ニックは気づいた。ずっと昔、いつもニコレットに読んでくれとせがまれていた本に出てくる小さな妖精たちに、似ていたのだ。

「妖精に？」ニックの胸に顔を寄せ、ミケイラは笑っているようだ。

「とてもきれいで、自由気ままな妖精だ」ニックも微笑みそうになっていた。「機会さえあれば、あちこち飛びまわって、厄介ごとに巻きこまれる。始終、番をする人間が必要だな」

「あなたが見張り役に立候補してくれる？」明るくなった声で優しくからかうミケイラの横で、ニックの胸はつぶれそうになった。

「おれはもう山ほど仕事を抱えてる」無理やり発した自分の拒絶の言葉に耐えきれず、目を閉じた。「まず、今回の件からきみを引っ張り出させてくれ、ベイビー。そのあとは、きみも厄介ごとから離れているすべを学ぶかもしれない」

「そう願うのは自由よ」ミケイラの声は陽気ではなくなっていた。ニックはずっとそばにいるつもりはない、いられないのだと、ミケイラも気づいている。そのことが、ずっと続くものなどなにもないのだという現実を、つねにふたりに思い出させた。

「そうだな」ニックはミケイラの頭のてっぺんに軽くキスをし、しっかり胸に抱き寄せた。

ニックには願いたいことがたくさんあった。けれども、もうずいぶん前に希望を抱くのはやめてしまっていた。望みさえ抱かなければ、失望は訪れない。望みを抱けば、生きがいを持つことになる。なにか、あるいは誰かのために生きるなど、みずから将来の苦しみを求めるようなものだ。

確実にミケイラが安全に暮らせるようにはしよう。必ず、ミケイラが見守られているように。ただ、見守る役を務めるのは、ニック以外の誰かだ。


翌日、ミケイラは自分を納得させようとしていた。自分はよくわきまえて、いまの状況にいたっている。心を奪われたりしていない、と胸に言い聞かせる。ニックがいずれ行ってしまうことはわかっている。そうなっても、心に傷なんて抱えずに前向きに生きていける。

うそをついていると自覚していても意味はなかった。ニックがそうしようと思えばなんでも自分の思うとおりにできる、どんなに横暴な人でも、ミケイラは彼を愛してしまっていた。こう気づいたことで、ミケイラは怖くなった。

ニックは、ミケイラが知っている多くの男性より複雑だ。いいえ、ミケイラが知っているすべての男性をはるかに超えた存在だ。昨晩、暗闇のなかで、想像もしていなかったニックの一面を知った。ニックのまわりには苦悩の陰があると、かすかに感じ取っていた。

その陰の原因かもしれない出来事。

ニックはあまりにも多くを失ってきたのだ。ある意味、人生をすっかり失ってしまったと言えるかもしれない。妻と子どもを失ったのだから。妻子を亡くしたあとは軍隊を去り、いまは民間の機関で働いているようだ。それでも、いまもひとりでいる。ミケイラの頭の片すみでは、ちくちくと小さな警告の声があがっていた。ニックはひとりでいるのをそれは気に入っているようだ、と。

ミケイラの車のうしろについて店まで送ってくれたあと、バイクで走り去っていくニックのうしろ姿を、ミケイラは眉を寄せてしばらく目で追った。今朝、ニックは心を閉ざしていた。ミケイラが起きるころにはすでにシャワーを浴び、コーヒーを飲んでいた。ミケイラが自分のコーヒーを用意するあいだも、いつもの冷ややかな目をしていた。

まなざしはいつになく凍りついていたかもしれない。ミケイラはそう考えながら店に入ってティアドラにあいさつし、事務室に向かった。

何件か電話をかけなければいけない。エディを殺した犯人を実際に捕まえようとしているのはニックだけれど、ミケイラがほかの方法で手助けできないとはかぎらない。

自分の身を守るにあたって、第三者の立場でいるのは耐えられなかった。人生の現実から隠れたりはしない。これは自分の人生で、殺人犯の標的になってしまったのも自分自身なのだから。

それにしても、狙われているのはなぜなのか？

だいぶ時間がかかったけれど、これまで何週間もつかまらなかったエディ・フォアマンの友人に、ようやく連絡を取ることができた。

「なあ、ミケイラ」電話をしてきたのがミケイラだと知って、ロバート・クローニンはため息をついた。「この件の捜査は警察に任せな」

「ロバート、警察はまったく捜査なんてしてないのよ」ミケイラは疲れを感じつつ相手に伝えた。

ロバートとは何年も前からの知り合いだ。ロバートの元妻は彼と離婚する前、服の寸法直しのためによくミケイラの店に来ていた。ロバートも、いまはマディックス・ネルソンの会社で働いていないとはいえ、建設現場の監督だ。ひそかに通じている情報や、うわさ話があるに違いない。

「どうしてマディックス・ネルソンの会社を辞めたの？」ミケイラは質問をぶつけた。「どうか情報を提供して、ロバート。協力してほしいの」

「まったく、しまいにゃ殺されても知らんぞ」いかついロバートのしかめつらが目に浮かびそうだ。「マディックス・ネルソンは人を殺すような男じゃない。マディックスのじいさんが生きてたら、おれだってあのじじいを調べなって言ってやったろうさ。おれに言わせりゃ、あのじじいは根っから腹黒いサタンのせがれ野郎だったからな」

ミケイラはネルソン家の祖先についてのくわしい説明を聞きたいわけではなかった。今回の事件の情報が聞きたいだけなのに、といら立ちを覚える。

「マディックスは腹黒いところを隠すのが上手なだけかもしれないわ」ミケイラは言った。

ロバートは黙りこみ、電話の向こうで働く機械の音がかすかに聞こえた。

「ちょっとしたうわさはあったよ」ようやくロバートが口を開いた。「マディックスがいるはずがない場所にいたとか、話なんかするはずがない相手と話してたみたいだとか。法律を守ってなさそうな連中とな。何カ月か前、エディはパーティーに顔を出しててさ、ほら、やつはしょっちゅう酔いどれてただろ?」ロバートは咳払いをした。「そこでさ、エディはマディックスのちょっとまずい話を知ってるとか言ってた。なにがどうって言ってたわけじゃないぜ。ただ、この話が表沙汰になったら、マディックスはおしまいだって吹いてたんだ」

ミケイラは唇をかんだ。「どんな話だか知ってる?」

「エディはそこまで言ってなかったって、ミケイラ」ロバートが声を低くした。「だが、どんな話だろうとな、エディはそれをネタにマディックスを脅せると思いこんでた。この話をエディが誰かにしてたとしたら、相手はスティーヴ・ゲイナードだろう。エディが話を打ち明ける気になったんなら、そうする相手はスティーヴしかいなかったからよ」

ところが、スティーヴは何カ月も前から町にいないのだ。ミケイラはスティーヴの自宅の留守番電話にも、携帯電話にも何件もメッセージを残していた。

「おれには、この件の犯人がマディックスだとは思えない」またロバートはため息をついている。「おまえさんがうそをついてるとも思えないんだけどさ。そんなわけで、おれたち町の人間はほとんどみんな板挟みになって困ってるんだ、ミケイラ。さっきも言ったけど、マディックスのじいさんは本物の悪党だったよ。あのじじいが生きてたら、なんでもしかねなかったろうさ。あの老いぼれときたら、マディックスの父ちゃんに、もうひとり子どもをこさえようものなら財産をやらねえって脅してたくらいだからな。マディックスの父ちゃんのローウェルに子だくさんになってほしくなかったんだよ。おっ立てた会社を食い倒されるとでも思ってたんだろうな」

「さっきも聞いたけど、マディックスのおじいさんは亡くなってるんでしょ？」ミケイラは言った。「それに、わたしが目撃したのはマディックスのおじいさんじゃないのよ、ロバート。マディックス本人なの」

「ああ、わかってるよ」ロバートが困り果てた口調になる。「おまえさんのために事件解決の糸口をやれればよかったんだけどなあ。どっかのやつに撃たれておまえさんが蜂の巣になるのなんかごめんだよ。もうこんなまねはやめな、殺されちまう前に」

やめるなんて無理だった。こんな不正を放っておけない。いまさらこの件を放り出して、みんなからやっぱりミケイラはうそつきだったと思われるのもごめんだ。絶対にいやだ。ミケイラはうそつきではない。目撃したことは確かなのだから。

「話を聞かせてくれてありがとう、ロバート」ミケイラは自分の人生がさらに道理の通らない世界と化してきたと感じながら、会話を切りあげようとした。

「またいつでも連絡しな、ミケイラ」ロバートは言ってくれた。「父ちゃんによろしく言っといてくれ。無事に解決するよう祈ってるよ」

ミケイラは電話を切り、しばらく電話機をじっと見つめたのち、ニックの番号を押した。

いま得た情報をすばやく伝えると、すぐさま反応が返ってきた。

「きみは調査に手を出さないことになってたはずだ」怒りを押し隠せないようすで、ニックがうなった。

「ロバートの携帯電話の番号をメールで送るわね。きっと、あなたにも快く話をしてくれるから」

「調査に手を出すなと言っただろう」ニックがまた険しい声を出した。

「わたしも言ったでしょ、これはわたしの人生の問題だって」と言い返す。「あなたは話を訊く相手のことを知らないでしょう、ニック。だけど、わたしは知ってる。わたしひとりで事件を完全に解決するのは無理かもしれないけど、これはいままでにない手がかりよ」

「だったら、番号を送れ」ものすごく不機嫌な口ぶりだ。「それがすんだら、その厄介な電話を切って、おれが迎えにいくまでトラブルに巻きこまれるな。わかったか？」

ミケイラはにやりとしそうになった。

ニックは怒っているというより、過保護な恋人のようだ。

「できるだけそうする」答えつつ、こんな約束は口だけだとニックにばれているだろうとわかっていた。確かに、口だけだ。新たな解決の糸口さえ見つかれば、ミケイラは迷わず電話をかけ、人を訪ねていき、メールを送るだろう。ニックに伝えたとおり、これはミケイラの人生の問題なのだ。あきらめて人任せにするつもりはない。

ニックとの電話を終えてロバートの番号をメールで送ったあと、ミケイラはしばし電話機を見つめて額をこすった。それから、ロバートに教えられた情報を手早く紙に書き、情報をまとめてあるファイルに加えた。

ニックの命令は気にせず、そのあとも何件か電話をかけた。しかし、あてにして連絡を取った数人からは、ロバートに教えられた情報の確証は得られなかった。こうなると、またさらに宙ぶらりんの糸が増えただけだ。

あとで、たぐり寄せてみなければいけない糸。そう考えながら、一時間後、電話を置いた。

その後は、普段どおりに時間が過ぎていった。ミケイラは店の奥でドレス作りに精を出し、何件か予定に入っていた仮縫いを行い、店が閉まるまでに、ミケイラ自身がデザインしたドレスが二着も売れた。

そして、ディアドラと一緒に会計カウンターの前でニックを待っていたとき、店の平穏は爆発音で打ち破られた。

店内にガラスの破片が降り注ぎ、ショーウインドウの前に立てていたマネキンがドレスのラックを巻き添えにしながら床に倒れた。ミケイラはショックを受けてただ見つめていることしかできず、タイヤが道にこすれる、やけに耳に残る音を聞いた。

ディアドラがなにか叫んだ。いや、ののしったようだ。ミケイラはぼうぜんと破壊の跡を見続けていた。

「銃撃されたのよ！」ディアドラは大声を出している。「大変よ、ミケイラ！」

「警察に電話して、ディアドラ」ミケイラは内側から麻痺してしまっているような気がした。

銃がミケイラを狙っていたなら、命中せずにすんだはずがない。殺されていただろう。今回、狙われたのはミケイラ本人ではなかったのだ。店が狙われた。ミケイラの生計手段。ミケイラのよりどころが。

何者かがミケイラを脅して、事件の調査から手を引かせようとしている。

ミケイラはハンドバッグから携帯電話を取り出し、電話帳を表示してニックに電話をかけた。

「ミケイラか？　いま迎えにいくところだ」ニックはすぐに答えた。

「帰れるようになるまでしばらくかかるかもしれないわ」ミケイラは言った。「たったいま店に銃弾を撃ちこまれて、ショーウインドウを割られたの。パパに電話して、今晩のところは穴を板でふさいでもらわないと。きっと送ってもらえるから――」

「すぐに行く」電話は切れた。

倒れたドレスのラックを前に立ち尽くしているディアドラを見ながら、ミケイラは父親の番号を押して電話をかけた。ニックのときと同じように説明を終えるなり、「みんなですぐに行く」ときっぱり言われて電話を切られた。当然、家族全員そろってやってくるということだ。

とりあえず、みんな来るなら穴をふさぐ作業も早くすむだろう。げんなりして思う。

ミケイラはカウンターの前から動いていなかった。ここから一歩も動くつもりはない。

「家に帰って、ディアドラ」なすすべがないようすであらためてドレスの山を見つめている友人に、じっと目を向けて声をかけた。

ディアドラがさっと顔をあげた。信じられないと言いたげな顔でミケイラを振り向く。

「なんですって？」耳を疑っている口ぶりだ。

「家に帰って。パパとニックがもうすぐ来るから。しばらくは、戻ってきてくれなくていい」

今回は煉瓦をショーウインドウに投げつけられたわけではないのだ。ガラスにペンキで落書きされたのでもない。銃撃された。ディアドラに弾があたっても、まったくおかしくなかったのだ。

「冗談はよしなさいよ」ディアドラは乱暴に言って、つかつかとカウンターに歩み寄った。「わたしはどこにも行かない。どっかのばか野郎に脅されて逃げ出してたまるもんですか」

「殺されたほうがいいっていうの？」友人にはっきり言葉をぶつけた。「銃撃されたのよ」

「見りゃわかるわよ」ディアドラは怒鳴り返し、腰に両手をあてた。「ついでに、撃ってきたやつらが乗ってた車も見たし、ナンバーの一部も覚えてる。あいつら、ただじゃおかないわ」緑色の目に激しい怒りが燃えあがっている。「とにかく、どこにも行かないからね」

ディアドラが言い終わるとともに、猛々しい轟音が響き、ハーレーが歩道に乗りあげて急ブレーキをかけて停まった。

ミケイラが見守るなか、ニックがすぐさまバイクをおり、ショーウインドウがあった穴から店に入ってまっすぐこちらに歩いてきた。

ニックはすごく自然にそうしている。ミケイラは麻痺した頭で思った。長い脚でシートをまたぎ、ショーウインドウの枠を越えて店に入ってくるようすはまるで、この場所の主のようだった。

「大丈夫か？」ニックは両手でミケイラの肩をつかんだ。もう凍りついてなどいない、憤りに燃える目で、ミケイラの全身をさっと見て確かめている。「くそ、ミケイラ。だから、この件の調査はおれに任せろと言っただろう」

このときになって、ミケイラは自分が震えていると気づいた。命綱であるかのように、ニックの腕を両手で握りしめていた。

「エディが殺されたあと、銃撃されるのはこれで二度目ね」震える声でささやき、ニックを見あげた。「三度目は、なんて言ったかしら？」三度目の正直？

「心配するな、ベイビー」ニックに抱き寄せられた。頭のうしろを手で包まれて相手の胸にぐっと寄り添い、力強く揺るぎない体に守られる。「頼むよ、ベイビー、これからは犯人を挑発するようなまねはよしてくれ。調査はおれに任せるんだ」

いまになって現実がミケイラを襲った。ニックに支えられていなければ、ヒステリーを起こして床に倒れこんでいただろう。また、何者かに銃で狙われた。次こそ、実際に撃たれてしまったらどうしよう？

ニックは激しい怒りに襲われながら、ミケイラの向こうにいる女性に目をやった。

ディアドラ・メイプルも、じっとニックを見据えていた。緑色の目に好奇心を浮かべ、ニックの内面を推し量り、疑っている。ニックを少しも信頼していないのだ。おそらく、それはいいことなのだろう。ミケイラも、こうした用心深い性質を身につけるべきだったのだ。ニックをベッドに迎え入れる前に。

ニックにミケイラを裏切る意図があるわけもないが、ミケイラはあまりにも人を信頼しすぎる。

「逃げていった車は新型のシビックだったわ」ディアドラが口を開いた。ミケイラはまだしがみつくようにしてニックにつかまっている。「メリーランド州のナンバープレートだった」早口でナンバーの初めの三つの数字を言う。「色はグレーかシルバー。暗くなってるから、どっちかはっきり言えないけど」車の多い通りに向かってうなずく。「あいつらはそのままワシントン・ストリートを走っていくんじゃなく、脇道を猛スピードで逃げていった」

「わたしはガラスが砕けて店のなかに飛んでくるところしか見てなかったわ」ミケイラがニックの胸から顔をあげた。

「わたしは通りを見てたの」ディアドラは肩をすくめた。「この前、誰かがあなたを撃ち殺そうとしたときから、まわりをよく見ておくように心がけてたのよ。車の窓からうちの店に向かって男が腕を突き出すのには気づいたけど、銃も男の顔も見えなかった」

この暗さでは、ここから銃を見逃すのは当然だ。ニックはそう考え、店の外を見やった。「わけがわからないわ」ミケイラはニックの腕が許すだけ体を離し、小声を出した。「なぜ、いまになってわたしを殺そうとするの？　こっちはもう何週間もいろんな人に話を訊いて調べてるのに」

「きみが核心に近づきすぎているからだ」ニックは怒りをこめて言った。「どうか頼むから、こんな無茶はやめろ！」

これはニックへの警告でもあるに違いない。手を引けという警告だ。最初の銃撃がミケイラへの警告であったように。調査から手を引けと脅している。

「ようやく、わたしたちの親身な町のおまわりさん、能なし刑事のお出ましよ」ディアドラがかなり冷めきった声で知らせ、店の前には数台の警察車両と一台の標示のない車が停まった。

標示のない車からロバート・デノーヴァー刑事が現れた。毛のない頭を上からの明かりで鈍く光らせ、腰に両手をあてて、不機嫌な顔で店の表をにらんでいる。

ディアドラがミケイラのそばに寄り添ったことを確認して、ニックはゆっくりとミケイラから離れ、店に入ってきた刑事を迎えた。

「ミズ・マーティン」刑事はミケイラに軽くあいさつをしたのち、ニックに目を向けた。灰色の目を不審そうに細くしている。「ミスター・スティール。あんたがここにいるとは驚きだ」

ミケイラの視線がニックと刑事のあいだをさっと行き来した。「デノーヴァー刑事を知ってるの？」抑えた声で尋ねる。

「会ったことがある」ニックはそっけなくうなずいた。「フォアマンが殺された事件の担当も、この男だからな」

ミケイラもそのことは知っていて、この刑事の捜査への取り組みかたに不満を抱いていた。あの夜、ミケイラが殺人現場で誰を目撃したか告げたあと、この刑事はほとんど小ばかにするような態度をとっていた。

デノーヴァーは店内を見渡し、やれやれと言いたげに首を左右に振ってから、うしろにいる警官たちに指示した。「弾を捜せ」声にいら立ちをにじませている。「供述も取っとけ。朝になって出勤したら、報告書に目を通す」

それだけ言って帰ろうとする。

「あんたが自分の手でこの件を処理しろ」ニックはデノーヴァーを帰すつもりはなかった。帰っていいのは、この件を適切に調べてからだ。このろくでもない刑事の態度には、そろそろ我慢できなくなってきていた。「そうしなければ、必ず、あんたの怠慢について署長に話をする」

刑事はあざけって唇をゆがめた。「そんな話を聞かされても署長は驚かんだろうな」

「だが、自分の署に連邦捜査官たちがやってきて管理の仕方に捜査の手が入ったら、さぞ驚くだろう」ニックはからかう口ぶりで返した。「おれが手をまわせばそうなるぞ、デノーヴァー。そうなるよう手配しようか？」

どちらにせよ、この件が片づいたら、さっそく手配するつもりだ。ミケイラは適切に守られていないし、フォアマン殺害についても適切な捜査がなされていない。市長とも警察署長とも親しい友人で、市と共同で事業を行っているという事実が、本来なら与えられるべきではない威信をマディックスに与えていた。

デノーヴァーは唇に力を入れ、いら立たしげにミケイラをにらんだ。あきれたように首を横に振り、とりあえずは弾丸の捜索と、ミケイラやディアドラからの供述の聴取に取りかかった。

聴取が終わるころ、ミケイラの父親のピックアップトラックが店の前に停まり、車のなかから家族全員がいっせいに出てきた。三人の弟たち、怒りに燃える父親、心配する母親だ。

一瞬、ニックは既視感にとらわれた。ニックが妻と娘を失った夜、ニックの両親もこんなふうに息子の家に駆けつけた。すぐうしろにニックの兄弟姉妹を引きつれて。家族はニックを囲み、支えになると約束した。その約束も、ニックが妻や娘の殺害にかかわった人間たちを突き止めたい一心で、何人かの政治家にたてつくまでの話だったが。そうなってからは、家族もニックに背を向けた。

いっぽうミケイラの家族は、この戦いが困難なものになると悟ってからも、ミケイラに背を向けなかった。ミケイラのそばに居続けている。弟たちはトラックの荷台からベニヤ板を運び出し、両親は急いで店に入ってきた。

「ニック」ラムゼイ・マーティンがニックに向かってうなずきかけ、妻のジョリーはミケイラに駆け寄った。「ミケイラをわが家に連れて帰りたい」

前回、ミケイラが何者かに撃たれそうになったときも、同じような会話が交わされた。「ミケイラは子どもじゃない」ニックはかぶりを振った。「ミケイラがどんな決断を下そうと、おれは彼女に手を貸す。決めるのはミケイラだがな」

「わたしは実家に戻ったりしません」ミケイラは母親の抱擁から身を解いて顔をしかめた。「みんなにもそう言ったでしょ」

ラムゼイは思うようにいかず困り果てたようすでうなじに手をあて、そこをぐっと指でもんだ。表情にも、濃い灰色の目にも、娘への心配と愛情がありありと見て取れる。

「ミケイラ、あなたを殺そうとしてる人間がいるのよ」母親が説得しようとした。

「本気で殺そうとしてたのなら、いまごろわたしは死んでるはずよ」ミケイラの指摘に、ニックも同意せざるをえなかった。「その誰かはわたしを怖がらせようとしてるのよ。むかつくことに、怖がらせるのには大成功してるけど、わたしは逃げたり隠れたりする気はない」

ミケイラが〝むかつく〟と口にするとは。ニックは驚いて彼女を見つめた。ミケイラの両親もそうしている。

「相手は本気になってくるぞ」ラムゼイは決して乱暴な言葉遣いなどしないはずなのに。

ラムゼイが決心を変えさせようとした。「自分の娘を埋葬するはめになるのはごめんだよ、ミケイラ。ちゃんと長生きして、弟たちが父さんの葬式代を払うよう見張っておいてもらわないと」

ミケイラがくいっと口のはしをあげてニックを見やった。「パパは弟たちがパパの会社を売って、数日ぱあっと遊んで、お金を使い切っちゃうに決まってるって言い張ってるの」

「数時間で使い切るかもしれん」ラムゼイは鼻を鳴らして振り返り、ショーウインドウだった穴を手際よくふさいでいる三人の息子たちを見た。「話がずれてしまったじゃないか。重要なのは、このままではまずいということだ。どこの誰かもわからない悪党に娘が銃で狙われているなんて事態は受け入れられない」

「隠れてもなにも変わらないわ」ミケイラは言い返しているが、ニックにはわかっていた。ミケイラも父親に逆らうのがつらいのだ。「パパやママまで危険にさらされるだけだもの」

「こんなことが二度と起こらないよう、おれが対策を講じる、ミスター・マーティン」ニックは言ってしまった瞬間、あせるあまり音をたてて口を閉じそうになった。頭がどうにかなったのだろうか？　喜んでミケイラを両親に引き渡し、この調査を終え、いまいましい夕日に向かって去っていくのがいちばんだったではないか。ミケイラ・マーティンの心を傷つけずに、そうできたらいいと願っていた。

だが、そんなことはできそうにない。

「きみがこの町に来てから、娘は二度も撃たれかけた」ミケイラの父親が責めるように言った。「それまでは、大きな問題もなく暮らしていたのに」

「パパ、やめて」ミケイラが父親の前に立ちふさがった。ニックか父親のどちらかを守ろうとでもいう気だろうか。どちらかを守る必要があるとでも考えているのだろうか。「わたしは平気よ」

ミケイラの父親は娘を見おろした。気づけば、ニックも同じようにミケイラを見おろしていた。辛抱しているふうに。

それから、ミケイラの父親は腕を伸ばして娘の脇の下に両手を差し入れ、そっと持ちあげて横にどかした。子どもにするように。

このときミケイラの顔をじっと見ていなければ、ニックも彼女の顔をよぎった傷ついた表情に気づかなかっただろう。ミケイラは、父親にさりげなく子ども扱いをされて傷ついている。

こんな表情を見てしまったために、ニックはもう一度ミケイラを持ちあげ、元の場所に戻してやりたくなった。ミケイラの父親が娘を愛していることは疑いようがないが、父親は娘が立派な女性であると理解できていないのではないか、とニックは疑った。娘に、まだ子どもでいてほしがっているのだ。

「ラムゼイ」ミケイラの母親が娘の横に立った。「ミケイラを無理やりうちに来させることはできないわ」

ラムゼイは妻にしかめつらを向け、娘にも同じ顔を向けた。

ミケイラは傷つけられたプライドをアメジスト色の瞳のなかで光らせて、首を横に振った。

「わたしは奪い合いの標的の骨じゃない」重々しい声にも傷ついた気持ちがはっきり表れている。「わたしは自分の家に帰るわ。ショーウインドウをふさぐために弟たちを連れてきてくれてありがとう、パパ。なによりも、わたしのために駆けつけてくれてありがとう。だけど、この件ではパパに助けてもらうわけにはいかないの。子どものころ学校でほかの子にいじめられたときみたいに、パパのベッドの下に隠れるわけにもいかない。いまはもう自分のベッドがあるから」

ミケイラは背を向けて、堂々と歩いていった。父親から小さく見られて羽をしゅんと垂らしてしまっている妖精なりに、できるだけ堂々とした態度で。ラムゼイ・マーティンは娘を愛している。だが、ラムゼイにとって、娘はいまも小さなベイビーのままなのだ。その大事なベイビーの命が危険にさらされているのに、当の本人は父親のアドバイスを聞き入れまいとしている。

ニックは穏やかにミケイラの父親を振り返った。ラムゼイは、たったいま娘に心を持っていかれてしまったかのように、ミケイラを見つめていた。

「きみは娘を死なせてしまうんじゃないか？」ラムゼイはニックを責めた。不安と怒りで押し殺した声が震えている。

ニックは首を横に振った。「ミケイラを守りきれるのはおれだけだ、ミスター・マーティン。あんたでも娘を助けてやれない。あんたの息子たちでも無理だ。おれは守れる」

ラムゼイはふたたび首をさすり、しかめっつらを深くした。「わたしでは助けてやれないにしても、娘がこんな目に遭っている原因はあんたじゃないかね」閉められた事務室のドアに目をやって続ける。「だが、ミケイラは父親に面倒を見てもらうつもりはないということなんだな？」

「面倒を見てもらうなんて、ミケイラはいやなのよ」ジョリーはラムゼイの問いかけに答えたが、視線はニックに据えていた。「あの子は人生を自分で動かしたいの。傍観者になるのではなく」

この言葉の真意はいったいなんなのやら。ニックは考えこむことしかできなかった。

困惑しつつ、店の奥からやってくる刑事を振り向いた。

「弾は見つけた」と、デノーヴァー。「ここからは弾道学の出番だな。でも、前回と同じことしかわからんだろう」

「前回なにがわかった？」ニックは刑事を冷ややかに見据えた。前回の銃撃に関する報告はまだなにもない。

デノーヴァーは人をばかにした態度で薄く笑った。「なにも」と言ってうなずき、警官たちをすぐうしろに従えて店の出入り口に向かっていく。

つまり、ミケイラ・マーティンに関する事件ははなから重要とみなされていないのだ。

ニックが時間を見つけて電話を一本入れしだい、そんな状況は変わる。司令官のジョーダンも本気でニックを一刻も早く部隊に戻したいのなら、警察組織のなかでこの事件の重要度が少しはあがるよう取りはからってくれるだろう。

「まったく、近ごろの世のなかはどうかしてる」店を出ていく刑事と部下の警官たちを見ながら、ラムゼイ・マーティンが憤りをあらわにした。「配慮もなにもあったものじゃない。

あのしょうもない刑事の父親とは知り合いだった。法を守る立場にいるはずの息子のあんな仕事ぶりを見て、墓のなかでのたうちまわってるだろうよ」

ニックは、この状況にもまったく驚いていなかった。つねづね考えていたことを再確認しただけだ。どこの国だろうと、世のなかも、政治も、警察もあまり変わらない。

「ラムゼイさん、家族を連れて帰ってくれ」ニックはミケイラの父親を振り返って告げた。「ミズ・メイプルとミケイラはおれが家に送り届ける。この事件の真相も突き止めるつもりだ。どんな手を使っても」

絶対に確かなことがひとつある。ミケイラを銃で狙った人間をこの手で捕まえたら、殺す。この世に存在するどんな力も、ニックがその不運な人間の首を引きちぎってやるのを止められはしないだろう。

愛らしい小さな妖精を傷つけようなどとした人間のために、地獄には専用の場所が用意されていないかもしれない。万が一、地獄にそんな場所がないといけないので、ニックは必ず、銃撃犯を死ぬ前に苦しませるつもりだった。

「ミケイラは父親に〝じゃあね〟とくらいは言ってくれるかな？」また事務室のドアに目を向けながら、ラムゼイがつぶやいた。

「あんたが行ってやらなければ、ミケイラはもっと傷つくとおれは思う」ニックは答えてやり、三兄弟が打ちつけたベニヤ板の壁の仕上がりを確かめにいこうとした。

マーティン夫婦がミケイラの事務室で家族水入らずで過ごせるよう、ニックはその場を離れた。父親が努力すれば、先ほどつけた娘の心の傷を消し去ってやれるかもしれない。

「ねえ、ミケイラを失恋させるつもりなんでしょ」ディアドラがニックの背後から迫り、言った。

ニックは振り返って赤毛の女と向き合った。まなざしに友人を心配する気持ちを浮かべている。

ディアドラ・メイプルとミケイラ・マーティンは幼なじみだ。ニックが集めたミケイラに関する情報によれば、このふたりは親愛のこもった友情で結ばれている。ディアドラはミケイラにとって、両親が与えてやれなかった姉妹だ。そしていまディアドラは、これまでもずっとそうしてきたとおり、姉の役割を果たしている。

けれどもニックは、この相手に答えも約束も返せなかった。

反応しないニックを見て、ディアドラは首を横に振った。「その顔を見ればわかるわ。心に傷を抱えることになるのはミケイラだけじゃないってわけね、ミスター・スティール？」

「ああ」しまいに、彼は穏やかな声で答えていた。「そうなるのはミケイラだけじゃない、ミス・メイプル」

ディアドラのそばを離れ、三兄弟がきちんと穴をふさいだか店の外へ確かめにいった。ニックが出ようとしたとき、ちょうど三兄弟が店のなかへ入るところで、そろって疑いのまなざしを向けてきた。

この弟たちも男だ。自分たちの姉に対するニックの態度に疑問の余地がないことは承知している。と同時に、ニックが警戒すべき存在であることも感じ取っているのだろう。

ニックがミケイラを傷つけることはありえない。しかし、ニックがミケイラを守るのをこの弟たちが邪魔しようものなら、彼らの身の安全の保証はない。

ふたたびミケイラを傷つけようなどとする人間がいたら、そいつは神の慈悲を請うことになる。

ニックの大事な妖精をいじめようとする人間たちに対して、彼の怒りはとどまるところを知らず、我慢も限界を迎えていた。

12

まわりから弱い人間だと思われている、とミケイラは自覚していた。

その夜、シャワーから出て、体を乾かし、丈の長いコットンのナイトガウンとローブを身に着けたところで、自分はあまりにもいい人でいようとしすぎているのかもしれないと思った。

ニックですら、壊れ物でも扱うようにミケイラに接している。殺人犯から守ってもらう必要があるのと、自分の人生も送れないほど過保護にされてしまうのとは違う。

自分の人生を送れなくなるなんていやだ。人生を楽しんで、いろいろ経験したい。明るく生きて、恋もしたい。恋をしたら失恋をするのも仕方ないのなら、それも経験したかった。

確かに、ミケイラには将来の計画があった。ヴァージンのまま結婚初夜を迎えること。純白のウエディングドレスを着ること。けれども、計画は変更になった。ニックがこのままそばにいてくれて純白のウエディングの日を一緒に迎えてくれる可能性はゼロではないかと、非常に悪い予感がした。

それは、ニックが女の敵だからではない。ミケイラを傷つけたい、ミケイラが立てていた計画を台なしにしてやろうという気が、ニックにあるからではない。ニックの心には暗い部分があって、そのせいで彼は心置きなく人を愛せないのだ。ミケイラはどこまでも求めて、どこまでも激しく恋をしてしまえるけれど、ニックは、そんなふうにできないのだろう。

ミケイラは家のなかを歩いていった。ニックはリビングルームにいる。ソファに浅く腰かけて、コーヒーテーブルにのせた銃の手入れをしている。

昨晩、ふたりで軽食をとるためにベッドを離れたときもそうしていた。ミケイラがサンドイッチを作っているあいだ、ニックは銃の手入れをしていた。自分の武器の状態には細心の注意を払っているようだ。

「ピザを頼んでおいた」冷蔵庫に向かうミケイラに、ニックが声をかけた。「ついさっき届いた」

ミケイラも正直、真夜中に料理するのは大変だと思っていた。

「わたしがダイエット中じゃなくてよかったわね」ミケイラはぼそっと言って甘いアイスティーをグラスに注ぎ、リビングルームに入った。

ニックの言ったとおり、リクライニングチェアの横のサイドテーブルにピザの箱と、数枚の紙皿が置かれていた。

ミケイラはピザを一切れぺろりと食べてしまって、アイスティーを飲みながら、ニックが銃の手入れを終えるのを見守った。

ニックもシャワーを浴びたようだ。

うつむいて作業を終え、慎重な手つきで銃を組み立て直していくニックの顔のまわりに、乾きかけの髪が降りかかっていた。

「明日はなにをする予定?」武器を片づけたニックに尋ねた。

「事件があった建設現場へ行って新任の現場監督や、エディ・フォアマンと親しかった数人から話を聞くつもりだ。誰かにフォアマンを殺したがる動機があったはずだからな。その動機をなんとかして突き止めなければならない」

「これまでに、どんなことがわかった?」訊いてはみたけれど、ニックにわかっていることは、ミケイラにわかっていることと同じだろう。なにひとつ確実な手がかりはない。

「二、三のうわさくらいだ」ニックはソファにもたれ、考え深げな表情でミケイラを見据えた。「フォアマンはあまり好かれていたとは言えない。きみの知り合いに電話したよ。彼はきみに教えたのと同じ情報をくれたが、その情報が確かかどうかは突き止められていない。スティーヴ・ゲイナードの居場所もわかっていない」

「スティーヴは町にいないわ」ミケイラは言って、深く息を吸った。「エディはあんなに嫌われていたのに、誰も彼の話をしたがらないの」

「とりあえず調査を進めよう」ニックは肩をすくめた。「まだいくつか追ってみたい手がかりがある」

「わたしも調査に同行する」ミケイラは肩をぴんと張り、決意をこめてニックを見つめ返した。「この件が解決する前に店に戻ってこられるものなら戻ってみろって、ディアドラに脅されてるのよ」

「だめだ。同行はさせない」ニックは決して折れそうもない声で言い、警告をこめた氷の目でにらんだ。「きみはもう充分に危険にさらされているんだ、ミケイラ。さらに危険に身をさらすようなまねはさせない。明日は、きみの弟たちが店に一緒にいてくれる。だから、きみは普段どおりにしているんだ。奥の部屋で作業をしていろ。明日、新しい車を手に入れたら、おれが自分できみを迎えにいく。明後日以降は、おれがきみの送り迎えをする」

「だめ、そんなことさせない」ミケイラは立ちあがった。「そんなの気に入らないわ、ニック」

「そうしないなら死ぬぞ」ニックも立って、迫力のある低い声を出した。「おれは、きみに死を選ばせるつもりはない。おれに同行しても、さらに身を危険にさらすだけだ」

「これはわたしの問題で、わたしの人生よ」ミケイラは胸の前で腕を組んで、あごをあげた。

ニックに協力したい。それだけなのに。

「だめだ」

ミケイラにそんなまねはさせられない。あたり前だ。ミケイラがそこまで危険に近づくと考えただけで、ニックは恐怖に胸をかき乱された。絶対にそんなまねはさせない。たとえ、ニックみずから朝ミケイラをオフィスチェアに縛りつけ、一日の終わりにほどいてやらなくてはならなくなっても、そんなまねはさせない。

それにしても、なんと頑固な女だろう。アメジスト色の瞳にきらりと光る恐れ知らずな心。決意もあらわにあげているあご。あの目にあるのは決して消えない熱意だ。

ニックの脚のあいだのものはすでにすっかり硬くなって服を突きあげていたが、それがさらに太くなってうずいた。ここまでの欲望を、いつか満たすことなどできるのだろうか。

一日じゅう、自分に言い聞かせようとしていた。ここには仕事で来ているのであって、その仕事には、ことあるごとにミケイラとベッドで転がりまわる行為は含まれていない。

ベッドですら問題なのに、ニックの想像力は躍進し、ミケイラをキッチンのカウンターや、ソファや、乗せられるところならどこへでも乗せて抱くことを思い描いていた。

「あなたにだめだと言われて、はいそうですか、というわけにはいかないわ」ミケイラは信じられないと言いたげだ。「これはわたしの人生なのよ、ニック、わたしの問題だわ。これまでに銃で狙われたのもわたしなら、この問題が片づかなければ殺されるのもわたしなの」

「きみを殺させたりはしない」一瞬で、ニックのまなざしの氷が炎に変わった。彼は言い終える前にふたりのあいだの距離を詰め、ミケイラの両腕をつかんで険しい顔で見おろした。

「だから、きみを同行させないんだ、ミケイラ」

「そんなの受け入れられな――」

ミケイラは最後まで言えなかった。キスで息も理性も奪われ、衝撃でなにも考えられなくなった。

これまでにニックにされたどんなキスとも違った。手加減なしの、男が女にするキス。唇で唇を、舌で舌を激しくむさぼられ、体を押しつけるように抱き寄せられる。このキスのめくるめく熱に、夢中になってしまった。

うぶなミケイラへの遠慮などない。ふたりのあいだには熱情が鮮烈に燃えあがっていて、手加減する余地などあるはずがなかった。

ニックもいっさい許しなど求めることなく、ミケイラのローブの帯をほどき、肩から脱がせた。彼女を抱きあげて体の向きを変え、ゆったりした椅子に腰をおろす。

余裕さえあれば、ミケイラはショックを受けていただろう。ニックに引きあげられて、彼の太腿にまたがる。両脚のつけ根の感じやすいふくらみが、綿のスウェットパンツを突きあげている硬いものに押しつけられた。

混じりけのない純粋な熱情のなせる行為に、昔から存在する支配欲が少しだけまぎれこんでいる。いいえ、ひょっとしたら少しではないかもしれない。完全に支配されている。

両手のひらで尻を包まれてびくりとした。引き寄せられ、両脚のつけ根に硬くなっているものを力強く押しつけられて、クリトリスに強烈すぎる刺激が送りこまれた。小さな芯がすぐさまふくらみ、かっと熱くなって脈打つようにうずき、満たされることを求めた。

ミケイラが両手でじかにふれているニックの胸板が、速くなった呼吸で上下している。ニックは顔を傾けて口づけ、舌で舌を愛撫した。ミケイラは相手の髪に指をもぐらせて、興奮にしがみついていようとした。

いずれは自分も、このくらいの威力でニックの理性をだめにするための経験や知識を身につけよう。それまでは心ゆくまでキスや愛撫を受け入れて、陶然となりながらもそこから学ぶことにしよう。

本当に、このキスにはうっとりしていた。

ニックの硬い手のひらにふれられて、彼の腿を自分の太腿で締めつけた。手のひらはナイトガウンの下にもぐりこんで裾を押しあげていき、ミケイラが両腕をあげると、ニックはナイトガウンを脱がせてぞんざいに放り投げてしまった。

ニックはミケイラの感覚に攻めこむのをやめなかった。ニックはここで手をゆるめるような人ではない。自分が求めるものを正確に知っていて、それを獲得する方法も知っている。いまも、まさしくそれを獲得している。

口づけていたミケイラの唇を解放して、両手で彼女の肩を支え、今度はすばやく乳房に向かってキスをしてゆく。

ミケイラは快感にのみこまれていって震えた。鋭い刺激が熱い電流さながらに全身を駆け巡り、肌の内側に火がついたかのようだ。ビロードに似た感触の唇に片方の乳房の丸みをなぞられ、震えがひどくなる。気を引くように乳首をなめられると、強烈な反応を引き起こす電流がまっすぐ子宮を襲った。そこが欲求のままにぎゅっと収縮し、喉から切なげな叫びが引き出される。

「きみを味わい尽くしてしまえる」完全に欲情にとらわれたうなり声で言われた。「神に誓って本当だ、きみにふれるたびに、興奮しすぎて体が燃えあがってしまいそうになる」

ミケイラはバターのように溶けてニックに染みこんでしまいそうだった。ニックのうなり声、乳首にあてられる唇と舌の愛撫、官能をあおる言葉を一度に受けて愛液があふれ出し、シルクのパンティを濡らした。ニックを切に迎えたがって両脚のあいだに力が入り、間違いなく胸の先端もさらにとがった。

「なら味わい尽くして」ささやく声に聞き逃しようのない切望を乗せて、ニックを見つめた。

ニックは胸の頂のすぐ近くに唇を寄せていた。がっしりとした赤銅色の顔は欲情と渇望で荒々しさを帯びている。

ニックの顔に浮かんでいるのが単なる欲情だけだったら、とミケイラは思った。しかし、ニックの表情からは単なる欲情とは片づけられない感情が見て取れた。このまなざしに潜む感情の意味を理解したい。ミケイラはそう願ってやまなかった。

ニックが唇のはしをふっとあげたかと思うと、感じやすくなっている胸の先に吸いつくようにキスをし、ミケイラを高ぶらせて息をのませた。

「こんなふうに感じるのが好きなんだな、ベイビー？」ニックが胸の蕾から唇を離し、乳房のふくらみにざらつく頬をすり寄せた。「清らかな、かわいい妖精」

背筋に沿って撫でおろす両手がヒップの丸みに達し、ミケイラは期待に息を詰めた。

もちろん、ニックがこの反応を見逃すはずがない。ミケイラはめくるめく興奮に駆られながらもそう思った。ニックの指がそこで遊び始める。短いつめで円を描くように肌を引っかかれ、身を震わせた。

「このままここで、きみを抱くつもりだ」ニックが約束してくれた。「甘いプッシーに身をうずめるんだ、ミケイラ、そのあいだ指ではほかのことができる」一本の指に、双丘の細い割れ目から腿へと撫でられた。

間を置かず胸の頂をくわえられ、快感に圧倒されて高い声をあげる。歯がそこを優しくこすった。舌は刺激をあおり、愛撫している。感じやすい蕾を口の奥へと引っ張られて高ぶる気持ちに翻弄され、筋道を立てて考えることすらできなくなった。

そのとき、パンティが引き裂かれた。興奮をかき立てられて、それを引きちぎってしまった。そんな行為に興奮をかき立てられて、ミケイラは達する寸前になってしまう。ニックになにかされると、抑えなどまったく利かなくなってしまう。ふれられるたびに全身にアドレナリンが勢いよく送り出され、欲求がさらに高まり、ニックの感触すべてが惜しみない快楽になった。

両方の手でニックの肩を撫でた。ニックは交互にそれぞれの乳房の頂を口に含んでは吸い、舌で洗い、口を動かすごとにミケイラの子宮に火を送りこんでいる。

太腿のあいだを滑る指を感じて、ミケイラの頭のなかで期待感がどくどくと高まった。ニックが熱くそそり立っている興奮のしるしをあらわにし、もうすぐ抱いてくれる。彼のものになりたいと求めている体のうずきをなだめてくれる。

ところが、そうするかわりにニックは手でミケイラの両脚のあいだを包みこみ、頭をもたげて胸の頂から口を離し、彼女を見おろした。

指で、なめらかに濡れたひだの内側を撫でている。指は潤いをなじませてすっと動き、ニックを待ちわびている入り口に一瞬ふれ、クリトリスに濡れた指先を押しつけて、ミケイラが圧倒されてしまうほどの衝撃をもたらした。

「なんてやわらかくて熱いんだ」ニックが甘くささやきかけた。「男はきみのなかで燃えあがりたくなってしまう、ミケイラ」

〝燃える、燃える〟ミケイラは心のなかでこの言葉を繰り返していた。腰が無意識に動いてニックの指に身を押しつけ、さらに愛撫を求める。

「こうしてほしいのか、ベイビー?」一本の指がぐっと奥まで差し入れられ、あふれんばかりの激しいエクスタシーに満たされた。背を弓なりにし、思わずニックの名前を呼ぶ。

ああ、こうしてほしくてたまらなかった。

やわらかく繊細な場所の神経にニックの指がこすれる感覚に、耐えられなくなりそうだ。体のなかで極度の興奮がふくれあがっていき、焼き尽くされそうになる。

「やっぱり、こうしてほしかったんだな」それでいいんだと言いたげな声は欲望を帯びてかすれている。「もっとしてほしいか、ミケイラ?」

ニックは返事を待たずにそうした。二本目の指が加わり、ミケイラを内側から押し広げて燃えるように体をほてらせた。ミケイラはあえぎ、貫いている指に腰をくねらせて押しつけた。

この上なくすばらしい心地だ。ニックの指がミケイラのなかで動き、撫で、きつく締まった場所を開き、ニックにしかふれられたことのない、ひっそりと秘められていた神経を探りあてている。

親指はクリトリスのまわりを愛撫していた。ざらつく指の腹がこたえられない摩擦を生み、ミケイラを達する寸前に追いこみ続ける。激しくなるばかりの熱烈な快感が体のはしばしを襲い、花芯もその奥の入り口もしびれさせた。彼の指に分け開かれて、声にならない要求の叫びを発する。

自分の体のなかに迎え入れている指をぎゅっと締めつけているうちに、肌が汗でつやめいた。体の奥から生まれる熱にのみこまれつつあった。

体が反応するのを抑えられない。抑えたくもなかった。ニックに、悦楽に、われを忘れて夢中になっていたい。

悦楽の波が高まるごとに、指を力強く沈められるごとに体を跳ねあげながら、必死にまぶたを開いてニックを見つめた。

「あなたがしてくれるなら」息を切らして、かすれる声を発した。「してほしいわ、ニック。あなたがしてくれることが大好きなの」

ニックが張りつめた表情になり、さらに奥へ指を進めた。進入を止めたところで優しく指を動かし、ミケイラの唇から切ない声を引き出す。信じられないほどの興奮が体の奥をかき乱した。

「そうだ、かわいいお嬢さん」ニックが低い声を振り絞り、ヒップを横から包んでいた手の指を細い割れ目のあいだに滑りこませた。「それでいい、ただ心地よく感じていてくれ」

あらゆる種類の心地よさがすべてであった。

ヒップを包んでいた手がそこから離れていくのを感じ、ミケイラは身を震わせた。それからすぐに、むき出しの硬いペニスが太腿に押しあてられる。

「さあ、スイートハート」ニックがミケイラのなかから指を引いた。

片方の手でミケイラの腿をつかみ、もういっぽうの手で自身の張りつめた興奮のあかしをミケイラの入り口へとあてがっている。

「乗りこなしてくれ、ミケイラ。おれを抱いてくれ、ベイビー、ほしいだけ手に入れていい」

ほしいだけニックを手に入れていい。ニックのすべてがほしかった。奔放に、抑制など失って。けれども、完全に抑制を破るのは難しいだろう。今夜はそうもいかない。今夜は、楽しむことを知ろう。

あらゆる快楽を知って、それを自分の好きなように手に入れて、浸ってしまおう。

みずから腰を沈め、押し広げられる最初の刺激を感じて、自然にまつげを震わせた。

やわらかい体内にふくらんだ頂を迎え入れる感覚は、かっと熱く感じられた。それが絶妙な力加減で繊細な場所を分け開き、それまで隠れていた神経にふれていく。

ミケイラはニックの顔を見つめてゆっくり腰を動かし、少しずつ彼を受け入れていった。

ニックは目を細め、頬骨のまわりを赤く染め、張りつめた荒々しい顔つきに変わっていく。

ニックの目に野蛮なまでの渇望の光が灯り、表情が険しくなった瞬間、ミケイラの体に同じ渇望がわきあがった。

自由に男を求める女になって、ニックを求めた。彼の上で体を揺らし、腰を押しつけては、また浮かせる。ゆっくりと時間をかけて血管の浮いた硬く太いものを完全に包みこみ、体を駆け巡る悦びにおののいた。

こんな体験があるなんて知らなかった。ニックの上に乗って、彼の肉体と力をコントロールしている。望むままにニックを迎え入れ、そのまま腰を動かして、ニックの顔にもありありと表れる悦びを見ている。

こうしていると望みはさらに大きくなった。ニックの表情をさらに張りつめさせることはできるのか、快楽でさらに彼の瞳を輝かせることはできるのか確かめてみたくなった。

相手の肩につかまって乱れる息を吸い、かろうじて理性を保っていようとした。ニックの顔を見つめて、表情や反応を記憶に刻みつけておくために。ニックの肩の筋肉がこわばって盛りあがるようすも、彼の額に玉の汗が浮かび、それが細い流れとなって顔の横を伝うようすも覚えておきたい。

ニックの指がミケイラの尻の丸みを撫で、ぎゅっとつかみ、敏感な双丘を開いて浅い割れ目に滑りこんだ。

ミケイラは目を閉じた。まぶたの裏に色彩が広がった。ニックがそこで見つけた小さなくぼみを指でかすめてから、ふたりの体がひとつになっている場所に指を浸した。

ミケイラは腰を動かしたかった。動かしたくてたまらなかった。けれども、押し開かれている入り口の縁を指で優しくふれられて、感じていることしかできなかった。しっとりとしたなめらかな潤いをうしろに塗り広げられて、快感に押し流されてしまった。

ニックの指がうしろに戻っていくと、ミケイラは腰をあげた。こすれる感覚がいっそう熱情を呼び覚まし、体の内側がニックを包みこんだままけいれんするように波打つ。

ふたたび腰を落としたとき、うしろのくぼみにニックがふれ、腰を沈めるミケイラの体の動きを利用して、そこにそっと指の先を入れた。ミケイラに意図を知らせるかのように、少しだけ。

ミケイラは動けなくなって目を見開いた。誰にもふれられたことのなかった入り口を、少しだけニックの指に貫かれている。息を詰めているミケイラの目と、ニックの険しく細められている淡い青の目が合った。

「やめておこうか?」ニックが普段より低い絞り出すような声で尋ね、指を引いた。けれども、ふたりがひとつになっている場所からさらに愛液をなじませるとすぐに、感じやすいくぼみに戻ってきた。

ミケイラはもう一度、腰をあげた。

ニックの指がふたたびわずかになかに入る。

思い切ってできるだろうか? そうする勇気がある?

ミケイラは目を閉じて唇をかみ、そろそろとまた腰をおろしていった。

ミケイラの表情を見て、ニックは股間を限界まで張りつめさせている解放の衝動を抑えきれなくなりそうになった。

その苦しみと闘って歯を食いしばる。ミケイラはニックを包みこんだままオーガズムに達しかけてプッシーを波打たせている。ニックは薄いコンドーム越しに、それを強烈に感じた。

ミケイラに抱かれる直前に、なんとかコンドームを着け終えていたのだ。

ミケイラの顔にも、目にも、純真さがはっきり表れていた。この行為のエロティシズムは途方もないのに、純真さは失われていない。ミケイラは慎重に、ためらいがちに彼の指にみずから貫かれていき、男を初めて経験したばかりの体でニック自身を受け入れているのに、いまだにヴァージンに見えた。自由奔放なくせに清らかな妖精のように膝に止まり、彼を悦楽で気も狂わんばかりにさせている。

ニックは持ちこたえているだけで精いっぱいだった。達しないでいるだけで精いっぱいだ。膝の上で動き始めたミケイラのぎゅっと締まった体内に指をとらえられているのだから。悦びであると同時に苦しみだった。鮮烈な興奮が背筋を上下に走り、睾丸で集まって威力を合わせ、ニックを解放へと追いこむ。いまいましい自分の棺に打つ釘を、また一本増やすようなものだ。

ミケイラはなんて女なのだろう。魂のまわりに張り巡らしていた防壁を、いつの間にかかいくぐられてしまった。どうやってそんなまねをされたのか、見当もつかない。そうするのをやめさせることも、そうならないようミケイラのもとを去ることもできないだろう。

椅子の背に頭を預けて、空いているほうの手でミケイラの腰をつかんだ。ミケイラは先ほどまでより速く、激しく動きだしている。ニックの上で体を揺らし、あがったりさがったりを繰り返し、背を弓なりにして、ニックを堪能しているかのように、まぶしいほど美しい表情をしている。ニックを必要としているかのようだ。ニックがミケイラを切に求めているように、ミケイラも求めてくれている。

ああ、もっとミケイラがほしい。

これからずっと、こんなふうに過ごしていたい。ミケイラに楽しんでもらいたい。そうせずにはいられないように、ニックを乗りこなしてほしい。官能の悦びそのもののような姿だ。頬を赤く染め、アメジスト色の瞳を陰らせて、乳房をふくらませ、その先端を野苺さながらに硬く熟れさせている。

「いいぞ、ベイビー」ニックはうめいた。「乗りこなしてくれ、ミケイラ。そのまま、好きなだけ飛ばしてくれ、ダーリン。おれを抱いて……」

ニックは翻弄されていた。ものすごい勢いで背筋を駆け上る強烈な興奮の流れを感じられる。睾丸はいまにも爆発しそうになり、ペニスは怒張して脈打った。

ミケイラの腰をつかむ手に力をこめて、下からいっそう強く性急に突きあげた。ペニスも指もきつく締めつけられることで興奮が高まり、そこにミケイラの反応も加わってニックの自制は崩れていった。

ミケイラはもうすぐだ。上りつめていくミケイラを感じられる。ミケイラの顔を見ればわかる。

ミケイラが両手で彼の肩につかまり、あえぎに似たか細い声を発した。ぴんととがった乳首が胸板をかすめ、焼けつく感覚を残した。

「ああっ。ニック」さらにニックをきつく締めつけ、ミケイラは震えだした。

「いってくれ、ミケイラ」力を振り絞って腰を押しつけ、必死に求めた。ミケイラの下で腰をうねらせ、苦しいはどきつく、熱いミケイラのなかへ身をうずめる。「いってくれ、ベイビー。おれのために、ミケイラ」

ミケイラが待っていたのはその言葉だけだったかのように、彼女は一気に解き放たれた。ミケイラの絶頂を感じる。ペニスと指を強く引きこまれた。愛液が柱を伝って張りつめている袋にしたたり、ミケイラは体を張って背をそらした。彼女を地上につなぎ留めておけるのはニックだけだというように、彼の名を叫ぶ。

ニックはミケイラの体に両腕をまわして胸に抱きかかえ、全力で打ちこんだ。一度。二度。ニックの全身を揺さぶる爆発が起こり、腕のなかでミケイラも体を跳ねあげておののいた。ふたりそろって上りつめた恍惚に浸って。

体を重ねるごとに、自分を抑えるのは難しくなっていた。かろうじて残っている崩れかけた防壁のうしろに心と魂を隠しておくのは、不可能ではないかと思えた。

まだミケイラのなかに身をうずめたまま両腕で彼女を抱きかかえているこのさなかに、ニックは悟った。もうミケイラを充分に手に入れたから去ってもいいと思える日など、決して来ないことを。ミケイラを失ったら、ミケイラのもとから去ったりしたら、過去十年のあいだ保ってきた人間性がすっかりなくなってしまうだろう。人間の抜け殻になってしまうはずだ。

だが、ほかに選択肢もないのだとも悟っていた。この事件が解決し、ミケイラが安全に暮らせるようになったら、ニックは去る以外にない。そうしたら、最後に残されていたわずかな魂の名残も、ミケイラとともに置いていくことになるだろう。

　椅子から立ちあがり、ミケイラを胸にしっかりと抱いて彼女のベッドルームへ向かった。前日の晩も、ふたりでともに横たわった大きなベッド。ニックはそこで見つけたぬくもりを求めていた。

　ミケイラをベッドに寝かせると眠たげなキスをされ、頬をゆるめずにはいられなかった。それからニックは体を起こし、バスルームへ行った。

　数分後、湯に浸した布と乾いたタオルを持って戻った。ミケイラの腿と、なめらかな秘所の繊細な花びらを清めてから、タオルでそっとふいた。

「どうしてこんなことをしてくれるの？」眠たげな目をしたミケイラに見つめられながら、立ちあがった。

「できることはやる」本当の理由を告げるつもりはなかったので、バスルームに引き返した。本当は、なんとしてでもミケイラの世話を焼いてやりたかった。ミケイラにはどんな扱いがふさわしいか、本人に伝えたかった。ニックがいなくなったあと、別の男とベッドをともにすることがあったなら、どんなふうに扱われるべきかを。

〝別の男ができるに決まっている〟ニックは自分に言い聞かせるようにした。ミケイラは美しい、生き生きとした女性だ。情熱的な女性だ。ひとりで生きていけるわけがない。

　しかし、別の男がミケイラのベッドに入ると考えただけで、激しい怒りが硫酸のように胸の奥をむしばんだ。ニックほど強くミケイラを求める男などいないはずだ。

……これほど必死に、渇望に駆られてミケイラにふれる男などいないはずだ。

たくましく、気丈な若い女性であるミケイラの内に、傷つきやすい妖精が隠れていることに気づく男がいるはずがない。

そして、ニックほど激しくミケイラを愛せる男もいるはずがないのだ。この愛は、いつまでも消えない。

そう考えて、ニックは凍りついた。いっぽうで、自分はこんな感情を抱いているのだという自覚が胸に、心に響いた瞬間、魂の名残はまぶしいほどの炎に包まれていた。

ああ、神よ。

彼はミケイラを愛していた。

13

ニックがヘイガーズタウンに滞在していて、エディ・フォアマンが殺害されたネルソンの建設現場にやってきた理由は秘密でもなんでもなかった。翌日、ロバート・クローニンに話を聞いたあとの午後、建設現場に行って作業員たちから聞きこみを始めてみて、ほかにもニックが気づいたことがあった。ニックは、うそをついている者ではなく殺人を犯した者を突き止める仕事を始めてから、ありきたりな疑念を向けられてきた。しかし現場の人間たちは、そのような疑念だけでなく、複雑な感情も抱えているようなのだ。

幸い、作業員たちから話を聞き出しやすいよう、ミケイラの弟たちが大いに役立ってくれていた。作業員がそれぞれニックと話をするために事務所用トレーラーに連れてこられるにつれ気づいたのだが、マーティン兄弟は親しい者たちにはすでに事情を伝えていたようだった。ニックは誰かの評判を守ることよりも、殺人犯を見つけ、ミケイラを守ることに力を入れていると。

なかには、まだそんな説明に納得していない者たちもいたが、ともかくニックとの面談には応じた。

「ミケイラは学校でもずっと優等生でしたよ」作業員のひとりは、ニックが聴取に使っている小机の前の椅子に座るなり言った。

「それなのに、ミケイラからエディ・フォアマンについて話を聞かせてくれと頼まれたとき、きみはことわっているな」ニックは椅子の背にもたれ、若い男を見つめた。

デイヴィッド・メルボーンはミケイラと同じ年ごろだ。高校を同じクラスで卒業し、ほとんど生まれたときからミケイラを知っている。マーティン兄弟とも友人で、エディ・フォアマンともつき合いがあったそうだ。

「そりゃあ、ミケイラと話をしなかったのは、彼女の弟たちが姉ちゃんは事件について調べるようなまねをしないほうがいいって考えてて、おれも賛成だったからです」デイヴィッドは渋い顔で肩をすくめた。「だって、エディが殺されたときにも、ミケイラは犯人から撃たれかけてるんですよ。ミケイラに危ない目に遭ってほしくない。なのに、彼女は自分から面倒に首を突っこんでいってたんだから」

「では、エディを殺した犯人が野放しになっていたほうがいいと考えているのか？」ニックは尋ねた。

「ミケイラが危ない目に遭うよりはましですかね」デイヴィッドはあっさりうなずいた。「だいたい、エディはいやなやつだったんですよ。いずれ誰かに殺されてもおかしくなかった。エディと違って、ミケイラは善人じゃないですか。その彼女がつらい思いをするなんておかしい。なのに今度また誰かに銃で狙われて、これで三度目でしょ。もうミケイラは手を引くべきなんだ」

「昨日の夜、何者かがミケイラの店に銃弾を撃ちこんだ件について聞いたのか？」ニックは訊いた。

デイヴィッドはぼさぼさ頭を揺らしてうなずいている。「今日あんたと話をする気になったのは、その件があったからでもあるんです。エディが殺されたとき、警察はおれの話を聞こうとしなかったけど、あんたならどのみちほかのやつから同じ話を聞き出しそうだし」

「その話というのは？」ニックは身を乗り出し、相手を慎重に見定めようとした。疑いが醜い頭をもたげる。これといった理由もなくしゃべりだそうとする相手は信用ならなかった。

「いいすか、エディはすばらしい人物とは言えなかった」と、デイヴィッド。「敵もたくさんいましたよ。わざとみんなの前で人をいじめるのも好きだった。殺される二、三週間前にもジャーヴィス・ダルトンって男を首にしてました。それがちょっと気になって。ジャーヴィスは少しマディックスに似てるんですよ。遠い親戚だとかなんかで。とにかく、エディが殺された日にジャーヴィスはここに来てて、エディに向かってわめいてたんです。仕事に復帰させなければ、ただじゃおかないってね。だから、ジャーヴィスがエディをただじゃおかなかったんじゃないかなあ」

「マディックスがワシントンDCや、ひょっとしたらこのヘイガーズタウンでも、ノミ屋と会っているところを目撃されているといううわさがあるんだが、それについてはなにか知っているか？」クローニンが提供したこの情報の裏づけを、デイヴィッドから得られるだろうか。

デイヴィッドは首を横に振った。「そんなうわさのことはなにも知りません。ノミ屋とはかかわり合いにもならないし、知ってるわけないでしょ？」

デイヴィッドやクローニンが提供した情報がどこまで信頼できるものなのかは定かではなかった。ニックがマディックスから受け取った報告書にも、捜査官が作成した報告書にも、これらの情報は含まれていなかった。しかし、この日の聞きこみを進めるにつれ、デイヴィッドと同じ話をする者は何人も現れ、あいかわらず誰からもクローニンの話の裏づけは取れなかった。

作業員の誰も事件についてミケイラと話をしなかったのは、姉がみずから危険に身をさらしてしまうとミケイラの弟たちが恐れていたからだという理由も、何度も聞かされた。

ミケイラの弟たちは姉を守っていたのだ。そんな事情を知ったら、ミケイラは間違いなく弟たちをひどい目に遭わすだろうと、ニックは思った。

新任の現場監督がトレーラーに入ってくるころには、ミケイラがどんなに無力な存在か聞かされるのに、ニックはうんざりし始めていた。ミケイラを言い表すのに、ニックなら〝無力〟という言葉は使わない。〝守られるべき〟であるのは確かだ。が、いま大事なのはそんな話ではない。いま得られた情報を、ミケイラからでもマディックスからでも、ニックがここへ来た当初に得られていたら役立っただろうに。

「ミスター・ウォーレス」ニックは机の前の椅子に腰をおろした中年の現場監督を会釈で迎えた。

「さっさと終わらせてしまおう、仕事に戻りたいんでね」ジャック・ウォーレスは、ひどく大げさにため息をついた。「マディックスがこんなふうに現場の仕事を中断させる許しを与えるとは、いったいなにを考えているのか想像もつかん」

「殺人犯を捕まえるためでは？　それとも、あんたはマディックスが犯人だとでも？」ニックは尋ねた。

ウォーレスは鼻であしらった。「マディックスは人殺しくらいやりそうだが、エディ・フォアマンのやつは銃弾一発使って殺すだけの価値もない人間だったからな。マディックスにはもっと商才があるよ」

「殺された日、エディが誰と会っていたか、知っていることを話してくれないか？」

当時は現場助監督だったジャック・ウォーレスなら、エディが誰と会っていたか把握していただろう。

「あの日は誰とも会ってなかった」ウォーレスはかぶりを振った。「エディは打ち合わせもできるだけバーか競馬場でするのが好きだったんだ。ここで打ち合わせするのをいやがってたんだよ。ここだと必ず誰かに話を聞かれるから。それをやけに嫌ってたね」

ならば、なにか隠しておきたいことがあったのだろうと、ニックは思った。

「マディックス・ネルソンはどうだ？　建設現場によく来ていたか？」

ジャック・ウォーレスは肩をすくめた。「週に何度か来ていたかな。少しのあいだエディと話して、現場のようすを確認したら、町かどこか知らんが帰っていってたよ」

「じゃあ、エディについて聞かせてくれるか？」ニックは訊いた。「どんな現場監督だった？」

「くそみたいな現場監督だったね」ウォーレスは顔をゆがめた。「部下にいばり散らして、実際よりも立派な人間のふりをするのが好きな最低野郎だった」

〝それは確かに最低の男だ〟ニックは皮肉っぽく思った。

「では、まわりから慕われてはいなかったんだな？」

ウォーレスはうなずいた。「まったく慕われていなかったさ。いいかい、おれだって嫌いだったくらいだよ。おれは誰とでもうまくやれる人間なのにな」

ニックは、それはどうかと思った。

「エディは殺された口、元作業員と言い争っていなかったか？」探りを入れた。「その件について、なにか知っていることは？」

「ジャーヴィス・ダルトンか」新現場監督はうなずいた。「エディは殺される数週間前にあいつを首にしたんだ。盗みを働いたって責めて。ジャーヴィスはかなり頭にきていたよ。あいつは仕事に戻らせろって言ってたが、エディは承知しなくてな。理由はどうあれ、ジャーヴィスをもうここで働かせたくなかったんだろう」

「理由はわからないのか？」ニックは問いつめた。

ウォーレスは眉を寄せた。「うーん、確信は持てないというか。ジャーヴィスが本当に盗みを働いたんじゃないかとは思うんだが、エディもはっきり言わなかったし、こっちが訊いても怒りだす始末だったから、うやむやにしてしまったんだ」

「エディが殺された日だが、ミケイラが弟を迎えにくることを作業員の大半は知っていたのか？」

ウォーレスは鼻を鳴らした。「ひとり残らず知ってたろうな。スコッティはちょくちょく迎えにきてもらっていたし、作業員たちはいっせいにはやし立ててミケイラが赤くなるのを見るのが好きだったから。ミケイラはかわいい子だろ。若い連中はかわいい子に目がないからさ」

ああ、そうだろうな。ニックは感じるべきではない怒りと、ミケイラは自分のものだという思いを抑えるため歯を食いしばった。ミケイラは、しばらくのあいだ、おれのものであるだけだ、と自分に思い出させる。これ以上強くミケイラにしがみついてはいけない。ミケイラのもとを去るときになって正気を保っておきたいなら、だめだ。

「あんたの気づく範囲で、マディックスはエディと競馬場やバーでよく会っていたか？」と尋ねる。

ジャック・ウォーレスは顔をしかめた。「おれの気づく範囲じゃや、マディックス・ネルソンはギャンブルなんかやらないよ。あの人は、ビジネスが充分ギャンブルだから、余計に負けを増やしたってしょうがないって言ってたしね」

「感謝する、ミスター・ウォーレス」ニックは椅子から立ち、書いたメモを集めた。「話を聞かせてくれたあんたの部下たちにも」

「まあ、あんたが早くこの件を解決してくれれば、おれも早く職場の平穏を取り戻せる」ウォーレスはぶつぶつ言った。「この一件がずっと現場の言い争いの火種になってるんだからな。現場には、マディックスがやったんじゃないかと信じかけてるやつがまずいくらいいるし、なかには絶対やってないと言い張るやつもいる。どっちなのか決着がつくのはいいことだ」

「あんたは、どう考えてる？」ニックは好奇心を覚えて訊いた。「マディックスがやったと思うか？」

ウォーレスはいったん口をつぐんでから答えた。「さっきも言ったが、マディックスはやろうと思えば簡単にできただろうって答えとくよ。マディックスにはかっとなるところがある。だから、エディがマディックス本人やこの仕事を危うくするようなまねをしたんなら」と言って、うなずいている。「ああ、マディックスがやったとしてもおかしくはないな。だけど、マディックスはエディにいなくなってほしければ首にすることもできたんだ。あの人はいつだって、いちばん賢い手を使うし。なにをするにしてもね」

興味深い。ニックは、マディックスが犯人である可能性をこの新任の現場監督が認めるとは思ってもみなかった。

「あらためて感謝する、ミスター・ウォーレス」ニックは軽く頭をさげてドアに向かった。

「これで事務所をお返しするよ」

事務所用のトレーラーをおり、サングラスをかけて建設現場を見渡し、完成間近のビルを見あげた。エディ・フォアマンが殺された場所だ。

ニックがこれまでの調査で得ていた情報は、今日得た情報とあまり変わらなかった。ニックはここ一週間バーやカフェで過ごし、人に話を訊いたり、ときには地元の人々がうわさ話に興じているところでただ耳を傾けたりしていた。どこもうわさ話で持ちきりだった。

マディックス・ネルソンとミケイラ・マーティンは、どこでも議論の的だった。どちらもよく知られた人物だ。ミケイラは多くの人から好かれている。マディックスは雇用主として多くの人から好かれているが、同時に多くの人から憎まれている。

そして、殺人事件ともなればうわさの種になるのは当然だった。

いまのところ、マディックスと、ボルティモアやワシントンＤＣにある競馬場や非合法のカジノとの関連を示唆しているのはロバート・クローニンだけだ。ほかの誰も、マディックスがギャンブルをしているとは耳にしていなかった。

ニックは今朝手に入れた新型ＧＭＣシエラのキーを取り出してロックを解除し、リモコンでエンジンをかけてしばらく待ったのち、車に近づいた。

かつて自分にとってなんらかの意味があったものすべてを、ニックは失っている。ふたたび大切なものを失いたいとは思わない。彼は剣によって生きることをやめなかった。これからも、剣に頼るのをやめるとは思えない。だが、ミケイラの身になにかあったら、自分がどうなってしまうかわからない。

腰につけた革のホルスターから携帯電話を取り出し、短縮ダイヤルを押して待った。

「マローンだ」最初の発信音でジョーダンが答えた。

「まだしばらくかかりそうです」ニックは告げた。「援護も必要になるかもしれない」

ジョーダンは長いあいだ沈黙した。「どうなっている？」

ニックは簡潔に状況を説明したが、この町で調べることになっていた女性といまではベッドをともにしている点は省いた。さらに深刻なのは、いまや依頼主を守ることより、その女性を守ることを重要視している点だった。

だが、ジョーダンは抜け目なかった。この司令官は何週間もずっと愚痴を言い続けているのだ。みずからの指揮下にあるエージェントたちが、エリート作戦部隊への義務を果たすまで一物をズボンにしまっておくことも、心を胸に収めておくこともできないのは、どういうことだと。

ついこのあいだ、部隊のエージェントのひとりであるトラヴィス・ケインが恋のキューピッドの犠牲者となり、上流階級出身の恋人とくっついてしまったときも、ジョーダンはひどく荒れた。

トラヴィスの恋人であるレディ・ヴィクトリア・リリアン・ハリントンはかつてエージェントだったが、命を狙われて記憶を消し去られ、エージェントになる前に送っていた暮らしに戻ることを許された。

その帰還がエリート作戦部隊にとって不都合だったかというとそうではなく、好都合だった。リリーの帰還はそれ自体が作戦だったのだ。だからといって、トラヴィスがいまやエリート作戦部隊よりもある人を優先するという事実を、ジョーダンが気に入るわけもなかった。

トラヴィスの前にも、三人のエージェントがそういう人を作っている。

ジョーダンが言うには、エリート作戦部隊内で彼が指揮する面々は、この世に存在するなによりも深刻な弱み、愛に取りつかれてしまったことで弱体化したらしい。

「この件の解決にどの程度近づいているんだ、ニック？」ジョーダンが尋ねた。

「わかるわけがないでしょう」ニックは乱暴に息を吐いた。「ミケイラはこれまでに三度も銃で狙われている。しかし、今日それについて考えるにつれ、三度ともわざと狙いをはずしたのではと推測せざるをえないんです。二度目と三度目の両方とも、容易に彼女を狙える状況だった。距離も近かったのに、はずしたんです。どこのどいつが嫌われ者の現場監督を殺し、この厄介な状況を引き起こしたのか突き止めるまでは、ここを離れられません。その犯人を突き止められれば、ミケイラを銃撃した人間も突き止められる」

「おまえの仕事は、ミス・マーティンがうそをついているのか、うそをついているのなら誰を守るためにそうしているのかを突き止めることだっただろう」ジョーダンが指摘した。

「おまえは依頼された仕事を終えた。もう地元の警察に情報を渡して、発てるはずだ」

任務を切りあげて基地へ戻れと暗に警告している。

そうはいかない。

「ジョーダン、ミケイラの安全が確保されるまでは発てない」

沈黙が、非常に長く両者のあいだに流れた。

「くそ。おまえだけは部隊との契約が満了するまで持ちこたえてくれるものと確信していたのに」ジョーダンが悔しげにうなった。「こんな顛末をエリート司令部に説明するのは容易ではないんだぞ」

「なにを説明する必要があるんです？」ニックは冷ややかに問いかけた。「おれは借りを返すための任務をやり遂げようとしている。それだけです」

「だったらどうして援護がいるんだ、ニック？」ジョーダンが聞き返した。「おまえが借りを返そうとしているだけなら？」

「必要なら、エリート司令部にはどうとでも説明しておいてください」ニックはそっけなく告げた。「少なくとも、ひとりエージェントを寄こしてほしい」

「いまは全員、出払っている」ジョーダンは激した口調で返した。「現在、こちらで携わっている作戦は情報の面ではとんでもない状況になっている。だが、分隊の女性のひとりを送ることはできるかもしれん。ライザが今夜か明日にはイングランドから戻りそうだ。戻ってきたら、彼女を送ってもいい」

「ライザで異論はありません」

エリート2のエージェントたちは契約が切れるまでの数年、ジョーダンの指揮下に入ることになっていた。彼女たちは情報を集め、陰からの援護のみを行う。そうはいっても、恐ろしく有能なエージェントたちだ。ニックはどんな場合でも、ライザになら背後を任せるだろう。

「カイラ・リチャーズとベイリー・ヴィンセントもワシントンＤＣにいるな」ジョーダンが

ふと思いついたように言った。「ふたりは事実調査の任務に就いているんだ。一昨日の晩、出かけていってな。ふたりにも連絡を取ってみよう」

「助かります」ニックはうなずいた。「ここでの調査の進捗状況については随時伝えますが、事態はひどく厄介です。ミケイラがうそをついているとは思えないんです、ジョーダン。となると、マディックスが犯人である動かぬ証拠を手にしていながら、犯人でないと証明する理想のアリバイも持っていることになってしまう」

だが、もはやマディックスを疑うしかなかった。マディックスのアリバイを支えているのは、友人と仕事仲間だ。エディを殺すことでアリバイ提供者の面々にも利益があるのなら、全員がぐるということになる。

「ネルソンはワシントンＤＣにもいくらか影響力を持っている」ジョーダンが釘を刺した。「エリート司令部のメンバーのひとりはネルソンと個人的な知り合いだ。この情報は具合が悪いな」

「具合が悪かろうが知ったことではありませんよ」ニックは州間道に入り、怒りに目つきを険しくして道路をにらみつけた。

「おまえの判断力は損なわれている」ジョーダンがいきなり鋭い声を出した。「その女性と寝ているのか、そうなんだな、ニック？」

ニックは唇を薄くなるまで引き結んだ。こんな質問に答えるつもりはない。ニックに言わせれば、こんなことでジョーダンに干渉されるいわれはなにもないのだ。

「おれの判断力は損なわれてなどいません」険悪な声を出した。「マディックス・ネルソンは必要とあらば人も殺す男だ」

「女も全員、必要とあらばうそをつくぞ」ジョーダンが冷めた口調で言った。「なんにせよ、いったいなにがどうなっているのか突き止めろ。わたしは、そっちに送りこむ援護を検討してみよう。だが忘れるな、ニック、援護の者たちも独自の報告を行うことになるのだからな。くれぐれも確固な判断力を保っておけ。われわれは少しでも判断力を欠くような危険を冒すわけにはいかないはずだ」

判断力は心配ないはずだが、問題なのはこの感情だ。ニックは心のなかだけで答えた。

「誰かがこちらに来ることになったら知らせてください」先の話題を続けまいとして会話を切りあげようとした。「なにかわかったら、また報告します」

「ああ、できるだけ早くそうしろ」ジョーダンは命じた。

電話は切れた。

ニックは疲れを覚えてため息をつき、電話のキーパッドに視線を落としてミケイラの店の番号を押した。

電話を終えたときには、怒り狂って吠えだしそうになっていた。

ミケイラは店にいないと、ディアドラに言われた。ニックが店をあとにしてから一時間もたたないうちに出かけていったらしい。しかもディアドラの予想では、ミケイラはまたしてもエディ・フォアマン殺人事件について捜査しようとしている。

こんな調子で、いったいどうやってミケイラの安全を守ったらいい？　ミケイラはニックと変わらないほど大胆に命を危険にさらしている。そんなまねを許すわけにはいかない。すばやくミケイラの携帯電話の番号を打ちこんだ。

「いったいどこにいる？」ミケイラが電話に出た瞬間に問いつめた。

一瞬の間があって答えが返った。「わたしは、あなたがどこにいるか訊いたかしら？」

ミケイラの口調はキャンディ並みに甘く、ニックの生存本能はすぐさま厳戒態勢に入った。男が生き延びるための本能だ。その本能が警告を発していた。ニックはいま自分の女をひどく怒らせていて、彼女にはニックをひどい目に遭わせる力がある。

「ミケイラ、きみも、おれがなにをしているかはわかっているだろう」慎重に口を開いた。「きみが安全でいてくれなければ、おれはいましていることを続けられない」

「わたしはまったくもって安全よ」ミケイラが請け合った。「仕事をしてるの」

「仕事場にいないじゃないか」ニックは歯ぎしりした。

「仕事場にいるとは言ってないわ。仕事をしてる、と言ったでしょ」あいかわらず意図を感じさせる甘い口調で切り返された。

「なんの仕事だ？」食いしばりすぎて歯が痛くなってくる。「どこにいるか教えてくれ。店まで送っていく」

「まだ店に戻れないわ」辛抱強く力説している。「することがあるのよ、ニック。あなたのために滞らせてしまった用事が。あなたは単独で仕事をしたいんでしょ、それでいいわ。わたしも同じようにするから」

辛抱しろ。ニックはおのれに辛抱を強いた。ミケイラを怒鳴りつけても少しもいいことはないとわかっている。親密な恋人どうしならではの勘で感じ取っていた。

「自分の命を危険にさらしているんだぞ、ミケイラ」やっとのことで穏やかな声を出した。「本気でそんなことを望んでいるのか？　本気で、くそったれ野郎の狙いやすい標的になってやりたいのか？　きみを殺す次の機会を与えてやりたいのか？」

「このやりかたを選んだのはあなたでしょう、ニック」ミケイラが静かに答えた。「これはあなただけの仕事じゃないのよ。わたしの問題なの。わたしにはあなたに同行する権利があって、事態を把握する権利がある」

ミケイラのそんな意見に、ニックが同意できるわけがなかった。

「そういう希望を通せるだけの訓練を受けている場合のみ、権利があるんだ」ふつふつとわいている怒りをそろそろ抑えておけなくなりそうになって、きっぱり告げた。「これ以上、無理を言わないでくれ、ミケイラ。勝てる見こみはないとわかっているだろう。しまいには殺されてしまうだけだぞ」

ミケイラをつかまえたらすぐに、ふたりのうちどちらがボスかを必ずわからせるつもりだ。ミケイラを狙っている殺人犯がいる町で、彼女を好き勝手に動きまわらせておけるわけがない。

「少なくとも戦って死んだと思えるわ」ミケイラの声にこめられた決意が、恐ろしくてたまらなかった。「そう思えずに死んでいく人だっているもの」

　音が途絶えた。ニックはミケイラに一方的に電話を切られたはずがないと考えて待機したが、やはり切られたのだと気づいた。

　電話を耳から離し、それをにらみつけた。ミケイラに一方的に電話を切られた。あごに力を入れ、別の番号を打ちこんだ。

「ハイ、ベイビー」テイヤ・タラモーシが応答した。ジョーダンを補佐しつつ、あらゆる面で苦しめている女だ。「何分か前、ジョーダンがののしってるのが聞こえたわ。あなたも大事なかわいこちゃんでも見つけた？」

　いつか覚えていろ。ジョーダンは正しかった。テイヤにはダクトテープが似合うだろう。

「テイヤ、携帯電話の番号を知らせたら、全地球位置測位システム《GPS》で位置を突き止められるか？」慎重に尋ねた。

「携帯電話にGPSがついていればね。どうしたの？　かわいこちゃんに逃げられちゃった？」どうやらミケイラのことを言っているようだ。

　ニックはテイヤにはっきりと番号を伝えた。

「はい、了解。さあ、こっちの質問に答えてくれる？」

「いま現在、彼女はまずい場所にいる恐れがある」耐えがたい思いで歯を食いしばりながら認めた。

　テイヤがせせら笑った。「そう、彼女はたったいま自分の店から四軒先の古風でおしゃれなコーヒーショップにいるわよ」

ミケイラめ、ただではすまさない。絶対だ。

「げっ」テイヤの声からただならぬものを感じ取り、ハンドルを握る手に力がこもった。

「〝げっ〟？」テイヤが口走った。「なにが〝げっ〟なんだ、テイヤ？」

「大変、あなたの彼女、ベイリーやカイラと一緒にいる」

ニックはまばたきをした。いっとき、男にしかわからない完全な絶望をもたらす恐怖に胸をかき乱された。ジョーダンに、あの女たちを送りこむ時間があったはずがない。ということは、あの女たちが独自に余計な世話を焼こうとしているのだ。余計で、邪魔になるに違いない世話を。こんな組み合わせはごめんだ。

「彼女が、どうしているって？」

「いまね、ベイリーやカイラと一緒にコーヒーを飲んでるの。ふたりともワシントンＤＣにいるんだと思ってたんだけど、どうしたのかしら？」

ニックは電話を切り、スピード違反を犯しかねない勢いでアクセルを踏みこんだ。ベイリーとカイラがミケイラと一緒にいるだと？　あのふたりは、いったいなにを企んでいる？　仲間のエージェントたちとあの女たちの関係に、ニックは首を突っこまずにいたではないか？　距離を置いて見守り、できるときは手を貸し、必要とされればかばってやったではないか？

あの女たちは、いったいなにをするつもりなんだ？

シートの上に放ってあった携帯電話が鳴りだした。

「なんだ？」大声を張りあげた。

「援護が行ったぞ」ジョーダンが怒鳴り返した。

「やめてくれ」ニックは歯を食いしばりすぎて奥歯を粉々にしてしまいそうだった。「あのふたりはよしてください。あのふたりはもう、ここでなにかしようと企んでいるんだ。おれの人生に余計な手出しをしようとしているに決まっている。そうはさせない」

電話からジョーダンのうきうきした気持ちが伝わってきそうだった。「怖いのか、ニック？」

「震えあがってるに決まってる」ニックも怒鳴り返した。「あのふたりがミケイラをトラブルから遠ざけておくとでも思ってるんですか？　そんなわけがない。おれがくずどもを尋問して銃弾をかわしながら、ミケイラをそばに置いておいたほうがましなくらいかもしれない」

「自由にそうしたまえ」ジョーダンがあっさり承諾した。「その場合、彼女らを基地へ呼び戻すよ」

ニックは電話を握りつぶしてしまいそうだった。それがすんだら、ベイリーとカイラを絞め殺してしまおう。あのふたりを始末したら、ミケイラがぐったりしてなにも言い返せなくなるまで、抱いてしまおう。

ちくしょう。

ベイリーもカイラもCIA出身のじゃじゃ馬だ。ベイリーは元エージェントで、カイラは元契約エージェント。どちらもとんでもない大金持ちで、他人の問題にいまいましい首を突っこむのが悪いことだなどとこれっぽっちも思っていない。

「あんたの仕業だ」激しい憤りに駆られてジョーダンを責めた。「そうなんだろう。おれが電話する前から、あんたがあの女ふたりをけしかけてこっちに来させていたんだ、そうなんだろう、ジョーダン？」

ジョーダンは自分の部下であるエージェントが、彼に言わせればもっとも深刻な過ちを犯そうとしている、すなわち恋に落ちようとしている、とひとたび感じ取るやいなや、そのエージェントを笑いものにする機会をつねに探すようになる。

「誰を相手に話しているか忘れているようだな、レネゲイド」ジョーダンの口ぶりには聞くに堪えないほどの自己満足があふれていた。「わたしはおまえの司令官だぞ、覚えているか？」

「マローン司令官がなんだ、くたばりやがれ！」ニックは上官相手の電話を一方的に切った。愚かにもいますぐニックを基地に連行してみればいい、と思った。部隊総出で捕まえにくるがいい。基地に戻ったら、あのお節介焼きの司令官に仲人の本当のやりかたをきっちり教えてやる。

ジョーダンは自分の弱みをニックに知られていないとでも思っているのだろうか？　ジョ

ーダンがあのくそいまいましい目を離せなくなっている相手が誰か、はたで見ている男たちが気づかずにいるとでも考えているのだろうか？

いいや、みんなしっかり気づいているとも。ニックは、あのくそ司令官に仲人を務める上でのルールを示してやるつもりだった。

ジョーダンは、ニックの行く手に妨害物を放りこんだつもりでいるのか？　事態をさらに厄介にして、ミケイラから離れさせようという腹か？

そんなことにはならない。ニック本人が基地に戻った暁には、ジョーダンがいつまで人の問題に干渉する余裕を持っていられるか見せてもらおうではないか。

ミケイラはテーブルに置かれている鳴らない電話を見つめてから、現れたばかりの客ふたりに目を向けた。ふたりは、ミケイラがまとめたデザイン帳を入念に見ている。

そのなかにはミケイラ自身がデザインしたドレスもあれば、委託販売で扱っているドレスもある。ともかく、紹介しているドレスはどれもほかのドレスよりはるかに値の張る、とりわけ豪奢なものばかりだった。

「あなたのセンスが気に入ったわ」カイラが目をあげてにっこりした。灰色の瞳を見るからに快活そうに輝かせて、長い黒髪を耳にかけている。「あなたのセンスは抜群だって聞いていたけど、期待以上よ」

「どういった経緯で、わたしの話をお聞きになったんですか？」ミケイラは尋ね、コップを取って水を少しだけ飲んだ。

このふたりの女性たちは、あまりにもミケイラについて知りすぎているように思える。ふたりとも洗練されていて上品だけれど、彼女たちのなにも見逃さない目の動き、身のこなし、行動のはしばしから、ミケイラはニックを思い出した。

「先週のパーティーでね」ベイリー・セルボーン・ヴィンセントが答えた。「マーガレット・ウエストフィールドが、きらめくすてきな青いドレスを着ていたの。わたし、本当にねたましくなってしまって。彼女から、あなたの名前を聞き出したというわけ」

ミケイラはうなずいた。確かに、マーガレット・ウエストフィールドのために何着かドレスを仕立てている。

「ベイリーとわたし、今年の冬にいくつかのチャリティーイベントを計画しているのよ」カイラがベイリーにちらっと視線を向けた。このふたりの目配せを前にして、ミケイラはいぶかしむ表情になった。

ミケイラもばかではない。このふたりの女性たちはなんだかおもしろがっていて、その事実を隠そうともしていなかった。

「それで、ドレスを必要とされているということですか？」と尋ねてみた。

「ドレスが何着かいるの」ベイリーが答えた。緑色の目で、テーブルの上に広げられているデザイン画をあらためて品定めしている。「正確には三着。当然、わたしたちふたりとも、ぜひあなたに仕立ててほしいと思ってる。十月までに六着のドレスを完成させられそう？」

「十月までに二着を完成させて、十一月と十二月の初めまでにそれぞれ二着ずつは仕上げられるでしょうが、十月までに六着すべてを完成させるのはとても。おふたりに短い期間で仮縫いの時間を取っていただくことになるでしょうし」

ふたりの女性たちはだいぶ長いあいだ黙りこくっていたが、やがてカイラが友人にさっと目をやり、ゆったりうなずいた。「そのスケジュールでかまわないわ」と言って、手にしているデザイン帳から三枚のデザイン画を抜き、ミケイラのほうへ寄こした。「この三着が気に入ったんだけど、約束してもらえるかしら。今年じゅうは誰ともドレスのデザインが一緒になってしまう心配はしなくてもいいように」

そんな心配は無用だった。カイラが選んだドレスは三着とも、扱っているドレスのなかでもとりわけ高価な品だし、どれもミケイラがデザインした作品なので、完全にミケイラの裁量で管理できる。

「お約束できます」これから二年は、店の賃貸料の心配をしなくてもすみそうだ。

「わたしは、もう少しデザインを見てから決めたいわ」ベイリーが言った。「明日あなたのお店に行って、選んだドレスを伝えてもいい？　あっ、そうそう、わたしもドレスがかぶらない保証がほしいわ」

「お約束できるのは、わたしがデザインしたドレスを選んでくださった場合にかぎられるのですが」と、ミケイラは伝えた。

ベイリーはうなずいて、にっこり笑った。「もちろん、そうする」

話がうますぎるとは、こういうことを言うのだ。

ミケイラは偶然をやたらに信じるほうではない。この女性ふたり組は、ものすごく手ごわそうだ。ミケイラがニックと電話をしていたとき、ふたりとも顔色ひとつ変えなかった。けれども、その電話のあと、すぐふたりに電話がかかってきたのを見て、これは怪しいとミケイラの直感はやかましく騒いだ。

「ところで、おふたりともニック・スティールをよくご存じなんですか？」ふたりに質問をぶつけた。

ふたりとも、これっぽっちも驚いたようすを見せなかった。「わたしたち、社交の場面で顔を合わせることが多いの」ベイリーが冷静に微笑んだ。「実は、ニックはわたしたちふたりの夫の知り合いなのよ」

「では、その関係を通じて、わたしのドレスのことを耳にされたんですか？」マーガレット・ウエストフィールドの口からミケイラの名前が出ることはまずないだろう。マーガレットはマディックスの友人だ。この影響は大きい。

「いいえ、そういうわけではないの」カイラは楽しげな笑みを浮かべている。「ニックが自分からわたしたちに話すわけないわ。また別の共通の知人が、たまたまニックの居場所を知っていたの。ニックがこの町でお友だちに手を貸しているって。あなたのお名前も出たかしら。うわさの勢いってすごいものね。その上で、マーガレット・ウエストフィールドからあなたの話を聞いたものだから、あなたのお店に行ってみましょうって決めたというわけ」

「あなたがたはニックがいるからこの町にいらしたんですよね、それはどうしてなんですか?」ミケイラは知りたくなった。

「ニックは友だちだし、わたしたち、友だちをいじめるのが好きなのよ」ベイリーが笑い声をあげた。「わたしたちがここにいるのを知ったら、彼きっと――」

「完全に頭にきて、あんたたち両方のだんなに電話を入れるだろうな」背後からテーブルに近づいてきていたニックが、うなり声で言った。

長身の体に、いつものドキッとさせる黒のレザーといういでたち。顔つきは険しく、怒りで目がぎらついている。

ニックは空いている椅子に座り、ひとりひとりを順番に見据えた。カイラ。ベイリー。ミケイラ。

ミケイラは堂々と笑顔で見つめ返した。

「あら、どうも、ニック。イアンとジョンがあなたによろしく伝えてくれって」ベイリーが面と向かってほとんどからかうように言うと、ミケイラの見守る前で、ニックは険悪な目つきになり、あごの筋肉を引きつらせた。

「ああ、あいつらはそういうやつらだ」ニックはさらにあごに力を入れ、ミケイラに顔を向けた。「もう出られるか?」

ミケイラはふたりの女性たちに目を向けた。「お取引の話は、いまのところここまででよろしいですか?」

「いまのところはね」とベイリーが応じ、デザイン画を集めだした。「このデザイン帳は明日になったら返すわ。ドレスを選んでから。それでいい？」

「もちろんです」ミケイラは答えて立ちあがった。ニックもあとに続く。「いらっしゃるのをお待ちしています」

「急にうかがったのに時間を取ってくれてありがとう」カイラの口調には心がこもっていて、温かみがあった。「また近いうちに話しましょう」

ミケイラは間違いなくすぐにこの人たちと話をすることになると思った。話題は、ドレスだけではないはずだ。

「あなたの車に一緒に乗せて帰ってもらわないといけないわ」ニックに言った。背のくぼみに手を置かれ、カフェの出口に誘導していかれる。「来るときはミセス・リチャーズやミセス・ヴィンセントと一緒に歩いてきたから」

「それでいい」ニックの口調は怒っているみたいにそっけなかった。この声を聞いて背筋が期待に打ち震えるようにぞくぞくしたが、なぜかはさっぱりわからなかった。

「よかった」そう言って、相手に笑顔を向けた。わざと屈託なく生意気に見えるよう唇のはしをあげる。「楽しいドライブになりそうだもの」

背にあてられたニックの指に力が入った。全身をこわばらせているに違いない。歩道に出て、カフェの横にある狭い駐車場へ歩いていくころには、ニックから欲情が発散されているように感じた。

駐車場の奥にバックで停められている、ものすごく大きな黒のピックアップトラックの近くに連れていかれた。助手席側に移動し、ニックがドアのロックを解除するのを待つ。エンジンは、カフェを出たときすでにリモコンでスタートさせていたようだ。

ドアが開くと、ニックはミケイラのウエストをつかみ、持ちあげて座席に乗せるなり、頭のうしろを支えて唇を重ねた。

ミケイラは一瞬でかっと熱い感覚に包まれた。両脚のあいだの小さな芯がふくらんでうずき、胸が感電したようにしびれ、肺で息が止まってしまったみたいになった。

キスは性急でめまいを起こさせ、誰のものでもなくおれのものだと烙印を押されているようだった。舌がミケイラの唇をかすめてゆっくり入ってきて、彼女の舌を探る。愛撫され、なめられ、味わわれて、ミケイラは心地よさにおぼれ、いま自分たちがどこにいるかも、そもそもなぜ相手に腹を立てていたのかも、どうでもよくなった。

大事なのはこれだ。いまのひとときは、このキスだけが大切だった。相手を引き寄せ、舌と舌を寄り添わせるごとにニックを愛する。ニックの髪に指をもぐらせて、さわり心地を堪能するごとに。

ニックにふれ、ニックを感じられる。ほかに大事なことなどなかった。わきあがるこの情熱、激しく燃える思いを感じるほかは。

ニックが顔を引いたので目を開け、淡い青の瞳の奥にある激情に見入った。

「やりたいようにしたことを後悔するぞ」ニックが途方もない欲情もあらわに言い張った。

ミケイラはじっと目を合わせたままゆっくり顔を寄せ、唇と唇を静かにふれさせた。「それはどうかしら」

14

ニックは胸に渦巻く説明できない感情を抱えたまま、ミケイラの家を目指してトラックを走らせた。ハンドルを両手できつく握りしめる。胸も腹も締めつけられる心地がして、どんどん緊張が高まっていく。両脚のあいだの緊張状態もやわらげるすべはなかった。

とことん硬くなっていた。ミケイラが降参してしまうまで抱きたいという欲求と闘っているうちに、悶えたくなるほどうずきだしている。

性欲はこれまでもつねに最悪と思える災いのもとだったが、制御できなくなったことは一度もなかった。欲望を、渇望を制御してきた。それらに振りまわされはしなかった。この世のものとは思えない妖精の心地よい優しさに出会うまでは。

彼女にちらりと視線を向けた。菫色の薄く透けるようなサマードレスのスカートの上で手を組み、隙なく落ち着き払って座っている。

華奢な足に十センチはあるハイヒールをはいているので、脚がすらりとして魅力が引き立っていた。あのスカートを押しあげて腿まであらわにしてしまいたい。ニックは思った。それから、ぴったりと抱きしめてくれるプッシーの豊かな心地よさのなかへ深く身を沈めてしまいたい。

たとえ指だけでも、きつく抱きしめてくれるだろう。潤いに満ちていて、熱いはずだ。きっと受け入れてくれる。もう、ニックを受け入れる体になってくれているはずだ。

ああ、ミケイラのせいで、自分はいったいどうなってしまうのだろう？

いますぐミケイラにふれたい衝動を抑えようと闘い続けているが、敗れつつあった。ミケイラのなかへゆっくりと指を沈めていき、熱くなめらかな愛液に覆われていくのを、ほとんど感じられそうだった。

「わたしのしてることが、本当はあなたが言うほどひどいことじゃないってわかってるわよね」ついにミケイラが口を開いた。まじめくさって、もったいぶった口調だ。「あなたはまるで、わたしに胸を引き裂かれてしまったみたいに振る舞ってるけど」

手っ取り早く言えば、そういうことではないか。ミケイラは大胆に行動して、ニックに守られるのを拒むことで、彼を恐怖に陥れている。

「この話は家に着いてから話し合うべきだ」食いしばった歯のあいだから声を押し出した。「いまはやめてくれ、ミケイラ」

州間道の脇に車を停めて、ミケイラがぼうぜんとなるまで抱いてしまうというのは望ましくない。だが、このままミケイラに追いこまれ続けたら、そうするしかなくなってしまう。ミケイラにふれ、抱き、包まれて、彼女は無事に生きていると感じたい。その思いは切実だった。切実にミケイフを自分のものにし、キスを堪能し、この両手で絹さながらになめらかな肌を感じたいと思っていた。

いったいなぜ、自分はこんなふうに流されてしまっているのだろう？　ニックは悩みつつ、ウィリアムズポートで州間道をおり、すばやく角を曲がってミケイラの家を目指した。

数分後には私道に入り、エンジンを切った。

目のはしでミケイラのようすをうかがった。足元からハンドバッグと革のブリーフケースを取りあげている。ニックは車をおりて助手席側へ歩いていき、ミケイラがおりるのを手伝った。またしても、彼女が小さな足にはいているハイヒールに目を引かれた。その靴のおかげでミケイラの背は十センチは高くなり、ニックのあごの下くらいまで届いている。

ニックがいままでにふれたことのある女性のなかで、ミケイラが間違いなくいちばん小柄だ。ミケイラをそっと地面におろすと、ニックは先に立って背のホルスターからグロックを抜き、それを腿の脇で慎重に構えた。

ミケイラは黙りこくっているが、満ち足りた沈黙といった感じではなかった。彼女は一言も発していないのに、確かにいら立ちが伝わってくる気がした。いら立ちと、高ぶりが。ミケイラはいまも高ぶって目を輝かせている。カフェの駐車場で交わしたキスは、ふたりを燃えあがらせるのに充分だった。

玄関の鍵を開け、用心深く家のなかに足を踏み入れた。ミケイラを玄関で待たせて、家をくまなく見まわる。飢えと感情をコントロールするため、どうしても時間が必要だった。

ミケイラから離れていようとすればするほど、ミケイラをほしいという思いはふくれあがるばかりだった。ミケイラは無鉄砲な勇気を見せた。非の打ちどころのない物腰で、育ちのよさをにじませながらそうするのだ。この組み合わせには抵抗できそうになかった。

ニックは胸を引き裂かれそうだった。ミケイラはニックに、彼が与えられる以上のものを求めている。

ミケイラは自分の身を自分で守りたがっている。受け身でない自分の人生を歩みたがっている。そう考えて、ニックは恐怖を覚えた。ニックには説明のできないやりかたで、ミケイラは彼を恐怖に陥れる。ミケイラには、ニックを崩壊させる力がある。

ニックは二度と崩壊を経験したくなかった。

家のなかを歩きまわっているうちに、高ぶる気持ちを、ミケイラを求める気持ちをなんとか抑えられればいいと願っていた。しかし、歩きまわっても役に立っていない。ミケイラにふれたくて両手は確実に震えだしそうだし、欲望はズボンを突き破って飛び出していきそうだった。

あごに力を入れ、ベッドルームからミケイラが待つリビングルームへ戻った。

先ほどニックが離れたときのまま、ミケイラは閉じた玄関ドアのそばに立っていた。壁にもたれ、胸の下で腕を組んで、見るからに辛抱を強いられているようすで待っている。

「なにも異常なし？」ミケイラは両方の眉をあげ、健康的な髪を耳にかけた。

今日は髪をおろしている。背に流れ落ちる重みのある絹糸に似たその髪のさわり心地を思い出して、ニックは両手を伸ばしたくなった。

「異常なしだ」答えて、ミケイラへと足を踏み出した。必要としていた自制心を保つための闘いには負けてしまいそうだ。そんなものはすっかり失おうとしている。

ニックは両手でレザーパンツの留め金をはずし、ジッパーを開けていた。ミケイラは見開いた目を陰らせ、薄紅色の唇を開いた。

「ニック」

「よせ」ニックはミケイラの目の前に立ち、相手の唇に指をあてて、懸命に深く息を吸った。「後生だから、ミケイラ、おれの正気を奪わないでくれ」

ミケイラと言い争いたくなかった。これ以上、彼女の怒りを感じていたくない。高ぶってほてっている彼女の体をじかに感じたかった。口づけを返してくれる唇を。抱き寄せてくれる手を。

「どうして、そうしてはいけないの?」ニックの指の下から、ミケイラはささやいた。「あなたはわたしの正気を残らず奪ってしまうくせに、ニック」

確かに、ニックはこれからふたりとも正気などいっさい残らぬようにしてしまうつもりだった。

ミケイラを抱えあげて唇を奪い、ぬくもりのあるサテンの感触に出会った。ミケイラは唇を開いて迎え入れてくれた。両腕を首にからませ、両手を髪に差し入れてニックをつかまえている。

ニックの腕のなかでミケイラはまるで炎のようだった。決して消えてほしくない炎だ。

ミケイラを抱きあげ、椅子の背に座らせた。その椅子は部屋を正面にし、玄関に背を向けて置かれていた。興味深い配置であり、あせるニックにとっては完璧な配置でもあった。

あせり。切望。ああ、ミケイラのせいでどうなってしまうのだろう？　ミケイラは彼を夢中にさせる。ニックが持っていると思っていた礼節を残らずもぎ取り、雄の獣同然の野蛮な存在にしてしまう。

ミケイラを手に入れ、ふれ、味わうことしか考えられない野蛮な存在に。

先ほどもめくりたいと考えていたスカートを腿まで押しあげ、無理やり唇を引き離してミケイラの前で膝をついた。

少しでもミケイラを味わうために。

「落っこちてしまいそう」ミケイラが震える声で知らせた。ニックは太腿を押して開かせ、パンティを引きちぎった。

パンティというにはあまりにもはかないしろものだ。ミケイラめ。ニックはこんな薄っぺらなシルクにはさわったこともなかった。

「支えてる」ニックは約束した。

ここは任せてほしかった。ミケイラの両脚を肩にのせ、片方の手で彼女の背を支え、髪に両手でしがみつかれている。そうだ、身を任せてほしい。

この上なく甘美で潤いに富んでいるやわらかい花びらに舌を滑らせた。舌の上ではじけたミケイラの味は、神々の食物のようだった。くそ、ウオツカよりうまくて、酔いがまわるのが早い。

女の前で膝をつくのは、これが生まれて初めてだ。そうはいっても、ミケイラを連れてべッド、ソファ、カウンター、リクライニングチェアのいずれかにたどり着くまで待つことなど絶対にできない。

ミケイラを欲する気持ちは、それほど高まっていた。

ミケイラに追いつめられてしまったのだ。ミケイラは、事件の捜査にみずから積極的にかかわると言って聞かなかった。平等を要求した。ミケイラを守る能力が、ニックとミケイラ本人とでは平等であるわけがないのに。

だが、いまはこうしていられる。ここでなら、われを忘れてミケイラと悦びに浸れる。ここでなら、ミケイラに危険は及ばない。ミケイラを失う恐れはない。

ミケイラだけを感じて、味わっていられる。

小さな花芯に口づけた。それを唇で挟んで優しく吸いあげると、ミケイラが太腿を彼の頭に押しつけ、叫び声で彼の感覚を満たした。

顔を引き、なめらかな場所を余さずなめて、愛撫して、味わう。腕のなかにいるミケイラのおののきを感じられた。クリトリスのまわりでふたたびすばやく舌を動かし、さっとなめては、ゆったりと愛撫した。できるだけ高ぶらせてから顔を引き、ミケイラのなかでふくれあがっていくのを感じられるオーガズムの勢いをなだめる。

ミケイラはニックの愛撫を受けて達しようとしている。悦楽が彼女のなかで燃えあがり、激しさを増していくのをニックも感じられる。ミケイラのなかを流れ、あふれ出す甘美な悦びをニックも味わいたくてたまらなかった。

だが、まだだめだ。まだ、それはできない。ミケイラが解き放たれるときは、彼女のなかで、彼女とひとつになって感じたかった。自身をミケイラの秘所に心地よく締めつけられる感覚は、決して断てない誘惑だった。ミケイラとともに得られた快楽ほど鮮烈な悦びをこれまでに感じた経験はないと、誓って言い切れた。

立ちあがり、レザーパンツの開いた前から突き出ていたものを握った。ミケイラを胸に抱き寄せて両脚を腰に巻きつけさせ、ニック自身の先端を押しあててなかに入った。

快感はすさまじく、立っていられなくなりそうになった。よろめきかけながら、ミケイラの背を壁にもたせた。ペニスの先端を甘い純粋なエクスタシーにのみこまれて、全身が震えだしそうだ。

やわらかな弾力のある場所がしだいに分かれ、温められた手袋さながらに彼の肉体の一部をとらえていく。秘所はニックのまわりで波打ち、無数の小さな快感を点々と送りこんだ。

「優しいミケイラ」必死に声を発して額を重ね、濃くなっているアメジスト色の瞳をのぞきこんだ。こうしていると、まるでミケイラが彼の魂に染みこんでくるようだ。まるで彼もミケイラの魂に染みこんでいけるようだ。「抱いてくれ、ベイビー。あと少しのあいだだけでいいから」

ミケイラはニックの首に固く両腕を巻きつけ、腰に両脚でしがみついていてくれた。ニックは時間をかけて身を沈めていき、少しずつ彼女とひとつになっていった。全身を駆け巡るまぎれもない強烈な歓喜に、胸が締めつけられる。

「いつまでも抱いてる」

いつまでも。妖精に〝いつまでも〟は幻想だなんて、どうやったら言えるだろう？　ニックとミケイラには〝いつまでも〟などない、手にできるのはこのひとときだけだなんて言えるだろうか？　〝いつまでも〟は思い出のなかだけにしか存在しない。ニックが存在できるのも、ミケイラの思い出のなかだけなのだろうか。

ミケイラの尻の丸みを握っていっそう近くに抱き寄せ、腰を揺すって押しあてた。腰を押し出すたびに深く身を沈めていき、快感で目がまわりそうになる。

なんてこった、ふれ合うごとにミケイラのせいで自分は崩れていく。ミケイラは彼にどんな仕打ちをしているかわかっているのだろうか？　ふれ合うたびに、ミケイラは彼の魂そのものに食いこんで離れなくなっていると、少しでも自覚しているのか？

ミケイラが自覚していようがいまいが、どちらでも変わらない。食いこんでいるのは事実だ。ニックは彼自身をミケイラのなかへうずめるたびに、おのれの魂がさらに彼女を迎え入れようと開いていくのを感じていた。ミケイラの目を見つめて、肉体だけでなく心も激しい悦びに圧倒されて、自分はついに運命の魔の手に捕まったのだろうかと考えだした。

〝剣によって生きる者は、剣によって滅びる〟ぼやけた頭に、この言葉が浮かんだ。ミケイラの美しい瞳を輝かせている命が剣によって絶たれてしまったら、ニックは生きていけない。

「ニック」ミケイラが背をそらして身を寄せた。悩ましげに息を弾ませ、小さな泣き声をもらす。「とてもいいわ。ああ、すごくいい」

ミケイラといると、ニックはあろうことかスーパーマンになったような気分になる。自分はただの人間だとしっかりわかっているはずなのに。

それなのに、そういう気分になるのだ。ミケイラはニックを実際よりも優れた男だと思ってくれている、ほかのどんな女性とも違う見かたで彼を見てくれているとわかった。

ニックの腕のなかで震えながらも、ミケイラは視線を受け止めたまま、彼を体内で抱きしめていた。きつく、熱く、途方もなく優しい。波打つ体内で優しく愛撫されて、ニックは耐えられそうになかった。股間が張りつめ、切迫感で全身が震えたが、どうかあと少しだけ、と懸命にこらえた。

あと数分だけでもミケイラを感じていたかった。できるだけ長いあいだ、ミケイラに包まれていたい。ずっと自分のものにしておける思い出を、もうひとつだけでもいいからほしい。

ミケイラとひとつになって腰を揺らしながら、唇を彼女の頬から唇へと滑らせた。その熟れたふくらみをついばんでから、あごと首をたどり、こんもりと丸い胸に行き着く。

乳房を脇からすくいあげ、蕾に口づけた。そこをなめたとき、ミケイラが発した悩ましげな声を聞いてペニスが脈打ち、いよいよ達しそうになって股間が張り裂けそうになる。ああ、これ以上あまり長くは持ちそうにない。

敏感な胸の頂を口のなかに吸いこみ、舌で愛撫し、五感のすべてで味わう。そうしながら、ミケイラに抱かれるまぎれもない甘美な悦びにのみこまれていった。

ニックの腰の動きは速くなり、彼をつかんで離さないやわらかい場所へいっそう激しく打ちこんだ。なめらかで熱い深みへとなりふりかまわず身を沈めるたびに、純粋な快感にとらわれて抜け出せなくなっていった。

ミケイラに抱かれている。ミケイラは両腕と両脚をニックにきつく巻きつけ、力強く貫き入るニックを決して離さず受け入れて、勢いよく上りつめていった。

エクスタシーに襲われて悲鳴をあげ、何度も繰り返し彼の名を呼んでいるミケイラの腰をつかみ、ニックも迫っていた解放に向けて一気に突き進んだ。

やわらかい炎にさらされた。熱い感覚が背筋を駆け上り、股間を締めつける。肺からどっと息が出ていき、脈打つものの先から精がどこまでも深くほとばしった。

遮るものはなにもなかった。

コンドームをするのを忘れたと気づいた瞬間、胸から苦悩のうめきがもれた。ミケイラのこの上なくすばらしくも傷つきやすい熱い体のなかへ、自分を注ぎこんでしまった。

気づいても、身を引くことはできなかった。彼を閉じこめている場所から抜け出ることはできない。身を引くかわりにさらに深く身をうずめ、激しく精を注ぎ、ミケイラにしるしをつけ、わがものにしてしまった。悦びのあまり正気を失った男のように、彼女の名を低くささやいて。

本当に正気を失ったのかもしれない。ミケイラの腕のなかで最後の自制心を失ってしまったように、保っていた最後の正気も失ってしまったのかもしれない。

ミケイラはニックにもたれかかっていた。くたりとして、まだ先ほど達した余韻で体をかすかに震わせている。そのうち、ニックはようやくまた思考を働かせられるようになってきた。

考えたくなどなかったのだが。

「忘れていた」相手の髪に顔をうずめたままつぶやいた。

「なあに？」ミケイラの発したかわいらしく問い返す声に反応して、頬がゆるみそうになる。

「コンドームを着け忘れた」ニックは、ふたりにとって取り返しのつかないことをしてしまったのだ。

「気にしないで」ミケイラはため息交じりに言った。「避妊はしているから」

不意におかしな失望がこみあげ、ニックは顔をしかめた。

「ヴァージンだったじゃないか」と問いつめる。「それなのに、どうして避妊はしているんだ？」

「考えなしじゃないからよ」ミケイラがけだるげなしぐさで、彼の肩に唇をそっとふれさせた。「わたしは自分の身は自分で守るの、ニック。わたしの面倒までほかの人に見させないようにしてる。さあ、おろして。足がしびれてきちゃった」はがらかに響く声で言って、ニックの肩を押している。

ゆっくり床におろしてやると、ミケイラは少しふらついてからまだはいていた靴を脱ぎ、脱げてしまっていたもう片方の横に置いた。

「一緒にシャワーを浴びたい？」

ミケイラは確かに身繕いが必要な状態だった。髪はくしゃくしゃで、完璧におしゃれに決めていた服も乱れ、ニックが先ほど乳房を求めて引きおろしてしまったせいで肩も片方ずり落ちていた。

唇はふくらんで赤く色づき、まなざしはけだるげで死ぬほど色気がある。そのくせ、ミケイラに引き寄せられる。ミケイラには、あえてそうしようという気もなさそうなのに。

「あたり前だ。シャワーがすんだら話をしなければ」

「なんの話？　一日ずっとわたしと一緒にいたくない理由をすべて説明してくれるの？」ミケイラはやんわりと微笑んだ。「どうぞ力尽きるまで話して、ニック。わたしは誰かに銃で狙われ続けるなら、自分も協力してその理由を突き止めたい。相手が危害を及ぼそうとしてるのはわたしよ。せめて、わたしにも心ゆくまで理由の究明に努めさせてちょうだい」

間違いなく、ミケイラはニックの命取りになる。さらに悪いことに、ミケイラのこの言い分に対して返す言葉をニックは思いつけなかった。

必死で考えたのだ。

ふたりでシャワーを浴びているあいだも。ミケイラが体にローションをつけ、髪を乾かし、部屋着のズボンとゆったりしたTシャツを着るところを、じっと見つめているあいだも。ニックは心のなかで格闘し、精いっぱい反論を編み出そうとした。それでも、ミケイラの言い分に対抗できそうな主張は思い浮かばなかった。

「おれの指揮には従ってもらう」ニックはついに重苦しく口を開いた。リビングルームで互いに向き合って座っている。真ん中のコーヒーテーブルにはピザがどんと置かれていた。「真剣に言っているんだ、ミケイラ。これはゲームじゃない。遊びでもない。人殺しは冗談なんかじゃないんだ。おれがどんな指示をしようと、それに従ってくれ」

「わたしだってばかじゃないのよ、ニック」ミケイラはまじめな顔で言った。「どうやって指示に従えばいいかはわかってる」

「きみがばかだなんて考えたこともない」ニックは乱暴に息を吐いた。「だけどな、ミケイラ、きみは指示が気に入らなかったら従わないだろう。従います、なんてふりはするな。いいか、指示を気に入ろうが気に入るまいが従うんだぞ、わかったか？」

ニックが見据えていると、ミケイラは疑わしげに目を細くした。「わたしをのけ者にして、調査から締め出すためだけに指示を出したりしない？」

ミケイラの面倒を見るのがそう簡単にいったら、こんなにうれしいことはないだろう。

「不必要な指示は出さない」と約束した。「そうは言っても、きみにとって危険な状況になる、あるいは危険な状況になる可能性があるとおれが考える場合は、きみは安全な場所に逃げるんだぞ。これに同意しろ。しなければ、この件が片づくまでどこかの部屋に鍵をかけて閉じこめておく。わかりやすいだろう」

ぐずぐずしていないで、閉じこめるのがいちばんではないかと思えた。危険に身をさらすのをミケイラに許そうとしてしまっている。そう考えると不安に駆られた。

「これまでだって危険だったでしょう?」ミケイラは手に取っていたピザを箱に戻し、道理を説くように言った。「あなたがこの町にやってきたときから、調査には危険がつきものだったのよ、ニック。危険はなくならない。それに、このあいだの夜みたいに相手が襲撃してきたらどうするの? あなたがいないあいだに襲ってきたらどうする?」

「そんな事態を防ぐためだけに、一緒に行動するというきみに合わせようとしているんだ」ニックはうなり声で答えた。ろくでなしがミケイラのいる店に銃弾をぶちこんだと考えて、怒りがわきあがっていた。「きみがどうしてもこの件に首を突っこまずにはいられなくて、おれになにもかも任せようとしないからだ」

「ねえ、いくらこうやって言い争ったって、わたしたちのどちらにも得はないわよ」ミケイラはまるで身構えるように肩を丸めた。「いつまでもそばにいてわたしを守ってくれるの、ニック?」

ニックはミケイラを見つめていることしかできなかった。もちろん、この命が続くかぎりミケイラを守っていたい。だが、経験からそれは不可能だとわかっていた。恐ろしいことは起こる。愛するものは失われる。清らかなものも失われる。そうなったら、残された人間は魂まで失ってしまうかもしれないのだ。

「やっぱり、それはできないでしょう」ミケイラの口調にもまなざしにも非難の色はなく、あるのは物悲しいあきらめだけだった。「いまらくをして、あなたに守ってもらうだけになったら、わたしは将来、自分の身を自分で守っていくための貴重な経験ができなくなる。わたしからその経験を奪わないで」

「そんな経験をして死んだらどうなる？」ニックは言い返した。「この件をおれに任せてくれれば、とりあえず解決後は好きに生きられるだろう。おれがいなくなってから射撃を習えばいい。護身術のクラスにも通え……」

「どんなクラスでも教えてくれないわ。あなたの行動を見て、あなたと一緒にいて学べるようなことは」ミケイラは決意もあらわに目をきらきらさせて、きっぱり言った。「それに、そんなクラスにあなたはいないでしょ、ニック。わたしは子どもじゃないし、他人がいないとなにもできない人間じゃない。頭をぽんとたたかれてすみに引っこんでいるような人間じゃないのよ」

「どうしようもない頑固者め」ニックはかっとなって口走った。

「どうしようもない頑固者でけっこうよ。だけど、今回はわたしが正しいとわかってるんでしょう。そうじゃなければ、とっくにわたしを部屋に閉じこめて、あなたは一日じゅうどこかへ行ってなんでも好き勝手なことをやってるはずだもの。わたしはあなたと一緒にいたい。わたしも話を聞かせてくれる相手をこの目で見たいの。そのなかにわたしを銃で狙ってる人がいるなら、しっかりわたしと向き合ってもらうわ。隠れているのはもう終わり」

隠れているのはもう終わり、だと？「安全でいられるのはもう終わりってことだぞ」ニックは険しい口調で返した。抑えきれず、声が怒りで鋭くなる。

「そういうふうに考えたいんだったら、それでもいいわ。安全でいるのは、もううんざりよ」

ミケイラが切り返す。「でも、あなただってまっすぐわたしの目を見て、わたしの言うことは間違ってるなんて言えないでしょう」

ああ、言えない。だから、こんなに腹が立って仕方ないのだ。

「さて、今日はなにをしてたの？」ミケイラは飲み物に口をつけている。まるで、この場の緊張感にふたりとも息が詰まりそうになどなっていないかのように。

ニックはうなじをこすり、ミケイラをにらみつけた。

「お願いよ、ニック」妖精のようにかわいらしく、春の朝のようにすがすがしい顔で、ニックにたしなめるようなまなざしを向ける。「うまくいくかどうかやってみましょうよ。うまくいかなかったら、対応を見直せばいいわ」

「どうせまた自分の意見を通すための言い分を変えるだけだろう」ニックは不機嫌な声を出した。

ミケイラの口元に生意気な微笑が浮かぶ。「それもひとつの手ね。だけど、わたしだって死にたくなんてないわ。だから、いつでもあなた側の言い分も考慮はする」

少なくとも考慮はしてもらえるのか。ニックは困り果てて首を左右に振り、ソファの背にもたれた。安全でいることを拒むミケイラの意見に対抗するための秘策をなんとか思いつけないものかと頭を悩ませながら、彼女をじっと見つめた。

今夜は、秘策はおりてきてくれそうにない。

「新任の現場監督から話を聞いた。ジャック・ウォーレスだ」と答えた。「初めて耳にする話をいくつか聞かせてくれたよ。明日はその情報の確認を取ってみるつもりだ。きみの知り合いのクローニンの情報のほうは、まだ確証が得られていない」

ミケイラは興味深げに瞳を輝かせた。「どんな情報？」

ニックは簡潔に話し、明日はエディに恨みを抱いていた作業員に話を聞きにいくつもりだと言って説明を終えた。

「なら、わたしが一緒に行ってもなにも危険はないわ」ミケイラは満足げに微笑んでいる。「ジャーヴィス・ダルトンとは知り合いだもの。彼は危険な人じゃない」

「連続殺人犯の〝サムの息子〟も近所の連中から同じように言われてた」ニックは懸命にいら立ちを抑えつつ、ミケイラに教えた。

微笑みが消えた。ミケイラは立ちあがり、無言で食べ物を片づけ始めた。ニックは座ったままミケイラを見つめていた。この女を、いったいどうしたらいいのだろう。

ほかの女が相手だったら、立ち去れただろう。女にボディーガードをつけ、ニックはすべき仕事をして、やってきたときと同じくひそかに町を出ていけただろう。

だが、ミケイラはほかの女とは違う。

ミケイラはニックの女だ。たとえ少しのあいだだけでも、ミケイラはニックのものだ。

「もうベッドに入るわ」ミケイラがキッチンの入り口にたたずんで言った。

「あとで行く」ミケイラが眠りについてしまってから。ニックが心のまわりに、ささやかなりとも防壁を立て直す方法を見つけ出してから。どうか、そうできたらいいのだが。

ミケイラがわざわざ自分の身を危険にさらすというのなら、ニックは最悪の事態に備えておかなければならない。

だが彼は、ミケイラが背を向けてベッドルームへ歩きだす直前に愛らしい瞳に浮かべた傷ついた表情にも備えができておらず、不意を突かれる始末だった。

ニックは客用の寝室に行ってラップトップコンピューターとノートを取ってきた。リビングルームに戻ってソファに座り、ジャーヴィス・ダルトンについて集められるだけの情報を集める。

未曾有の早さで殺人犯を捕まえなければならないようだ。さもなければ、大事な妖精を安全に守っておけなくなる。ニック自身の魂が打ち砕かれてしまう。

15

翌朝、なにかが違っていた。ミケイラはキッチンに足を踏み入れるなり気づき、ひしひしと違和感を覚えた。ニックはコーヒーの用意をし、小さな皿にのせた朝食用の甘いパンをテーブルに出していた。

「昨日の夜は、ベッドに来なかったわね」ミケイラはニックを見つめて声をかけた。彼はミケイラのカップに彼女の好みにぴったりの量の砂糖とクリームを入れ、さっとかき混ぜてから小さなキッチンテーブルに置き、自分のカップに向き直った。

「する仕事があった」冬の朝を思わせる冷たい声。凍りついた北の地を思わせる冷ややかなまなざしだ。

〝なにが変わってしまったの？〟ミケイラは考えた。〝たった数時間の短いあいだに、どうやったら熱く求めてくれる恋人から、冷たくて無情な傭兵になってしまえるの？〟

「どんな仕事？」ミケイラはテーブルに着き、相手をじっと観察した。ニックは向かいの席に座り、別の椅子からファイルを取りあげた。

「ジャーヴィス・ダルトンにまつわる仕事だ」ファイルは分厚く、重そうだった。「こいつはどうもひとつの職に長く就いていることができないらしい。ヘイガーズタウンからワシントンＤＣあたりにある建設会社をいくつも渡り歩いてる。集めた情報が正しければ、きみの父親の会社でも数カ月働いていたようだ。軽犯罪を重ねてきた経歴の持ち主。つまらない窃盗やら、万引きやら、押しこみやら、暴力による脅迫やらだ。逮捕記録からすると、愚かな上に無能な人間のようだな」

「パパの会社で働いてたなんて知らなかったわ」ニックのまなざしにはぬくもりの兆しすらない。「パパとは、仕事や会社で働いてる人たちの話はめったにしないから」

「ジャーヴィスとはどの程度の知り合いだ？」ニックが尋ねた。

「学校が一緒で、わたしより数学年上だったの」ミケイラは考えこんでコーヒーに口をつけた。「変わった人よ。すごく目立たなくて。最近聞いた話だと、万引きで半年服役してからは、ノーランヴィレッジでお姉さんや姪っ子と暮らしてるみたい。エディが殺される三週間くらい前に、あそこの建設現場の仕事を首になったって聞いたわ。理由は知らないけど」

ニックは重々しくうなずいた。「こいつがいるアパートの住所はわかってる。今朝、ジャーヴィスが家を出る前に話ができるよう訪ねていくぞ」ミケイラが着ているレースのサマーブラウスに、彼の視線が走った。「おれだったら、そんな服は着替える。ジーンズ、Tシャツ、スニーカーがいちばんいい」

ミケイラは落ち着かない気持ちになって唇をかみ、ニックを見つめ続けた。ニックの態度はなんだか冷たすぎて、堅苦しすぎる気がする。まるで薄い氷の板の下に、煮え立つ溶岩を隠しているだけのような。そのせいでミケイラは平静でいられず、その溶岩を生んでいる激しい感情はなんなのか考えてしまうのだった。

軽めの朝食を終え、夜のうちにどうやってか集めていた情報のファイルを読んでいるニックを残して、ミケイラはテーブルを離れた。ベッドルームに引っこむと、すばやく着替えて髪を編み、白いスニーカーをはいて紐を結んだ。

ジーンズやTシャツはあまり着ない。店に出るのにふさわしい格好ではないからだ。ミケイラは、ほとんどの時間を自分の店で過ごしていた。

キッチンに戻ると、ニックが待っていた。皿は片づけられ、コーヒーカップも洗ってある。キッチンに入っていったミケイラを、ニックはいらいらしたようすで待ち構えていた。

「昨日の夜、言ったことは覚えているな」と釘を刺す。「おれに〝跳べ〟と言われたら、〝どのくらい高く？〟なんて聞くんじゃない。すぐさま、できるだけ高く跳べばいいんだ。邪魔になるようだったら、一緒に行動するのはこれが最後になるからな」

「すごく歓迎されてるみたい」ミケイラはぼそっとつぶやき、ふたりして家を出た。ニックが手早く警報器をセットしてドアに鍵をかける。

「だったら、おれの伝えかたが甘すぎたようだ」ニックがうなり声になってミケイラの腕をつかみ、振り向かせて上からにらみつけた。「けがでもしてみろ、誓って言うが、死ぬほど後悔するはめになるぞ。ありきたりな後悔だけじゃすまない。おれが出した指示に文句をつけるようなまねはするな。前もっておれが許可を与えていない動きをとろうと考えようものなら、通りすがりの車から発砲されるのなんざ公園でのピクニックに思えるくらいひどい目に遭わせてやる。わかったか？」

ミケイラはむっとして眉を寄せた。ニックは大きなむきむきの体格を利用して、必要もないのにミケイラにいばり散らしている。

「わたしの前からいますぐどいてくれないと、この膝を特に敏感な場所にお見舞いすることになるわよ」

ミケイラはそう言いながらなんとか膝を動かし、相手のジーンズの前で大きく目立っているふくらみに押しつけた。

ニックのあごに力が入った。怒っているのね。あら、大変。それをいうなら、ミケイラも頭にきていた。

「遊びじゃないんだぞ、ミケイラ」ニックは歯をむいてうなりだす寸前だ。そこがかわいくて、死ぬほどセクシーでもある。けれども、彼のまなざしの氷の下で燃えている激情には心を奪われそうになった。

「じゃあ、遊ぼうとしないで、ニック」膝をもっと強くそこに押しあてる。「こんなことをしてたら、出かけるのが遅れてしまうわ」

ニックには彼女を引き離すチャンスも、上から目線でばかにしたり、皮肉を言ったり、男らしくぐちぐち文句をつけたりするチャンスも与えなかった。ミケイラはさっと身をひるがえしてトラックの向こうにまわった。車体に寄りかかり、ニックが乗るのを手伝ってくれるのを辛抱強く待つ。ひとりで乗るには、このトラックは少し大きすぎるのだ。

「山登りをする気分じゃないの」トラックの向こう側からこちらをにらんでいるニックに告

げた。

あれ以上に力を入れたら、あごが砕けてしまうんじゃないかしら。

ニックはトラックをまわってどすどすと歩いてきて、ドアを開け、ミケイラを持ちあげて助手席に乗せてからドアを閉め、運転席側へ戻っていった。

ジャーヴィス・ダルトンが姉と住んでいるヘイガーズタウンの家までのドライブは短いものだったけれど、会話はなく、雰囲気はぴりぴりしていた。ミケイラのほうから会話を始めようという気も起きなかった。

トラックがノーランヴィレッジに着いたときは、大きく深呼吸をした。ニックはトラックを停めると車外におりてミケイラがおりるのを助け、用心深く彼女の前に立ちふさがったままジャーヴィスと姉が住むアパートメントへ近づいていった。

ジャーヴィスは、あいかわらずミケイラの記憶にあるとおりの、ビーズのように光る小さな目をした、なんだかいやらしい男だった。ミケイラとニックがアパートメントに足を踏み入れた瞬間から、ジャーヴィスの視線はミケイラの胸のあたりから離れようとしなかった。

「で、なんの用？」ジャーヴィスはぎとぎとした黒い髪を片方の手で撫でつけ、別の手で自分の分厚い胸板をまさぐりながら、またミケイラの胸元にねっとりとした視線を向けた。

気持ちの悪い男だ。

スウェットパンツしか身に着けていないジャーヴィスは、裸足で染みだらけのカーペットの上を歩いてリビングルームに入っていった。ピザの箱、ビールやソーダの缶が山になり、ほこりが何層も降り積もっている部屋だ。

　ニックがうしろポケットからバッジのついた黒い革の札入れを取り出し、その公職の身分証らしきものをちらっと見せた。「連邦捜査局《FBI》捜査官のニック・スティールだ。いくつか尋ねたいことがある」

「ＦＢＩって」ジャーヴィスはまずニックに驚きの目を向けてから、ミケイラをどんよりした目つきで見つめた。「ＦＢＩの彼氏がいるなんて知らなかったぜ、ミキ」

　ジャーヴィスがミケイラをニックネームで呼ぶのを聞いて、ニックは歯をきしらせている。

「おれとミケイラがどういった仲かは関係ない」ニックは相手に有無を言わさぬ口調で言った。「おまえの話を聞きにきたんだ」

「おれ？」ジャーヴィスは頭をかき、脂ぎった髪をぱっくりと割った。「おれからなにを聞きたいわけ？」

「エディ・フォアマンが殺された晩、おまえがどこにいたかを聞きたい」ニックは玄関から入ってすぐのところで、ミケイラの前に立ったままだ。

　ミケイラが見守っていると、ジャーヴィスはふたりに背を向けて部屋の奥へ歩いていき、みすぼらしいリクライニングチェアにだらしなく座った。包み隠すように手を股間に置き、ミケイラを見つめている。

「ナイトクラブにいたよ」あくびをしながら眠そうに言う。「ダチと一緒にいた。おれのダチはほんとにその場にいたからな。マディックス・ネルソンはそう言い切れるかどうか怪しいけど？」

「ネルソンの話は関係ない。おまえのことを聞いてるんだ、ジャーヴィス」ニックの声が低く、危険を感じさせるものになり、殺意さえにおわせた。

ジャーヴィスは差し迫る死を感じ取った動物のようにぴんと背筋を伸ばし、小さな褐色の目で用心深くニックをうかがった。

「おれのどんな話？」ごくりと喉を動かし、いまでは完全にニックに注意を向けている。

「エディが殺された日、なにをしに建設現場に来ていた？」見あげるほど背の高いニックは足を軽く開いて揺るぎない姿勢で立ち、両腕はゆったりと脇に垂らして、ふたたび質問を発した。

威嚇の度合いは徐々に増していた。ニックがこうして立っていると、体の脇にさげられているグロックが、ジャーヴィスにもほんのわずかだけ見えるはずだ。ミケイラと一緒に家を出るときはおっていた薄手のレザージャケットの下に、ニックは確かに銃を携行していた。

「おれは仕事を返してほしかっただけだって」ジャーヴィスの視線が銃のあるあたりをうろついた。「トラブルを起こしにいったんじゃねえし、こっちから騒ぎを始めたわけじゃない。仕事を返してくれって言ったら言い合いになって、おれは帰った。大したことじゃねえ」

「どうして首になったんだ、ジャーヴィス？　どうしてエディはおまえを追い出した？」ニックは声をいっそう低め、相手を怯えさせた。

「あいつがいやな野郎だったからだろ」ジャーヴィスは乱暴に息を吐いた。『資材がどっかに消えて、やつはあせっておれに罪を着せたんだ。おれはなにも盗んじゃいねえ。盗む理由がねえ。なのに、やつは誰かのせいにしなくちゃなんないから、おれを首にした。盗んだのがおれだったら、のこのこ現場に戻るわけないっての」

「そういう事情があって、おまえはエディに腹を立てていたわけだな」ニックが問いつめた。

「ああ、ったり前だ、むかついたよ」ジャーヴィスはニックの顔にさっと視線を向けた。

「けど、やつを殺《や》ったのはおれじゃないからな。殺す理屈なんかねえ」

恐怖のせいでジャーヴィスの暗褐色の目はぎらぎらし始め、額には玉の汗が浮かんだ。銃殺隊を前にした人みたいだ。それも無理はないと、ミケイラは思った。ニックにあんな顔を向けられたら、ミケイラだって両親がいる家に逃げ帰ってしまうかもしれない。

「建設現場に行ったとき、なにか妙なことや変わったことはなかったか？　少しでも普段と違うことは？」たっぷり間を置いたのち、ニックは尋ねた。

「あの日はなにもなかった」ジャーヴィスはかぶりを振った。「けど、最後の週に妙なものを見た。仕事のあとで居残ってたとき、エディが知らないやつと話してたんだ。でかいやつ。なんかどっかで見たことがある気がしたけど、顔がよく見えなくて結局わからなかった。黒っぽいカールした髪をしてて、たぶんあごひげを生やしてたと思うけどはっきりしねえ」と頭をぶるぶる振っている。「おれが知ってるのはそれだけだよ。ほかに知りたいことがあるんならマディックス・ネルソンに訊けよ。ミケイラが誰かをかばうためにうそをついたりしないってことは誰でもわかる。マディックスがエディを撃ったってミケイラが言ってんなら、マディックスがエディを撃ったって信じればいいじゃねえかよ」ミケイラに向かってうなずくジャーヴィスの目には、あからさまに懇願の色が浮かんでいた。ニックをこのアパートメントから連れ出してくれと、目で頼みこんでいる。

ミケイラはあきれて天井を仰ぎそうになった。まるで、ニックがミケイラの言うことを聞いて当然みたいに思われている。そんなことあるわけないのに。

「ジャーヴィス、おまえがうそをついているとわかったら、必ずここに戻ってくるからな」ニックが言い渡した。一言一句、彼は本気だと、ミケイラもジャーヴィスも疑わなかった。まだうなずき続けているジャーヴィスに背を向け、ニックはミケイラの腕をつかんでアパートの外に出た。

「バーは夜になるまで開いてないわね」一緒にトラックへ歩いていきながら、ミケイラは声をかけた。「ジャーヴィスのアリバイも確かめてみるつもりでしょ?」

目をあげると、ニックに険しいまなざしで見おろされていた。

「わたしはジャーヴィスじゃないから」声にいら立ちをにじませて告げる。「そんな目でにらまれても震えあがらないわよ」まだ、いまのところは。

ニックはうめいた。庭を横切っているあいだにトラックにリモコンキーを向ける。すぐにエンジンがかかり、問題なく静かな音をたてた。ニックはすばやくトラックのまわりを一周して安全を確かめてからドアを開け、ミケイラを持ちあげて席に座らせた。

ミケイラはシートベルトを締め、ニックが運転席側にまわって乗りこむのを待った。トラックはバックで駐車スペースをあとにした。

「ジーナ・フォアマン」ニックが不機嫌に言った。「今朝、彼女に電話した。出勤前に来るなら会ってもいいと言っていた」

ミケイラは驚いて口を開いた。「ジーナが？　わたしとはまったく話をしようとしてくれなかったのに」

「協力が得られた」と、ニック。「ジーナの上司が彼女に電話して、おれたちと話をする許可を出したというわけだ」

「どうやって、そんな協力が得られたの？」ふつふつとわきあがってきた怒りを抑えて、愛想よく尋ねた。

「おれの魅力的な人柄がなせる業だ」ニックはわざと粗暴な怖い声を出し、歯をむき出して笑ってみせた。

その人柄がどんなふうに役に立ったか、ミケイラにははっきり読めた。確実に、親しい仲のマディックス・ネルソンに手配させたのだろう。ときどき、マディックスの行動がまったく理解できなくなる。自分が人殺しの犯人のくせに、ニックに全面的に協力しているようなのだ。普通なら、ニックが突き止めるかもしれない情報を隠そうとしそうなものなのに。

ジーナ・フォアマンの家へ向かう車内でも、ニックはずっとつっけんどんに答えるか、うなるかするだけで、無愛想な態度を貫いていた。そのため、ミケイラはこのドライブが終わってくれたときはうれしかった。

　ふたりを玄関で迎えたジーナは見るからに不安そうで、目は疲れのためにくもっていた。彼女はうしろにさがってミケイラたちを家のなかへ通した。

「どうぞ、座って」くたびれてはいるが清潔なリビングルームで、ふたりに席を勧める。「すぐ仕事に出なければいけないから、急いでもらわないといけないわ」

　ミケイラはソファのはじに浅く腰かけ、ニックはその隣に悠然と座り、ジーナはふたりの向かいの椅子に腰をおろした。

「もう、この家は売ってしまおうと思っているの」ジーナは室内を見まわしてため息をついた。「ひとりでここにいても寂しいから」

「本当に残念だわ、ジーナ」ミケイラは細いコーヒーテーブル越しに手を伸ばして、相手の女性が膝にのせている手を握った。

「ありがとう、ミケイラ」ジーナがうなずき、ミケイラは手を引いた。「あなたとご家族が送ってくださった花も、ありがたかったわ。うれしかった」

　ニックはショックを受けて、ミケイラの顔をまじまじと見てしまいそうになった。この女性は、葬式のあとミケイラと口を利くことも拒んでいた。それなのに、ミケイラはそんな仕打ちを少しも気にしていないように振る舞えるのか？　ミケイラほど心優しい存在に、ニックは会ったこともなかった。彼の姉妹たちでさえ、こんな状況に置かれたら相手に食ってかかっていただろう。

「ミセス・フォアマン、いくつかお訊きしたいことがあるだけなんです」ニックはそう約束して、前に身を屈めた。「亡くなる前、エディのようすにおかしなところはありませんでしたか？　普段と違うことをしていたとか？」

ジーナは考えこむように、ゆっくり首を左右に振った。「主人はぴりぴりしていることが多くて、しょっちゅう怒鳴っていました。でも、殺される前の数カ月は特にひどかった」

やはりそうだったか、とニックは思った。エディ・フォアマンは、なにかしでかそうとしていたに違いない。それがなにかを突き止めなければならなかった。

「エディに敵はいましたか？」と探りを入れた。

ジーナの口元に明るさの感じられない笑みが浮かんだ。「ええ、たくさん。主人はたくさんの人に嫌われていたんです、ミスター・スティール。けんか腰になりやすい人でしたから」

「ジャーヴィス・ダルトンはどうです？」あの男が本当はどこにどうかかわっているのか確かめるべく、ニックは尋ねた。「ジャーヴィスとエディとのあいだには、いざこざがありましたか？」

「ジャーヴィス？」相手の女性は驚いた顔になった。「ふたりは仲がよかったんですよ。ジャーヴィスは、エディの数少ない友人のひとりでした。わたしの知るかぎり、いざこざなんてなかったと思います」

さすがにミケイラも驚きをまったく顔に出さなかった。が、ニックの隣で体をさっとこわばらせていた。

「殺される数週間前に、エディがジャーヴィスを首にしていたことを知っていましたか？」

「ジャーヴィスを首に？」ジーナは困惑しきってニックたちを見つめた。「なぜ、そんなことを？」

「ジャーヴィスの話では、エディに盗みの罪を着せられたそうです」ニックはジーナの表情を、目を注視した。ジーナ・フォアマンは、ニックの話していることなどまるでわからないかのように振る舞っている。

「ジャーヴィスなら、盗みを働いたりもしそうですけど」ジーナはようやく口を開き、どっと息を吐いた。「その件については、なにも知りませんでした」

「エディは金に困っていましたか？」ニックはさらに突っこんだ質問をした。どんなものでもいいから、正しい方向に調査を進める切り口を探していた。

「お金はいつだってかつかつでした。いまでもそうです」ジーナは肩をすくめた。「でも、それはいまに始まったことじゃありませんし」

「エディが仕事に使っていた部屋はありますか？」

ジーナはそろそろとうなずいた。「寝室のひとつを仕事部屋にしていました」

「ざっと見せていただいてかまいませんか？」ニックは尋ねた。「事件解決の手がかりになるものがあるかもしれない」

「こちらです」ジーナが先に立って短い廊下の奥の寝室へ案内した。「本当にざっと見るだけにしてくださいね。あと二十分で家を出ないといけないので」

ジーナはそう言うとエディの仕事部屋を出ていき、すぐに彼女の寝室と思しき別の部屋のドアが閉まる音がした。ニックはミケイラを振り向いた。

「どう思う？」

ミケイラは深いため息をついた。「ジャーヴィスがうそをついてて、ジーナが本当のことを言ってるんだと思うわ」

「ジャーヴィスはどんなうそをついているんだ？」ニックはいぶかって尋ねながら、散らかっている机に近づいた。

「それはわからない」ミケイラは静かな声で答えた。「ジャーヴィスをすごくよく知ってるわけじゃないけど、あの人はあなたから目をそらしてばかりいたもの。必死でそうしないようにはしていたみたいだけど」と言って、ふざけてニックにウインクする。「きっと『CSI：科学捜査班』を見すぎたのね」

「そうなのか？」ニックは不機嫌にうなり、いら立ちをこめた目でミケイラをにらんだ。けれども、そんな非情な態度にもほころびが見えかけていた。まるで、この冷ややかな態度は見せかけにすぎないかのように。ニックはエディが使っていたらしき大きな机の前に座って、書類を調べ始めた。ミケイラは室内を見てまわった。

エディは整理整頓が得意ではなかったらしい。この仕事部屋には書類、雑誌、数冊の本、それに大量のほこりが積み重なっていた。

机のそばに戻り、ニックが座っている椅子のすぐうしろに立って、彼の肩に手をのせた。ニックは書類に目を通し続け、ミケイラには見当がつかない手がかりを探している。ニック本人ですら、なにを探しているのかわかっていないのではないだろうか。

しかし、ミケイラが彼の肩に手を置いて手元をのぞきこんだとき、ニックは身を硬くした。紙切れ、名刺、タイムカード、資材一覧表のファイルの下から、ニックは小さな索引カードを引っ張り出した。

〝リード・ホルブルック〟という名前と三つの電話番号が記されている。自宅と携帯電話と職場の番号だ。

「リード・ホルブルック」ミケイラは小声を出した。「ワシントンDCの郊外にある〈ホルブルック・コンストラクション〉の経営者よ。わたしの記憶違いでなければ、リードも地元の人のはず。マディックスとは近所の幼なじみどうしだったんじゃないかしら」

「ヘイガーズタウンの住民全員を知ってるのか？」ニックがしかめつらを向けた。

ミケイラは眉をあげ、笑顔で明るく答えた。「わたしと一緒にお店に行ったりしないほうがいいわよ。知り合いとあいさつするたびに足を止めていたら、買い物に何時間もかかってしまうから」

これを聞いてニックが浮かべた表情を見て、ミケイラは一瞬とまどってしまった。食料品店で誰かといちいち立ち話をするなんて、ニックにはとても想像がつかない行動だったようなのだ。

ミケイラには知り合いが多くて、それは仕方がない。人と一緒にいるのが好きだし、つき合いも広く楽しんでいる。

「だったら、リード・ホルブルックとも話をしたほうがよさそうだな」ニックはそう言ってミケイラから顔をそむけ、カードを自分のポケットに入れた。

「この部屋を調べるのは終わり？」ミケイラは部屋を見まわして、これだけでどうやったらなにも見逃していないとわかるのだろうといぶかった。

「終わりだ」ニックはうなずいている。

「まだ全部を調べてないわ」ミケイラは言った。

「全部を調べるのはあとだ」ニックはミケイラと同じくらい小声で答えた。彼を見つめていたミケイラは驚き、続いて興奮を覚えた。

「今夜また、わたしたちふたりでここに忍びこむの？」ふつふつと期待感がわきあがってくる。そんなミケイラを、ニックは恐怖に似た心持ちで見つめ返した。

興奮して目を輝かせているミケイラを前にして、はっきり言って震えあがっていた。ミケイラが、フォアマンの家に不法侵入して書類を盗み出すと考えてうきうきし、両手をすり合わせんばかりになっている。

彼はミケイラをとんでもない存在にしてしまっている。

「違う」ニックははっきりと否定した。「きみとそんなまねはしない」ミケイラの腕をつかんでドアに向かった。ミケイラはかすかに口をとがらせている。

「そんなのずるいわ。こういうことをひとりでやるなんてだめよ。見張りが必要でしょ」ミケイラにからかわれているのだ。この声を聞いて、目を見ればわかる。

「作らなきゃいけないドレスがあるんじゃないのか？」ニックはうなりつつ、いったいどうやったらミケイラとのあいだに感情的な距離を置いておけるのだろうと悩んだ。離れていようと努力しているのに。

「こっちのほうがおもしろそうだもの」ドアを開けて短い廊下に出るニックに、ミケイラは弧を描く眉をつりあげて言った。「それに、ベイリーやカイラに電話をしたら、店に来るかわりに今晩うちに来てくれるんですって」

ジーナ・フォアマンはリビングルームでふたりを待っていた。歩いてくるニックたちを沈んだ表情で見つめている。

「なにか見つかりました？」

「まだなにも、ミヤス・フォアマン」ニックは答えた。

ジーナは重苦しくうなずき、唇のはしをさげて苦悩をあらわにした。「真相を突き止めようとしてくれる人がいるだけで助かります。署長がうそをついてるんじゃないか、本当はなにがあったのか。そう疑いながら警察で働くのはつらいですから」彼女は首を左右に振り、両手をジーンズのポケットに差し入れた。「人をまったく信じられなくなるわ」

ニックが見守るなかミケイラが部屋を横切り、相手の女性の体に両腕をまわした。まるで抱擁でなにかがよくなるように。すべてがよくなるように。

「つらいでしょう」ミケイラがささやく声が聞こえた。「本当につらいわよね、ジーナ」

ジーナもうなずいてミケイラの体に腕をまわし、はなをすすった。そして奇妙なものだが、本当にこの抱擁によって力を得たかのようだった。

「わたしにできることがあったら電話して」ミケイラは身を引き、相手の女性の両腕をさっと撫でた。「遠慮しないでね。どんな用でもいいから、店にも来て」

ジーナはためらいがちに、悲しげな微笑を浮かべた。「ありがとう、ミケイラ」声には、それまでとは打って変わって、どこかから、どうやってか生まれた希望が宿っていた。

ニックも娘を亡くしたあと、あんな希望を見つけられていたら、違う気持ちで生きられただろうか？　ミケイラとともにジーナの家をあとにしながら考えていた。あんな希望に出会っていたら、違う選択をし、家族の命を奪った男たちに報復するため別の道を取っていただろうか？

あのころミケイラがそばにいてくれたら、彼女しか持っていない妖精の特別な力を彼にも分け与え、打ち砕かれた魂の残骸を癒やしてくれていただろうか？

ミケイラなら、そうしてくれたかもしれない。ニックが圧倒されてしまうほどの、あふれんばかりの愛情を、ミケイラは持っているのだから。それ以上に、ミケイラには人の心に眠っていた優しさを見つけ出す力がある。相手の人間が自分でも持っていると気づいていなかった温かみを。

ミケイラはニックのなかからも、彼が二度と抱きたくないと思っていた感情を引き出していた。これらの感情のせいで自分は完全に破滅させられてしまうかもしれないと、ニックは恐れていた。

「ワシントンDCまで足を延ばして、さっそくホルブルックを訪ねてみたい」ミケイラに告げて州間道70号線をおりた。「自宅の電話番号を知っていたくらいなら、フォアマンはホルブルックと近い関係にあったに違いないからな」

「〈ホルブルック・コンストラクション〉には、ネルソンの会社のような信望もないわ」ぽつりと口にするミケイラに、ニックは目をやった。「ホルブルックの会社は、これまでにたびたび非難されてるの。他社の仕事を妨害しようとしただとか、他社の従業員を買収しただとか、他社が契約から手を引かざるをえないようにして仕事を横取りしただとか。一度も証拠は押さえられていないけど、非難はされてる」

「じゃあ、エディ・フォアマンを買収していた疑いがあるな」ニックは思いついて言った。

「その場合、マディックス・ネルソンにはエディを殺す完全な動機があったことになるわね」ミケイラが満足げに言い切る。

ニックは顔をしかめた。その理屈には反論できない。ニックもマディックスをよく知らなければ、彼を容疑者リストの筆頭にあげていただろう。それどころか、エディが殺されたとき会合の場にいたという者たち全員を調べあげていただろう。

自分はいったいいつから個人的なつながりで仕事をおろそかにするようになっていたのだろう？　ニックは心のなかで自問し、カイラとベイリーに警察署長や市会議員ふたりを調べさせようと決めた。ミケイラが言うように、マディックスには完全な動機があり、マディックスの友人たちが彼をかばってうそをついたとしてもまったくおかしくない。彼らはビジネスの面で一心同体の間柄だ。ならばそつのないアリバイを提供して当然だろう。

「マディックスがエディ・フォアマンを殺したとするなら、それを証明するには証拠をたどっていくのがいちばんだ」とミケイラに告げる。「証拠をたどっていけば真実に行き着ける。まずホルブルックから話を聞いて、そこでなにがわかるかだな。そのあとは、ジャーヴィス・ダルトンのアリバイを確かめたい。やつはうそをついていた。なにについてうそをついていたのか、そこだけがわからんが」

「ジャーヴィスに人殺しをしてのける抜け目のなさがあるとは思えないわ。これだけ単純な殺しかたでも」ミケイラは首を横に振って、傷ついた心をのぞかせる目をニックに向けた。「だいたい、ニック、わたしはその場にいたのよ。エディが命を奪われるところを見た。エディを殺した人を見たのよ。どうして信じてくれないの？」

「信じる信じないの問題じゃないんだ、ミケイラ」ニックは重い気持ちで息を吐いた。「肝心なのは証拠だ。だが、きみの言うことも正しい。マディックスには、かなり怪しむべき動機があったのかもしれない。ひとつだけ絶対に間違いないことがある。マディックスがやったのだとしても、おれは事実を明らかにする。必ずやつに代償を払わせる」

「マディックスがやってないなんてことが、どうやったらありうるの？」

ニックは首を左右に振った。「いいか、いまは特殊メイクとラテックスですごいことができるんだ。おれはそういうことにくわしい。それに、きみがスコッティを迎えにくることをみんなが知っていただろう。何者かがエディを殺す機会をずっと狙っていて、マディックスに罪を着せようとしたのかもしれない」ニックはすばやく手をあげて制した。「確実にそうだとは言っていない。そういう可能性もあると言っているだけだ。マディックスをもっと深く調べあげるよ。マディックスの友人たちも、近所の連中も調べる。マディックスを見逃すつもりはない。いまはまず、うわさや証拠を追うんだ。エディを殺した犯人が誰だろうと、踏まなければならない手順だからな」

「誰からも話をまともに聞いてもらえなかったころは、命を狙われたりしなかったわ」ミケイラが冷静に述べた。「初めて狙われたのは、あなたがわたしを調べだしてからよ」

ニックはうなずいた。その事実は承知していて、だからこそはらわたが煮えくり返っていた。あの銃弾が一発でもミケイラの傷つきやすい体にあたっていたらと考えるだけで、恐怖に襲われる。この世からミケイラがいなくなっていいはずがないと、ニックは思った。もうすでに、たくさんのかけがえのない妖精たちが失われてきたはずだ。

まったく、こんなふうに考えるのはやめなければならない。ミケイラは突拍子もない妖精などではない。独立心の旺盛な、人をあまりにも信じやすい、小柄な女性だ。想像上の神聖な生き物などではない。

ニックは頭ではそう考えていたが、心や魂といったほかの場所では、まったく違う思いを抱いていた。ミケイラは、この時世に生きる女性が持っているはずのない特質すべてを備えた存在だ。清らかで、心優しく、人を信じる、思いやりにあふれた存在。まさにその本質のせいで、ミケイラは命を奪われてしまいそうになっている。ニックはそれを阻止するためになにもできないでいる。だから恐怖にとらわれていた。

「ニック？」ミケイラの優しい声がニックを深い思考から引き戻した。「答えてくれてないわ。犯人がマディックスでなかったら、ほかに誰がわたしの命を狙うっていうの？」

「真相を知られたくない立場だったら、マディックスはどうしておれを雇うんだ？」ニックは問い返した。「この事実を見過ごしにはできないんだ、ミケイラ。マディックスは、おれがどういう人間か知っている。なにができる人間かを。やつがエディを殺したのなら、おれがその事実を突き止めることも。そうなった場合、自分が苦しむはめになることもな」

この警告は、すでにマディックス本人にも伝えていた。ニックは、この警告どおりに行動するつもりだった。

16

リード・ホルブルックはミケイラたちに会うのを拒んだ。そして、ジャーヴィス・ダルトンのアリバイはうそだった。

日が暮れて夜になり、家に帰るあいだもミケイラはニックを観察していた。家に帰るとほどなくして、ベイリーとカイラが訪ねてきた。採寸を行い、ふたりが購入するドレスも決まった。こうした出来事で先延ばしにはなったが、ミケイラはニックの態度の原因を解き明かすのをあきらめてはいなかった。

ニックは本当に冷えきった態度をとっている。冷たすぎて、氷みたいで、ミケイラは凍えそうだった。暑い夏なのに、ジャケットをはおりたくなったほどだ。

マディックス・ネルソンについて宣言してからというもの、ニックは冷たくなるばかりだった。ミケイラは、かちこちに凍ったスノーマンと家に帰ってきたのだ。

ニックの知り合いたちが出ていってからミケイラは玄関にたたずみ、キッチンからこちらを見据えているニックを黙って見つめ返した。ミケイラは疲れていた。ワシントンＤＣへの行き帰りの車中の空気は張りつめていて、息をするのも一苦労だった。ベイリーとカイラがここにいるあいだ向けてきた関心も、気遣いからくるものとはいえ、いっそう場の空気を張りつめさせるばかりだった。

ニックに冷ややかにされればされるほど、ミケイラは傷ついた。ニックの心から締め出され、距離を置かれている。まるで破局を迎えたみたいだった。ミケイラのほうは、これまでどんな男の人にも捧げたことがない、はるかに多くの思いをニックに捧げてしまっているというのに。破局ではない。ニックはまだここにいて、ミケイラを苦しめているのだから。ニックがここにいるだけで、彼の両手にふれられる感触を思い出すだけで苦しかった。ニックのぬくもりにすっぽり包まれる心地を思い出すだけで。

なにが起こったのだろう？　どうしても訊きたい。説明してと問いつめたい。言葉は舌の先まで出かかっているのに、声にすることはできなかった。

ここにいるニックには、どうしても近づけなかった。

「シャワーを浴びてくるわ」

みっともないまねをしてしまう前に、ニックから離れなければならなかった。自分には要求する権利のない答えを要求してしまう前に。泣く権利もないのに泣いてしまう前に。

ミケイラはこうなることをよく承知して進んできたのだ。ニックからも、初めからきみを愛せないと告げられていた。ミケイラだって、ニックを愛したりしないと胸に誓っていた。

シャワーの熱い湯を体に浴びながら、その誓いを今度こそ胸に刻みこもうとした。ニックを愛してしまったりしていない、と心のなかで言い張った。だけど、それが本当なら、いったいどうしてこんなに苦しいのだろう？　なぜ胸が締めつけられる心地がして、内側からの痛みに押しつぶされそうになっているのだろう？

シャワー室の壁に頭をもたせ、涙をこぼすまいとした。ニックがミケイラのベッドから離れて二晩目だ。前日の夜は眠れないほどニックが恋しかった。今夜もまた、そういう夜になりそうだった。

こんなにも簡単に恋人とひとつのベッドで眠るのに慣れてしまうとは思ってもみなかった。これまでずっとひとりで眠ってきたのに。それなのに、ニックと眠るのは息をするのと同じくらい自然なことになっていた。いまも、彼が恋しかった。

はなをすすってこぼれ落ちそうになった涙を食い止め、シャワーの下から出た。体と髪を乾かし、涼しい普段着のコットンパンツとゆったりした袖なしのTシャツを着た。

キッチンに入ってすぐのところで足を止め、ニックを見つめた。ミケイラが今朝オーブンに入れておいて、先ほど温め直していたキャセロールを取り出している。

料理はまだ冷めていなかった。チーズとハンバーグとマカロニのキャセロールのにおいが漂ってきて、ふたりとも今日はほとんどなにも口に入れていなかったことを思い出した。

数分後には、ふたりはそれぞれ離れた席に座り、あいかわらず無言で食事をした。

ふたりのあいだの緊張感は高まるばかりだった。怒りのこもった緊張感ではないが、ナイフで切り分けられるくらい濃密だ。秘密によって覆われ、沈黙によって高められている緊張感。

沈黙がミケイラの神経にこたえ、しだいに大きくなっていく憤りを抑えておくのが大変になってきた。

「次はどうするの？」ニックが皿から顔をあげ、テーブルを離れようとしているのに気づいて、ミケイラはついに声を発した。

ニックが彼女にさっと視線を向けた。いっときそのまなざしをのぞきこんで、ミケイラは心の底から動揺を覚えた。

そこには氷も張っていたけれど、奥には荒涼とした悲しみが潜んでいた。彼のためにミケイラまで胸が締めつけられてしまうほど、深い苦悩があった。まるで、こうしてふたりで無言の戦いをすることにより、ニックは二度と直面したくないと思っていた暗い影を胸によみがえらせてしまったようだった。

〝失った妻と子どもの記憶を思い出してしまったのだろうか？〟ミケイラは思った。なにかのきっかけでニックのなかに眠っていた悪夢がよみがえって、家族を失ったとき感じたに違いない苦しみに、また引きこまれてしまったのだろうか？

「次は、おれときみとであらためてジャーヴィスを訪ねて、どうして彼のアリバイの裏づけが取れないのか穏やかに訊いてみようと思う。それからおれは、リード・ホルブルックがおれたちに会おうとしなかった理由を突き止めなければいけない」ニックの鋭いまなざしには獲物を狙う獣めいたぶれない光があったので、ミケイラの背筋には震えが走った。それに、ニックが途中で〝おれときみ〟を〝おれ〟に変えたことも聞き逃さなかった。ニックは事件についてリードから話を聞きにいくとき、ミケイラを一緒に連れていく気がないのだ。

ミケイラはかぶりを振ることしかできなかった。「あなたが言うように手がかりを追って調査を進めていくという理屈はわかるわ。だけど、この件にマディックスがどうかかわってるか、そういう話は全然してくれないのね」

「話を進めるためにマディックスが犯人だということにしておこう」ニックが身を乗り出して厳しいまなざしでミケイラと目を合わせた。「いまのところ、マディックスはうまく逃げおおせている。アリバイが固いからな。そのアリバイを覆したいなら、手がかりを追っていくしかない。単純な話だ」

「じゃあ、エディがリード・ホルブルックのために働いていたから、マディックスに殺された可能性もあるってことね？」

「リードは露骨におれたちと話をするのをいやがっている。だから、リードはなにかを隠したがっているのかもしれない、とも考えられるだろう。そうなると、リードが隠したがっているのは、エディ・フォアマンに金を払ってマディックスの仕事の妨害工作をさせていた事実かもしれないとも思えてくる」

ミケイラは考えこんでニックを見つめ返した。「去年、新聞で読んだ覚えがあるわ。あの建設現場の工事にいくらか遅れが生じているって。建物の査察官がセメントに亀裂を見つけて、基礎工事をやり直さなきゃいけなくなったから。その件を理由に、マディックスはセメント工事を担当していた作業員を全員、解雇したという話だったわ」

ニックはうなずいた。「こうやって手がかりを追って、どこに行き着くか見てみよう」

「ここまで言ってもまだ、マディックスに行き着くとは思ってくれてないのね」ミケイラは言いあてた。

　ニックはいら立ったような顔でミケイラをにらんでからテーブルに両腕をつき、まっすぐに彼女を見た。「ミケイラ、きみが間違いなくマディックスを見たと考えてることは、おれも信じている。本当だ。それでも、マディックス・ネルソンは愚かな男じゃないんだよ。やつは、おれがこの件の真相を突き止めるとわかっていて、おれを雇った。そうするために山ほどの金を積んでな。だから確かに、おれはやつが犯人だとは思わない」

「ひょっとしたら、マディックスはあなたが思っているよりも、もっと賢いのかもしれないわよ」こんなふうに説得しなければ信じてもらえないと思うと心が痛んだが、無視して続けた。「マディックスは、あなたの行動も見越して計画を立てていたのかもしれない」

　ニックは肩をすくめた。「そういう可能性もつねにある。確率はかなり低いが、あるにはある」唇に浮かんだ微笑は少しもおもしろそうではなく、この仮定が現実となったときにもたらされる死を暗示するものでしかなかった。

　ミケイラはまだわけがわからなかった。彼女には、口を割るまでマディックスを問いつめてしまったほうが手っ取り早く思えるのだ。『CSI：科学捜査班』では、それでうまくいっていたではないか？　マディックスが相手ではやはりうまくいかないだろうけれど、少なくともミケイラは、だいぶ胸のすく思いができそうだ。

「用事がある」ニックが立ちあがって丁寧に椅子の位置を直し、ミケイラに視線を向けた。

「客室で仕事をする」

つまり、仕事を理由にミケイラと同じベッドでは眠らないつもりだ。

ミケイラは部屋を出ていくニックを見送ってから立ちあがり、無言で食器を洗った。いまは平静を失ってしまっていて、どうしたらいいかわからない。ニックにふれ、抱きしめて、彼のまなざしのずっと奥にある荒涼とした苦しみをやわらげたいのに、どうやってそうしたらいいのかはわからなかった。だからこうしてひとりになった。ひとりになるのがこんなに寂しいことだとは、このときまで知らなかった。

ニックはもう少しでなにかものを投げ散らかしてしまう寸前だった。最後に壁にこぶしをめりこませたのはもう十年近くも前だったが、そうしたいという欲求がたちの悪い病のようにじわじわと彼をむしばんでいた。

ミケイラとのあいだに距離を置くことで彼は死ぬほど苦しみ、ミケイラを傷つけていた。だが、この件が終わるとき魂を失わずにいるためには、もう距離を置くしかないのだ。こうしておかなければ、ミケイラを残して去っていくことなど絶対に無理だ。そばに居続ければ、確実にミケイラを危険にさらしてしまう。それも絶対に受け入れられなかった。

狭い寝室を歩きまわってばかりいて、シャワーを浴びる前に開いていたノートパソコンにもファイルにも、ほとんど目を向けてすらいなかった。リード・ホルブルック、ジャーヴィス・ダルトン、エディ・フォアマン、マディックス・ネルソンについての情報を読みこまなければならないのに。

エディ・フォアマンがリード・ホルブルックのために資材を盗んでいたか、品質の劣る資材を代用していたか、意図的に作業を妨害していたのではないかと、ニックはすでに疑っていた。いずれにせよ、マディックスの新任の現場監督が述べていたように、こうした不正は確実にマディックスの激しい怒りを招いただろうが、これを理由にマディックスが人を殺したとは思えない。

厚いブラインドが裏庭の眺めを遮る窓の前に歩いていったところで、腰にさげていた携帯電話が振動した。

まるで命綱にすがるように携帯電話をつかんだ。飢えた野生の獣のようにミケイラに這い寄ってしまわずにいるためなら、なんでも、どんなことでもいいからしていたかった。

「もしもし、こんばんは、セクシーさん」なまめかしい声の主はカイラだった。

カイラの背後で元米国海軍特殊部隊《SEAL》隊員の夫イアン・リチャーズが笑いながら抗議する声も聞こえてくる。

「連中はなにを探しあてた？」カイラたちの小芝居めいたいちゃつきに興味はなかった。聞きたいのは、フォアマンの家に忍びこんだイアンとジョンの報告だ。率直に言って、今夜のニックは他人のいちゃつきに耐えられないのだ。ミケイラといちゃついていられない自分の状況を、いやでも思い出させられるからだ。

先ほどカイラとベイリーがこの家を訪れていたとき、場の空気は張りつめていた。カイラたちも、ニックとミケイラのあいだにみなぎる緊張を感じ取っていたに決まっている。カイラは間違いなく質問をしてくるだろう。ニックが答えたくない質問を。

「おもしろいものを探しあてたようよ」と、カイラ。「イアンとジョンはフォアマンの家からさっき帰ってきたところ。部屋の主のめちゃくちゃな書類棚から、彼が殺された建設現場の設計図が見つかったわ。いくつか目立つバツじるしがついていてね。イアンが言うには、そこは建物の特に弱いところなんですって。特別な資材を使って、基礎や骨組みを補強しなければならないところ。そういうバツじるしがついているところに、去年ネルソンが完全に工事をし直さなければならなかった基礎が含まれているの。査察官がセメントに亀裂が走っているのを見つけたのよ。ほかの場所に品質の劣る資材を使用したことをほのめかしているとも取れるメモも何枚か見つかったわ。イアンとジョンは、エディ・フォアマンが意図的に建設工事を妨害していたと判断してる。わたしも同じ意見よ」

ニックは眉間に深くしわを刻んで髪をかきあげた。マディックスが犯人だと示す証拠が積みあがっていく。こうなると、またマディックスを訪ねていって話をしなければならない。そうしたくはないが、今回はミケイラを一緒に連れていかざるをえないような予感がした。

とんでもない石頭の頑固女め。あの女のために自分は命をなくす気がする。

「イアンがマディックスをちらっと調べたの」カイラが報告を続けた。「マディックスにはかっとなるところがあって、エディ・フォアマンとも対決したことがあったそうね。だけど、生前のエディはたくさんの人をかっとさせていたようだわ」

「死んだいまも、おれをかっとさせてる」ニックはうなり声を出した。

「マディックスのアリバイは堅いわね。あなたが送ってくれた情報からも、イアンが今日した追跡調査からもそう言える」カイラは続けた。「ロバート・クローニンについても調べたわ。だけど彼から得られた情報については、まだどの情報提供者からも確証が取れていない。といっても、報告が集まるのはこれからだから。マディックスが非合法ギャンブルの世界にかかわっていたなら、そのうち明らかになるでしょう。エディ・フォアマンのほうは確かにかかわっていたようよ。われわれの情報提供者ですら彼のことは知っていたもの。ほかのみんなと同じく、彼らもエディを嫌っていたみたい。エディは大勢からお金を借りていたらしくてね」

「ミケイラはマディックスが犯人だと思いこんでる。ということは、どんな理由であれマディックスをはめたがっている人間を捜せばいいんだ。エディとマディックスの過去をもっと突っこんで調べて、なにが出てくるか見てみよう」ニックは提案した。

「テイヤが同じことを言って、調査に取りかかってるわ」カイラが請け合った。

「テイヤに急げと伝えてくれ」ニックはため息をついた。「今度、ろくでなしに銃で狙われたら、ミケイラの命が危ないかもしれない」

「興味深い子よね」カイラが穏やかに言った。「わたし、人を見抜く目はあるの。今夜、彼女は何度か話したそうにすらしてたのよ。あなたについて、あるいはあなたたちふたりが抱えている、なんらかの問題についてね。あの子は疲れているようだったのに、悩んでいることを上手に隠してもいた。あなた、貴重な人と仲良くなれたのね」

「やめろ、カイラ」ニックは乱暴に息を吐いた。

「しかも、どうやらかなり深い関係になっているようじゃない」カイラの声がふっと静かになった。「あの子を失恋で悲しませるつもり、ニック？」

自分はそうするつもりなのだろうか？　ニックにそれを避けるすべはない。ミケイラが彼に本気で恋をしていないというのなら話は別だが。ニックはそんなふうに思うほどばかではなかった。ミケイラはこれまでしつこくしたり、泣きごとを言ったり、ニックを独占しようとしたりは一度もしていないが、それでも、彼に恋をしてくれていた。

「カイラ、これ以上、報告することがないなら切らせてもらう」相手の問いかけに答えず告げた。「イアンがもっとなにかつかんだら知らせてくれ」

「必ずそうするわ、ニック」カイラの口調は優しく、思いやりに満ちていた。動物か、愚かで仕方ない者相手に使う口調だ。自分はカイラにどちらだと思われているのだろうと、ニックは考えるしかなかった。

通話を終え、携帯電話をベッドの横のテーブルに置いた。うなじをこすり、募るばかりのいら立ちと欲情を抑えようとする。

両手で、いまもミケイラのやわらかい肌を感じられるような気がしてきた。ミケイラのぬくもりを思い出して、指に力が入る。彼女とひとつになって、そのぬくもりにぴったりと包まれる感覚を思い出していた。

欲情で途方もなく硬くなっていた。朝から晩まで途方もなく硬くなりどおしだ。このいまいましい一物のせいで、対処したくないたぐいの苦しみを背負うはめになりそうだ。ミケイラのベッドに戻っていって、ふたりして死ぬほどの苦しみを抱えてしまうはめになりそうだ。

檻に入れられた虎のように寝室のなかをうろついた。なじみのある渇望にひどく苦しめられる。ミケイラのそばに行きたい、彼女の愛らしい瞳から、傷つき困惑した色をぬぐい去ってやりたいという、切実な思いと闘っていた。

ミケイラはニックを弱くしている。ニックは自分が弱くなったのが感じられ、それがいやでたまらなかった。弱くなるということは自分自身を見つめてしまうということだ。おのれのなかにあるのはわかっている暗い影を見つめてしまうということだ。思い出したくないときに、それを思い出してしまうということだ。

「ニック？」静かにノックする音。ミケイラの静かな声。ニックの感覚は一瞬で過熱状態になった。

ドアがゆっくりと開く。

ミケイラが立っていた。長い金髪を体のまわりにふわりと垂らし、清らかな切望をたたえたアメジスト色の瞳でニックを見つめている。部屋着のパンツからローブへ着替えたようだ。ニックの痛ましい勘違いでなければ、そのローブの下にはなにも身に着けていないはずだ。

「ベッドに来ない？」まるで妖精の羽のようにはかなげなささやき声だった。ささやきに乗って、切ない思いが彼の感覚にふれるように伝わってくる。「抱いてくれるあなたがいないと寂しいわ、ニック」

「ミケイラ」ニックはどっと息を吐くと同時に言った。ミケイラにノーと言うべきだ。いますぐ出ていくべきだ。

それなのに、どうしてそうしていないのだろう？

「こんなに急に終わってしまうの？」不意に彼女が問いかけた。わかっていて、目に悲しみをいっぱいにためている。「こんなに急だと思ってなかった」

「今夜はおれと一緒にいたくないはずだ、ミケイラ」ニックは弱々しく首を横に振った。

「なぜ、そんなふうに思うの？」穏やかに聞き返される。「あなたをひと目見たときから一緒にいたかったのよ。どうしてその気持ちが急に変わるなんて思うの？」

ミケイラが先ほども感じ取っていた荒涼とした絶望が、またしてもニックのまなざしを暗くしていた。

「信じられんくらい清らかなんだな」ニックはけだものになった気がした。ミケイラを自分のものにしたくて体の奥から熱くなってくる。「おれになにを求められるか、まったくわかっちゃいないんだ」

ニックは欲望を抑えようとして、耐えきれなくなりそうになっていた。そうやって自分を抑えておくのがどんなに難しいか、ミケイラはまるでわかっていないのだ。

ミケイラは抱いて当然の怒りではなく、熱情や欲望も越えた切羽つまった思いで瞳を燃やした。その深い光はニックの魂の奥まで届き、やわらかな彼女のなかに抱かれてなにもかも忘れたくてたまらなくさせた。

ミケイラは下唇をかみ、美しく燃えるまなざしでニックを見た。それから、まったくニックが予想もしなかった行動に出た。信じられないほどの優雅さでローブの帯をほどき、すばやい動きでやわらかな菫色の夜着を肩、そして腕から滑らせ、足元に落とした。

クリーム色のふくらみにある薄紅色の頂はすぐさま敏感にとがり、ニックの舌を誘った。ミケイラにふれたくて、こぶしに力が入る。

飛びかかる寸前のけだものになっていた。こんな切迫した衝動があるものかと思うほどの飢えに襲われた。この女は彼のものだ。彼女の目を輝かせている清らかさも、優しいぬくもりも、求めてくれる思いも、彼のものだ。自分はミケイラの初めての恋人だ。たったひとりの男だ。この女は永遠におれのものだとしるしをつけてしまいたい。荒れ狂うすさまじい衝動を抑えておくのは不可能に思われた。ミケイラの体に、心に、魂にしるしを刻む。いつまでも彼の女でいてくれるように。

ニックは考えもせず動いていた。思考は過去のものとなった。部屋を横切って自分の女を抱えあげ、廊下を進んで彼女の寝室へ向かった。初めてミケイラを自分のものにしたベッドへ。どんな想像よりもすばらしい悦びを彼が初めて知ったベッドへ。

ミケイラを抱えあげると同時に唇を奪い、全身の血が熱くなるキスをした。ミケイラが彼の首に両腕を巻きつけ、耳に心地よい小さな声を発する。それを聞いた瞬間、意識は純粋な欲求にのみこまれた。

性欲だ。心のなかでかたくなに言い張った。これは性欲で、それ以上のものではないと。

だが、それ以上のものだった。説明のつかない欲求。どうしてこんなに求めてやまないのかわからない。それでいて、こうして求めることは息をするのと同じくらい自然だった。まわりにある空気と同じくらい、これがなくては生きていけないと感じた。

この腕に抱いているミケイラは燃えあがる炎で、ニックもともに燃えあがる以外どうしようもなかった。

ミケイラの寝室のドアを肩で押し開け、彼女を抱いたままなかに入ってから、足で閉めた。ミケイラをベッドに横たわらせ、重ねていた唇をいったん離し、倒れないでいるために息を吸う。あわよくば、ふくれあがる興奮も静まるといい。だが、この感情は弱まりそうもなかった。いま勢いよくわきあがっている熱情を弱められる力など、地上に、自然界に存在するはずがなかった。

ミケイラに覆いかぶさり、押しつぶさないように両肘と両膝で自身の体重を支えつつ、彼女の両腕を頭上に引きあげて動けなくさせた。やわらかい手にふれられたら、自分を抑えられなくなる。いまは自制心を必要としていた。

ニックがかじり、唇で愛撫しながら首筋をたどっていくと、ミケイラは背を弓なりにして、こたえられないくらい女らしくなまめかしい声をあげた。彼の胸板に、つんと立った乳房の先端がこすれて焼けるような感覚をもたらす。ニックはそこを味わいたくて、愛でたくてたまらず、口のなかを潤わせた。

顔をさげて乳房のふくらみの上をなめた。さらに求めるミケイラのかわいらしい懸命な声にはまだ応えず、ミケイラの味と感触をひとまず楽しんだ。

「ニック、じらされたら死んでしまいそう」高ぶって、かすれる声でささやいている。「お願いよ」

「なにをお願いしてるんだ?」ニックはかろうじて息をしている状態だった。猛烈な欲求のせいで胸が締めつけられ、熱い切迫感が意識をのみこんでいく。

「すごくきれいだ」片方の手でミケイラの両手首をとらえたまま、いっぽうの乳房をすくいあげてささやきかけた。つんととがった小さな蕾を親指で強く撫でる。快感でびくりと体を跳ねあげる彼女の動きを感じて歯を食いしばり、いますぐ彼女を貫いて果ててしまわないよう耐えた。

「あなたにふれられると心地よすぎて」枕に頭を押しつけ、ミケイラがかすれる声で言う。「気持ちがよくてなにも考えられなくなるのよ、ニック」

ミケイラに理性を奪われてしまう。ああ、自制心にしがみついているためには、彼女の口もふさいでしまわなければならなかった。なぜならミケイラに無邪気にささやかれると股間が張りつめ、いまにも放出せんばかりになってうずいてしまうからだ。

乳首に唇をすり寄せたあと、口を開いてそのみずみずしい木苺を吸いこみ、解放する前に女らしいやわらかな味わいを堪能した。彼の女の味を。

ミケイラが体を激しく震わせた。振動が伝わってニックの額にも玉の汗が浮く。ミケイラの手首を押さえているニックの手に、彼女がつめを立てた。

「ああ、いい」切ない声を発する。「いいわ、ニック」太腿で彼の脚を挟みこんで腰をあげ、両脚のつけ根のふくらみをすり寄せている。「気持ちがよくてたまらない。あなたの口はすごく熱くて」

ミケイラめ。こんなうっとりとした声を聞かされて、どうやって正気を保っていろというんだ?

胸の先に強く舌をこすれさせ、貪欲に吸いつき、腕のなかで震えて体を揺らすミケイラの悦びを感じ取った。アドレナリンが全身に勢いよく送り出される。ニックの愛撫によってミケイラが感じているあかしを得たために、体のいたるところに力が入り、欲望のしるしは太くなった。ふくれあがる渇望に襲われてどうしようもなくなりそうだ。

感じやすい乳房の先端に舌をあてられて、ミケイラは悲鳴をこぼし、いっそう強くニックに体の中心を押しつけている。こんなにも惜しみなく、無条件に愛撫に応えてくれた女性は初めてだった。

「わたしもあなたにふれたいわ、ニック」手首をとらえている手を振りほどこうとしながら、懸命に言う。「あなたを感じたい。あなたの味も」ミケイラの太腿が欲望のあかしに押しつけられた。「いいでしょう。この前みたいに。口でも、あなたを愛したい」

くそ。ちくしょう。

こんな仕打ちを続けられたら、ミケイラの脚に押されて、いってしまう。

この前、口で愛されたときのことを思い出して、理性はだめになった。ミケイラの胸から離れてがばりと膝立ちになり、彼女を助け起こした。手でミケイラの頭のうしろを支え、もういっぽうの手で自身をつかんで、ふくらんだ先端をキスで真っ赤に熟れた唇に押しあてた。

ニックはのけぞりすぎて首の骨が折れるかと思った。うずく頂を潤いに満ちたぬくもりのなかへ吸いこまれて、体のすみずみまでエクスタシーに襲われた。先ほどニックが乳首にしたように、ミケイラは太い頂に舌をあてている。一瞬後、舌はけだるげに楽しむかのように頂をぐるりとなめた。まつげの下でアメジスト色の瞳をきらりと光らせ、彼女は頂の下部を念入りに愛撫した。

ああ、くそっ。ミケイラに追いこまれる。

口の奥まで迎え入れられ、なめられ、味わわれて、快楽以外なにも残らなくなる気がした。すっかり彼を支配しているミケイラは誘惑そのものだ。こんな女性が存在するとは信じられなかった。

ミケイラの頭のうしろを支えたまま別の手を伸ばし、やわらかな胸の丸みを愛でた。腰のものは口のなかを力強く行き来し、ゆっくりと耐えがたいほど時間をかけてミケイラの愛撫を感じている。張りつめた場所から精を放つ寸前になっていた。

ミケイラは悦びに打ち震えんばかりになって、欲求に突き動かされていた。自分がここまで勇敢になれるとは思ってもみなかった。ニックに愛撫された経験を生かして、それをそのままそっくり相手にも返してしまえるなんて。ニックが経験させてくれた悦びを、同じようにして彼にも捧げられるなんて。

ミケイラはクライマックスに達する寸前だった。愛液が腿を濡らし、ふれてほしくてクリトリスがうずいている。これまでに、ニックを欲するほど強く、なにかを欲したことなどなかった。

ニックの情熱のあかしを口のなかのできるだけ奥まで吸いこむ。彼に腰を引かれて、また体を震わせた。太く鬱血した頂だけ唇のあいだに挟んで、そこをなめ、もてあそぶ。ニックは手をおろして袋をぐっとつかみ、達しまいと押さえていた。

達してほしい。

ミケイラは舌の先を使ってふくらんだ先端のかたちをなぞり、相手の腿の内側を引っかいた。ニックは体をびくりとさせ、そのすぐあとに胸の奥から響く低いうなり声を出した。

「ちくしょう」と悩ましげに言う。「その口は死ぬほどよすぎるんだ、ミケイラ。かわいいベイビー。もっと強くしゃぶってくれ、スイートハート」

ミケイラはそのとおりにした。もっと奥まで強く吸って、ニックの体の先端が脈打つのを感じると同時に、解放のしずくを舌で味わった。ほんの味見だ。これだけでは少しも満足できない。

硬いものをなめて、舌で洗って、しゃぶり尽くしていると、たくましい手のひらに背を撫でおろされ、尻の丸みを包まれた。

指が双丘のあいだの割れ目にすっと入る。ふたたび官能が高まり、子宮を締めつけられる心地がした。

危険なものさえ感じさせる指が禁断の入り口を押したり、じらすように撫でたりしてから、すっと引いて豊かな愛液を集め、また戻ってきた。

ミケイラは生きながら燃えあがっていくようだった。肌を炎になめられているかのように感じる。ニックはヴァギナのなめらかな潤いをうしろの入り口に優しくなじませていた。

「ほれぼれするくらい、きつく締まってる」懸命に息を継ごうとしているミケイラに、ニックが愛撫しながら低い声でささやいた。「いつか、ここもおれのものにする、ミケイラ。ここを」指がゆっくりとなかに沈んだ。「気持ちよさにきみが叫んでしまうまで、もっとこうしてくれとお願いするまで」

ミケイラは離れまい、倒れてしまうまいとしてニックの腿につめを食いこませた。ニックの自制心を奪ってしまいたい。ニックが彼女に対して示している信じられないくらいの配慮をもぎ取ってしまいたい。それなのに、ミケイラのほうが自制心を奪われていた。

ニックにふれられていつも余裕でいられるわけではないけれど、これは、このふれかたには完全にまいってしまった。許されないほど、不安を覚えるほど高ぶりをかき立てられて、完全に支配されていた。

まず一本の指、それから二本目の指が、ミケイラの体内を押し広げた。悦びとも痛みともつかない鮮烈な感覚に襲われて、声にならない震える声をもらす。

ミケイラがニックを包む口を動かすたびに、うしろに差し入れられた指も動いた。いっそう奥まで沈みこみ、それぞれの指が横に開いてミケイラの内側を押し広げ、鋭い刺激をクリトリスに送りこんだ。

「ミケイラ、ダーリン、こんなふうに遊んでると大変なことになるぞ」頂のすぐ下の敏感な場所に舌を巻きつけられて、ニックがうなる。

彼はふたたび指を沈めて仕返しをした。ゆったりと穏やかに、気遣いのこもったリズムで指を動かしながら、それに合わせてミケイラの唇のあいだに自身を行き来させる。

ミケイラは屈しかけていた。クリトリスにも子宮へ続く入り口にもふれられていないのに、達しそうになっている。勢いよく上りつめて体がばらばらになってしまいそうで、なすすべもなかった。

「だめだ、ミケイラ、いってしまう」ニックが上から苦しげな声を発し、すがるようにミケイラの髪をぐっとつかんで、いままでよりも性急な激しい動きで口を前後に貫き始めた。

唇のあいだに閉じこめた彼のものが硬くなり、太くなった気がした。体の内側を愛撫する指は、まだふれられるのに慣れていない神経を優しくいじめている。

ミケイラはぐんと高まる解放の欲求を感じておののきながらも、ニックが体をこわばらせたことに気づいていた。太腿に力を入れ、脈打つ欲望のしるしをいきり立たせて、ミケイラの頭を引き離そうとしている。

ミケイラはニックを味わいたかった。ここまできて、これを奪われるわけにはいかない。喉から抗う声を発して、さらに強く吸いつき、奥まで引きこんだ。そうしてニックから観念したうめき声を引き出し、熱く噴き出た情熱のほとばしりを口で受けた。

ニックの味に圧倒され、欲求に火がつき、全身に燃え広がった耐えきれないほどの渇望が電気のような刺激をもたらした。

こんなにもなにかを欲し、必要としたことはなかった。荒れ狂う欲求は耐えられないほどで、抗うことなどできるはずがなかった。

「なんて女なんだ、ミケイラ」ニックは苦しげな声を発して身を引き、うしろに差し入れていた指もすっと離した。「おれになんてことをするんだ?」

ニックにどんなことをしてしまったのか自分でもわからなかったけれど、動きだすニックを見て、ミケイラは完全に彼にされるがままになってしまうだろうと思った。

「動くな」ニックは荒々しい声で命じてミケイラのうしろにまわり、ベッドに両手をつかせて彼女の肩に唇を押しつけた。「このままこうしているんだ、ベイビー。おれがどうやって遊ぶか教えるから」

ニックが遊ぶ? ミケイラは生き延びられるかわからなくなった。

「誰よりもやわらかい肌をしてる」唇でミケイラの背筋をなぞっておりていく。「すごくやわらかくて、甘い」臀部の片方の丸みのすぐ上をなめられて、心地よさに震えが走った。

「それに、すごく濡れてる」太腿のあいだに指が滑りこんだ。「またきみを味わうのを待ちきれないんだ、ミケイラ。このプッシーの甘さだけで生きていける気がする」

ミケイラはじっとしていられず、体を小刻みに揺らした。話しかけられているだけで、いってしまいそうだ。

唇がヒップの曲線の上をさまよった。口づけと愛撫がヒップから腿へと下っていくなか、ミケイラはなんとか倒れこまずにいようとがんばっていた。

舌が、あふれ出て腿を濡らしていた潤いをなめ取った。舌をあてられるたびに低く響く満足げな声が肌にじかに伝わり、体を震わせる。

「砂糖なんか目じゃないほど甘い」そうつぶやくと同時に、ニックは体をひねった。

一瞬後には仰向けになったニックの顔が、ミケイラの体の下にあった。ひどく感じやすくなっていた秘所のひだのあいだを、舌でさっとなめられる。

舌がぐっと入ってきたとき、ミケイラはびっくりして体を跳ねあげ、きゃっと甲高い声をあげた。敏感な入り口の秘めやかなやわらかみを探られている。

ニックはヒップを力強くつかみ、ミケイラの動きを封じた。舌で彼女を貫き、花芯をなめて転がし、また押し入る。

次はどこに舌をあてられるのか、まったく予想がつかなかった。ニックが次にどんな愛撫でミケイラの理性を突き崩そうとしているのか、まったくわからない。ぞくぞくする刺激とアドレナリンを運ぶ興奮が、何本もに枝分かれして体じゅうを駆け巡った。肌には玉の汗が浮いて両脇を伝い落ちた。秘所のひだを舌でゆっくり分け開かれて、きつく締まっている体の奥まで侵入されている。それから、ふくらんだ花芯に吸いつかれて、徐々に両腕から力が抜けていった。

いっぽうで体の内側から緊張感が生まれ、全身が張りつめていき、動けなくなった。ふたたび舌が入ってきて、なめ、撫でる。そのとき彼女のまわりで世界がはじけ、思考を奪い去る激しい爆発が何度も起こって、悲鳴が幾度も押し出されるように発せられた。

息を切らして何度も激しい絶頂を乗り越えたあと、少しのあいだ呼吸を整え、恍惚の高みから意識を引きずりおろさなければと思った瞬間、硬く太いものに一気に押し入られた。柔軟なプッシーに焼けつくような感覚をもたらしながら、それが押し進んでいく。

ミケイラは背をそらし、懸命に体を支えたままでいようと両腕を震わせながら目を閉じ、ニックに身を任せるしかなかった。

ニックは両手でヒップをつかみ、二度目の猛攻で根元まで身を沈めた。ミケイラのずっと奥まで突きあげている。

オーガズムの余韻でさざ波立っていた繊細な筋肉が、いきり立つニックを愛撫し、締めつけた。そうするうちに、止めようもない震えがミケイラの体を伝わり始めた。

息をするたびにあえぎ、切ない悲鳴が飛び出していく。硬くふくれあがっている欲望のあかしに順応する時間も与えられずに、貫かれ、支配されていた。

奥まで力強く突かれるたびに叫び、なんとか息を継ぐ。体はあまりにも感じやすくなっていた。両腕がついに支える力を失い、ミケイラはマットレスにくたりと上半身を突っ伏した。

そこへニックが覆いかぶさり、腰を打ちつけながら口づけた。

「かわいいミケイラ」首筋に歯を立て、ミケイラに自身を打ちこみながらニックがうなった。

一声叫びを発したミケイラの両手を、指をからめてがっちりと握る。

「おれのほうへ尻をあげてくれ、ベイビー」力尽きてずるずると膝が滑り、ベッドにヒップも落としてしまっていたミケイラに向かって、必死さをうかがわせる声で求める。「頼む、ミケイラ。そうしたほうがずっといいんだ」

ミケイラはなんとかヒップを浮かせた。するとニックは首筋にかみつき、ぐっと身をうずめてミケイラを満たし、体の奥へ脈動を伝えた。

いったん身を沈めたあとは、侵入は愛撫になった。体の内側の奥深くを心地よく行き来され、敏感になりすぎた神経を押され、探られ、くまなく刺激される。ミケイラは空気を求めてあえぎ、オーガズムが押し寄せてくるのを感じてわななき始めた。

「きみのなかに入っていくのはすごくいい」ニックが恍惚に沈んだ声で言って腰を動かし、また強烈な刺激をクリトリスに送りこんだ。「プッシーがおれを強く搾って、とことん心地よく小刻みに動いて、小さな手みたいにきつく締めつけてくれる」彼の腰が押し寄せて揺れ、まわりの世界がはじけ飛んだ。

オーガズムに襲われてミケイラは叫び声をあげた。歓喜が全身に伝わって神経に火がついていき、激しい炎はクリトリスから子宮まで押し寄せた。

ニックはうしろからミケイラの肩に強く歯を立て、彼女のなかに勢いよく精を解き放ち、ミケイラの体に何度も突発的な小さな揺れを引き起こした。

この上なくすばらしい、魂も打ち砕く感覚。ミケイラにはわかっていた。ニックとこんな体験をしたことで、自分はニックがいなくなったあとに出会うどんな男性とも幸せは得られないだろう。

女性にとって、こんな悦びは一生に一度しか訪れない。エクスタシーのさなかに心も体も魂もひとつに混じり合った。そんな体験を通して、心は永遠に向かう先を決めてしまった。

震えが徐々に収まっていき、わきあがる充足感に包まれながらも、影に覆われた未来への不安が鋭く胸を刺し、心の奥から苦しくなった。

ニックに恋をするなと自分に言い聞かせていたのに。彼を愛したりしないと胸に誓っていたのに。

それなのに気づけば、ニックを愛していた。

心と体と魂で。幸せが訪れるはずもなく、未来もない。

それでも、ニック・スティールと恋に落ちていた。

17

前夜の熱情が薄れ、朝が来ると、ふたりは服を着て家を出た。

まずはジャーヴィス・ダルトンを訪ねる。そう言って、この日の計画を説明するニックの口調には無駄がなく、とりつく島もなかった。前夜の情熱的な男は、すっかりどこかへ消え失せていた。

ニックは、彼が以前から保とうとしているふたりのあいだの距離をなくすまいとしている。ミケイラも無理やり近づくつもりはなかった。もう、こちらからニックのもとに行ったりはしない。ベッドに戻ってきてと頼んだりはしない。ニックのほうから来れば、拒みはしないけれど。

女はある程度のプライドを持たなければだめ。ミケイラは胸に言い聞かせた。そうこうしているうちに、ふたりが乗っている車は、ジャーヴィス・ダルトンが姉と同居しているアパートメントの前の駐車場に停まった。

「おれのうしろにいろ」車をおりるとき、ニックが命じた。「武器を見たらできるだけ姿勢を低くしてトラックに走れ。安全な車のなかに入ってから、警察に電話をしろ」

ミケイラはうなずいた。今朝も、まったく同じ指示をされた。ミケイラが前日のニックの行動からなにも学んでいないとでも思っているのだろうか。

ニックのうしろに隠れたまま玄関まで歩いていき、ニックがドアをたたくあいだも用心深くさがったままでいた。

気の毒なジャーヴィスは、ニックが戻ってくる危険なんてあるわけがないとでも思っているかのように、ドアを開けた。

驚いたジャーヴィスの悲鳴が響いたとき、ミケイラは唇をかんだ。またたく間にニックの手がジャーヴィスの喉をつかみ、アパートのなかに押しこんだのだ。

ニックにつりあげられて壁に押しつけられると、ジャーヴィスは苦しげな叫び声をもらし、目が飛び出しそうな顔になって、なすすべもなく体をばたつかせた。必死でつま先立っている足が床から離れそうだ。

ミケイラは静かに玄関のドアを閉め、室内を見まわした。武器や、ほかの部屋から不意に飛び出してくるかもしれない人影を探す。

「ジャーヴィス、ジャーヴィス、ジャーヴィス」ニックはため息をついた。「この前ここに来たとき、おれはうそをつくやつは嫌いだと言わなかったか？　嫌いすぎて、即そいつの頭に銃弾をぶちこみたくなると教えなかったか？」

ジャーヴィスは恐怖に満ちた甲高い声を出し、怯えきった惨めな顔でニックを見つめた。かわいそうに、とミケイラは思いそうになった。

「どうしてうそをついたんだ、ジャーヴィス？　行ったと言っていたバーに、おまえは行っていなかったじゃないか。どうやってマディックスになりすましてエディを殺したのか吐け」

ニックは本気でジャーヴィスがエディを殺したと思っているわけではないと、ミケイラにはわかっていた。ニックは話を聞き出そうとしているだけだ。ジャーヴィスからマディックスにつながる手がかりを見つけようとしているだけ。

恐怖のあまり、ジャーヴィスの目に半狂乱の色が浮かび始めた。「えっ、そんな、やめてくれよ、違うって。あんたはわかってねえ」ぜいぜい言っている。

「確かにわかっていない」ニックは同意した。「わかっていないから、なんでおまえがエディを殺したのか説明したらどうだ？」

「くそ、だから誤解だって。おれは誰も殺したりしてねえって」

「だったら、納得がいく説明をしろ」ニックは辛抱強く、相手を震えあがらせる口調で問いつめた。

ジャーヴィスはどうしようもなく震えていた。「ほんとに、バーにいたんだ。ほんとなんだよ。〈ディア・パーク〉にいた。ただ、誰にもそのことを知られたくなかったんだよ」

沈黙がおり、ニックがちらっとミケイラを振り返った。明らかに、そのバーを知らないようだ。きっと、ニックはそのバーを調査の対象にしていなかったのだろう。

「あそこはゲイバーよ」ミケイラはちょっと口のはしをあげて教えた。ニックは驚いてまなざしを険しくしている。ジャーヴィスは、びくびくしながらミケイラに笑いかけようとした。

「ミケイラもあの店に行ったことあるよな。何回か見かけたぜ」

ニックが勢いよく振り返ってミケイラをまともに見た。険しくなっていたまなざしが突き刺さる。

「いいバーよ」ミケイラは肩をすくめた。「いい音楽を流してるし、あそこに集まる人たちはダンスをするのが好きなだけで、それ以上のことは狙ってないし。少なくとも、わたしのことは狙ってない」おもしろがって、眉をあげてみせた。

「またおれをだます気だな、ジャーヴィス」ニックががらりと声を荒らげ、ジャーヴィスのほうを向いた。

「違うって、誓うよ」また怯えきった声になって、ジャーヴィスは叫んだ。「うそじゃない。ゲイだって職場の連中には知られてなかったんだ。エディにばれるまで。おれの彼氏、役所で働いてて、自分がゲイだってことはボスに内緒なんだって。それなのに、エディがばらすって脅してきた。だから、おれは知ってることをなにも言えなかったんだよ」

「エディに首にされたのは、それが理由か？」ニックの声には抑揚がなく、脅しが漂っていた。

ジャーヴィスは首を横に振ろうとしたが、そこにはニックの指が巻きついていて動かせなかった。「そうじゃない。エディは問題を抱えてて……」ジャーヴィスはつばをのみこもうとした。「金の問題を。それで、おれに品質が悪い資材を使わせようとしたんだ。経費を減らすために。エディは、なんかやばい仕事に手を出してたみたいだけど、おれはそれがどんな仕事かは知らない」

興味深い話になってきた、とミケイラは思って、じっと見守った。恐怖のおかげで、ジャーヴィスの舌がゆるみ始めた。

「うそをつくのはやめろ、ジャーヴィス」ニックはいっそう脅しつける口調になった。「こんな話は、おまえが勝手にひねり出しただけだろう。そうでなければ、この前、話をしたときにしゃべっていたはずだからな」

「ほんとに、うそじゃないって。おれだって、犯人が誰か突き止めたかったんだ。自分でじっくり調べたかった。そしたら、ちょっとした金をものにできたかもしれないだろ？」ジャーヴィスはまた笑おうとしたが、口元は恐怖で震えていた。「あいつのためにはやる気がしなかったんだよ。エディのためにはな。最初はやるって言っちまったんだけど、あとから手を引いた。そしたら、エディはまじで切れた。ひょっとしたら、びびってたのかもしれねえ。よくもだましたな、とか言って、おれを首にした。しかも、あいつにやれって言われたことを誰かにもらしたら、おれがゲイだってことをみんなにばらしてやるって脅してきたんだ」

「おれがこの話の裏を取るつもりだとわかってるな、ジャーヴィス」ニックは警告した。「同じように、おまえの彼氏というやつのことも調べる。そいつの名前は？」

「頼むよ、よしてくれよ」ジャーヴィスが情けない声を出した。「それだけはやめて。おれ、彼氏にDCで一緒に住んでいいって言ってほしいんだ。面倒をかけたら、そんなこと絶対に言ってくれねえよ」

「名前を言え、ジャーヴィス」ジャーヴィスの喉を締めあげるニックの指に、また力が入った。

ジャーヴィスの目いっぱいに苦しみがあふれ、頬には一筋の涙が伝った。「ダーネル」ついに、ニックに訊かれた名前を白状した。「ダーネル・ウォーターズ」

ジャーヴィスの口からその名前を聞いた瞬間、ミケイラは口元をこわばらせた。ジャーヴィスには告げたくないが、ダーネル・ウォーターズがDCで一緒に住んでいいなんて絶対に言うはずがない。ダーネル・ウォーターズには妻もいて、子どももいて、前途有望な政治キャリアがある。上院議員の義父によって綿密に計画され、用意されている将来を危険にさらしたりはしないだろう。

「ほかにバーで誰と会った？」ニックは低い声を出した。「さっさと名前を言え。さもないと帰る前に、とことん痛めつけるぞ」

ジャーヴィスは唇を震わせたが、言われたとおりに名前をあげた。バーテンダーのほか、ミケイラも知っている常連客数人の名前だ。

「よくできたじゃないか、ジャーヴィス」ニックは脅しをこめた冷たい無情な微笑で相手をおののかせてから、つかんでいた喉を放し、身を引いた。「いま聞いた話も徹底的に調べあげるぞ、わかってるな」

ジャーヴィスは喉をさすりながら、がくがくとうなずいた。

「エディがおまえにやらせたがっていた仕事をやらせるために、かわりの人間を見つけていたかどうか、知っているか？」ニックは玄関に向かって歩きだしながら尋ねた。

「知らねえ」ジャーヴィスの声が揺らいだ。「だけど、エディは殺された日もまだびびってたよ。おれたちが言い合いになったとき。エディのことはよく知ってたから、あの日、やつが怖がってるって目を見ればわかった」

ニックは振り返らず、さらになにかを訊こうともしなかった。ドアを開け、ミケイラを伴って外に出て、トラックに戻った。

「ジャーヴィスの話を信じてる？」ニックがバックで駐車場を出て、トラックの方向を変えて走りだそうとしたとき、ミケイラは尋ねた。

「信じてると思う」ニックはため息をついた。「おかげでとことん頭にきてるんだ。なにせ、やつは容疑者にするのにぴったりな人材だったからな」

ミケイラは唇を引き結んだ。「ジャーヴィスは全然マディックスに似てないわ」

ニックはうなずいた。「しかも、ジャーヴィスのおかげで話がマディックスに逆戻りだ。マディックスはエディがあの建設現場のプロジェクトを妨害しようとしてることに気づいたとしても、エディを殺したりしないはずだと、おれは思う」

ミケイラは黙ったまま、ほとんど息を詰めてニックを見守っていた。

「じゃあ、これからどうするの？」マディックス・ネルソンの名前くらいは出してくれるだろうか、と思いながら尋ねた。

「これから？」ニックはあきらめの漂う表情でミケイラにさっと目をやったあと、トラックを州間道に走らせた。「もう一回、ホルブルックをつかまえられないか訪ねてみる。ダルトンくんからさっき聞かされた最新の情報の裏を取る」

ところが、今回もリード・ホルブルックはつかまらなかった。秘書の話では、ホルブルックは所用で出かけており、いつ会社に戻るかもわからないという。

ニックたちが避けられているのは明らかだった。リード・ホルブルックの閉じられたオフィスのドアをにらみつけるニックが発散する怒りを、ミケイラも感じられた。

ニックはデスクに両手をたたきつけて上半身を倒し、見るからに警戒している秘書の鼻先から数センチのところまで顔を寄せた。

「ミスター・ホルブルックに二十四時間やるから、それまでにおれに連絡しろと伝えろ」ニックは抑えた口調で秘書に告げた。「二十四時間たったら、おれは迷わず不愉快な手に出るからな」

ニックは体を起こしてデスクの上からペンを取り、メモ帳に自分の名前と携帯電話の番号を書きこんで、秘書に背を向けた。

ミケイラの腰に手をあててホルブルックの会社から連れ出し、トラックに戻る。

「また無駄足だったわね」ヘイガーズタウンに帰る車内で、ミケイラはつぶやくように口にした。

「そのようだな」ニックの声はこわばっていた。

「きっと、あなたと話す気がないのよ」ミケイラははっきり言った。「集まった情報によれば、ホルブルックはエディと会っているところを見られてるでしょ。エディに仕事をさせていたのは、ホルブルックかもしれないわ」

「なんでもありうる」ニックはうなって黒いサングラスをかけ、州間道に向かった。

「わたしは口を閉じてじっと座ったまま、ずっとあなたをすねさせておかないといけないの？」ミケイラは胸の前で腕を組んで、相手の横顔をにらみつけた。

この日のニックはずっとこんな調子だった。そっけない答え。心を閉ざして、あからさまに人を上から見ているかのような態度。ミケイラはもう我慢できなかった。情報を教えないでおこう、とニックに思われても仕方ない子どもではないのだ。

「どうして、おれがすねるんだ、ミケイラ？」ニックは唇を薄くし、あごの横の筋肉に力を入れたり抜いたりしている。間違いなく、いらいらしている。

「どうしてあなたがすねてるのか、わたしには知りようがないわ」ミケイラはいらいらしてぴしゃりと言い返した。「だけど、わたしには三人の弟たちがいるから、相手がすねていればわかるの。わたしが同行すると強く言い張ったせいでまだ腹を立てているのなら、わたしには、あなたは過剰に反応しすぎだと思えるわ」

「だろうな」と、ニック。

ミケイラは弟たちにこういう態度をとられるのが、たまらなく嫌いだった。ニックにこういうことをされると、もっと気に入らなかった。

「それじゃあ、なにが不満なの？」ミケイラは息巻いた。「あなたに交戦地帯に連れてってって頼んでるわけじゃないのよ。ニック、わたしにはこの調査に参加する当然の権利があるわ」

「おれの気を散らす権利はないだろう、ミケイラ」ニックの口調には、いまにも爆発しそうな怒りが表れ始めていた。「きみはおれの恋人だ。標的でもなければ、容疑者でもなければ、クライアントでもない。いま現在は、きみはおれの恋人で、おれのそばで一緒に過ごす一分一分が、きみにとっては危険だ。おれがそれをうれしがるとでも思うか？」

ニックはワシントンDCを出てすぐ尾行の車に気づいてからというもの、暗い意識がじわじわとわきあがってくるのを感じていた。つけられている。それなのにニックはそのくそ野郎をおびき寄せ、締めあげて泥を吐かせることもできずに、トラックに閉じこめられている。なぜなら、ミケイラが同行すると言い張っているからだ。

こんな状態で、どうやってミケイラを守れというんだ？　ミケイラがそばにいるせいで行動を抑制しなければならなかったら、まともに仕事ができない。

「一日じゅう奥の部屋に隠れて、知らせを待っているのを、わたしがうれしがると思う？　あなたが戻ってからどの情報をわたしに教えて、どの情報を教えないでおくか考えているあいだ、部屋のなかでうろうろしているのが楽しいと思う？」

悔しさと怒りがミケイラの声ににじみ出ていたが、ニックはほかの心情も聞き取っていた。もろさ、自分ではどうすることもできないという思い。ミケイラにとって、世界は急に変わってしまったのだ。安全も奪われた。それを受け入れようと闘っている心中の気持ちが、声にそのまま表れていた。

ニックは追いつめられてミケイラをにらんだ。「そんなふうにはしていない」と言い返す。

「わかったことは話してる」

「わかったことであって、起こったことではないでしょう。会った人たちの表情も、振る舞いも、その人たちがぽろっともらしたちょっとした言葉も、話では伝わらないわ」ミケイラは反論した。「ニック、わたしも一緒に調べなきゃならないのよ」

ニックは、ミケイラを守らなければならない。守りたいという衝動に、生きたまま食い尽くされそうになっていた。

ふたたびミラーに目をやると、特徴のない黄褐色のセダンがまだいた。

「そうしてばかりいるわね」ミケイラが言った。

「なんのことだ?」ニックは顔をしかめて相手を見やった。

「ミラーを見てばかりいる。つけられてるの?」

くそ、ミケイラはニックが認めたくないほど鋭い。

「さっきからつけられてる」仕方なく答えた。「おおかた、ホルブルックの手下だろう」

あとで必ず突き止めると、無言で誓った。ホルブルックの寝室に忍びこんで、やつのタマにナイフで軽く穴を開けなくてはならなくても、事実を手に入れてやる。

「すぐ近くにいる?」ミケイラもばかではない。うしろを振り返ったりはしなかった。

「数台うしろを走ってる」いまのところ、謎の尾行者は脅威となるそぶりは見せていない。

だが、その状況がいつなんどき変わってもおかしくないと、ニックにはわかっていた。

「合図をしてくれれば、すぐに屈むから」ミケイラは約束した。「でも、ゲーム機を取りあげられた五歳児みたいなまねはもうやめて。ほんとに頭にくるわ」

相手の言いぐさにニックは笑い声をあげそうになった。ミケイラの口調は、女が小さい子どもか、けんか腰の若造を相手にしているときにだけ使う口調そのものだったのだ。

ニックはどちらでもない。

「ジャーヴィスが言ってたバーが開くのは何時だ？」ニックは自分のいら立ちをさらにあらわにしてしまう前に、話題を変えた。

「十時前に行ってもいいことはないわ」ミケイラは答えた。「バーが開くのは六時だけど、常連客に話を訊きたいなら、もっと遅い時間に行ったほうがいい」

ミケイラの言うとおりだと認めざるをえなかったが、そうするのは気に食わなかった。

「じゃあ、先に夕食だな」ニックはため息をつき、尾行の位置を確かめるために、もう一度ミラーに目をやった。

尾行はまだ同じ位置にいた。

「いいわね、夕食にしましょう」ミケイラは声を落とし、アームレストに肘をかけて額をこすった。

ふたりのあいだの緊張感は送電線のようだった。あまりにも意識しすぎて、興奮が高まりすぎて、火花を散らしそうになっている。

昨晩あんなふうに抱いても、ミケイラに対する渇望は静まらなかった。ニックの体のなかで燃えあがっている切望は少しもやわらがなかった。あいかわらず、ミケイラを激しく求めてやまなかった。

どのみち、ミケイラを求める気持ちはすぐに減じたりはしないのだ。数時間後、ジャーヴィス・ダルトンがアリバイを証明できると請け合って名前を出したナイトクラブの駐車場に入っていきながら、ニックは内心で認めていた。

あの情けないろくでなしは無能すぎて、実際にあんなふうに人を殺せたはずがない。だが、手がかりは手がかりだ。現時点でニックは、なにはともあれこの件を早く解決したくてたまらなかった。早くミケイラから逃れなければ、彼女に魂を奪われてしまう。

ミケイラは、いったん家に戻ってシャワーを浴びて着替えたいと言った。そのことから、ミケイラは今夜ニックを半狂乱にさせるつもりだと、彼は感づいてしかるべきだった。

ミケイラは、いまも体にぴったりと張りついている伸びのある菫色のシルクのドレスを着て、髪を頭の上のほうでまとめて両肩に流れ落ちさせていた。あの官能的に波打っている髪に、ニックはまだ頭を悩ませていた。ミケイラはどのようにして、あの髪を波打たせたのだろう？　ニックが知っているミケイラの髪は、美しい自然のままの絹糸のようにまっすぐなのに。

これまでも、ミケイラは妖精に似ているとずっと思っていたが、このときのミケイラは完全に妖精そのものだった。十センチヒールのサンダルをはいている妖精だ。このサンダルのおかげで、足がいままでになく小さく、華奢に見えていた。

ミケイラの腰に手を添えてクラブのなかにエスコートし、入場料を支払い、耳を襲った大音量の音楽に顔をしかめそうになった。ダンスフロアではたくさんの人が体を揺らし、一様に誘惑に没頭して踊っていた。

ミケイラに導かれ、ダンスフロアのはじを通ってカオスを抜け、長い木製のカウンターにたどり着いた。それにしても、ここまでの旅はニックに言わせれば時間がかかりすぎた。ほかのさまざまな場所に行ったときと同じく、ここにもミケイラの知り合いが大量にいたのだ。

カウンターの空いているスツール二脚に腰かけるころには、ニックは本格的にいらいらして歯をきしらせていた。ダンスに誘われ、飲み物を勧められ、つき合いでおしゃべりをしていたおかげで、目的の場所にたどり着くのに三十分以上かかった。

「ミケイラ、スイートハート、あなた、その完璧なドレスもお手製なの？」バーテンダーの鼻にかかった声にも、ミケイラのドレスを眺める感嘆のこもった彼のまなざしにも、性的な含みはまったくなかった。「新しいデザインができたなんて言ってなかったじゃない、ダーリン」

「新しいものじゃないわ」ミケイラはバーテンダーに答えてから、ニックのほうを向いた。「ニック、こちらはケヴィン・マッケイ。たまに縫製を手伝ってくれてるの」

「緻密で繊細な縫い目が、作品の出来不出来を左右するんだから」バーテンダーはニックに向かって力説した。

「だろうな」ニックはミケイラに多くを伝えるまなざしを投げた。

「ケヴィン、今夜サムは仕事にきてる？」ミケイラが尋ねた。サムとは、アリバイを証明してくれるはずだとジャーヴィスが請け合っていたバーテンダーだ。

「もうすぐ来るはず」ケヴィンは手を振ってカウンターのなかを指した。「遅れるって電話があったの。彼女のガールフレンドがちょっとまいっちゃったらしくて。どんな感じだかわかるでしょ」ケヴィンはぐるりと目をまわしてあごのちょびひげを撫で、カウンターに視線を滑らせた。「失礼、おふたりさん。お客さまだわ」

ニックも目をまわしてやりたい気分だった。ここまで特異な任務の経験はいままでに一度もない。ミケイラのような女性と会った経験も、ないに決まっていた。

「どうぞ」ケヴィンが楽しそうな笑みを浮かべながら戻ってきて、ニックの前にウイスキーを置いた。

ニックはまずグラスに目をやり、それからバーテンダーを見た。

ケヴィンは眉をつりあげてこぎれいな顔におもしろがるような表情を浮かべ、離れたカウンター席にちらりと視線を向けた。

年かさの男が、そこの席からこちらを見つめていた。彼は微笑んで自分のグラスをあげ、口を動かした。〝飲んで〟

ニックはくるりとミケイラのほうを向いた。

ミケイラは微笑んでそのやり取りを見守っていたが、ニックが振り向くと、向こうにいる男に四本の指を上品に振ってあいさつし、ニックの前のグラスを取って一息にウイスキーを飲み干した。

顔をしかめもしなかった。

この女性が持つさまざまな面に、ニックは心を奪われつつあった。まずい事態だ。

「ミケイラ、スイートハート、きみがこんなところにいるってパパは知っているのかい?」

カウンターのはしに座っていた男が、ニックの横に来ていた。

「ライアン、わたしがここにいたってパパに言うつもりなら、あなたもここにいたって知られちゃうわよ。そんなことになったら、またパパから知らない男の人を引っかけたりしちゃいけないってお説教されるんじゃないかしら」ふざけてライアンに向かって指を振っているミケイラを、ニックは険しいまなざしで見つめた。

ライアンは笑い声をあげた。「知らない男の人といえば、彼にぼくを紹介してくれないの?」

ミケイラはアメジスト色の目を楽しそうに輝かせた。「ライアン・バッツ、わたしのとても大切なお友だちのニック・スティールよ」と紹介する。「ニック、ライアン・バッツはわたしの親のまたいとこの息子で、完全なトラブルメーカーなの」

「ミスター・バッツ」ニックはうなずきかけた。

「じゃあ、きみがエディ・フォアマンを殺した犯人を突き止めようとしている人か」と、ライアン。「犯人は人でなしだよね。フォアマンを殺したのなんかどうだっていいにしても、うちの大切なミケイラを巻きこむなんて許せない」

エディ・フォアマンがあまり好かれていなかったという事実は、この際、問題ではなかった。

「あなたにも調査を手伝ってもらえるかもしれないわ、ライアン」ミケイラはにっこりした。

「エディが殺された晩、ここにいた？」

「いたよ。開店と同時に、友だち何人かとなかに入った」と、ミケイラの親戚はうなずいた。

「いくつか質問に答えてくれる？」ミケイラは尋ねている。

ライアンがニックに顔を向け、彼の全身にゆっくりと視線を添わせた。獲物を見るような目で見られたと訴える女性がどんな気持ちか、このときニックは理解できた。

「そうだなあ」ライアンはゆったり答えた。「ここにいる背の高い、陰のある、危険な感じのお兄さんは、ぼくとダンスをしてくれると思う？」

ニックは首をまわして、真正面から相手の男を見据えた。すると、ライアン・バッツは一秒とたたないうちに、ダンスは実現しそうにないと悟ったようだった。

バッツはまた明るく笑った。「なにが聞きたいんだい、ダーリン？」

「ジャーヴィス・ダルトンの話だ」ミケイラのかわりにニックが答えた。「ジャーヴィスはエディが殺された晩もここにいたと言っている」

ライアンはゆっくりとうなずいた。「ああ、ジャーヴィスはいたよ。ぼくと同じくらいの時間に来てた、開店と同時に。五時半くらいかな」

「確かにジャーヴィスだったか？」ニックは念を押した。

「確かだよ。ジャーヴィスは友だちと一緒に、かなり頻繁にここに来ているからね。お相手は、ダーネルって名前じゃなかったかな。ＤＣに住んでいる人。ふたりは閉店までここにいたよ」と言って、ライアンはミケイラを見やった。「わかるだろ。ぼくらはときどきただ集まって、くだらない話をするんだ。あの晩も、そういう夜だったな」

「ありがと、ライアン」ミケイラは笑顔で返した。

「なあ、スウィーティ、きみは大変な思いをしてるんだよな。マディックスは大物だし。でも、実は、きみの役に立つかもしれない情報があるんだ。ただ、その、ぼくもマディックスの下で働いてるだろ」ライアンがミケイラの肩に手を置くのを見て、ニックは歯を食いしばった。情報は願ってもないのに、その手を払いのけてやりたくて仕方なかったのだ。

「あんたの名前が表に出ることはない」ニックは告げた。

ライアンは深く息を吸い、手をおろして、いっときあたりに視線を走らせた。「マディックスは会合に出席していたと言っているだろう。新聞にはそう書いてあった。だけど、ぼくはこのバーに来る途中で、マディックスを見たんだよね。あの建設現場に行くとき使う出入り口からちょっとのところにある停留所で。なんか、おかしいなって思ったんだよ。マディックスが現金自動預払機《ATM》を使ってたから」

ニックは煮えくり返る怒りを感じて歯を食いしばり、バッツを見据えた。繰り返し、マディックスに話が逆戻りする。それぞれの糸がじわじわとより合わせっていき、あの建設会社経営者の首を絞める縄となっていく。いったいなんだってマディックスはこんなまねをしてうまく立ちまわれるなどと考えたのだろう。ニックはそう考え始めていた。

ちくしょう、ミケイラと同じくらいマディックスも潔白だと信じきっていたのに。自分は間違っていたのかもしれないと思えてきて、無性に腹が立った。マディックスが殺人を犯しておいて逃げおおせるために、ニックだけでなくミケイラまでも利用していたと証明されたら、マディックスは神の慈悲にすがることになる。ニックに言わせれば、ミケイラを利用したのは、なによりもはるかに重大な罪だった。

「ここでの用はもうすんだな」ニックはカウンターの席を立ち、ミケイラがスツールからおりるのを助けて、ライアン・バッツに向かって言った。「協力に感謝する、ミスター・バッツ」

「その、くれぐれもこの件でぼくの名前は出さないでね」不安がバッツの目に影を落とした。「ミケイラのことは好きだよ。いい子だから。とはいえ、ぼくにも仕事があるからね。住宅ローンもあるし、人生も楽しんでるしさ。わかってくれる？」

「あんたの名前が出ることはない」ニックは約束し、背を向けてミケイラを出口へとうながした。

ミケイラは静かにしていた。深刻な顔つきでニックをちらっと見あげている。

ニックは彼女に視線を返せなかった。ニックは、ミケイラが誤って犯人をマディックスだと思いこんだに違いないと考えて、事件を調べ続けていた。誰かがなんらかの方法でミケイラをはめたのだろうと。どうやら、そうではなくて、マディックス・ネルソンがなんらかの方法でニックをだましおおせたのかもしれない、と思えるようになってきた。

「ニック？」駐車場に向かう前に、バーを出てすぐのところでミケイラがニックを引き留め、問いかけた。

　ああ、ミケイラのこの目がいとおしくてならない。ミケイラの香りも、さわり心地も。なんてことだ、彼はミケイラとともに行動して関係者から話を聞くのを、ひどく楽しんでさえいた。楽しむべきではないと自覚しているというのに。それなのに、これが終わったら、もうそばにミケイラがいないのを自分が寂しく思うだろうということもわかっていた。

「証拠をつかんだら、やつに代償を払わせる」ニックは誓った。「約束するよ、ミケイラ。きみが恐怖や危険にさらされていた時間一秒一秒に対して、必ずやつに代償を払わせてやる」

「どのみち、罪を償わなければならないのよ」ミケイラは言った。「証拠が見つかれば、刑務所に入ることになるんだから」

　刑務所に入れれば幸運だろう。

「やつのアリバイを崩さなきゃならんが、まずはもっと情報が必要だ」ニックは告げた。「行くぞ、家に戻ろう。パソコンで仕事に取りかかりたい」

　事実が必要だ。証拠を見つけなければ。推測ではなく。この段階で、あるのは推測だけだった。

「じゃあ、行きましょ」ミケイラは先に立って歩きだした。あんなに高いヒールをはいているのに、しなやかで、優雅だ。

　ニックは頭を左右に振り、ミケイラのうしろを歩き始めた。ミケイラのすぐそばにいるべきだった。決して、ほんの数センチだけでも、ミケイラを自分より先に歩かせるべきではなかった。

急に速度をあげる車の音を聞いた瞬間、ニックはミケイラに飛びかかっていた。突然ライトに目をくらまされた。よけられそうもないほど近くの駐車スペースから車が飛び出し、猛スピードでミケイラめがけて走ってきた。

ニックは脇にさげた銃に手を伸ばしながら、ミケイラの腰に腕を巻きつけて宙に抱えあげた。

車はふたりから数センチしか離れていないところを通り過ぎた。倒れた衝撃をニックが背で受け止めたとき、ミケイラが悲鳴をあげた。ニックは車に向かって銃を撃った。激しい怒りに襲われ、悪態をつく。

すばやく転がって自分の体と停めてあった車のあいだにミケイラを隠した。それから間を置かず、彼女を引っ張って動かない車と車の隙間に逃れる。

ミケイラもニックに合わせて転がった。抵抗しようとはしなかった。ニックがミケイラを車に寄りかからせて片膝をつき、武器をあげたころには、先ほどの車はタイヤをきしらせて広い道に出ていた。

ろくでなしは逃げおおせたが、少なくとも車に二発は命中させたことは確かだった。

ほかに脅威はないと確認して、ミケイラを振り返った。

ミケイラは車の横に身を押しつけて、目を大きく見開いていた。完璧に結いあげていた髪が横に崩れてしまっている。片方の頬に垂れた波打つ髪には、血がついていた。

ニックは震える両手でミケイラの髪をかきあげた。髪のなかに続いている長い引っかき傷を見て、まず深い傷ではなかったと強い安堵感を覚えた。安堵の次には、なにもかもを圧倒してしまう激しい怒りがわきあがってきて、爆発しそうになった。

彼の女を狙うこうした行為に我慢ならず、とにかく耐えられなくなってきた。どこの誰だかわからないそいつを、ただではすまさない。エディを殺した犯人を見つければ、ミケイラを狙った犯人も見つかる。必ず、襲撃者を見つけ出す。神にかけて、全員に報いを受けさせてやろう。

18

警察に電話し、ひき逃げをされそうになったことを伝え、やる気のない刑事がなんとかひねり出した質問に答えるのに、ニックに言わせれば途方もない時間を奪われた。

ニックはむしろ、まず先にミケイラを病院に連れていきたかったのだが、ミケイラはそうしたがらなかった。家に帰りたがった。ニックもミケイラを家に連れて帰りたかった。どうしても、ミケイラを抱きしめて離さずにいたかった。たとえ少しのあいだだけでもそうして、ミケイラは本当に無事だったのだと自分を安心させたかった。

ミケイラが、とにかく若い女らしいバスルームに置いている、愛らしすぎる小さな椅子の前でニックは膝をつき、彼女の引っかき傷をそっと消毒した。じっくり確かめて、病院に行かなければならないほど深い傷ではないと納得した。

引っかき傷は充分ひどかったが、血をぬぐってみると、縫う必要はないとわかった。

「すまなかった、ベイビー」ニックは優しく言った。使いものにならなくなりかけた喉から発するしゃがれ声で、できるかぎり優しく言おうとした。

恐怖と激しい怒りで、胃が締めつけられるようだった。あの車がミケイラに向かって猛スピードで走ってくるのを見たときの恐ろしさ。早く動かなければ、ミケイラを失ってしまうと思い知らされたときの心地。それらを思い出して、怒りがこみあげた。

ミケイラを失うところだった。ニコレットを失ってしまったように。遠い昔に人生を、思い描いていた将来を失ってしまったように、ミケイラまで失うところだった。

何者かが、ミケイラを殺そうと躍起になっている。襲撃は回数を重ねるごとに、危うさを増していた。というのに、ミケイラはいまもまだ信頼をこめた目でニックを見つめ返している。信頼と愛情をこめた目で。ミケイラのまなざしから愛情を感じて、ニックの胸は締めつけられた。また誰かにふれられることなどあるわけがないと思っていた心がかきむしられた。そして、渇望が襲ってきた。

それでもまだ、こんなにも清らかで繊細な女がなぜ、ニックのような男に心を捧げてくれるのか理解できなかった。これから先、ともに生きていける見こみなどないと、あらかじめ告げるような男に。

「なぜなんだ？」問いかけずには、知らずにはいられなかった。「どうしておれになにも求めないんだ、ミケイラ？　将来の約束とか。ある程度の深い関係とか。そういうのは、あとになっていきなりぶつけるつもりなのか？」

こう問いかけられて、ミケイラは目いっぱいに傷ついた気持ちを浮かべた。「あなたはわたしの恋人でしょ、ニック、わたしの持ち物じゃないわ。あなたは、わたしになにも約束できないと言ったじゃない。あなたはうそはつかないわ。最初から、あなたは正直だった。わたしがいまになってもっと多くを求めるのは公平かしら？　あとになってでも？」

ミケイラは、ニックの心を打ち砕いている。ニックは苦しくなって思った。ミケイラは自分が彼にどんなことをしているか、わかっているのだろうか。ミケイラは、ニックが自分はこういう男だと思いこんでいた存在の基盤そのものを引き裂いている。冷たく、動じない、感情など持たない男に、ニックはなりたかった。十年前からずっと、そういう男にならなければいられなかった。ミケイラのもとから去らなければならないときが来たら、どうやって魂を復旧したらいいのか、もうわからなくなってしまった。とどまることは決してできない。とどまって、あとになってミケイラを失うようなことになったら、生きていけないだろう。

それに、ミケイラのことはよくわかっている。ミケイラは子どもをほしがる。それはもう、子どもをほしがるだろう。だが、ニックは二度とそんな危険を冒すまねができるはずがない。

「ニック」ミケイラがささやきかけた。胸がうずくほど優しく、感情のこもった声で。「いまは、わたしのそばにいてくれているでしょう。このかけがえのないひとときのあいだは。あなたがわたしのために捧げてくれる時間が続くかぎりは。あなたはあらかじめ、それ以上は捧げられないってわたしに言ったんだから、わたしにもそれ以上のものを求める権利はないわ」

ニックは頭を左右に振った。ミケイラはそうする気もないようなのに、ニックの心の鎧を突き破っている。ミケイラはニックの心のなかにしっかり入りこんでいて、ニックは絶対に彼女を追い出せそうもないし、入りこんだミケイラから心を守る方法もわからなかった。

「きみにはそれ以上のものがふさわしいじゃないか、ベイビー」胸をかき乱す感情と闘いながら声を出した。「おとぎ話みたいにそれからずっと幸せに暮らしました、と言えるような人生。純白のウエディングを夢見てるんだろう。きみには全部がふさわしいんだ、ミケイラ。なんでその清らかさを無駄にしてるんだ、体しか提供できないような男に？」

おごそかな愛をたたえたまなざしで見つめ返されて、ニックの胸はさらに引き裂かれた。

「わたしは清らかさを無駄にしたりしていないわ、ニック」ミケイラの目に涙が浮かんだが、彼女は決してそれをこぼそうとしなかった。「わたしはそれをあなたにあげたんだもの。あなたがそれをずっと大切に覚えていてくれるってわかってる」

いったいどうやって、ミケイラから身を守ればいいというんだ？　ミケイラが持っている純粋さに抵抗できない。この内側からにじみ出る清らかさを、ミケイラにはいつまでも失ってほしくなかった。そして、ニックは思い始めていた。同じ純粋さを、いまの自分は確かに胸に抱いてはいないだろうかと。

ニックは生まれて初めてミケイラのような女性に、こんな存在に出会った。

手をあげてミケイラの首筋をそっと包みこみ、引き寄せた。ミケイラと唇を重ね合い、キスで魂を温めてもらいたくなった。もはや抗うすべも浮かばないほど、痛切にミケイラを求めていた。ミケイラのぬくもりがほしくてたまらず、自制心はだめになった。ミケイラにふれてもらわなければならないという思いで胸がいっぱいで、自分を抑えることなど不可能だった。

ミケイラはニックのなかに潜む悪夢をやわらげてくれた。家族を失ってから、魂にこびりついていくままにしていた氷も溶かしてくれた。ミケイラは彼の胸に感情をあふれさせ、信じられないほど美しいものもあるのだと信じさせた。それはつまり、ミケイラは彼にとって途方もなく危険な存在であるに違いないということなのだ。

両手をミケイラの両腕に滑らせた。絹さながらになめらかな肌のやわらかさと、ぬくもりを感じる。いまはミケイラが必要だ。胸に抱いておく記憶がもうひとつほしい。思い出を取っておくのだ。ひとりになる夜のために。

ふたたび、今度はミケイラの腕の上へと指を滑らせ、シルクのドレスの肩紐のところで手を止めて、それをゆっくりと腕に落としていった。

手が震えださないように、こらえなければならなかった。体をうしろに引き、ドレスが滑り落ちていくにつれあらわになる、傷ひとつない、なめらかな、ふくらみを帯びた乳房に見入った。鮮やかなピンク色の乳首はつんととがり、口づけを誘った。そこを味わって、舌で感触を確かめたくなる。

ニックは顔を寄せて首筋に口づけ、優美な胸の盛りあがりまで唇でたどった。ミケイラの味しか頭になくなった。飢えと欲情に強く襲われ、体をじっとしておけなくなりそうだった。どんなふうにしたら、ミケイラのもとを去って、その後も生きていくなんてことが可能だろうか？　ミケイラとの思い出、ミケイラの感触や味は、永遠に消えない記憶となって残り続けるに決まっている。

ニックは目を開け、甘美なぬくもりを宿す乳房の頂に口づけると同時に、ミケイラを見あげた。彼女の顔にじっと視線を向けて、つんととがった乳首を舌でなめたとき、顔に悦びがあふれるのを見守った。

アメジスト色の瞳が、燃えあがった熱情で輝いた。ニックを見つめる目の色は濃くなって、ほとんど暗紫色になっている。ミケイラが少しもためらわず悦びに、ニックの愛撫や渇望に応えてくれることに、いつまでたってもニックは驚いていた。そのたびに、この女にはかなわないと思っていた。

優美な胸の先をいっぽうからいっぽうへと舌で愛でながら、両手でドレスの裾をつかんで腰まで引きあげた。

なにも言わなくてもニックがこれを脱がせたがっていると感じ取ったかのように、ミケイラが腰を浮かせた。ドレスを脱がせてしまうと、ニックは両手で彼女の太腿を押し開いた。指先で優しく肌にふれ、黒いシルクのパンティに隠されている秘所の熱を帯びた花弁へと手を近づけていく。

パンティのウエスト部分をつかんでそれも脱がせてしまうと、かわいらしい切なげな声が響いた。

ニックは身を引き、ミケイラの両脚のあいだの非の打ちどころのない美しさに見入った。秘所からわき出た蜜のおかげで小麦色の巻き毛がつやめき、濃い色に輝いている。

「きみはなんてきれいなんだろうな」指で濡れたひだを軽く撫で、あふれる蜜にふれた。

「甘くて熱い。やめられなくなる」

顔をちらりと見あげると、ミケイラは下唇をかんでいた。まつげを伏せ、すっかりけだるい官能に浸っている。

ニックは、かすかにふくらんだりへこんだりしている腹部に唇を滑らせた。やわらかい肌をなめて下を目指した。ミケイラを味わいたいという気持ちが強すぎて、震えだしそうだった。

巻き毛の茂みに覆われた優しい花弁が彼を誘い、引きつけた。ミケイラの女らしい体からしたたる蜜をそっとかすめ取る。この行為をあきらめる気には決してなれなかった。さらに下ると、ふくらんでとがった花芯が唇と舌にふれた。

ミケイラの甘さが舌にはじけ、ニックは恍惚の声をもらした。ああ、心からミケイラに捧げたいと思っている悦びを捧げるまで、持ちこたえられるかわからない。

ふくらんだひだを開き、潤いがしたたる割れ目に舌を滑らせ、ミケイラから心地よさげな泣き声を引き出した。彼の髪に指をうずめたミケイラに、抱き寄せられている。秘めやかな場所を舌でさらに愛撫し、惹かれてやまない、きつく締まってしとどに濡れた入り口に近づいていった。

ミケイラの両方の足首をつかみ、華奢な足を持ちあげた。そうしてから、彼女を椅子の背にもたれさせる。小さな足を座面にのせ、彼女をさらに開き、ひだが分かれて薄紅色の甘くつやめく場所があらわになるさまに見入った。

ミケイラがほしい。ほしくてたまらない。

花芯のまわりを舌でなぞってから、優しく口のなかに吸いこみ、なめて愛撫した。ミケイラが腰をあげて前に出し、彼にもっと身を捧げる。

ニックも、もっとほしかった。もっとずっと多くを。

奥まで舌で探り、いっそうの蜜を引き出して、撫でさすり、味わい、心地いいミケイラの体内への入り口にたどり着いた。

そこで理性も自制心も失った。舌を突き入れ、繊細なやわらかさを感じる。彼が知るなかでもっとも甘いプッシーの、なめらかな内側を愛撫した。

両脚のあいだのものは途方もなく硬くなり、ニックは欲望で死にそうだった。睾丸は張りつめ、達する寸前になって先端が湿りけを帯びる。それでも、ミケイラを舌で愛し続けた。感極まった声をあげてミケイラを味わい、激しく腰を寄せてくるミケイラの情熱を受け止めて、ついに上りつめたミケイラの絶頂を感じた。

確かに感じられた。

ぎゅっと閉じた秘所に舌を締めつけられた。熱い刺激をもたらす甘い愛液を舌で受け、名を呼んでくれるミケイラの歓喜の声を聞き、髪を握りしめた両手にさらに引き寄せられた。

ミケイラの反応を受け、完全に身を任されて、息を切らしそうだった。ミケイラにここまで満たされて。

「おれを完全に仕留めてくれ、ミケイラ」そう求めて、はやる手でズボンの前を開き、ジッパーを押しあげてこらえられないほど硬くなっていた自身を外に出した。

くそ、硬くなりすぎたところにジッパーの跡がついてしまったかもしれない。

勃起したものをつかんで体を起こし、身を寄せた。ペニスの先端が、きつく締まっている入り口に押しつけられるまで。「頼むからもう一度、かわいい妖精、おれを完全にしてくれ」背をそらし、自身が彼女を貫いていくところを見守った。鬱血した太い頂が押しこまれ、ミケイラのなかに分け入っていく。硬い柱をやわらかいひだが包み、抱きこんでいった。

こんなにも美しい光景にニックは出会ったことがなかった。この汚れひとつない清らかな存在がニックを受け入れ、ニックを進んで迎え入れようとし、ニックを心から求めている。ミケイラは両手でニックの腕につかまり、首をそらして髪を肩に降りかからせていた。官能をたたえた暗紫色の瞳はニックの視線をとらえて離さなかった。

ミケイラの両脚のあいだの茂みを露で飾っているつややかな愛液は、ニックをしっとりと覆い、ふたりがひとつになる動きをなめらかにした。ミケイラのなかに入っていく行為は悦びそのものだ。歓喜そのもの。心地よく燃えあがるエクスタシーだ。

「そうだ、ベイビー」荒々しい声で、愛情をこめてささやいた。「抱かせてくれ、こんなふうに。こうしたいんだ、ミケイラ」

根元までミケイラのなかに入り、彼女を満たした。体内できつく締めつけられ、敏感な場所を波打つ動きで愛撫されて、快感のあまり死んでしまうに違いないと思った。

自分を抑えることはできなかった。ミケイラに没頭していた。自覚はあった。没頭していって、もうこうする以外になにも考えられなかった。ミケイラを抱き、彼女とひとつになることしか。やがて、高ぶったミケイラに名前を呼ばれ、ニックの耳にはみずからの息を詰まらせた死にもの狂いの声も響いた。そして、ミケイラは彼を受け入れたまま絶頂を迎えた。

　体の奥でニックを締めつけ、撫でさする。ニックを強くとらえて波打つ動きを伝え、蜜でさらに興奮をうながして彼を解放に導いた。

　ミケイラのなかで精を放ち、ニックは心の片すみで、許されない、実現の見こみなどないことを痛切に願い、あこがれていた。ほんのわずかな一瞬だけ、ミケイラが彼の子どもと一緒にいる姿が見えた。あの清らかさと純粋さを瞳に宿す子どもの姿が、目に浮かんだ。

「抱いてくれ、ミケイラ」ミケイラの上に崩れ落ちて、かすれる声を出した。「かわいいベイビー、どうか抱いていて」

　ミケイラはニックを抱いた。両腕でしっかりと抱きこんだ。彼女の心に。魂のなかまで。

「ずっとこれはわたしのものだわ、ニック」消えてしまいそうな、眠たげな声でミケイラが言った。「一生でいちばん大きな悦びを感じた記憶は」


　ミケイラの体を静かに清め、ベッドへ運ぶあいだも、この言葉はニックの頭に響き続けていた。ミケイラを抱き寄せ、自分の体で守るように包みこんだ。ミケイラは彼の左胸の上に手を、肩に頭をのせて、すっと眠りに落ちていった。

　ここでならミケイラは安全だ、とニックは胸に言い聞かせた。ミケイラは安全だとニックが確信できる場所は、この腕のなかだけだ。心のどこかで、ミケイラを手放すことを恐れていた。運命の手にミケイラをゆだねるのが怖くてたまらなかった。運命というのは気まぐれで、悪意に満ちた、ひどい神だ。ニックはよくわかっている。このかけがえのない存在をあんな移り気な力にゆだねたりしたら、彼はこれまでになく打ち砕かれた男の抜け殻になり果ててしまうだろう。

ミケイラの顔からそっと髪をどけて撫でつけ、背に手を滑らせて素肌をさすりながら頭のてっぺんにキスをした。

ミケイラと行動をともにするのはいいことだ。ミケイラを守りきることがなによりも大事だ。この件に責任のある者、エディを殺した者、ミケイラを傷つけようとした者を見つけ出さなければ、自分が去ったあとのミケイラの安全を確保できない。

マディックス・ネルソンがエディ・フォアマン殺害にかかわっていないと言い張ったとき、ニックは信じた。マディックスがこんなやりかたでニックを利用するはずがない、ニックをだまして逃げおおせられると考えるほど愚かではないと信じた。

マディックスは、ニックが属する組織を知らないが、ニックが簡単に操れる相手でないことは、よくよくわかっているはずだ。

マディックスのアリバイは突き崩せないものに思えた。協力者がいるに違いなかった。

天井を見あげるニックの額にしわが寄った。援護をしてくれる者たちはいる。イアン、カイラ、ベイリー。三人ともワシントンＤＣにいるが、必要とされればヘイガーズタウンに戻ってくるだろう。

あの連中が必要だった。

この件を解決しなければならない。ミケイラに安全な人生を返してやらなければならない。そのあと、ニックはミケイラのもとを立ち去る。

ミケイラのもとを立ち去る？

考えただけであごに力が入った。いったいどうやって、ミケイラのもとを立ち去るつもりだ？　といっても、どうやったらミケイラのもとにとどまることに耐えられるだろう？　万が一、これからミケイラになにかがあったら耐えられない。いったんミケイラが存在するから彼も生きようと決めてから、事故や病気やなにかでミケイラを奪われてしまったら、ニックの心は破壊し尽くされてしまう。

もう一度ミケイラの額にキスをして、ニックはゆっくりと慎重にベッドを抜け出し、静かに客室に歩いていった。スウェットパンツをはき、ドレッサーの上から携帯電話を取って、カイラ・リチャーズの番号を押した。

「ミケイラは大丈夫なの？」カイラはすぐさま応答した。「彼女がまた狙われたと聞いたわ。あなたからの連絡はまだかかと、イアンはずっと部屋を歩きまわってたのよ」

イアンが歩きまわるはずがない、とニックは思った。歩きまわっていたのはカイラのほうだろう。イアンのほうは冷静に、援護が必要ならニックは連絡してくるとわかっていたはずだ。

「イアンもいまそこにいるか？」ニックは尋ねた。

「いるわ。スピーカーフォンにしましょうか？」と、カイラ。

「そうしてくれ」答えながら、歯を食いしばっていた。エリート作戦部隊の援護部隊のひとりに助けを求めるのは、苦渋の決断だった。

「いるぞ、ニック」すぐあとでイアンの声が聞こえた。

「見たのは黒いセダンだけで、ナンバープレートはついてなかった」ニックは伝えた。「少なくとも銃弾を二発は車体に撃ちこんだ。修理にまわされた車を調べてくれ。ガラスが割れる音を聞いた気がする。前かうしろのウインドウが割れてるかもしれん」

「任せろ」イアンは応じた。「事件の捜査のほうはどうなってる?」

ニックはどさりとベッドに腰かけた。「マディックスの線に逆戻りしてばかりだ」と打ち明けた。「おれを利用しようとするほどばかな人間じゃないと、あてこんでたんだが。おれが間違っていたのかもしれない」

「ミケイラについていくら調べても、とても正直で、まっすぐな女性だとわかるだけだったわ」カイラが電話の向こうで言った。「税金をごまかすことすらしないんだから。ただ、マディックスがこの件の犯人だとしても、わたしは証拠らしきものさえ見つけられていないわ。普通は、せめて信頼できるうわさくらい集まってくるものよ」

ニックはうなじをこすった。「やつのアリバイを崩すのは簡単にはいかんだろう」と認めた。「見つかったすべての手がかりを追ってる。だが、そうやって糸をたぐっていったら、さっきも言ったように、マディックスに逆戻りするんだ。明日また、ジーナ・フォアマンの家を訪ねる。カイラ、とりあえずエディ・フォアマンとマディックス・ネルソンの資金の流れを探ってみてくれないか。フォアマンの給料以外で、どこかでふたりの金の出し入れに一致するところがないか。ジーナと会ったあとは、リード・ホルブルックと会う方法を考えなければならない。あの男には避けられてる。やつはこの件にどこかでかかわってるんだ」

短い沈黙があった。

「リード・ホルブルックが、この件にどうかかわってくるんだ?」イアンが訊いた。

「やつを知ってるのか?」ニックは静かに問い返した。

「知っている」と、イアン。

「ミケイラとおれは、エディ・フォアマンの自宅の仕事部屋で、リードの会社と携帯と自宅の電話番号を見つけたんだ。エディ・フォアマンが殺された日に、リードとエディが話しているところを目撃した者もいる。この件ではたくさんの糸が動いてるんだ、イアン。できるだけ片っぱしから追っていく必要がある」

「リードと会えるよう取りはからうよ」イアンが請け合った。「あの男がこの件にかかわっているとは、どういうことなのか突き止めよう」

「ぜひそうしてくれ、恩に着る」

「わたしはさっそく資金の流れを調べるわ」カイラが言った。「数日かかるかもしれないけどね」

「できるだけ早くしてくれ」ニックは頼んだ。「この件を終わらせなければならないんだ、カイラ。おれはもう、この町に長くいすぎた」

本当は、この町に充分に長くいられてはいなかった。ミケイラとなら、いくら長く一緒にいても、充分だなどと思えないだろう。ミケイラのもとを離れれば、胸から魂をもぎ取られる心地がするだろう。だが、そうしたほうがいいのだ、と自分に言い聞かせた。すべてをミケイラに捧げてしまって、あとからミケイラを奪われるよりは。

少したってから電話を切り、ミケイラの寝室に戻った。ベッドの横のサイドテーブルに携帯電話を置き、ミケイラを見おろした。カーテンとカーテンの細い隙間からはかない月の光がもれ、ベッドと彼の女を照らしていた。

ミケイラが妖精に似ているとしたら、いまもまさにそう言えるときだった。月の光も彼女の肌を愛しているかのように優しく包み、金色に染めていた。

とんでもなく詩人めいたことを考えている。またしても、ニックが生まれてから一度もしたことがなかった行動だ。ほかの女が相手では、一度もしたことがなかった。

スウェットパンツを脱ぎ、ベッドのミケイラの隣に戻った。ミケイラに身をすり寄せられて、唇のはしをあげる。眠たげに小さな声をもらすミケイラを、ふたたび胸に抱き寄せた。

抱き寄せるとすぐ、ミケイラの頭は彼の肩にくたりともたれ、手は胸にふれた。十年以上、女と一緒に眠ってはいなかった。女たちとセックスをし、楽しみはした。だが、ミケイラと会うまで、誰かにベッドの隣で眠ってほしいなどとは思わなかった。

ニックが奥にしまっておいた心のなかへ完全に入りこんでくる存在が現れるまでは。

生前の妻でさえ、そんなまねはできなかった。ミケイラが現れて初めて、ニックは自分でしっかりつかんでいた心が手からすり抜けていってしまい、どうやってそれを守ったらいいかわからない気持ちにさせられた。

そんな女性はミケイラだけだった。

19

「そろそろ、マディックス・ネルソンを尋問しにいく？」翌朝、キッチンテーブルに座ってノートパソコンを使っているニックに、ミケイラは尋ねた。

「今日は行かない」

答えが返ってきたことに驚いた。いつも、ニックはミケイラがする特定の質問には答えないのだ。マディックス・ネルソンにまつわる質問は、そうした特定の質問に含まれていた。

「じゃあ、今日はなにをするの？」コーヒーを注ぎながら、ニックの返答を待った。

「今日は、あらためてジーナ・フォアマンの家を訪ねる」ミケイラが振り返ると、ニックは椅子の上で体をひねってこちらを見ていた。「エディが設計図を売って、プロジェクトを妨害しようとしていたと、ジャーヴィスは言っていた。友人たちにフォアマンの自宅の仕事部屋を調べさせたが、そんな情報は出てこなかった。自分でもう一度、調べてみたい」

ミケイラは目をぱちぱちさせてニックを見た。「友人たちに仕事部屋を調べさせた？」

「おれにだって友人はいる」少しおもしろそうに、ニックは片方の眉をつりあげた。

「あら、もちろん友だちはいるでしょう」ミケイラは咳払いをしたが、驚きのまなざしでニックを見るのはやめられなかった。「だけど、友だちにあの仕事部屋を調べさせるなんて言ってなかったじゃない」

「やっちまったな。今後は同じ間違いはしないようにするよ」

ニックはノートパソコンに向き直り、開いたファイルをスクロールし始めた。

「やっちまった？」ミケイラはゆっくり聞き返した。

「うっかり言い損ねてしまったんだよ」肩をすくめている。

「あなたの友人たちって誰？」知りたくてたまらなくなって尋ねた。

ニックが肩越しにちらっとこちらに目をやった。「教えてもいいが、そしたらやつらは、おれかきみのどちらかを殺さなければいけなくなるかもしれない。やつらにとっては、きみよりおれのほうが利用価値がある」

「でも、わたしのほうが人好きするわ」ミケイラは冗談っぽく告げた。「一時間もらえれば、その人たちも、あなたよりわたしのほうをずっと好きになるはずよ」

くくっと笑う声がした。「そいつは間違いない」

ミケイラはいぶかしげな目つきを向けた。「また、やけに隠し立てして」

「友人が誰かは、教えられないんだ」椅子を引き出して向かいに座ったミケイラに、ニックは言った。「これは教えられる。エディが仕事上の立場を利用してなにかしようとしてたのなら、証拠がどこかにあるはずだ。おれたちで、それを見つけよう」

とりあえず、ニックは〝おれ〟ではなく〝おれたち〟と言っている。

「いいわ」ミケイラはコーヒーに口をつけ、椅子にもたれた。しばらく黙ったままニックを見つめてから尋ねた。「いつジーナの家に行くの？」

ニックは腕時計に目をやった。「もうちょっと待ってくれ。ぴったりの時間に行きたい」

「あなたが考える〝ぴったりの時間〟っていつ？」

ニックの唇のはしがあがった。「〝ぴったりの時間〟ってのは、ジーナが家を出る直前ってことだ。調べてるあいだ、彼女に肩越しにのぞきこまれたりしたくない。ジーナがきみのことを信頼してくれて、出かけたあともおれたちに家に残っていていいと言ってくれないかと、期待しているんだ」

ミケイラは不安もあらわに相手を見つめた。「そんなことにはならないと思うけど」

ニックは笑顔で返した。「まあ見てろ」

いいいいいいい、まあ見てみましょう。


三時間後、ミケイラはニックと一緒にジーナ・フォアマンの家の玄関前の階段に立っていた。

ドアが勢いよく開き、慌てたようすの、眠そうなジーナ・フォアマンが現れた。濃い色のブロンドはもつれ、チョコレート色の目はしょぼしょぼしている。たったいまベッドから出てきたばかりなのは間違いなかった。

ジーナが仕事に出かける直前に訪ねるという計画は、これでだめになった。

「ミケイラ？」ジーナは困惑しきった声を出した。「ミスター・スティール？」

「ごめんなさい、ジーナ」ミケイラは微笑んだ。「あなたが仕事に出かけてしまう前に、いくつか教えてもらいたいことがあって」

ジーナは首を横に振った。「今朝、仕事は休むって電話したばかり。私用があるから」ジーナはうしろにさがった。「だけど、まあ入って。答えられることは答えるわ」

一緒に並んで家にあがりながら、隣でニックがぴりぴりしているのが感じられた。

「コーヒーかなにか飲む？」ジーナは着古してほつれている茶色のローブをきつく体に巻きつけ、顔から髪を払いのけて、足で反対側の足首をさすっていた。

「どうぞおかまいなく、ジーナ」ミケイラは答えた。「少しだけ協力してもらえればありがたいんだけど」

「いいわ」椅子が置いてある狭い一角に行って、ジーナはリクライニングチェアに座り、探るようにふたりを見つめた。「どうやって協力すればいいの？」

ニックとミケイラはジーナの向かいのソファに腰かけた。

さて、これからニックはどんな手に出るつもりだろう？　ミケイラは案じた。ジーナは、ニックの元の計画どおりには行動してくれなかった。

「ミセス・フォアマン、エディはいつもより金が必要だとか、そんなようなことを言っていませんでしたか？　もうすぐ大金が手に入ると期待していたのではないかと思えるような振る舞いや発言を、エディはしていませんでしたか？」

ジーナは眉間にしわを寄せた。「ミスター・スティール、この前も言ったように、エディはいつだってお金を必要としていました。それに、お金が余計に入ってくる予定があったとしても、そんなことわたしには言いもしなかったでしょう」ジーナの暗いまなざしには、痛烈な皮肉が光っていた。

「エディは宝くじを買ったり、種類は問わず、ほかのギャンブルに金を使ったりしていましたか？」ニックはさらに訊いた。

ジーナは肩をすくめた。まなざしには、動揺が明らかになってきている。「あの、エディはずいぶん前からわたしに話なんてしなくなっていたんですよ。お金のことだって、ほかのどんなことだって。わたしは、あの人のいちばんの味方ってわけじゃありませんでしたから」

怒りなどこもっていない淡々とした口調だったが、深いところに宿っている幻滅は怒りよりよほど強烈だった。

「エディのいちばんの味方っていうのは誰だったんです、ジーナ？」ニックは身を乗り出し、鋭い視線で相手を観察した。「エディがなにか問題を抱えていたのだとしたら、誰に訊きにいったら、そのことを教えてくれそうでしょう、ジーナ？　ジャーヴィス以外には誰です？」

ジーナは椅子に寄りかかり、くもった表情で長いあいだふたりを見つめてから、疲れたようすでため息をついた。

「スティーヴ・ゲイナードよ」

ああ、たいへん大変。その名前を耳にして、ミケイラは落ち着かない気持ちになった。

「スティーヴは、エディの数少ないまっとうな友人のひとりでした。高校生のころからの友だちだったんです。といっても、スティーヴは町の外にいることが多いので、エディが彼と友だちでいられたのも、そのおかげかもしれませんね」

「このあいだは、スティーヴについて教えてくれませんでしたね」ニックが指摘した。

ジーナはうなずいた。「あのとき、スティーヴは町にいなかったので。昨晩、戻ってきたばかりなんです。彼は建築士で、ここ数カ月は仕事でロンドンに行ってました。今朝早くに電話をくれて、町に戻ってきたことを知らせて、お悔やみを言ってくれたんです」

「スティーヴの住所をご存じですか、ミセス・フォアマン？」と、ニック。

ジーナは眉を寄せてミケイラを見た。「ミケイラが知ってるわ。スティーヴとデートしてたから」

ミケイラはきゅっと唇をかんだが、すぐにニックを振り向いて明るい笑みを見せた。「ええ、スティーヴがどこに住んでるかは知ってる。わざわざ住所を書いてもらわなくても大丈夫よ」

「おい」ニックの声はものすごく低かったので、この声はわたしにしか聞こえていないはず、とミケイラは思った。「きみとデートしてないって野郎も、ひとりぐらいはいるのか？」

ミケイラは微笑んで肩をすくめた。「あなた」

ニックのまなざしが一気に険しくなったけれど、ありがたいことに彼はなにもせず、ジーナに顔を向けた。「ミセス・フォアマン、エディの仕事部屋をもう一度見せてもらってもかまいませんか？」

「どうぞ、ご自由に」ジーナは仕事部屋のほうに手を振った。「昨日の夜、誰かも勝手にそうしてくれたみたい。わたしが仕事に行っているあいだに押し入って、書類をごっそり盗んでいったんです。だから、今日は家にいるんですよ。鍵を替えて、防犯システムも取りつけてもらわないと」

ミケイラはさっとニックに視線を向けた。ニックは立ちあがり、短い廊下を通って仕事部屋に向かっていく。ミケイラはあとを追って、ちょうどニックが仕事部屋に入ったところでドアの前に着いた。

「あなたのお友だち?」ジーナに声を聞かれないように気をつける。

ニックはかぶりを振った。「おれの友人たちじゃない」

ジーナが言っていたとおり、ほぼなにもかも持ち去られていた。ファイルが入っていた引き出しは開いたままで、棚にはなにもなくなっている。何日か前まで散らかっていた場所が、いまではやけにすっきりしていた。

「まあ。誰かが掃除してしまったのね」ミケイラはつぶやいた。

「そのようだ」ニックの声に、冷ややかな侮蔑があふれた。ミケイラはさらに部屋のなかを見まわした。「スティーヴなら、なにか知ってるかもしれないわね」

しまった。こんなこと、言うんじゃなかった。

ニックの視線がゆっくりとミケイラに向けられた。氷を思わせる薄い青の日が、ミケイラのまわりの空気を凍りつかせた。

「きみとスティーヴ・ゲイナードとの関係というのは、どの程度、真剣なものだったんだ?」

どの程度、真剣なものだったか？

ニックに正直に答えるべきなのは当然だ。けれども、正直に答えたら、あのまなざしはもっと凍ってしまうかもしれない。

「そうね、わたしより彼のほうが真剣だったのかもしれないわ」ミケイラは正直に答えた。

「どういう意味だ？」ニックの声がいっそう低くなった。

「あのね、彼から結婚を申しこまれたっていうか」答えながら、身を硬くする。

ニックの反応は予想外だった。予想では、冷ややかな怒りをあらわにされ、さらに距離を置かれると思った。部屋のなかに引っ張りこまれるとは思ってもみなかった。ニックに抱きあげられ、所有欲むき出しのキスをされた。

ミケイラは衝撃を受けた。奥深く激しい欲望が高波のように押し寄せた。このキスに抗えるわけがなかった。ほんの短いあいだだけでも無理だ。

相手の首に両腕を巻きつけ、彼の髪を束ねている革紐を指でむしり取り、両手に降りかかる健康的なやわらかい髪の感触を楽しんだ。

いっそうニックに身を寄せて両膝で腰を挟みこむと、気づかないうちに感じやすくなっていた両脚のつけ根が雄々しい情熱のあかしにこすりつけられた。ニックの髪にもぐりこませた手に強く力をこめて引き寄せ、唇を開いて舌どうしをぶつけ、愛撫し合った。そのとき急に、ニックが顔を引いた。

熱く燃えるまなざしがミケイラを見おろしていた。

薄青い氷ではなく、青く透き通る炎そのものだった。熱烈な独占欲が燃えていた。

「おれがここにいるかぎり、きみはおれのものだ」ニックが声を絞り出すように言った。

「わかったか、ミケイラ?」

ミケイラは、はっきりと首を横に振った。「わたしはあなたのものじゃないわ、ニック。いまは自分で選んであなたのそばにいる。スティーヴとは一緒にならない道を選んだようにね」

ニックはショックを受けてミケイラを見おろした。こんな反応は予想していなかった。ミケイラが、こんな反応をするはずがない。わたしはあなたのものよ、と同意するはずだったのだ。首を横に振ったりせずに、受け入れてくれるはずだったのに。

ミケイラをそっと床におろし、ニックはあとずさった。ミケイラを抱えあげて彼女のベッドまで運んでいってしまいたくて、我慢できなくなりそうだった。ミケイラは彼のものであると実際に体験させて、徹底的に証明したかった。ふたりでスティーヴ・ゲイナードの家を訪ねていく前に。ニックが去ったあと、傷心を抱えるミケイラに取り入ろうともくろんでいるに違いない男に、会わなければならなくなる前に。

「あなたはいなくなるんでしょう?」ミケイラは静かに言った。ニックの前にたたずんでいる彼女は、とても小さい。一度こうと決めたら聞かなくて、途方もなく強い。それでいて、あまりにも傷つきやすいのだ。「自分が与える気のないものを、わたしに求めてはだめよ、ニック」

ミケイラは背を向けて、立ち尽くすニックを置いていった。バタースコッチ色のシルクのスラックス、あのこたえられないほどセクシーなハイヒール、そしてまたしてもバタースコッチ色のニットのトップス。ミケイラは日の出くらい美しくて、はかなく見える。そのいっぽうで、ニックはたびたび忘れてしまうのだが、ミケイラは同じく日の出くらい力強くて、人の心を引きつけてやまないのだった。

そして、ニックはいま徹底的に身のほどを思い知らされた気がした。

いや、だがこれで終わりではない、とニックは胸に誓った。あとで盛り返す時間が来る。今夜、ミケイラを抱き、悦びのあまり彼の名前を叫ぶ声をミケイラから引き出し、ミケイラがいったい誰のものなのかを、彼女に必ず納得させよう。

ヘイガーズタウン郊外にあるスティーヴの家に車で向かうあいだ、ミケイラは黙っていた。スティーヴが数年前に建てたガラスと鉄骨による二階建ての家はサイドリングヒルの山腹にあって、谷間を見おろしていた。

氷が張って雪が降る冬のあいだ、曲がりくねるアスファルトの道は最悪だが、スティーヴは冬のあいだはめったにここにいないはずだった。

しかし、夏は自宅にいることが多かった。ニックとミケイラがその家に到着すると、私道には黒のベントレーが停まっていた。今日は確かに在宅のようだ。

ニックが先にトラックをおり、助手席にまわってドアを開けてくれるのを待って、ミケイラは体の向きを変え、彼の手を借りて外に出た。

両手でニックのたくましい腕につかまりながら、顔をちらりと盗み見た。やはり、先ほど告げた言葉が胸に突き刺さっているようだ。残念なことに、それでもニックが置いたふたりのあいだの距離は、大きくなっただけだった。

そのことで痛んでいる心は隠した。胸のずっと奥に隠して、抑えようとした。ニックから約束を取りつけたいなんて思っていない。そう自分に言い聞かせてはいたけれど、女としてやはり傷ついていた。ニックは自分の心の一部は抱えこんで表に出すまいとしているのに、ミケイラからはすべてを捧げられて当然と考えているのだ。

ニックがそんなことを考えているだけでも大いに不公平だと、ミケイラは思った。ニックは、この件が終わったらミケイラのもとを去るとわかっているはずだ。ミケイラはわかっている。なぜ、ニックはミケイラにすべてを要求するのだろう？　すべてを手に入れたって、いずれそれをそっくりミケイラの足元に置いて返して、去っていくだろうに。

後悔したりしない、と胸に誓った。プライドも固い意志の力もあるのだから、このささやかな恋愛も乗り越えて生きていくつもりでいた。

「ゲイナードについて教えろ」ニックはトラックのドアを閉め、先に行かせないようにミケイラの腕に手を添えてから要求した。

知りたいなら、どうして本人の家に着く前に訊かなかったの？

ミケイラは眉を寄せてニックを見あげた。「スティーヴは三十九歳で、建築士としてかなり成功していて、ワシントンＤＣに事務所を構えてるわ。結婚は一度もしていなくて、子どももいない。わたしとは半年くらいつき合ってた」

「そんなに長くつき合っていたのに、どうしてやつと寝なかったんだ？」氷柱ができそうな声だ。「男は寝てもいない女に半年も無駄にしないだろう」

「わたしには、まずよく知り合う価値もないってこと？」傷ついた気持ちを隠しきれない口調で尋ねた。「でしょうね。あなたは軽々とわたしをベッドまで持ちこめたんですものね？」

「そんなつもりで言ったんじゃない、ミケイラ」ニックの声が低くなり、険を帯びた。「やつの目的が単にきみと寝ることだけじゃないとわかってたんなら、どうしてきみはためらったんだと訊いてるんだ」

「セックスだけが問題じゃないのよ、ニック」ミケイラはいら立って、きつい口ぶりで答えた。「わたしは心の準備ができてなかったの。だけど、彼のほうは話が違ったのよ」

「じゃあ、どうしてやつと結婚しなかった？」この質問攻めには、なにか目的がある。目的があることはわかっていても、それがなにかははっきりわからなかった。

「この話が、エディ・フォアマンやマディックス・ネルソンとどう関係があるの？」ミケイラはニックをにらんで、強く聞き返した。「わたしが誰と個人的につき合っていようが、あなたがここにいる理由とはなんの関係もないでしょう」

ニックは言い返せなかった。しかし、どうやっても考えずにはいられないのだ。ミケイラはここに住む男と半年もつき合っていた。そいつはミケイラに結婚を申しこんだ。だが、ミケイラと寝ていなかった。ミケイラはそいつと寝なかった。けれど、スティーヴ・ゲイナードは結婚を申しこもうと考えるほど、ミケイラの心をつかんでいると思いこんでいた。

考えてニックは苦しんでいた。苦しむ筋合いはないとわかっているのに。ニックには、ミケイラになにかを要求する権利などない。この件が終わったら、ミケイラがどう暮らしていくのか、ミケイラが誰とベッドをともにするのか、心配する権利もない。

それなのに、激しい感情は燃えさかっていた。決して消えない脈打つ炎のように、内側から彼を焼き、抑えようもない独占欲をかき立てた。

「そのとおりだ」ニックは追いつめられ、うなり声で認めた。「なんの関係もない」

向きを変えてミケイラの腕を放し、かわりに腰に手を添えた。家の正面にある部屋のカーテンの陰からふたりに向けられている視線を、ひしひしと感じていた。

おそらくジーナ・フォアマンがゲイナードに電話をし、ミケイラとニックがもうすぐ訪ねていくと警告したに違いない。そして、ニックがミケイラと同居していると話したことも間違いない。このいまいましい町の住民全員が、ニックとミケイラが同居している事実を知っているかのようだった。ミケイラという女は、ニックが出会った誰よりも注目を集めている。

ニックたちが大理石に覆われたポーチに足をかけた瞬間、待ち構えていたように玄関のドアが開いた。玄関口に出迎えたのは、陰気そうな金髪の男だった。男は緑色の目ですばやくニックを見てから、ミケイラのほうを向いた。

「ああ、会うたびにきれいになってるね」ゲイナードはにこやかに言って手を伸ばし、ミケイラの肩をつかんだ。未練たらしい好意をこめて、頬にキスをしている。

いや、好意なんてかわいいものではない。ニックはそう思って、怒りに全身をこわばらせた。あれはニックに対する警告だ。スティーヴはミケイラのことをニックよりはるかに前から、はるかによく知っている。そして、ニックがミケイラの人生からいなくなったら、攻めに転じようと待ち構えている、と警告しているのだ。

「スティーヴ、会えてうれしいわ」ミケイラは、かすかにとまどっている口調で言った。「紹介するわね、ニック・スティールよ。エディが殺された件について調査してくれてるの」

ニックはこの紹介の仕方に引っかかるものを覚えた。〝わたしのボーイフレンドのニック〟とか〝彼氏のニック〟と言わないどころか、〝友だちのニック〟とすら言わなかった。ミケイラの口調に、ニックを自分の特別な存在だと主張する響きは、いっさいなかった。

「ミスター・スティール」ゲイナードはがらりと声を冷ややかにしたが、握手の手を差し伸べた。「よろしく」

握手はほんの短いあいだで終わった。ふたりともこの戦いになにがかかっているかよくわかっており、内心で火花を散らした。

「どうぞ入って」ゲイナードはミケイラの肩に手を置いて招き入れた。「キッチンにコーヒーが用意してあるし、きみがすごく好きだったペストリーをローザが焼いてくれてるよ、ミケイラ」

「ローザにとっても会いたかったわ」ミケイラの声を聞いて、ニックは奥歯をかみしめた。

ミケイラの声には親しみと真心がこもっている。そのせいで、ニックはここに来るのを待てばよかったと後悔した。ミケイラを置いてひとりで来られるときまで待てばよかった。

「ローザもきみに会いたがってたよ」ゲイナードは広々した玄関から家の奥へとふたりを通しながら答えた。「ぼくもだ」

〝ストライク・ワン〟ニックは心のなかでつぶやき、相手の男に冷ややかなまなざしを向けた。いまのところは攻撃を記録するだけにとどめよう。ふさわしいときが来たら、ゲイナードは軽率に犯した過ちを後悔するはめになるだろう。

キッチンに入ると、ゲイナードは手を振って、ふたりにガラス天板のテーブルに着くよう勧めた。そこには先ほどの言葉どおり、ペストリーとコーヒーが用意されている。

「ジーナから聞いたんだけど、エディについて尋ねたいことがあるそうだね」三人でテーブルを囲み、ゲイナードはため息をついた。「エディが殺されたとき、ジーナは電話をくれたんだ。葬式に参列できなくて申し訳なかった」

「ということは、フォアマンをよく知っていた？」黙ってコーヒーを勧めるゲイナードの気遣いを手を振ってことわり、ニックは尋ねた。

いっぽうミケイラはゲイナードが用意したコーヒーも、小さい皿に盛られた見るからにサクサクしていそうなフルーツのせクロワッサンも受け取っている。

「高校時代から知ってる仲でした」ゲイナードはうなずいた。「大学を卒業するまで、とても親しくしていたんです。大学卒業後は、エディは建設の道に進んで、ぼくは実習のためにロンドンへ行きました。数年後に戻ったころには、エディは変わってましたよ。ぼくらが友人であることは変わりませんでしたがね」

「フォアマンには敵が多かったんですか？」ニックはこの男とのやり取りを終わらせたかった。一刻も早く。

スティーヴ・ゲイナードはこう訊かれて笑い声をあげた。「それはもうたくさん。エディはチャンスさえあれば、とんでもなくいやなやつになっていましたからね、ミスター・スティール。その道のプロみたいに敵を集めていた。友人は多いほうがいいってことを、あのわからず屋は絶対にわかろうとしなかった」

「それでも、あんたはフォアマンの友人だったと？」ニックは冷たく指摘した。

「そうだな、ぼくは彼にいやなやつになるチャンスを与えなかったんですよ」スティーヴは答えながら、またしてもミケイラのほうへ視線を滑らせた。

ゲイナードの緑色の目が陰るのを見て、ニックもミケイラに目を向けた。ミケイラはべとつく甘いフルーツがついた指先をなめていた。視線はクロワッサンに向けたまま、ふたりの男たちを気にしてもいない。

「ミスター・ゲイナード」ニックは相手の注意を引き戻した。「マディックス・ネルソンでも、ほかの誰かでも、なにか理由があってエディを殺したがっていた人間を思いつきませんか？」

「誰でもエディを殺したがっていたんじゃないかな」ゲイナードは笑った。「ただ、誰もそうする度胸はなかったんじゃないでしょうか。マディックスもですよ。マディックスなら人を雇って誰かを殺したりはしかねませんが、自分の手を汚すなんてまねは絶対にしないでしょう」

数日前までは、ニックもまったく同じように考えていた。

ゲイナードは性懲りもなくまたミケイラに視線を向けたが、幸い、もうミケイラの注意はペストリーではなく、ふたりに向けられていた。

「金の問題についてはどうです？」ニックはさらに訊いた。

「たくさんありましたよ」と答えが返った。「エディはギャンブルが好きでしょうがなかった。いつもこっそりやろうとはしてましたが、やめられなくなっていた。大してつきに恵まれてもいませんでしたしね」

「あんたに金をせびってきたことは？」

答えるのは気が重いとでもいうように、ゲイナードは息を吐いた。「エディとぼくは、大学のころからその点に関しては理解し合っていたんです。エディはぼくには絶対に金をせびらない、ということを。エディは浪費してばかりでしたが、ぼくはアルバイトと奨学金でなんとか大学を出ましたからね。ぼくに金をせびっても無駄だと、あいつもわかっていた。ただ、エディは数カ月前、まだぼくがこの町にいたときに、そのルールを破ったんですよ。ぼくがことわると、あいつはマーティン・ケフラーという高利貸しに借りてやると言って脅してきた。エディもぼくもケフラーとは知り合いだったんです。そんなまねはやめるよう、エディを説得しようとしました。説得できていたらよかったんですが、エディはそれ以来一度もそのことを口にしなかった」

「どうして金が必要かは言ってましたか？」ニックは尋ねた。

ゲイナードは表情をこわばらせ、かぶりを振った。「知りたくなかったですからね。エディ・フォアマンのことをしっかり理解しないとだめですよ、ミスター・スティール。エディに一ドルでも貸したら、気づかないうちにエディが返せるわけがないほどの金を貸してしまっているはめになる。エディはそんなふうにして大学でたくさんの友人をなくしていました。ぼくは、そういうはめに陥るつもりはなかったんです」

「さっき話に出た高利貸しを、あんたも知ってるとか言ってましたか？」欲望をちらちらとのぞかせてミケイラを盗み見るこの男に、ニックはとことん我慢ならなくなってきた。ゲイナードは、獲物を狙ってうろつく野蛮なけだもののように振る舞っている。

「マーティン・ケフラーですね」ゲイナードはうなずいた。「やつはノミ屋も、ポン引きも、高利貸しも、不法取引ならなんでもやる男です」と言って、顔をしかめている。「あの男も大学時代の知り合いなんですよ。だがマーティンは、犯罪に携わっていた家族に入れてもらった、金のかかる経営学の課程を修了していないはずだ。エディは数年前にもケフラーとかなり困ったことになっていました。そのときはなんとか完済したようですが、返す前に何本か肋骨を折られて、病院でけっこうな入院生活を送るはめになったらしい」

「マディックス・ネルソンが例の建設現場の土地を取られそうになったのも、ケフラーって人じゃなかった？」ミケイラが声をあげた。「競売で負けそうになったとか、そんな話を聞いた覚えがあるんだけど？」

ゲイナードはうなずいた。「あの土地の持ち主は売値をつけずに、競売にかけたんだ。早く売りたかったんだろうね。ケフラーもあの土地をほしがったけど、マディックスのほうがもっとほしがってたんだと思うよ。ケフラーも買い損ねて喜んではいなかっただろう」

「ケフラーはどうしてその土地を買おうと？」ノミ屋が土地を競り落としたがる理由がわからず、ニックは探りを入れた。

「あそこは最高の立地なんです」スティーヴが答えた。「あそこを売るなんて元の持ち主もあまり賢くないことをしたと思いますが、早く売る必要があったんでしょう。ケフラーもネルソンもあの土地を得ようとしましたが、ケフラーはネルソンの最後の入札の通知をなぜか受け取らなかったようですよ。ケフラーがあらためて買値をつけなかったので、ネルソンがまんまと土地を手に入れたというわけです」

「リード・ホルブルックについて知ってますか？」この野郎は山ほど情報を蓄えていそうなので、ニックはさらに探りを入れてみることにした。

ゲイナードは考えこむように眉間にしわを寄せ、あごをさすった。「ワシントンDCに建設会社を構えている人物ですよね。彼のことはよく知りません。あまり取引がないので。彼のビジネスのやりかたは何度か問題視されていますよね。強欲な人なんでしょう。うわさが正しければ、最悪の部類の。ぼくが彼について知っているのはこのくらいです」

ゲイナードの視線が、コーヒーを飲んでいるミケイラのほうへ戻っていった。ミケイラの唇をじっと見ている。フォアマンの家でニックと交わしたキスのせいで、まだほんの少し普段よりふっくらしている唇を。

ゲイナードも、この赤みがどうやって生まれたものかを知っているはずだ。ゲイナードの視線が、ふたたびニックに向けられた。そのまなざしからは、かすかな怒りが見て取れた。

ニックは笑みを浮かべた。考えは見通していると告げる目で相手を見据えたまま、彼女は自分のものだと自信を漂わせるためにゆっくりと唇のはしをあげた。ニックは、ゲイナードが欲しているものを手にしている。ゲイナードが手に入れられなかったものを。そして賭けをする男だったら、ニックは賭けていただろう。この町に戻ってくる前からすでに、ゲイナードはミケイラの恋人について知っていたに違いない、と。

とはいえ、ニックは心の小さな片すみで、この男にひどく同情していた。いまここで、恋人を連れたミケイラの前に座っているのが自分だったら、女を奪われた男の混じりけのない憤怒に生きながら苦しめられていただろう。その場合、ニックが相手の男とこんなふうに礼儀正しく会話を交わせていたはずがなかった。

「時間を割いていただき助かりました、ミスター・ゲイナード」ニックは軽く頭をさげて席を立った。

「帰る前に、お手洗いを借りたいわ」ミケイラも立ちあがって、ゲイナードに目を向けた。

「そうしてもいいかしら、スティーヴ?」

「場所はわかってるよね、スイートハート」うなずいたゲイナードの口調は先ほどまでとは打って変わって甘くなり、まなざしにはむかつくほど恋わずらいめいた色が浮かんでいた。

〝ストライク・ツーだ、くそ野郎め〟ニックは心のなかで言って、こぶしを固めた。

「玄関で落ち合いましょう」ミケイラはニックに声をかけ、キッチンの向こうの出口から、さっきとは別の廊下に出ていった。

ゲイナードのあとから玄関へ向かうあいだ、沈黙が張りつめた。

「ミケイラはすばらしい女性だ。きみもそれをわかっているといいんだが」数分たってから、相手の男が堅苦しい口調で言った。「彼女の心を傷つけないでほしい」

ニックがミケイラの心を傷つけることになるという、全体的な合意でもできあがっているようだ。立ち去ることでニックがどんな思いをするか、わかっている者はいるのだろうか。

「傷つけたらどうするというんだ？」ニックは怒りをのぞかせて乱暴に言葉を発した。

「ミケイラはそんな目に遭っていい女性じゃない」ゲイナードは首を横に振った。「きみがミケイラを傷つけたら、ぼくが彼女のそばにいることになるんだ、スティール。彼女が傷ついた心を癒やすのを、ぼくが手伝おう。そうしてほしいのかい？」

〝ストライク・スリーだ〟とはいえ、このくそ野郎を殴れるはずがなかった。それでも、殴りたかった。ライバルには打ってかかって、ひとり残らずこの世から消したい。その衝動は抑えがたかった。

「おれがどうしたいかは、あんたには関係ない」ニックは答えた。

「きみがミケイラになにをするかは、ぼくにも関係がある」ゲイナードが憤りに満ちた声を出した。「アメリカに戻ってくる前から、きみの話は聞いていたんだ。きみのことは調べさせてもらったよ、スティール。きみがたちの悪い傭兵と変わらない存在だってことを、ミケイラは知っているのか？　とんでもなく高い金で雇われるガンマンだってことを？　どうしてさっさとここでの仕事をすませて、ミケイラの人生からいなくなってやらないんだ。きみに人生をかきまわされて、ミケイラにはとんだ災難だ」

くそ、ミケイラを怒らせてしまうはめになりそうだ。そうなってしまいそうな気がする。なぜなら、ニックはこのくそ野郎の首をもぎ取ってしまう寸前だからだ。

問題は、ゲイナードの集めた情報はすべて正しいとは言えないと思われるものの、この男の言い分にも一理ある点だった。確かにミケイラは、彼女の人生にニックが持ちこむであろう不安定な要素など必要としていない。ニックにもそれはわかっていた。それを否定するつもりはない。だが、事実を面と向かってぶちまけられるのは、とにかく腹が立った。

「嫉妬心なんざしまっておけ、ゲイナード」ニックはようやく、からかってあざける声を出せるようになった。「言っておくが、あんたに先に手を出させてやってもいいんだ。そうして、おれに対して非常に申し訳ないという気持ちをミケイラに抱いてもらうこともできる。そうしてほしいのかい？」

「きみがいなくなったら、というか、ぼくはきみがいなくなるのは確かだと思うね」ゲイナードの声は怒りに満ちて低くなっていた。「そうなったら、言っておくが、ぼくがミケイラの心の傷を癒やす。きみは彼女の最初の恋人かもしれないけれど、最後の恋人にはなれそうもないな」

「それはどうかなあ」無意識に飛び出していった言葉に対するショックをニックがかろうじて押し隠した直後、ミケイラが玄関広間に戻ってきた。

なんとか獣のようにうなったり、ネアンデルタール人のように胸をどすどすとたたいたりせずに、ミケイラを伴って外に出ることができた。だが、危ういところだった。

ミケイラを独占したいという思いが、いきなり荒れ狂って彼を苦しめていた。意識を覆い尽くし、どうやってふたをしたらいいか見当もつかない、すさまじい欲望のわき出す穴を開けてしまった。

突然に、ニックはおのれがわからなくなった。自制心など利かなくなりそうな欲求をどうしたらいいかも、この妖精サイズの小さな女性をどうしたらいいかも、さっぱりわからなくなっていた。

ただ、自分が完全にどうしようもない状態に陥ってしまったことは感じられた。

20

マーティン・ケフラーは、どんな犯罪組織の親玉でも誇りに思いそうな犯罪歴の持ち主だ。

その夜、ニックはそう思いながら、資料を熟読していた。カイラとベイリーが精力的に集めて送ってくれたものだ。

マーティンは有力な犯罪一家のいちばん下の息子として生まれ、弱冠十七歳で初めて娼婦の一団を任された。二十一歳になるころには麻薬取引にも、資金洗浄にも、高利貸しにも手を染めていた。

貪欲な家族が彼の稼いだ金にちょこちょこと手を出していなければ、いまごろは一財産築いているところだろう。集まった情報によれば、ケフラーは同胞である犯罪組織のボスたちに、稼ぎのなかからべらぼうに高い配当を払わされている。この犯罪ファミリーの内部であとを絶たない権力抗争においては、下のほうで鳴りを潜めているからだ。

「エディはあんまり賢い人ではなかったのね」ニックの肩越しに資料を読んでいたミケイラが言った。「マーティン・ケフラーはずいぶんこわもての人だわ」

ニックはマーティンの写真に目をやった。陰気な顔。濃いあごひげ。後退してきている、もっさりと波打つ黒い髪。ぎょろりとした目。薄い眉。青白い肌。ニックはこれよりよほど怪しい人物たちと会ってきたが、ミケイラがこの顔に抵抗を示すわけも理解できた。

「実際、こいつは犯罪組織のボスとしては感じがいいほうだと思われているんだ」ニックはからかうつもりで言った。「とりあえず、客に借金を返すチャンスをやるからな。期日ぴったりどころか、すぐさま返済しないと取り立てにくるやつらもいる」

冗談ではなく、だいたいのところ事実だ。ケフラーがまだ組織内で低い地位にあるのは、あまり人を殺傷していないからだった。ほかの組織の連中がためらいもなく流血沙汰を起こし、それを楽しむいっぽう、ケフラーは殺しの数ではなく、稼ぎの多さにこだわっていた。だからといって、マーティンが善人というわけではない。単に、ほかの連中ほど血に飢えていないだけの話だ。

「わたし、この人を知ってるの」

ニックはさっとミケイラを見あげた。コーヒーカップを持って、ニックの隣の椅子に座ろうとしている。日が暮れてからいままで、ミケイラはほぼずっと奥の部屋でドレスを作っていた。こうしてミケイラが同じ部屋に戻ってきてくれると、この場に命が戻ってきたかのようだった。

〝なんて甘ったるいことを考えていやがる〟とニックは自分にあきれた。ミケイラのせいで、気が変になってきている。

「いったいどういう意味だ、この人を知ってるってのは？　こんな男は知らないと言ってただろう」

「名前は知らなかったわ」ミケイラは肩をすくめた。「ただ、彼のガールフレンドの名前は知ってるの。エロイーズ・ランカスターっていって、わたしが作るドレスのなかでも大胆なデザインのを買ってくれてる。彼女のこと好きよ」

ニックは目をしばたたいてミケイラを見つめた。

「エロイーズは〈イゼベルス〉っていうバンドのリードボーカルでね、いまはフレデリックにある小さな店で演奏してるの。毎週末、彼と一緒に店に行ってるって言ってたわ。これで、彼を見つけられるでしょ」

ミケイラが、こんな話をこともなげにしている。まるで、正真正銘の犯罪組織のボスの愛人と知り合いであるなど、なんでもないことのように。心優しく、清らかで、最近までヴァージンだったくせに、犯罪組織とのかかわりなど日常の暮らしの一部であるかのように振舞っている。

「どうしたの、ニック、黙りこんじゃって」ミケイラがのんびりと言った。

ニックは言葉を失っていた。確かに、驚くべきではなかった。ちくしょう、もうずっと昔に、自分を驚かせるものはなにもないと確信したのに。それなのに、ミケイラを見ていると、驚かされたと認めるほかなかった。

くそ、ミケイラは完璧な情報提供者になるだろう。ワシントンＤＣにも顧客を抱えているし、ロサンゼルスにもニックが知っているだけでふたりの客がいる。数少ない人たちにしか知られていない高級な店というのは、ニックが予想もしなかった客を引き寄せるらしい。ミケイラがそんな客を抱えているとは思ってもみなかった。

「その女が歌ってるクラブというのはどこだ?」ミケイラに尋ねた。

ミケイラはにこっと笑った。「わたしも一緒に連れていってくれる?」

「連れていかない」マーティン・ケフラーの近くにミケイラを連れていくわけがない。

ミケイラの表情がこわばった。「だったら、クラブの場所は自分で見つけて。あなたなら、すぐに突き止められるでしょ」

「すぐにな」

「マーティンがあなたと話をするかしらね」ミケイラは足を組み、きっと苦労するわよ、と言いたげな顔でニックを見た。「エロイーズから聞いたんだけど、彼と話をしたがる人はたくさんいても、彼はほとんど相手にしないんですって」

「おれの相手はするさ」ニックは言い切った。

「そう、じゃあ、わたしは仕上げなければいけないドレスがあるから。がんばって」

キッチンから出ていくミケイラを、ニックは見送った。部屋のぬくもりも一緒に出ていってしまったかに思えた。

一瞬、一緒に行ってもいいと言ってしまいたくなった。それどころか、一緒に行ってほしいと思っていた。だが、ミケイラがマーティン・ケフラーのような人間にかかわっていいはずがないのだ。

顧客を通してあの男とかかわりを持つのと、この調査とはわけが違う。ニックは心のなかで言い張った。

とはいえ、ミケイラの心を傷つけてしまった。ミケイラを守りたいと必死で、とにかく苦しいほどなのだ。ミケイラの優しさ。ミケイラが彼の人生にもたらしたぬくもり。ニックにとって、それらはますます大切で、なくてはならないものになってきていた。

ミケイラを、ケフラーのそばには絶対に近寄らせたくない。

心の底から痛切にそう考えていると、腰で携帯電話が振動した。

「スティールだ」声を低く抑えてすばやく答えた。

「いくつか追加の情報がある」イアンが言った。「これはじかに会って伝えろと言われている」

ニックは唇を引き結んで、ミケイラが消えていった廊下を見やった。「こっちに来てもらわないといかん」

ミケイラには仕上げなければならないドレスがたくさんあるのだ。ニックとミケイラがワシントンDCに出向くのも、イアンがこっちに来るのも変わらないだろう。

「カイラを連れていくよ」と、イアンは応じた。「われわれがこの件について話しているあいだ、カイラはミズ・マーティンとドレスについて話していてくれる。着くまで二時間ほど待っていてくれ。片づけなければいけない用が、まだいくつかあるのでね」

「待ってるよ」

ニックは通話を終了し、乱暴に息を吐いて、マーティン・ケフラーの資料に目を戻した。

ミケイラの言うとおり、ケフラーと会うのは簡単ではない。やつは用心深いろくでなしで、しかも手ごわいろくでなしだ。確かに、ミケイラは完璧なコネを持っている。なぜなら、ニックがいま見ている資料によれば、ケフラーの愛人であるエロイーズ・ランカスターは、やつの唯一の弱みと考えられていた。

ミズ・ランカスターは〈イゼベルス〉という女性ロックバンドのリードボーカルで、専任のボディーガードもいる。そして、彼女に近づきすぎたために、何人もの男が死んでいた。自分たちが相手にしている犯罪者に復讐するためには、愛人を狙うのがよいと考えた男たちだった。

ケフラーはそうした男たちにその考えは間違いだと思い知らせ、何人も見せしめにしてきたのだ。

ニックは椅子を離れ、奥の部屋へ向かった。開いていたドアの横に立ち、ミケイラを見つめた。眉を寄せ、細心の注意を払ってドレスを縫っていた彼女は、ニックに気づいて顔をあげた。

ミケイラの目にはまだ怒りがくすぶり、傷ついた心ものぞいていた。

「二時間くらいあとに、カイラ・リチャーズと夫のイアンが来る」ミケイラに告げた。「イアンとおれは仕事の話があるんだ。カイラは、きみとドレスの話がしたいんだと思う」

ミケイラは片方の眉をあげた。こんな説明は真に受けていないのだ。目をずっと細めているのを見れば、疑っているとわかる。

「いいんじゃない」ミケイラは結局そう答え、ドレスに視線を戻してしまった。

「ミケイラ、ケフラーは危険すぎる悪党だから、きみを一緒に連れていくわけにはいかないんだ」ミケイラからひしひしと伝わってくる怒りをやわらげようとして、ニックは言った。

ミケイラはもう一度、手を止めて顔をあげた。アメジスト色の瞳は、いまや怒りに燃えていた。

「あなたがわたしの人生からあっさり走り去っていったあとは、わたしにとってなにが危険でなにが危険じゃないか決める人は誰になるのか教えてくれない？」ミケイラは挑むように、優美な両手を腰にあてた。「聞いてくれる、ニック？　あなたから、きみにはこれは危険すぎると思うなんて言われるのは、本当にうんざりなの。あなたと一緒にただのバーに行くか、お得意さまのボーイフレンドのお宅のオフィスに訪ねていくだけの話なのに」

ミケイラは頑固に唇を引き結び、鋭いまなざしでニックをにらみつけていた。

「きみには、ケフラーみたいな人間とかかわってほしくない」

ミケイラの両眉がさっとあがった。「いつから、そんなことをあなたが決めるようになったの？」

「おれがきみの恋人になった瞬間からだ」

ミケイラに面と向かって果敢に挑まれたとたん、自制心はどこかへ行ってしまった。いったいなぜ、この小さい女に、ここまで頭のなかをかき乱されてしまうのだろう？

「あなたがわたしの恋人になった瞬間から？」問い返す声には、痛切な響きがあった。

あの激しい憤りに燃えるまなざしからすると、ミケイラはわきあがる怒りで息を詰まらせそうになっているようだ。「いったいいつから、わたしの恋人になったからって、なんでも好き勝手に命令する権利があるってことになったの？　いい、ニック、あなたの権利は、この町に足を踏み入れた日も、いまも、まったく変わってないのよ」

ミケイラはわめかなかった。ミケイラはわめかない。すねもしない。傷ついたり、腹を立てたりしたときは、泣くまいと必死にこらえる。けれども、とにかくついてくるな、と言い切るニックの横暴さに対して、強い反感を抱いていることを隠すつもりはなかった。

ミケイラなら、ニックがマーティン・ケフラーに会えるよう、話を通すことができる。だいたい、ほんの少しではあるけれど、ミケイラとケフラーのあいだにはすでにかかわりができてしまっているではないか。今回ニックに同行したからといって、危険が高まるわけでもないはずだ。

「理解してくれる気はないんだな」ニックの声はこわばっていた。彼もまた怒りを燃え立たせている証拠だが、そんなことは、ミケイラはちっとも気にしなかった。

「わたしには、あなたから離れているほうが危険に思えるわ。でも、どうぞ好きにして、ひとりでケフラーに会いにいったら？　あなたがいないときに誰かに狙い撃ちされても、また幸運に恵まれて、今度も弾がはずれてくれるわよね」

ニックのまなざしが、燃えさかる青い炎そのものになった。この変化がニックの目に起こった瞬間、ミケイラは心奪われたかのように見入ってしまった。

こんなにも鮮烈な怒りに魅せられていたせいで、部屋を横切ってきたニックのすばやさに反応できないまま引き寄せられてしまった。

「おれが、きみにボディーガードもつけずに行くとでも思ってるのか？」

「ベビーシッターでしょ」ミケイラはすぐさま言い返し、あごをあげ、ニックから目をそらさなかった。「わたしを一緒に連れていくより、ベビーシッターに任せておきたいんでしょ。どうもありがとう、ニック。わたしたちが一緒に過ごす時間が、あなたにとっては大して意味がないことだって教えてくれて。本当は、わたしはあなたにとってファックする手近な相手でしかないのね。そんなことないって思ってた自分が恥ずかしいわ」

〝ファック〟という言葉がミケイラの口から出たのが信じられないとでもいうように、ニックは目にショックを浮かべた。ふん、ミケイラだって下品な四文字言葉の使いかたくらい知っている。使わないようにしているだけだ。

それにしても、そのあとの相手の反応はミケイラにとって予想外だった。いきなりぐっと抱き寄せられ、下腹部に硬い欲望のあかしを押しあてられたのだ。ニックのまなざしにあっという間に燃えあがった渇望を見たとき、ミケイラのなかで煮えくり返っていた怒りは、急に高ぶりに変わった。

「あなたが望んでいるのはこういうことだけなのね、ニック？」ミケイラはささやいた。ニックはなぜ、不意に追いつめられた色を瞳に浮かべているのだろうと考えながら。

「これ以上のことがあっちゃいけないんだよ」むき出しの激しい欲求で、ニックの目はぎらついていた。

性欲でも、一時の飢えでもなく、これがなくては生きられないという思いだった。ほとんど、いや、まったく理屈に合わないくらい強烈に、死にもの狂いで求めている。

ミケイラは相手の胸に両手をたたきつけ、シャツをつかんだ。「どうして？　理由を言って！　約束がほしいなんて言わない、ニック、無理なら一生一緒にいてほしいとも言わない。だけど、お願いだから理由は聞かせて」

感情が胸からも頭のなかからも噴き出し、心の奥まで貫く痛みをどうすることもできなかった。ニックは彼女を信頼していないし、心を開いてもくれない。分かち合う気があるのは体だけだ。

それだけで充分なはずだった。ミケイラは、それだけでいいとニックに約束した。

「無理だ」苦しげな声で発せられた言葉とは裏腹に、ニックの目には切望があふれていた。「おれはきみにそういうものを捧げられない」

ニックには、ミケイラに約束を捧げる気がないのだ。そういうものをミケイラに捧げたいとは思っていない。

分かち合う気があるのは体だけ。

ミケイラはシャツをつかんでいた両手に思い切り力を入れ、ボタンを引きちぎって、相手の硬くてたくましい筋肉のついた胸板をあらわにした。なにも敷いていない床から響く小さな音で、そこにボタンが落ちたのだとわかったけれど、ミケイラはそんなことは気にも留めていなかった。

「なら、手に入るものだけでいいわ」ミケイラは心の痛みをむき出しにして求めた。「あなたのすべてをわたしから取りあげるのはやめて、ニック」

ニックのすべて。ミケイラは、ニックから奪われるばかりだと思っている。ニックがすでにどんなに多くをミケイラに捧げているか、彼女はわかっていないのだろう。ミケイラにふれ、キスをし、抱くたびに、ニックがどれだけ彼女に自分を捧げてしまっているか。

ニックは顔をおろし、思いをこめて口づけをした。曲線を描く開いた唇を奪い、舌でミケイラを味わった。舌と舌をこすれ合わせ、キスをしたまま悩ましげな声をあげた。ほんの少しのあいだだけ、なんとか顔を引こうとした。かろうじて息をするために、理性にしがみついているために。

しかし、ミケイラのそばで理性にしがみつくすべなどあるはずがなかった。両手で髪をつかまれたときには、名前すら忘れそうになった。ミケイラはニックに顔を引かせず、まず唇を軽くついばむようにして、この口づけの主導権を握ろうとした。そうされて、ニックの神経のはしばしに猛烈な快感が刺激となって走った。

ミケイラに挑まれて、ニックは背を向けて去ることなどできなくなっていた。ミケイラの扱いかたがわかった、彼女を支配できるなどと考えた矢先に、形勢を逆転された。

ミケイラは、つねにニックをその気にさせている。そこが彼女のもっとも危険なところだ。こっそりニックの心に忍びこむのに、いちばん効果的なやりかただ。

ミケイラの願いをかなえるのは非常に困難なのに、果敢に挑んでくるのだ。ニックのそばにいよう、ニックを自分のものにしようと挑み、女ならではの強い決意を抱いている。ニックの魂を、ミケイラ自身の魂に結びつけようとしている。ニックが自分の人生に女を入れまいとしてずっと築いてきた防壁などものともせずに、ミケイラはそうしていた。

ミケイラのキスを受けたまま、彼女を持ちあげてテーブルに座らせた。やわらかいスラックスのウエストを指で探しあて、はやる手つきで前を開けてジッパーをおろし、スラックスも、パンティも脱がせてしまった。

薄手のシャツを脱がせるのは簡単だった。ミケイラにシャツを破かれたのだ。ニックも破り返して、相手の唇から高ぶりの声を引き出すことができ、いい気になった。

欲望はこれまでになく高まり、激しく燃えあがっていた。自分を抑えられそうにない。ミケイラのせいですでに手放してしまっていた自制心を、ふたたび取り戻せそうにはなかった。

腕のなかのミケイラは生ける炎のように、渇望と欲求の網のなかへ彼を誘い、引きこんでいる。欲求は防壁を突き破り、ニックが永遠に失ったと信じていた魂の特別な場所まで貫き入っているのだ。

そのニックの特別な部分がいまや荒れ狂っていた。荒れ狂いすぎて手がつけられない。ニックが考えていたよりもずっと薄かった自己防衛の覆いを破って払いのけていた。

ミケイラは一糸まとわぬ姿になり、首をそらしてニックの口づけを受けている。ニックがあごから首へとキスでたどっていくと、胸の蕾がつんと立ってニックの唇をつついてきた。

いや、ニックの唇がひとりでに胸の頂を目指したのだろうか？

胸の先端はキャンディがかかっているかのようにピンク色で、正気を失わせるほど甘い。この味におぼれたかった。ミケイラに没頭してしまいたい。ミケイラを味わい尽くして満たされきってしまい、ミケイラからもう悩まされないようになりたかった。満たされきってしまい、去るほかなくなったあとも、永遠にミケイラをこの心にしまっておけるように。

しこったピンクのとがりを口のなかに吸いこみ、すばやく舌でつついてなめ、ミケイラの味を堪能した。魂の奥まで染み渡っている飢えをあらわにして、悩ましい声をあげた。

なんてことだ、ミケイラから自由になるなど絶対に無理だろう。ミケイラを味わうたびに、いっそう彼女なしではいられなくなっている。ますます飢えが高まってしまうのだから。

乳首から腹へと唇を滑らせていきながら、ミケイラをテーブルに仰向けに横たわらせた。太腿を開かせ、脚を持ちあげる。さわり心地のいい巻き毛に覆われている、甘い花びらに口づけられるように。

花びらが分かれて、濃いピンクに色づいている繊細でやわらかい場所があらわになった。小さな真珠を思わせる花芯も。こたえられないくらいきつく締まっている、ミケイラの体内への入り口も。

ニック自身は途方もなく硬くなっており、爆発寸前に思えた。ミケイラのなかに力強く入っていきたいという欲求に勝るものはひとつだけだった。

ミケイラを味わいたいという欲求だ。

唇を寄せていき、優美な割れ目を舌ですばやくなぞり、クリトリスをもてあそび、はじけた女性らしい情熱の味わいを楽しんだ。甘くて、なめらかだ。この上なくすばらしいミケイラの味に、快楽の声を抑えられなかった。

目をあげてみると、ミケイラも目を開けていた。官能を帯びてとろんとなった彼女のまなざしを見据えながら、花芯をなめまわすさまを見せた。

妖精の目だ。こちらを見つめるミケイラの目のなかで、紫水晶の色と菫色が混ざり合っている。ミケイラは唇を開き、乱れたリズムで胸を上下させた。

ああ、なんだと？　ミケイラが自分の両手で乳房を包みこみ、指で胸の先にふれようとしている。

ニックは感じやすい花芯に舌を巻きつけ、それからぺろりとなめた。ミケイラがどれだけ大胆になってくれるものかと見守りつつ、小さな芯にそっとキスをしたのち、その下に関心を移した。

ミケイラからしたたっている甘い露を口にしたい。なによりも濃密な蜜さながらにとろりとしていて、熱情をかき立てる愛液を。

舌を入り口にかすめさせた。

ミケイラの指が胸の頂を離れ、すっと腹におりてきた。

くそ。ミケイラはニックを破滅させようとしている。ミケイラの目を見ればわかった。挑む気満々で目を輝かせ、腰を浮かせて、指で静かに自分の花芯にふれた。ニックが舌で感じる秘所は、いっそう濡れて熱くなっていた。

上品で優雅なミケイラ。小さな芯の横を一本の指先で撫で、悦びに浸るうちに表情がゆるんで恍惚としてきている。

ニックがきつく締まった秘所の奥に舌をもぐりこませると、ほっそりとしたヒップが上下に揺れた。絹に似た感触の内壁が舌を締めつけ、蝶の羽のように細やかな動きを伝えた。

両手でジーンズの前を開けるニックの肩に、華奢な足が押しつけられた。ミケイラが高ぶってヒップを寄せるので、否応なく舌が深くもぐりこみ、ニックは低くうなり声をたてた。

ミケイラといると、獣になったように感じる。飢えに駆られ、死にもの狂いになり、ミケイラを抱くことしか考えられなくなる。ミケイラを自分のものにして、自分のものであるしをつけたくて仕方なくなる。

ニックの心も体もなにもかもミケイラのなかで生きている、と感じられるようになるまで抱く。じわじわと心を占領している渇望を満たすには、そうするしかなかった。

ミケイラの指は赤みを帯びた花芯をもてあそんでいた。ニックはときを忘れて夢中にさせる女性のぬくもりのなかから舌を引き出し、顔をあげ、彼女の指を口で捕まえた。

指についた甘い蜜を吸い取り、細い指先を優しくかじり、なめ、彼女自身からその手を遠ざけた。

ニックは体を起こし、ミケイラの足首をつかんで腰に脚を巻きつけさせ、彼女に覆いかぶさった。

ミケイラは激しく興奮せずにはいられなかった。体じゅうがほてってくる。ニックに覆いかぶさられたとたん嵐のような快感に翻弄されて、胸が高鳴り、血管にどくどくと血が送り出された。両脚のあいだのやわらかいひだにニックの硬いものが押しつけられている。ニックは身を起こしながら腰でミケイラの両脚を開かせ、ヒップを支えて身を沈め始めた。ミケイラは息を詰めて見守った。ニックの欲望のあかしの頂に押し広げられ、最初の痛みと混ざり合った心地よさを強烈に感じて、小さな泣き声に似た悦びの声をもらした。

「そうだ、きみをファックするところを見ててくれ、ベイビー。このかわいいプッシーが広がっておれを迎え入れてくれるところを」

あけすけな言葉。ミケイラを燃え立たせてしまう言葉。この言葉を聞くだけで快楽の波が押し寄せ、より高みに押しあげられた。

巻き毛に覆われたひだが分かれて、たくましいニックの体の一部を抱きこんでいく。ニックを迎え入れたかった。完全に。ニックのすべてがほしい。ああ、ニックを受け入れたくてたまらないのに、ニックは途方もなくゆっくり進んでいる。

興奮が高まりすぎてミケイラはくらくらしてきた。両手をあげてニックの腹をつめで引っかき、曲げた膝を引いてもっと深く彼を受け入れようとした。すると、目の前で体をこわばらせたニックと視線が合った。

快感がふくれあがりすぎて、ミケイラは息もできないほどだった。

「なにを待ってるの?」思わず叫んだ。

「きみをだ」ニックがうなった。「きみはどこまでおれを興奮させるんだ、ミケイラ。こんなにきつく締めつけて、優しく包みこんで」

ミケイラが、ニックにこんな影響を及ぼしていた。ニックの目に悦楽が宿っている。熱を帯びて、まぶしく。

「一晩じゅうおしゃべりするの？　それともいますぐファックしてくれる？」切望を声に出した。

ニックは目を見開き、さらに身をこわばらせた。いったん腰を引き、一気にすばやくまた押し戻す。ミケイラの口から悦びの叫びが飛び出していった。彼女を何度も貫くニックの動きと同じ力強さで、快感がいや増していった。

見つめていると、ニックも抑制を失っていくのがわかった。首の筋が張ってくっきりと浮きあがり、額と肩には玉の汗が浮いている。腰の動きが速くなり、激しくなり、根元まで打ちこんで燃えるような刺激をもたらすとともに、ミケイラを内側から押し広げた。

ミケイラは張りつめた睾丸が押しつけられるのを一瞬だけ感じた。ほんのいっときだけ、体のもっとも内奥で彼が脈動するのを感じた。

痛みと快感が同時に襲い、その刺激はこの上なくすばらしいと同時に耐えがたかった。体の奥を突き抜けた衝撃はすさまじく、燃えるような感覚が入り口でも、クリトリスでも、ついには子宮でもはじけて広がった。オーガズムは爆発のようだった。白熱する混じりけのない快感が怒濤のごとく押し寄せた。

ミケイラは完全にばらばらにされ、作り直された。流れこんできた恍惚に包まれていると、ニックが激しく身を揺らし、彼女のなかでふくれあがった。勢いよくほとばしった精液はミケイラの感覚を圧倒し、体内の繊細な神経の一本一本に火をつけた。

一度死んで、生まれ変わるような体験だった。

ミケイラはテーブルにぐったりと横たわって、呼吸を整えようとした。いまは確実に正気を見つけられそうにはないので、正気に近いものを見つけようとした。

体の内側から徐々に震えの名残が引いていったところで、まぶたをあげた。ニックが、ゆっくり体を起こして身を引こうとしていた。

「ニック」ミケイラは呼び止め、自分の顔に弱々しく片方の手をあてた。「わたしを置いてあなたがひとりで行動してしまったら、わたしたちのあいだにあるものがなんであっても、それが損なわれてしまうわ」

「疑問の余地なく、それが単純に壊れてなくなってしまうのが、おれたち両方にとっていちばんいいんだ」

ミケイラはニックを見つめた。胸のなかでなにかが砕け、胸が締めつけられた。ニックが静かに身を引き、まだ硬いままの情熱のあかしも、彼の体のぬくもりも、ミケイラから離れていった。

ミケイラはなにも言えなかった。

胸に広がった苦しみの衝撃は大きく、耐えることはできなかった。

目にあふれる涙を止めるすべもなかった。それでも、涙は落とさなかった。絶対に、ニッックを手に入れたいからといって泣いたりしない。ニックが手に入らないからといって泣いたりしない。

　気分が悪くなってきた。苦しくて、涙をこらえているせいで胃がぎゅっと縮こまった。

ゆっくりとテーブルから身を起こした。ニックのことは見ないようにした。ニックに見つ

められていることには気づいていた。ニックのまなざしに浮かんでいる根の深い、荒々しい

ほどの悲しみにも気づいていた。ミケイラの内にも、抗えない力で悲嘆が押し寄せていた。

　このままでは泣いてしまう。

　泣き声が飛び出してしまいそうだった。内側に向かって涙が流れこんでいきそうだった。

「ミケイラ」部屋から逃げ出そうとしたところを、ニックにつかまれた。

「やめて」追いつめられて体を震わせた。「離して」

「わかってくれてないだろう」ニックがかすれた声を出した。「聞いてくれ、ミケイラ。き

みには、おれが誰かもわかってないんだ。どんな人間かも。おれを愛したりしないでくれ、

ベイビー。そんなふうに、おれのことも自分のことも傷つけるのはやめてくれ」

　ミケイラは頭を左右に振った。どう答えろというのだろう？　どうやったら、この心の痛

みに耐えられるだろう？　ふたりをずっと互いに引き寄せ続けているものがなんであれ、ニ

ックはそれを壊したがっていると思い知らされたのに。ミケイラがニックに捧げずにはいら

れないものを、彼はほしがってなどいなかった。ミケイラがさっき自分で言ったことは正し

かった。ニックが望んでいるのはファックだけだった。

「こんなことがあってはいけないんだ」ニックの声が険しくなった。

「じゃあ、なくていいわ」

ニックの手を乱暴に振りほどき、涙をこらえながら裸で裁縫室を走り出て、安全な寝室を目指した。

このとき、ミケイラは自分が望みを抱いてしまっていたのだと気づいた。高すぎる望みを。自分でも気づかぬうちに、心の片すみにその望みを隠していた。ミケイラが抱いている感情のほんの一部だけでもいいから、同じ感情をニックも心に抱いてくれないかと望んでいた。

ほんの少しだけでよかった。多くを望んだりしていなかった。去ったあとも、ミケイラのことを思い出してくれる程度でいい。そうしたら、ひょっとしたら、いつかミケイラのところに戻ってきてくれるかもしれないから、と思っていた。

バスルームに駆けこみ、ドアを閉めてそこに背中を押しつけ、最初の涙をこぼした。

ニックのせいで泣いているのではない。自分のために泣いていた。

21

一時間以上たってイアンとカイラが訪ねてきたとき、ニックは用心深くミケイラのようすをうかがった。落ち着いているように見えた。目には流していたはずの涙の跡も、怒りも残っていなかった。

まるで裁縫室での出来事も、悦びも、痛みも、ニックの心にふたたびよみがえった悪夢も、なかったかのようだった。

だが、ニック自身の平静は、思っていたほど揺るぎないものではなかったらしい。

「どうした、レネゲイド？」ビールを手に連れ立って裏のテラスに出たとき、イアンに尋ねられた。

「会いたがったのはそっちだろう」ニックは二本目のビールを飲み終えてから言った。「そうじゃなきゃ、おれはいまごろベッドでぐっすり眠ってたさ。だから、〝どうした？〟ってのはこっちのセリフじゃないか」

「ああ、だが、見るからにぼろぼろになってるのはおれではないし、泣いていたことを隠すために化粧をしているのはカイラではないからな」イアンが言い返した。

ニックはきっと相手を見やった。

見ただけでは、この元ＳＥＡＬが南アメリカの麻薬カルテルの元ボスの息子だとは誰も気づかないだろう。しかも、独力でその父親を破滅させた男だとは。

イアン・リチャーズは、ニックが信頼する数少ない人間のひとりだ。ニックの秘密と、かつての人生を知る数少ない人間のひとりでもある。

「彼女は、おれが与えてやれないものを求めている」ニックは答え、いら立って歯を食いしばった。「自分の人生をくだらんゲームだとでも考えてて、おれに同行してリフラーに会うのなんざ大したことじゃないと思ってる」

ミケイラは、自分がニックを愛せるのはあたり前で、ニックも愛を返せるものと思っている。妖精が出てくるようなおとぎ話など絵空ごとにすぎないなんて、妖精自身にどうやって伝えればいいのだろう？

「彼女はタチアナとはまったく違うぞ、ニック」

ニックはこぶしを握りしめた。ニックは、亡くした妻の名前を口にしたことなどなかった。考えることすらしていなかった。妻をかえりみなかった罪悪感は強く、考えるだけで恥と怒りで身がすくむほどだった。そして、妻の名前を思い返せば、彼女と娘が命を奪われたのは、ニックが夫婦関係を良好に保つのを怠ったがためだと思い出してしまうだけだった。

「ミケイラは、妻である自分の存在を夫に忘れさせる女性ではなさそうだ。いまでさえ、彼女は自分の居場所と定めたところに根づくすべを心得ていて、それをはっきり示している」

イアンは口を閉じなかった。

「そんなことをおれがわかってないと思うか？」ニックは相手に背を向けたまま、手元のビールを早くも飲み干した。

「では、なにが問題なんだ？　聞いたところによると、ミケイラは文句なしにすばらしい女性だ。おまえのことだから、もっと絶望的に悪い相手でも仕方なかったろうに」と諭される。

「誰が相手を探してるなんて言った？」怒りがこみあげてきて、ニックはうなった。

イアンがくっくと笑った。「相手が見つかるのはそういうときなんだよ、ニック。人生でいちばん都合の悪いときに、そういうことが起きる」

「わざわざ会わなければならないほど大事な話というのは、なんだったんだ？」動揺などしていないかに見える、感情をあらわにしない表情を心がけ、イアンを振り返った。

暗がりで見つめ返してくるイアンの唇に、憂えるような笑みが浮かんだ。

「ケフラーは危険な男だ」イアンは口を開いた。「とはいえ、おまえが求めているような面会なら、ミケイラを連れていっても安全だろう。おまえに知らせなければいけなかったのは、カイラとおれが探り出した情報だ。ケフラーは特定の建設計画を後押ししているだけではなかった。ある情報提供者によると、ネルソンを破滅させて事業を横取りしたがっている誰かに、ケフラーは積極的に手を貸そうとしている。それが誰かをわかる者がいないんだが、ケフラーはそいつを操れると考えているらしい」

ニックはいら立ちのあまり奥歯をこすり合わせていた。「ほう、そんなやつとの楽しい集いにミケイラを連れていっても安全だって言うのか？」

イアンは頭を傾けた。「ケフラーが善人だと言うつもりはないさ、ニック。それでも、やつはあるネットワークの一端を担ってもいるのでね。そのために、ミケイラの安全は保証されるんだ」

イアンの押し殺した声と話の内容に、ニックはまなざしを険しくした。ここで言うネットワークとは、ひとつのことを意味しているとしか考えられない。マーティン・ケフラーは法執行機関の情報提供者なのだ。

「こうした関係がどう成り立っているかはわかっているだろう」と、イアン。「ケフラーは丁重な扱いを受け、ある程度の行動の自由を得るかわりに、情報を提供する。といっても、あの男が水槽のなかでいちばんたちの悪いサメであることは変わらないが、あの男もある程度の好意は示さなければいけないんだよ」

「どんな好意だ？」ニックはうなった。

「おまえには情報と、ケフラーの小さな団体のメンバーがおまえの女を攻撃しないという保証が必要なんだろう。その好意は得られる」

ニックはイアンに対してためらわず、ミケイラはおれの女ではない、と言うべきだった。そうするために口まで開いたのに、言葉は出てこなかった。

「考えておく」ぶっきらぼうに言い切った。

イアンは穏やかにうなずいた。「どうしてそんなにむきになって闘っている、ニック？もう自分も人生を取り戻していいのだとは思わないのか？」

ああ、思わない。ニックはもっとも大事なときに失敗したのだ。彼が初めて手に入れた無垢な存在、父親に頼りきっていた存在を守れなかった。

「やめろ、イアン」激しい怒りが、ふたたび胸の奥で勢いを盛り返そうとしていた。あの遠い昔の夜に感じた激しい怒り。あの夜、ニックの両手は血に染まっていた。仲間の兵士たちの血と、ニックが殺した、彼の人生を崩壊に導いた男の血で。

ニックもあのとき死にかけた。

死にたかったのに、生き延びた。苦しむためだったのだろうか？　ニックはよく考えていた。魂がこの体を簡単に離れていこうとしなかったのは、苦しむためだったのだろうか？

イアンは重々しく息を吐いた。「こんなに時間がたったんだ。おまえが少しばかりの幸せを手に入れても恨む者などいないよ。特に、ニコレットが恨むはずがない」

ニックの心の奥でなにかが崩れた。心臓でなにかが音をたてて裂け、耐えきれないほど深い痛みが突き刺さるのを感じた。

「やめろ」耳に響く自身の声は途方もなく冷ややかだった。怒りにのみこまれそうだった。

「ああ、わかったよ、ニック、この話はやめよう」イアンはため息をついた。「だが、おまえはなかにいる若い女性の心を引き裂くことになるぞ。それに、去るとなったら、おまえも苦しむだろう」

ニックはすでに苦しんでいた。確かに、痛みが鋭いかぎづめのように深く食いこんでいて、血が流れているのではないかと思えるほどだった。

「援護がいる」目前の問題に話を戻した。「会う時間が決まったら知らせる。おまえにも同行してほしい。重要なのはミケイラだけだ」文句があるなら言ってみろと告げるまなざしで相手を見据えた。「わかったか、イアン？　どんな事態になろうと、ほかのことはどうでもいい。重要なのはミケイラだけだ」

エリート作戦部隊など、どうでもいい。ニックが属している部隊。ニックを地獄から引き戻し、ニックを生まれ変わらせるために途方もない金を投入した男たち。その部隊とともにした十年もの年月。ニックが捧げた忠誠の誓い。そんなものはすべて、ミケイラと比べればなんの意味もなかった。彼女の心を、ニックは傷つけることになるというのに。

「言わなくてもわかっているよ、ニック」イアンが請け合った。「援護部隊の何人かは休暇中で近くにいる。また任務が始まる前に、一週間くらい集まるつもりでね。おまえの力になるとも、ニック。おまえから求められさえすれば、ジョーダンもそうするさ」

ああ、ニックの司令官は愚痴り、ぼやき、ののしりまくるだろうが、必要なことはすべてやってくれるだろう。

ニックはすばやくうなずいた。

「ところで」イアンが深刻な口調で話題を変えた。「ホルブルックについて調べ、なにかわかったか？」

「ケフラーがホルブルックを援助していると確認できた」

「まだ関係者全員の資金の流れを調べている途中だが、これまでに確認できたところを見ると、ケフラーとホルブルックのあいだではとんでもない額の金がやり取りされている。ほかにも怪しい点がありそうだから、調べを進めているところだ」

「どうにも奇妙なことが起こっていそうだな」ニックは同意した。「金の流れだけじゃない。それぞれの情報がぴったりひとつにはまらないんだ。論理的に考えれば、マディックスがかかわってるに違いないのに、例のアリバイはとにかく完璧で崩れそうにない」

イアンもうなずいた。「数字からなにかわかるまで、ホルブルックとケフラーを調べ続けよう」と勧める。「ネルソンやアリバイ提供者たちと対決する前に、攻撃材料がいるだろう。互いの情報を突き合わせるんだ。そうすれば、攻めていける」

そうすれば、殺せる。ミケイラが危険にさらされた原因を作ったのがマディックスなら、ニックからやつを救えるものはなにもない。

こう考えて、握りしめたこぶしに力が入った。ミケイラを攻撃するために、自分がマディックスに使われたのかもしれない。ミケイラを愚かな人間に見せかけ、うそつきに見せかけるために。こう考えて、猛烈な怒りがわいた。

「この事件はいったいどうなってるんだろうな、ニック?」イアンが問いかけた。「この町でのミケイラの評判は称賛すべきものだ。弟たちや友人たちがはまった若者特有のばか騒ぎにもかかわったことがないし、酒も薬もやらない。物静かで、信頼できる、思いやり深い女性だ。それなのに、ミケイラが懸命な努力によって得たと思われるこうした評判に、この事件が影を落としてしまった」

「誰かがミケイラを利用しているんだ」ニックは断言した。「調べるにつれ、それがはっきりしてきている。止めるためには、エディ殺しの犯人を捕まえなきゃならん」

「わからないな」イアンは首を左右に振った。「あれだけの評判を持つミケイラなら、普通のアリバイなら崩してしまえる。マディックスが犯人だとしたら、どうしてミケイラのような評判の高い女性を使う？」

ニックもかぶりを振って、うなじをこすった。「それも考えて、マディックスはエディを殺した犯人ではないと思っていたんだ。マディックスはミケイラのことをよく知ってる。評判が高いことも知っていた。ミケイラが建設現場に来る予定だったことも。彼女がマディックスの顔を見ればわかるだろうことも。それなのに、どうしてミケイラを使った？　なぜ、おれを調査に引き入れた？　イアン、こういう疑問への答えが見つかるまで、この件は解決しないんだ」

「マディックスが関係しているなら、アリバイ提供者たちも関係しているということになる」

イアンが思案げに言った。

「それが理由で、調査が行きづまっているのかもしれない。警察署長に、有力な事業主に、市会議員ふたりだぞ。にしても、なぜミケイラを使うんだ？」

「そこがまったくわからん。なんで、ミケイラを使うのか。そもそも、人ひとりを殺すという単純な話なら、なぜ目撃者を利用する必要があったのか。隠された意図があるんだろう。ミケイラを巻きこむ意図。ひょっとしたら、おれのことも巻きこむつもりなのかもしれない。マディックスはおれに連絡してきたんだからな。個人的にここに来いと言ってきた」

「やつに弱みを握られていると思うか？」

エリート作戦部隊には過去がある。隊員たちには過去がある。彼らの秘密や弱みを何者かに知られれば、命取りになりかねない。

「調べてみてくれ」ニックは向きを変えて暗闇を見据え、この比較的小さな町の建設会社経営者に、自分についてそれこそなにを知られているのか考えた。

「すでに調査を進めている」イアンが請け合った。「なにかわかるまで、おれなら大切な女性をそばから離さないのはもちろん、警戒を怠らないようにする。ここでは、ありそうにないことが起こりすぎている。そのせいか、首がかゆくなる」

首がかゆくなるとは、まさによくない兆しだ。こんな危険に対する本能的な防衛反応が起こったら、どんな兵士でも緊張する。それに、この目の前の男は単なる上級兵士とはわけが違う。

「この町での調査はおれがする。情報集めは頼む」イアンに告げた。「ミケイラはおれが守る」

「おまえがミケイラを守るつもりなのはわかってる」イアンはため息をついた。「心配なのは、どう守るのがいちばんだとおまえが考えてるかだ」

「いったいどういう意味だ？」ニックは振り返って険しい視線を相手に向けた。イアンはテラスの向こうにたたずみ、ニックを見つめていた。

「ミケイラのような女性を守るいちばんの方法は、囲われた安全な場所にしまいこんで刻一刻と過ぎていく人生から切り離すことじゃない。置いていっても、ミケイラを救うことにならないぞ、ニック」

「とどまっても救うことにはならない」刺々しい怒りで声が鋭くなった。「なにがしたいんだ、イアン？　自分が結婚して幸せにほうけているからといって、ろくでもない世界じゅうの人間がそうなるとでも思ってるのか？」

イアンの口のはしがあがった。「恐れをやわらげてくれるとは思うよ、ニック」と、しばらく間を置いてから言う。「おまえは特にたくさんの恐れを抱いているほうだろう。とはいえ、なかにいる女性よりも、恐れをベッドのともにしたいというのなら、それはおまえのろくでもない決定だ。おれが決めることではなく」

「そのとおりだ」ニックは歯をむいてうなった。「そのことを忘れるな」

イアンの微笑みは憂えるようでいて、そこはかとない哀れみも漂わせていた。それを見て、ニックはさらに頭にきた。

「話は終わりだ」一方的に言い渡した。「ほかに話題があるならそっちに変えるか、さっさと出ていってくれ。おれはどっちでもかまわん」

「必要な情報はすぐに手に入ると思うよ、ニック」イアンの口調は陰鬱になっていた。「それに、あとで話したくなったら、いつでも聞くからな」

ニックはぞんざいにかぶりを振って、苦々しい笑い声を発した。「おれたちはいったいいつからの知り合いだ、イアン？」

「ずっと前からだ」イアンは静かに答えた。

「そのあいだに、おれが友だちに相談なんてまねをしたことが何回あった？」

「おまえは一度もそうしようとしなかった、ニック」と、イアン。「だが、相談する必要のある人間がいるとすれば、それはおまえだよ。ニコレットの身にあんなことが起こったのは、おまえが悪かったからじゃない。といっても、自分を責めることで夜よく眠れるのなら、おれが責めるなと言う筋合いはないな」

ニックが刺々しくなにか言い返す前に、イアンは背を向けて家のなかへ入っていってしまった。

「あら、かわいこちゃん」イアンの妻カイラが夫を迎える声が聞こえた。「ものすごくすてきなドレスができあがりそうよ。上流社会にはびこるほかの魔女たちみんな、わたしのことをひどくやっかむわ」夫をからかうカイラは、それは楽しそうだった。「それに、ほかの男の人たちは、あなたのことをひどくやっかむわよ。わたしがホットすぎて」カイラはシューシューと湯気が立つ音を口でまねながら、夫の腕のなかに飛びこんだ。

「きみはいつだってホットだよ」イアンが言っている。「だが、いずれ、やっかむ野郎どもは目を失うはめになるかもしれないな」

ふたりのからかい合いはニックの胸の奥を突いた。ぎざぎざした刃のナイフのように心を切りつけた。

ニックも、ミケイラとあんなことをできるかもしれない。だが、それはいつまでの話だ？仕事が、彼の責任がふたりの仲を引き裂くまで、どのくらい持つ？　ミケイラが愛人を作りたいと決めたら……そこで思考はばらばらになった。

いや、いったん誓いを立てたら、ミケイラはそれを守り続けるだろう。しかし、愛情は大事にはぐくまないと絶えてしまう。ニックは自由の身ではないのだ。あと二年、エリート作戦部隊に捧げなければならない。部隊の任務は自殺行為に近いものも多かった。

もし、ミケイラとのあいだに子どもができたらどうする。敵にミケイラの存在を知られたらどうする。ミケイラがニックを愛するのをやめたらどうする。ニックが本当は誰で、どういう人間かミケイラに知られたらどうする。ニックが捧げられるよりも多くを、ミケイラが求めだしたら……。

もし。もしもの場合を考えてしまう不確定要素が多すぎる。不確実すぎて、考えていったら行き止まりにぶちあたり、引き返すしかないのだ。

キッチンに入ってすぐ、視線がミケイラへ向かった。イアンが言っていたとおり、ミケイラの顔は青白かった。疲れて見える。こんなことを強いられずに、ミケイラは眠っていなくてはいけない。命の危険に怯えるのではなく、ドレスを作っていなくてはならない。

ニックが彼女の安全を確保していられるよう、ニックに抱えこまれていなければならないのだ。

ニックがキッチンに入っていった瞬間、ミケイラは目をあげた。不思議な色合いの目を見開き、切望と苦悩をあらわにした。ニックに傷つけられ、泣かされたあとでさえ、ミケイラは彼を求めてくれている。

苦しいほど相手を求める気持ちと、荒々しいほど激しい渇望が、ふたりを覆っていた。

なんて女だ。ミケイラはニックに自分を結びつけている。ニックを愛してしまおうとしている。すでに愛していなかったらの話だが。この認識と向き合うのは、テロリストと対峙するより難しかった。ミケイラのなかで荒れ狂っている欲求を感じ取り、それと向き合うのは、爆弾と向き合うようなものだった。核爆弾と。この爆弾は、ニックの正気を破壊するだけにとどまらない。ニックの魂そのものを破壊してしまうかもしれない。

「きみがドレスに満足したところで、ホテルに戻ろうか」イアンは満面に笑みを浮かべて妻を見おろしている。まるで、相手が本当に社交が好きなだけの華やかな美女であるかのように。実際は、カイラ・リチャーズはそんなふうになりすましているだけで、おそらく、夫と同じくらい危険な存在だ。ある意味では、イアンより危険かもしれない。この女が危険だとは予想しづらいからだ。

「いいわよ」カイラがニックに視線を向けた。「ミケイラを大事にしてね、ニック。彼女とわたし、とってもいい親友どうしになれそうなの」

こう宣言されて一気に警戒し、ニックの背筋に上から下へ戦慄が走った。それでも、相手にはそっけなくうなずいた。カイラの宣言の裏に隠された意図に気づいているそぶりは見せなかった。ニックはこれからもミケイラとつながりを持ち続ける。カイラはミケイラとのつき合いを続け、ニックはミケイラの安全を守る。

そう知らされても、ニックの夜に安らかな眠りは訪れなかった。

何時間かたち、ニックは暗い部屋でミケイラを抱いていた。袖なしの薄い寝衣の上からミケイラの背を撫で、苦悩を覚えて目を閉じた。

亡くした妻をかつて愛していたという事実を思い出すことは、この十年ではとんどなかった。かつて、ニックは亡き妻を信頼していた。ともに楽しいときを過ごした。ニックはベッドに横たわりながら、妻と築いていく将来を夢見たこともあった。

だが、それは決して揺るがないものではなかったと、ニックは心のなかで認めた。頭の片すみではつねに疑っていた。妻とアントンとの関係は、完全に終わっていたのだろうかと。

アントン・ヴィレスキ。

ニックのあごに力が入った。ニックと会う前、妻はアントンと寝ていた。しかし、ニックは結婚するまでふたりの関係を知らなかった。この関係は、妻がニックと会う前に終わったことになっていた。

だが、ニックはつねに疑っていたのだ。当時は、ほかの誰よりも妻を愛していた。それでも、心の片すみではいつも恐れていた。妻がニックと結婚したのは、彼がロシア連邦政府で働いていたからではないか。愛人のために、ニックと結婚したのではないか。

しかし、ニコレットが自分の子であることは決して疑わなかった。あの子が生まれたときから、どこまでも透き通るような淡い青の目を見た瞬間から、この泣き叫んでいる途方もなく小さな人間は自分の娘だとわかっていた。心から愛し、大切にした。

それなのに、失った。

ニックは手をおろしていき、じかにミケイラの肌にふれた。彼女の寝衣は腰までまくれていた。下にはなにも身に着けていなかった。彼女を隠すパンティはない。心地よいぬくもりを発する、女性らしい肌があるだけだった。

亡くした妻の記憶は、ミケイラのむき出しの肌のぬくもりの下へ消えていった。押し寄せるなじみのない感情を押しのけることよりも、ミケイラにふれることのほうが重要になった。

しかし、押し寄せる感情は興奮を高めるばかりだった。指で尻の丸みをなぞり、濡れてなめらかになっているひだにふれると、感情で胸が締めつけられ、身がこわばり、神経が肌の表面に近づいて脈打っている気がして、微妙なさわり心地まで堪能できた。

ふくらんだひだに指を滑らせ、高まる欲望を感じた。ペニスがすぐさまたちあがり、抑えようもない切迫する飢えのせいで脈打ち、うずいた。そのとき、ミケイラが徐々に目を覚まして身じろぎした。

なにも言わずに、ミケイラは身を任せてきた。体を浮かせ、豊かに顔を縁取る髪をニックの顔のまわりにも垂らして、キスをした。

けだるげな、半分眠っているようなキスだった。ゆったりとした気ぜわしくない欲望と、熱情にあふれる口づけ。ほっそりとした脚が、すっとニックの腰にかかった。

ミケイラが次にした行動に、ニックは度肝を抜かれてしまった。ニックに覆いかぶさって腰を動かし、いきり立ってふくらんでいるペニスの先を、温かいひだで包みこんだのだ。

腰をおろしていくミケイラの心地よく締めつける入り口が広がり、柔軟に彼の敏感な先端をくるみこんだ。ニックは肌の上に電流が走ったように感じた。頭のてっぺんからつま先まで、強烈な感覚が炎のように広がった。血管にどくどくと興奮を送りこんだ。胸に迫った。ミケイラの秘所が官能をもたらす手袋さながらにニックをぴたりと包み、搾りあげるように愛した。この世でもっとも小さく愛すべき口のように、どこまでもニックを吸いこみ、みずから体内へ受け入れようとした。

両手でミケイラの腰をつかみ、力をこめて突きあげた。覆いかぶさっているミケイラの叫び声を聞きながら、やわらかい場所へ押し入り、根元まで身を沈めた。

あっという間に過ぎる、輝かしい時間だった。激しく燃えあがる炎に似た熱情に駆られて、ミケイラに打ちこみ始めた。性急に全力でミケイラをオーガズムに追いこみ、彼女のおののきを肌で感じた。

波打つプッシーに締めつけられるなり、ニックも自身の欲求に身を任せた。精を注がれて、ミケイラはぐったりと彼にもたれかかり、息を切らして、腕のなかで震えた。

「愛してるわ、ニック。心から愛してる」ミケイラがささやいた。「心の底から」

その言葉が頭のなかではじけるように響き渡り、ニックの胸を張り裂けさせ、狂おしいほどの最後の解放をうながした。この最後の悦楽のほとばしりに理性を打ち砕かれ、ミケイラの言葉に魂を打ち砕かれていた。

ミケイラに愛されている。

22

昨夜、自分は本当にあんな言葉をささやいたのだろうか？　ニックに愛していると告白したのだろうか？　それとも、あれもまた単なる夢にすぎなかったのだろうか？

翌日、ニックとともに〈ホルブルック・コンストラクション〉の駐車場に車で入っていきながら、ミケイラはなにが現実で、なにが夢にすぎなかったのか懸命に思い出そうとしていた。

夢のなかでニックを抱いたのは初めてではない。ニックを絶頂まで駆り立てて、愛をささやいたのも、夢のなかでは初めてではなかった。

この秘密をニックに明かしてしまったのかもしれないと考えて、不安で、緊張が高まるばかりだった。いままでは、自分にすらこの秘密を認めたくなかった。ニックにあの言葉をささやきかけてしまったのかもしれない、という危機感に襲われるまで。

ミケイラがあんなことを告げてしまっていたとしたら、ニックなら確実になにか言うはずだ。怒ったり、いやに冷たい態度をとったりするはずだ。ミケイラはニックを愛してはいけない。ニックはミケイラを愛してはいけない。そう思いこむニックの決意は根が深すぎるから、聞かなかったふりをするなどとてもできないだろう。

ところが、今日のニックは普段とまったく変わらない態度だった。昨夜の出来事などなかったようだ。いまのふたりの関係は、昨夜の出来事の前となにも変わらないかのようだった。ニックがミケイラに愛してほしがってなどいないことは、ミケイラもとてもよくわかっていた。それでは、ミケイラはどうしたらいいだろう?

とりあえず、いまはニックと一緒にいる。疲れた気持ちで思った。ミケイラが一緒に行くと言っても、ニックは反対しなかった。店の奥に隠れていたらどうだ、とは言わなかった。毎日出かけようとするたび、これまではいつもそう言っていたのに。

「ホルブルックはかっとなったら自分を抑えられる男じゃないらしい」ふたりで会社の入り口に向かっていくとき、ニックが警告した。「ずっとおれのうしろから見て、聞いていろ。なにか思いついても、おれの注意を引くだけにしろ。そうしたら、あとで、やつに聞かれないところで、ふたりで話し合おう。相手を優位に立たせないようにするんだ」

「わたしがしくじったことあった?」

「一度もない」ニックの返事があまりにも思いがけなかったので、ミケイラはショックで足を止めてしまいそうになった。

ニックはドアをつかんで力強く開け放ち、ミケイラを引き寄せて社内に入った。ミケイラの腰のくぼみに手を添え、受付に向かっていく。

受付デスクには、ブルージーンズをはいた若い女性が座っていた。受付係は映画を見ていたコンピューターから視線をあげ、ニックをまのあたりにして警戒するように茶色の目を見開いた。

この日の受付係の前に置かれたネームプレートには〝タビサ・ホルブルック〟と書かれている。縁故主義は、うまくいくとはかぎらない。ニックを見つめていたタビサは、やがてさもいやそうに顔をしかめた。

ミケイラは驚いてしまった。マディックス・ネルソンのオフィスに何度か行ったことがあったが、そこではこんな状況を目にしたためしがなかった。

「なんですか？」受付係が甲高い声を出した。

完全に礼儀を欠いた対応に、ミケイラはたじろぎかけた。

「ニック・スティールだ。リード・ホルブルックに会いにきた」ニックは深みのあるしゃがれ声で受付係に答えたが、口調はミケイラが聞いたこともないほど威圧感を抑えたものだった。

明らかに、若い女性を怖がらせないよう気を使っている。

受付係は呼び出しボタンを押してから、ヘッドホンのマイクに向かってしゃべった。「わたしよ、えっとね、ニック・スティールって人がリードおじさんに会いにきてるんだけど――」電話の相手が話しているらしく、タビサは目をぱちぱちさせながらニックを見あげている。そして急に、見逃しようがないほど顔を真っ青にした。

「わたしにそんなことしろっていうの？」タビサは頭を低くしてひそひそ言った。「ねえ、そんなこと伝えろって言うくらいなら、自分で言ってよ。わたしはおことわり。怖そうだもん」

ちらっと目をやると、ニックが不機嫌な顔をしていたので、ミケイラはこっそり微笑んだ。ミケイラにとっては、こたえられないくらいセクシーに見えた。

「自分で言ってよ……」タビサはまだ言っている。

そこで、ニックが身を屈めてデスクに両手をついた。怖い顔でにらまれて、受付係が恐怖もあらわに飛びのいたので、ミケイラは声をたてて笑ってしまいそうになった。

「ホルブルックを出せ。いますぐ。おれたちと話すのが身のためだとスタントン上院議員もおっしゃっている、とやつに伝えろ」このニックは支配する雄の見本みたいだった。

顔つきも、声も。

横暴そのもの。大自然の力といった感じ。ニックを失ったら死ぬほどつらいだろうけれど、ニックから学んだことは決して忘れない。決断力、決して引かない態度。向き合うはめになるとは想像もつかなかったほどの怒りをコントロールする方法。

ニックは上院議員の名を出した。この会見では使わずにおこうかと迷っていた入場証だ。スタントン上院議員は今朝、ニックの電話にメッセージを残していた。ほかの方法がだめでも自分の名を出せば、ホルブルックは面会を承諾するだろうと。

スタントンはエリート作戦部隊の組織を作りあげたひとりだ。スタントンの参加はかぎられた秘密エージェントたちにしか知られていないが、それでも、彼の力は広範囲に及んでいる。

ニックがまだタビサ・ホルブルックの怯えた目をにらみつけているうちに、受付のうしろのドアが押し開かれた。

リード・ホルブルックの個人秘書、アリーン・デイトンが足早に登場した。肩までの長さの白髪交じりの黒髪は乱れ、暗い灰色の目にはいら立ちがありありと浮かんでいる。赤い口紅を塗りすぎている唇は怒りに引き結ばれていた。

ミセス・デイトンは、マディックス・ネルソンの個人秘書であるアリソン・シェンキンスとは大違いだった。ホルブルックの秘書がプロ意識も、ビジネスの礼儀も持ち合わせていないのは明らかだった。

「ミスター・スティール」アリーン・デイトンの口調は、身なりと同じくせわしなかった。「ミスター・ホルブルックはとにかく予定が詰まっていて忙しいのですが、五分なら会ってもいいと申してますので、こちらへ」

ニックは体を起こしてミケイラを振り返り、手を差し出した。ミケイラは迷わず、その手を取った。そうされて、ニックの胸は締めつけられた。こんなふうには反応すまい、わきあがってくる感情に左右されまいとしたのに。

個人秘書に案内されて別の部屋を通り、リード・ホルブルックのオフィスに着いた。

秘書はドアを開け、ふたりを通した。

ホルブルックが机の向こうで立ちあがった。いかつい顔立ちと、いっぱいに生やしたあごひげのせいで、むさ苦しく見える。確実に、この会社は清潔感あふれる誠実な気風とは無縁なのだろう。

「飲み物でも勧めるところなんだろうが」ホルブルックがあざける口ぶりで言った。「こちらがあんたがたふたりを招いたわけじゃないからな」

「ああ、気にするな、リード」ニックは答えた。「最初から飲み物をもらいたいなんて思ってない」

憎々しげににらんでいるリードの視線を遮るようにミケイラのすぐ前に立ち、ニックは彼女とともに机の前の席に着いた。

「こんなことにつき合わされてる時間はないんだよ」リードは刺々しく言って、乱暴に椅子に座り直した。

「だが、ネルソンの建設プロジェクトに関して話し合うためにエディ・フォアマンと会う時間はあったようだな。エディが殺された当日に。今日は、そのことをおれと話し合うために時間を取ってほしい」

リードは目をぐるりとまわした。「だからどうした？　あのあほは自分と会って損はないとか言ってやがった。だが、損にしかならなかったんで、おれは帰った。それだけなんだから、ネルソンのやったことをおれになすりつけようとするのはやめろ。エディなんか殺ってないんだよ」

「エディはどうやっておまえの損にならないことをしようとしていたんだ、リード？」ニックはわざとらしく知りたそうなふりをして訊いた。「エディはどうして、おまえが自分に会いたがるはずだと思ったんだ？」

「情報があるとか言ってたな。ネルソンが建設に粗悪な資材を使ってる証拠があるとか。その証拠を売ろうとしてきたんだが、大した話じゃなかったから、おれはことわって帰った」

ニックは片眉をあげた。「エディの目あては金だけだったか？　ネルソンと厄介なことになってるようすはなかったか？」

「あのあほの目あてはいつも金だったよ。あとは、いつも卑怯な手を使って誰かをはめるチャンスを狙ってたな」

「その口ぶりでは、ずいぶんエディとのつき合いが深かったようじゃないか」ニックは切り返し、リードの目に狡猾さと怒りが閃くようすを見守った。

「ある程度はつき合いがあった」と、リード。「とはいえ、あんたが狙いどおりおれに罪を着せられるほどのつき合いなんざなかったぜ。じゃ、話がこれだけなら、おれは人に会いにいかないといけないんでね」

リードは立ちあがり、ニックをねめつけた。ニックとミケイラも席を立った。

「なあ、リード。あんたの取引相手や兄弟は、あんたが大物犯罪者の援助を受けて複数の事業を行ってることを知ってるのか？」

リードの顔にじわりと広がる笑みはひやりとしたサメを思わせ、見るからに悦に入っていた。「そもそも、そうしろと勧めてくれたのは彼らだよ、ミスター・スティール」と言って、ミケイラに顔を向ける。

「ミズ・マーティン、自分の頭で考えてみたまえ」リードに偉そうに告げられて、ミケイラが前に出るのを、ニックも止めなかった。

「なにをです？」ミケイラは聞き返した。

「なぜ、マディックス・ネルソンに金で買われた傭兵が、もともとうそつきに仕立てあげることになっていた女性に手を貸しているのか？　この男と寝れば、彼がいったん引き受けた仕事とは別の道にそれてくれるとでも思っているのか？」

「わたしと寝ても、この人は道をそれたりしません」ミケイラは淡々と答え、背を向けて出口へ歩いていった。

激しい応酬と怒りで、部屋に満ちた沈黙は重々しくなっていた。ニックはリード・ホルブルックと向き合った。

「背後に気をつけろ」押し殺した声で告げた。「どこにいようと気を抜かないほうがいいぞ、ホルブルック、背後に気をつけるんだな」

別の人間の感情に同調する。ニックは間違いなくそんなことをしたいと望んだ経験はなかった。勧められても、そんなことをするのはごめんだとことわっただろう。それなのに、ニックはいきなり同調していた。ミケイラが傷ついているとわかってしまい、胸を痛めていた。

リード・ホルブルックはあんな質問をして、ミケイラの心を引き裂いた。

ニックはハンドルに指を食いこませた。この小さな女性がほかの男どもからおとしめられるところを見るのに、心底うんざりしていた。落ち着きがあって、心優しく、動じないミケイラは強さと決意にも満ちているから、ホルブルックに躍起になって言い返したりはしなかった。強い意志の表れているかわいらしいあごをあげ、目をすっと細め、自己憐憫に浸ったり泣いたりせずに、一言だけ毅然として言い置いて帰ったのだ。

「リード・ホルブルックについてのうわさは、なにからなにまで正しかったわ」ミケイラが口を開いた。「すごく感じがいい人とは言えなかったわよね？」

おもしろがっているようでいて悲しげな声の響きを聞き取って、ニックはすばやくミケイラに視線を向け、すぐにいま走っている混雑した州間道に目を戻した。

「おれだったら、もっと思い切った表現を使うな」ニックは不機嫌な声を出した。

おもしろがっている口ぶりだったが、目を見ればわかった。ミケイラは傷ついている。

「具体的には、さっきの面会でなにがわかったかしら？　あの人が失礼で、態度が大きくて、やな感じということのほかに」

ミケイラの表現の仕方に、ニックは笑ってしまいそうになった。「ホルブルックが確実にケフラーとかかわってて、ケフラーがエディとかかわっていたことがわかった。複数の人間をつなげる共通項を絞りこめたな」

「それは、マディックスにもつながる？」ミケイラはため息をついた。

「マディックスはケフラー以外の全員とつながりがある。エディがホルブルックかケフラーに使われて作業を妨害していたとして、作業の遅れはマディックスにとって金銭的に大打撃だったろう。マディックスと提携している者たちにとっても。アリバイ提供者たちも、マデイックスが所有する例の建設現場か別の現場に、なんらかのかたちで関与している。いま調べてもらっている金の流れについての情報が手に入って、マディックスの事業活動をもう少し深く調べられれば、もっとはっきり見えてくるだろう」

「マディックス・ネルソンは、わたしをうそつきに仕立てあげるためにあなたを雇ったの？」

こう訊かれると思っていた。いつかはこの質問が出てくるとわかっていた。

「マディックスはおれに二十八万ドル払って、なぜきみがマディックスは殺人を犯したと世間に言い張ることにしたのか、突き止めてくれと依頼した」と、ニックは答えた。「おれはきみをうそつきに仕立てあげるために雇われたんじゃない、ミケイラ。マディックスが殺人犯だと、きみがみんなを納得させようとする理由を突き止めるために雇われたんだ」

「マディックスが犯人だからよ」ミケイラはつらそうに言い張った。

「それなら、マディックスは判断違いをして、とんでもない額の金を無駄にしたことになる。約束する。マディックスがエディ・フォアマンを殺したのなら、やつは代償を払う。ほかのなにをおいても、きみを巻きこみ、きみの命を危険にさらしたことで、やつは罪を償うはめになるんだ」

「それで、次はどうする？　次はどこへ行くの？」

ニックは歯を食いしばった。次の行動を、ニックは避けたくてしょうがなかった。ミケイラをこの行動から締め出す方法など、この世にひとつもないとわかっていたからだ。

「ケフラーだ。次は、ケフラーと話をしにいく」

〝そして、ニックはできるだけこの会見を早く切りあげようとするだろう〟と、ミケイラは思った。ふたりが乗った車はヘイガーズタウンへ行く出口へ向かった。マーティン・ケフラーは自宅の執務室でふたりを待っている。ニックによれば、恋人が高く買っている女性からの要望をことわれるはずがない、とケフラーは言っていたらしい。

ニックがミケイラを連れていくことを快く思っていないのは明らかだった。ニックの表情はこわばり、まなざしは凍りついて野蛮にすら見えるほどだ。ミケイラから離れて完全に自分のなかに引きこもってしまっていた。ミケイラは、ひとりきりでトラックのなかに座っている気分になった。いまこのトラックを運転している人は、ロボットと変わらない。

「どうして？」一般道に出てから、ミケイラは尋ねた。「どうして、わたしに一緒に行ってほしくないの、ニック？」

ニックのあごに、さらに力が入ったようだ。

「一緒に行くのがどんなに危険か、きみはわかってない」ニックのしゃがれた声はいっそう険しく、荒々しくなっていた。両手でハンドルを強く握りしめている。

「説明して。理解したいの、ニック。そうしたら、あなたが行ってしまうときも、理解できるでしょう？」

ニックは長いあいだ黙っていた。あごの筋肉に力がこもり、ぴんと張った。それから、ミケイラにさっと目を向けた。陰のあるまなざしを。

「ずっと昔」ニックは押し殺した声で話し始めた。「おれは結婚してたんだ、ミケイラ。妻と子どもがいた」

声に悲嘆がにじみ出ていた。

「奥さんを愛してたのね」ミケイラは声を震わせた。ニックの心をつかんで、心から悲しませた人がいたのだ。

「愛していた」心がどこか遠くへ行ってしまったような、とても悲しげな声だ。だが、娘のニコレットは、おれの命そのものだった。生まれた瞬間から、おれをとりこにして離さなかった」一瞬だけ、寂しげな笑みが浮かんだ。

「妻のほうは、おれがふたりを愛したようには、おれのことも子どものことも愛さなかったんだ」ニックはため息をついた。「妻は大物の犯罪者と関係を持って、それが原因で、妻と娘は命を奪われた」ニックはミケイラを見なかった。それでも、激しい悲嘆を必死で表に出さないようにしている、とミケイラにはわかった。「あんなふうにふたりを失って、立ち直れなくなりそうだったんだ、ミケイラ。子どもを奪われて、魂のほとんどを持っていかれたみたいになった」ニックは赤信号で車を停め、ミケイラを見つめた。「そんなふうにきみを失ったら、なにも残らなくなって戦い続けられなくなる。なにもなくなって、復讐もできないし、息もできなくなる。きみはまぶしくて、清らかなんだ。この世からいなくなってはいけない。どんなに世のなかが暗いときでもきみだけは輝いていてくれると、おれが信じられる存在なんだ。それを、おれが軽々しく危険にさらせると思うか？」

ニックはミケイラから唐突に視線を引き離し、青になった信号を渡った。けれども、緊張感は高まり、濃くなっていくばかりだった。ニックが心の奥深くに押しこめている苦しみによって。

「いつか、あなたはわたしの人生から立ち去るつもりでしょう」やってくる別れがつらすぎて、ミケイラは息が詰まりそうだった。「あなたが行ってしまったあと、わたしは縮こまって隠れたりしないわ。いまも、そんなまねはできない。だけど、わたしは考えなしでもないのよ。学べることは学ぶし、必要なときはうしろにさがる。でも、隠れはしないのよ、ニック。生きること自体から逃げてしまったら、死んでしまうもの」

ニックに理解してもらうのも、自分の気持ちを言葉にするのも、途方もなく難しかった。自分は無力ではなく、単に訓練を受けていないだけだとニックに証明したい。証明しなくてはいけない。ニックに信頼してもらえる女性だと。生きていく上での無数の小さな障害からいちいち守ってもらわなければならない存在ではないのだと。

まるで、自分は心のどこかで信じているようだった。こういうことをニックに証明できたら、もしかしたら、この事件が解決しても、ニックはいなくなってしまわないかもしれないと。

「今回の場合、そうやって生きたら死んでしまうかもしれない」ニックは一瞬だけぎらっとミケイラをにらんで、苦しげに言った。「そんなことになったら、おれの良心が耐えきれると思うか」

ニックに、そうなっても自分を責める必要はないと言っても無駄だろう。

ミケイラは涙を見せまいとした。「家に送って」まっすぐ前を向いて告げた。「店でもいいわよ。そこであなたを待ってる」

ニックは安堵のあまり目を閉じそうになった。ミケイラは怒っていない。脅そうともしていない。ニックが言葉にはできないことを、理解し始めてくれているのかもしれない。ミケイラの決意に負けて同行させ、ミケイラを失ってしまったらニックがどうなるか、彼女もわかりかけているのかもしれない。

マーティン・ケフラーはアントン・ヴィレスキに似ている。ずっと昔に亡くした妻、タチアナの愛人だった男。ある組織のうしろだてを得ていた二流の犯罪者。ケフラーは自分が生まれた犯罪者一族のなかで、権力も、完全な後援も得ていないため、二重に危険な存在だ。アントンもまったく同じだった。

ミケイラは、あんな男たちの近くに寄っていい存在ではない。こんな捜査にかかわっていい存在ではないのだ。

すばやくイアンに電話をしてから、方向転換をしてミケイラの家へ向かった。ミケイラをひとりにするつもりもない。ニックと一緒にケフラーの家へ行くより、守ってくれるカイラと一緒に自分の家にいるほうが安全だ。

ミケイラの家の私道に入るなり、カイラとイアンの車が到着しているのに気づき、ひそかに天に感謝した。リチャーズ夫妻がエリート作戦部隊に無条件の忠誠を捧げていてくれてよかった。これは正式な任務ではないから、ニックに背を向けることもできただろうに。

ふたりでトラックをおり、リチャーズ夫妻が待つ玄関に向かうあいだ、ミケイラはなにも言わなかった。

ミケイラがリチャーズ夫妻と目を合わせまいとしていることに、ニックは気づいた。ニックがドアを開けるときも、じっと前を見据えていた。ニックとイアンがまず家のなかに入り、分担して屋内の安全を確認した。

ニックはミケイラとカイラのいかなる会話も聞き逃すまいと耳をそばだてていたのだが、なにも聞こえてこなかった。ミケイラは家に送ってと言ってから、口を閉ざしていた。ミケイラには、ニックが彼女を連れずにマーティンと話しにいったら、ふたりのあいだにあるかけがえのないものが壊れてしまうかもしれないと警告されていた。ニックは、そのことで頭がいっぱいになってしまった。

ミケイラはわかっていない。わかりたくないのだ。ミケイラとニックのあいだに、ずっと続くものがあってはならないことを。

ニックは自分の人生を譲り渡す契約をした。軽々しく、そうしたわけではなかった。あと二年でエリート作戦部隊との契約が終わったとしても、部隊によって作りあげられた身元が消えるわけではない。この身元はいつまでもついてまわるのだから、敵もついてまわる。マーティン・ケフラーがどう望んでもなれないほど危険な敵。ニックがどうやっても逃げきれはしない敵。

カイラがリビングルームを横切って夫を迎えたとき、ニックはミケイラに歩み寄った。

「カイラがきみと一緒にいてくれる」愁いをたたえる目をあげたミケイラに告げた。「カイラには、きみを守る能力が充分にある」

ミケイラが首を横に振ったので、ニックはすぐさま口をつぐんだ。誰が守ってくれるとか、そんな話を聞きたがっていないのだ。ニックがミケイラを残して出かけていく話を聞きたがっていない。

「気をつけてね」ミケイラがささやき、手をあげてなめらかな指でニックの頬にふれた。「わたしのせいであなたの身になにかあったら、逆の場合とまったく同じなのよ」

ニックがミケイラを失う場合と、まったく同じ。

はっきり言葉にされなくても、はっきり伝わってきた。

このときのニックにしたいことは山ほどあったけれども、したいように、欲求どおりにするのではなく、ただぶっきらぼうにうなずいて、玄関からポーチに出た。

待つこと一分もしないうちに、イアンが出てきてドアを閉めた。

ニックは暗くなっていく空を見つめ、御しがたい衝動と闘っていた。本当はきびすを返し、自分の女を抱えて、一緒に連れていってしまいたかった。

独占欲だ。根底にある、支配し、自分だけのものにしてしまいたいという本能を、ミケイラによって目覚めさせられてしまった。ニックはそんな本能が自分のなかに存在することを知らなかった。いまは、そんな本能をいったいどう抑えたらいいのかわからなかった。

「本当にこれでいいのか、ニッキー?」イアンが横に立って尋ねた。

「ニッキー?」ニックは片眉をつりあげた。イアンが年がいもなくそんな呼びかたをするのを聞いて、ひどく妙な気がした。

イアンがにやりとし、「ミスター・スティール、親愛なる女性にこんなことをして本当にいいのかな?」と言い直した。

「いいや」ここは正直に答えるしかないと思った。「本当にこれでいいのか、自分でもさっぱりわからない」

階段をおり、足早にトラックへ戻った。

イアンもあとから続いて助手席に乗りこんだ。「おれがおまえだったら、わかりそうだがな。おまえが置いていこうとしている相手は、これ以上ないほどいい女性だ」

「いいかげんに黙れ、イアン」ニックはそっけなく告げ、バックで私道を出た。アクセルを強く踏みこんで通りを飛ばす。

「ずいぶんな感謝の仕方だ」イアンは余裕でゆったりと言った。「しっかり目を覚まして、自分がなにを危険にさらしてるかわかったら知らせてくれ。そのうち賢くなって彼女を失わずにすむかもしれないし、そうならないかもしれない」

ニックは相手を鋭く一瞥した。「無理だ。ミケイラを危険にさらせない」

「おまえはエリート作戦部隊のなかで最初に恋に落ちたエージェントでもないし、最後にもならないだろうな」イアンが心得顔で言った。「これまで四人が観念するのを見たし、おまえたちの司令官どのがあがいて敗れていくところもしっかり見させてもらうつもりだ。おまえが問題にしてるのは、自分の女を守れるかどうかじゃない。自分の心を守れるかどうかだろう」

ニックは道路の真ん中で急ブレーキを踏み、相手に顔を向けた。「トラックから放り出されたくなかったら、黙りやがれ」

イアンは楽しげに笑って、軽く肩をすくめた。「おまえの告別式も近いな、相棒。運転を続けてくれ。もうなにも言わないよ」

告別式だと？　ふざけるな。ミケイラと一緒にいるときは、いままでに経験したこともないほど生き生きとした気分になる。ミケイラが一緒にトラックに乗っているだけで、気持ちが浮き立ってくる。しかも、わけがわからないほど興奮をかき立てられるのだ。

ふたたびスピードをあげ、イアンを意識から締め出そうとした。自制心を取り戻そうと、襲ってくる後悔の念を感じまいとした。ミケイラが隣にいると、世界がいつもよりまぶしく、楽しげに、活気にあふれて見える。

ニックまで生気を吹きこまれた気になる。

あまりにも長いあいだ心が死んだままでいたので、ふたたび生き始めるのはとにかく苦しかった。自分はまさしくそうしようとしている。いまいましいことに生き返ろうとしているらしい。

ニックとイアンが乗った車が半キロほど続く私道に入り、マーティン・ケフラーの三階建ての邸宅が見えてきた。風格のある褐色砂岩の建物は、ニックが調べたマーティン・ケフラーという人物に似つかわしくなく、気品があって貴族的だった。

私道にトラックを停めるなり両開きの玄関扉が開き、黒服のボディーガードがふたり、踊り場に出てきた。

「歓迎委員のお出ましだ」イアンがぼそりと言った。

ニックは内心で悪態をつき、ミケイラを家に置いてきてよかったと思った。

「ミスター・スティール、ミスター・ケフラーはなかでお待ちです。武器を預からせていただけますか？」ボディーガードの片方が横柄に手を突き出した。

「武器は持ってない」ニックが両腕を広げると、もうひとりのボディーガードが金属探知器を出して体に這わせ始めた。

武器はトラックに置いてきた。ケフラーは危険な男だが、エリート作戦部隊のエージェントと、アメリカ海軍ＳＥＡＬ出身の人間のなかでもとりわけ危険な男が相手では、とうていかなわない。

ふたりが武器を持っていないと確認してからボディーガードたちは道を空け、ニックとイアンは贅沢な内装が施された玄関広間に入った。

案内された先は、世界有数の大企業の最高経営責任者《CEO》にでもふさわしいような執務室だった。

「まったく、犯罪が割に合わないなんてよく言えたものだよな、ニック」イアンが冗談めかして言い、ドアが閉められた。ふたりの前にいるのは、アメリカでもっとも危険といわれる犯罪組織のひとつを率いる首領の、嫡出ではない息子だった。

「ミスター・リチャーズ」ケフラーが立ちあがり、尊大な顔つきのなかで光るはしばみ色の目を鋭く向けた。「その立ち居振る舞いも、礼儀など無視されるところも父上によく似ていらっしゃる」

「ああ、よく言うだろう、血は争えない」イアンは皮肉で切り返したが、ニックはよく承知していた。この男にとって、コロンビアの麻薬密売組織のボスだった父親は、ふれてほしくない話題だ。

「そうですか」ケフラーは両眉をあげてみせ、濃灰色のスラックスの腰に締めている高そうな革ベルトを引っ張った。

シルクの白シャツの長い袖をまくりあげ、にやりとしてから、手を振ってふたりに机の前の椅子を勧める。「座ってください、友人がた。いやはや、こんな恐れ多いかたたちと同席できるとはかなり光栄ですよ。おそらくコロンビアでもっとも危険と言っても過言ではない麻薬密売組織を率いていた人物のご子息に、わたしでさえときにはおののいてしまうほど血に飢えた性質をお持ちの傭兵がお相手ではね」

人を食った物言いに、ニックは鼻を鳴らした。

「いやはや」ケフラーはまだ続けた。「あなたがたがミズ・マーティンをお連れでなくてよかった。彼女は誰もがうらやむ評判の持ち主だ。こんなところにお越しになったら、その評判に傷がつくかもしれませんからね」おのれを卑下するように口元をゆがめて、ケフラーはあらためてふたりに視線を向けた。「さて、今日はどのようなご用件で?」

「とっくによく知ってるだろうが、いまエディ・フォアマンの死について調べているところだ」ニックは答えた。

「聞いています」ケフラーはうなずき、深刻な表情を浮かべた。「ミズ・マーティンの身にも何度か危険が及んでいるとか。エロイーズがそのことを知って気に病んでいましてね。そのあまりの気に病みようにわたしも見ていられなくなって、この問題についてわたしなりに情報を集めてみようとしました」

ニックは片方の眉をつりあげた。「それで、なにかわかったのか?」

ケフラーの口のはしがあがって笑みのかたちになった。「残念ながら、大したことは」

ニックは相手を見据えた。「いっぽう、こっちにはいくつかわかったことがあってな。エディがあんたに多額の借金をしてて、返していなかったとか」

ケフラーは驚いたようにまばたきをして、ニックを見つめた。「少額ですよ」と答える。「いやはや、うちの部下たち数人がエディを捜しているときに、ちょうど彼が殺されたという知らせが舞いこんできましてね」

「あんたが殺させたのか?」ニックは単刀直入に訊いた。ケフラーのような男には、まわりくどく訊けば答えが返ってくるとはかぎらない。

ケフラーは愛想よく笑ってかぶりを振った。「エディを捜しあてていたら、軽く小突いたりはしていたかもしれません。おわかりでしょう? 痛めつけるためです。死んだら役に立ちませんからね」

「ほかのやつらに期限内に返せと伝えるための投資だったんじゃないか？」ニックは尋ねてみた。

「違いますよ、投資の事例にされそうなのはあなたのガールフレンドじゃありませんか。エディが死んでも、わたしの懐からは金がなくなるだけでした。彼を殺すなんて、自分の手首に切りつけるようなものですよ。だいたい、ミズ・マーティンはエディが殺されるところを目撃したのでしょう？　彼女が言うには、エディを殺したのは別の人だったのでは」

ニックは相手の言葉を無視した。「リード・ホルブルックについて聞こう。あんたたちはふたりで、あるリスクの高いビジネスに取り組んでいるそうだな」

ケフラーがすっと酷薄な目つきになった。「それがあなたとどういった関係があるんです、ミスター・スティール？」

「いまはエディと、エディとあんたの関係について話し合っているんだ、ケフラー、おれについてではなく」ニックはきっぱりと言った。

ケフラーは短い笑い声を発した。「わたしの大事な人が、あなたの大事な人を気に入っていてよかったですね。そうでなかったら、あなたを始末しなければならないところだ」

ニックはこの発言も無視した。「エディはあんたの命令で、ホルブルックに情報を売ろうとしていたか、ネルソンの仕事を妨害しようとしていたのか？」

ケフラーはまなざしに驚きを浮かべた。「なんの話だが、さっぱりわかりませんな。ですが、ほら、最近は誰もがそれなりの収入を得ようと努力するご時世でしょう？　とにかく経済がだめになっているから」

「どうも引っかかってな、マーティン、あんたたち三人の非常に興味深い小さな三角関係に」

「そうでしょう、ちょっとした三角なんですよ」マーティンは意味ありげに笑った。

これ以上、探ってもどうにもならない、とニックは悟った。はっきり言って、すべての道をたどってもマディックスから離れていくどころか、マディックスのところへ戻っていく。

「時間を割いてくれて感謝するよ、マーティン。ついでにおれの時間を無駄にしてくれたことにも」ニックは立ちあがった。目のはしで、イアンも立っているのが見えた。「これで失礼する」

「スティール」ケフラーもゆっくり立ちあがった。「いいかい、くだらないことはすべて抜きにして話すと、わたしはハニーからこの調査に協力しろと言われているんですよ。ハニーは望ましくないほど、ミズ・マーティンが好きでね。わたしはいかなるときでもハニーを喜ばせたい。だから、これだけはあなたに言える。あなたは影を追ってるんですよ。この件にまつわる町のうわさは混乱しきっている。耳に入ってきたなかでもとりわけ奇妙な話がこれです。エディ・フォアマンを殺したのはマディックス・ネルソンではないが、マディックス・ネルソンでもある。しかも、この話の出どころは、血管に血よりも大量の麻薬が流れてるクラック常用者ですからね。好きに受け取ってください」

この話はこのとおりに受け取るしかないだろう。生きることよりも麻薬を愛している常用者の、信憑性のない話と。

ニックはそっけなくうなずいて背を向け、イアンとともに屋敷を出た。

この線で調査を続けても、これ以上答えは出てこない。これまでに掘り出した情報はすべて、ひとつの方向にニックの疑いを引き戻した。

「今度はどうする?」車に乗りこんで邸宅を離れ、ミケイラのもとへ向かいだしたとき、イアンが尋ねた。

「今度は、マディックスと会う」

23

ミケイラは家に帰ってから裁縫室にいた。カイラは裁縫台を挟んで向こうのソファに静かに座っている。ミケイラは仕事をして、ニックがそばにいないことを考えないようにした。ニックのそばにいられなかったことを。

なにかわかったのだろうか？　ミケイラは考えた。マーティン・ケフラーは、事件の解決に役立つようなことを知っていたのだろうか？

「毎日、店に出る生活が恋しい？」とうとう、カイラが口を開いた。豊かな黒髪を顔から払って、穏やかな灰色の目でミケイラを見つめている。

「恋しいわ」素直に認めた。「この件が終われば、戻れるけど」

「終わるなんてことがあるかしら、ミケイラ？」カイラが訊いた。「あなたの暮らしが、また元のとおりに戻ると思う？」

「いいえ」

元のとおりにはならないだろう。この件が終わっても、元のようによくはならない。ニックがいなくなってしまうのだから。

「手放すのはつらいわよね」カイラが優しく声を発した。

確かに、つらい。ミケイラは今夜、ニックを手放すための第一歩を踏み出した。自分がな

たかを、心のなかではっきりわかっていた。ニックが完全にミケイフから離れていくために必要としていた残りの距離を、ミケイラは与えてしまったのだ。

「愛してるんでしょ、あの人のこと」と、カイラ。

ミケイラは顔をあげた。相手の女性のまなざしには理解と思いやりが宿っていた。

「それで、なにか変わる？」ミケイラは答えて重いため息をつき、布のはしを折りこんでピンで留めた。「伝わってもいないのに、愛が存在するって言えるかしら？」

「もちろんよ」カイラは穏やかに答えた。「ミケイラ、人が愛情を抱いたら、それはずっとある。受け止めてもらえなくても、消えたりしないわ」

ミケイラは首を横に振った。「ニックが行ってしまったらどうにもならないわ」苦しくなって訊いた。「ニックは思い出したりはしてくれるかしら、カイラ？　振り返って、置いていったものを思い返したりするかしら？」

ミケイラが見ていると、カイラはゆっくり身を乗り出し、組んだ腕を膝にのせた。「わからないわ、ミケイラ。ただ、ニックがとても危険で、孤独な人生を送っていることは確かよ。だから、ニックはあなたとの思い出を忘れられないんじゃないかしら。特に、希望の持てない出来事に直面したときはね」

「ニックは傭兵なの？」ミケイラには、ニックの正体がはっきりわからなかった。けれども、みんなが教えてくれないだけで、本当は途方もない秘密を抱えた人なのではないかという気がしていた。

そうなる道を選んでいたら」

「ある種の傭兵ね」カイラは認めた。「といっても、かなり特殊なタイプよ。ニックはことを起こす人なの。専門は武器と兵站《へいたん》学。彼なら、すばらしい指揮官になっていたでしょうね。そうなる道を選んでいたら」

「奥さんや子どもを亡くしていなかったら？」ミケイラは、ニックについてできるだけ知りたくてたまらなかった。彼のことを知る数少ない人たちの話を、できるかぎり聞いておきたかった。

「その前から」と、カイラは続けた。「ニックには、決して手に入らないものを求めている人という印象をずっと持っていたわ。ただ、おもしろいの、ニックがあなたと一緒にここにいるのを初めて見たときは、彼に対してそういう印象を抱かなかったのよ」

ミケイラは胸が締めつけられる心地がした。「それでも、ニックはわたしを愛してないのよ。カイラ、愛してくれていたら、いなくなれるわけないでしょう」

ミケイラの言葉に、カイラはふっと口元をゆるめた。「おかしいわね、ニックはまだいなくなったりしてないでしょ、ミケイラ」

ミケイラが口を開いて、ニックがいなくなってしまうのはもう目に見えていると言おうとしたとたん、部屋の明かりが消えた。

ミケイラはすぐさま床に伏せた。散々、銃で狙われ続けたので、突っ立っているつもりはなかった。

「懐中電灯があるわ」カイラにささやき、急いで電気器具を入れてある引き出しの前に行って、緊急のために用意していた小さな懐中電灯を二本取り出した。

カイラが横に来て懐中電灯のひとつを手に持った。

「武器はある？」カイラの声は抑えられていた。ミケイラの耳にだけ、かろうじて聞こえるくらいだ。

「パパからもらった22口径の銃があるはず」引き出しから、小さな六連発銃も取り出した。

「あら、まあ」カイラはため息をついている。「とりあえず弾は出るわね。行くわよ。そばを離れないで。家の裏からこっそり外に出て、わたしの車に向かうの」

「ニックに電話を」

「妨害されてて電話を使えない。電気が消えた直後に、イアンの電話につながる非常ボタンを押したけど通じなかった。この家から逃げるしかないわ。妨害装置の範囲の外に出てから、電話するの。懐中電灯は消して、そばにいて。明かりをつけておいたら、侵入者に居場所を知られるだけだから」

ミケイラの目はしだいに暗闇に慣れてきたが、同時に影も見えてきた。部屋じゅうを動きまわり、からまり合っているように見える。

カイラは落ち着いていて、自信に満ちていて、こんなのはただのゲームであるように振る舞っていた。しかし、ゲームなどではないと、ミケイラにもわかっていた。

自分の鼓動が耳に響き、胸が締めつけられ、呼吸がしづらくなる。パニックに襲われる寸前だった。そのとき、カイラが姿勢を低くしたまま、開いている部屋の出口に向かいだした。

ミケイラもこわばる喉のつかえをのみ、カイラのすぐうしろを這って進み、すばやく部屋の外に出た。

「イアンがすぐになにかあったと気づいてくれるわ」カイラが保証した。「対策を立ててあるの。わたしの携帯からイアンの携帯に一時間ごとの接続確認信号が届かなければ、トラブルがあったとわかるってわけ」

「接続確認信号？」ミケイラは自分でもばかみたいだと思いながらも聞き返した。

「コンピューターみたいに、わたしたちの携帯電話にプログラムされてるのよ。わたしたちが離れてるときは、一時間ごとにお互いの携帯へ自動的に信号が送られる。いっぽうに信号が届かなかったときは、もういっぽうの携帯で警報が鳴るわ。安全対策なの」

この説明も、ほかのなにもかも理解できない状態になっていたけれど、ミケイラはうなずいた。

短い廊下を通ってキッチンへ向かいながら、陰に潜んでいる者はいないか見分けようとした。電気を遮断できるような侵入者なら、どこで待ち構えていてもおかしくない。確実に、武器を持って。

いまさら、事態がおかしくなってきた。マディックスがエディ・フォアマンを殺すところを見たというミケイラの話を、誰も信じてはいないのに。どうしてマディックスは、いまさらミケイラまで殺すことにしたのだろう？

ガラスのスライドドアのはしまで来て、カイラのすぐうしろに身を寄せた。

「まったく、外に身を隠す場所が全然ないじゃない」カイラがののしった。ふたりの見つめる先には、月明かりに照らされている開けたテラスと裏庭があった。「ニックがここを直しておかないなんて」

「けっこう忙しかったのよ」ミケイラはかすれる声でかばった。

ふっと鼻を鳴らす音が聞こえた。「でしょうね」それからすぐ、スライドドアが開き始めた。

「姿勢を低くしたまま出るのよ」カイラが指示した。「できるだけ壁際から静かに出て、テラスを滑って庭におりるの。家の側面にたどり着ければ、もっと身を隠しながら車まで行けるわ」

「了解」うん、なんだか作戦らしく聞こえる。実はテラスを横切るだけだけど。「家の正面にも敵がいるって言ってた？」

「能のある襲撃者なら単独ではないはずだし、出入り口すべてをふさいでるはずよ。そして、能のある獲物なら、すべての出入り口はふさがれてるものと考えて、もっとも身を守りやすい逃げ道を取るの」

この話の理屈はあとで考えよう、とミケイラは決めた。

深く息を吸い、カイラに続いてドアの外に滑り出た。できるだけカイラから離れず、身を低くする。

月に照らされているところだけは昼間みたいに明るく見えるなか、ミケイラは暗闇に必死で目を凝らし、影を見分けようとした。パニックと恐怖がわきあがってくる。見つからずにテラスの向こうに行けるわけがないという予感がした。

そんなことばかり考えていたので、すぐ左で木の床がバキッと割れたとき、最初はなんの音かもわからなかった。

「走って!」カイラが声を潜めようともせずに叫んだ。

ミケイラは腕をつかまれてテラスの向こうへ引っ張られ、ドスッ、ドスッと続けざまになにかが家の壁に命中する音を聞いた。

テラスのはじまで来たとき、頭上で窓ガラスが割れた。カイラはミケイラを庭に押し出した瞬間、うっと苦痛の声を響かせ、芝生に倒れこんだ。

「やっちゃった。イアンに怒られるわね」カイラはうめいた。

ミケイラにもなにが起こったかわかった。すぐにカイラを抱え、悪態をつかれても無視して引っ張りあげた。

カイラは撃たれたのだ。血のにおいがするし、カイラがもたれかかってきたとき、傷ついた肩が腕に押しつけられて、濡れた感触がした。

ミケイラはカイラを引きずって家の側面を目指した。鈍い音をたてて、まわりに次々と銃弾がめりこむ。ミケイラはかっと頭に血を上らせて、暗闇に向けて発砲した。

小さな22口径銃のぽんという発射音は弱すぎる感じがして気に食わなかったけれど、銃弾は銃弾ではないだろうか?

この反撃に効果があるとは思えなかったが、効果があると思いたかった。

どうにかカイラを引きずって家の側面にたどり着いたとき、気づくと涙が流れていた。自分の口から発せられている「くそったれ」という声を聞かなければ、悪態をついていることにも気づかなかっただろう。

家の角の向こうに懸命にカイラを押しこんだとき、頭のすぐ上でまた木が割れて細かい木片が降ってきた。慌てて自分も身を隠し、カイラを立たせようとする。

「くそったれに脚も撃たれたの」悪態をつくカイラの呼吸は荒かった。ミケイラも息切れしている。「とりあえず、ここなら少しは身を隠せるわね」

本当に少しだった。ふたりは小さな道具小屋の陰に体を押しこんでいた。ふたつの壁に身を寄せているが、あまりにも無防備だ。

「カイラ、ごめんなさい」ミケイラはあえいでいた。逃げ道はない。危険が迫っているのを感じる。死が空気そのものを伝わってくる気がして、どうすべきか、どちらへ逃げるべきか必死で考えた。

あっという間にこんな事態になってしまった。やり残したことがたくさんありすぎる。ニックに、いつまでも待っていると言えなかった。

「ミケイラ！」ニックの声がした。

急いで振り返ったとたん、彼が見えた。武器を手にした長身の人物ふたりの黒い影が、庭をこちらへ駆けてくる。遠くからはサイレンも聞こえてきた。

絶え間なく家の壁に銃弾を撃ちこんでいた、消音装置つきの銃の音もしなくなっていた。暗がりに潜み、無防備なミケイラやカイラを狙い撃ちしようとしていた犯人は逃げたようだ。

「カイラ！」不意にカイラの横にイアンが現れ、平静を保ってはいるが心配そうな声で呼びかけた。

「二発よ。肩と脚」カイラの呼吸は乱れていた。「すぐにも手当てをしてもらったほうがよさそうだわ、イアン」

「救急車がもうこちらへ向かってるよ、ベイビー」イアンが安心させるように言い、シャツを脱いで、カイラの肩と腿に止血帯を巻き始めた。

気づけば、ニックがすぐそばにいた。ミケイラはじっとしていた。ニックが傷はないかと体じゅうを探り、心配そうにミケイラを見つめた。

「犯人は行ってしまった？」ニックを見つめ返して尋ねた。「襲ってきた人の顔を見られなかったわ、ニック。ごめんなさい」

暗がりで、ニックの薄青の目は白熱する炎に似た光を放っていた。そうこうするうちに、たくさんのライトが夜を照らし、近所の人たちが家のなかから次々と出てき始めた。

「大丈夫だ、おれが見た」ニックの顔つきも、口調も、石のように硬かった。「犯人の顔を見たんだ、ミケイラ。だから、おれがなんとかする」

ミケイラはゆっくり首を左右に振った。「もう二度と置いていかないで、ニック。ふたりでなんとかするのよ」

魂に張っていた氷よ、戻ってきてくれ、とニックは祈った。すっかり弱り果てた人間が死を祈るように念じながら、ミケイラのショックと恐怖にとらわれたまなざしを見据えた。

トラックのなかでイアンの携帯電話からあのけたたましい音が発せられた直後、ミケイラとカイラのもとへ早く駆けつけようとするあまり、ニックとイアンは死ぬところだった。ニックは町なかを恐ろしく無謀な運転で走り抜けたのだ。あのときは、ミケイラの血しか見えていなかった。頭のなかで響くミケイラの悲鳴しか聞こえていなかった。

生きているミケイラを見て、祈りがかなえられたと思った。感情を抑えこむ防壁がどれだけぼろぼろになっていたかを悟って、悪夢だと思った。

ミケイラを抱き寄せたまま、到着する警察と救急車に目を向けていた。カイラが救急車に運びこまれようとしているとき、警察署長が通りの脇に車を停め、表情のない顔をこちらに向けた。それから歩道の前にまた一台、車が停まった。

その車から司令官ジョーダン・マローンがおりてきても、ニックは驚かなかった。

救急車の横でロバート・デノーヴァー刑事がイアンに質問をしているところへ、ジョーダンは近づいていった。ニックは、この襲撃の事後処理にかかわるつもりはなかった。カイラを撃ち、ミケイラを撃とうとしていた犯人の顔を見たのだ。イアンとともにトラックを飛びおり、銃を抜くさなかであっても見逃さなかった。

この目で見たものが信じられなかった。あれだけの証拠があっても、頭の片すみでは確信しきっていたのだ。マディックス・ネルソンが、この事件にかかわっているはずがないと。

自分が犯した殺人事件の調査をさせるために、ニックほどの評判を持つ男を雇うなど、愚か者でなければしないと考えていた。

それなのに、先ほど見た男はマディックスだった。もうひとり同行している人間がいたが、ニックからはその男の顔は陰になっていて見えなかった。しかし、マディックスの顔ははっきりと見えた。

「イアンとおれがなにかを見たとは口にするな」刑事がこちらに視線を向けているのを見て、ミケイラに告げた。「きみも人影と銃弾を見ただけだと言うんだ」

ミケイラはうなずいた。「わたしが見たのはそれだけよ」

ミケイラの声は震えていた。ニックの腕のなかで、彼女はまだ震えていた。ミケイラを置いていったりするべきではなかったと、ニックは後悔していた。ニックのそばを離れるより、一緒にいたほうがずっと安全に守られていただろう。こんな事態が起こると予測しておくべきだった。自分の恐れのせいで、ニックは大切な女性も、イアンの妻も危険にさらしてしまったのだ。

こんなまねをしたのは、ミケイラに近づきすぎてしまっていると悟ったからだった。ミケイラのそばを離れるのは、思っていたよりもずっとつらいことだと気づいたからだった。

ミケイラを抱く腕に力をこめたとき、ジョーダンが近づいてきた。

「援護が必要です」ジョーダンに告げた。「ミケイラとおれはネルソンの自宅へ向かいます。今夜ここで、マディックス・ネルソンの顔を見ました」

ジョーダンの鋭い視線がミケイラに移った。「彼女はイアンに任せて置いていけ」

「だめよ」ミケイラが両手をすばやくあげ、彼女の胸の上にまわされているニックの腕に、しっかりとしがみついた。「今回は置いていかせない。わたしも行くわ。さもないと、保証する、ここのご近所の人たち全員に聞こえるくらい騒いでやるから」

ニックは顔をしかめた。ジョーダンの言うとおり、ミケイラはイアンに任せて残していくのが、いちばんいいのかもしれない。彼なら徹底してミケイフを守ってくれるだろう。警察からも。

「ニック、わたしを置いていったりしたら、絶対にこっそり抜け出すわよ」ミケイラの声は涙でかすれていた。この涙を、ニックは決して見るわけにはいかなかった。「わたしには、あの男に会いにいく権利があるわ。わかってるでしょう」

「権利があるというのと、実際にできるかどうかは別問題だよ、ミズ・マーティン」ジョーダンが告げた。

「そういうあなたはいったいなにさまなの?」ミケイラがかみついた。彼女の激しい怒りに、ニックはぎょっとした。「あなたからなにをしろとか、なにをするなとか指図は受けないわ。わたしの認識では、わたしにはもう父親がいますから」

ニックはちらりとジョーダンを見てみた。司令官はどこかおもしろがるような笑みを浮かべている。

「この女性は頑固すぎるな」ジョーダンがニックに言った。「うまくいくとは思えん」

いた。

ニックは疲れを感じて頭を左右にを振った。「こうする以外にどうしようもありません。いまは気を散らすわけにはいきませんから、ミケイラも一緒に連れていきます」

ニックはまた祈っていた。いまにも死のうとしている男が救いを願うように、祈り始めていた。

それからしばらくして、ミケイラは静かにトラックの助手席に座っていた。トラックはネルソン家の私道に停まった。窓から明々と光がもれている屋敷を見つめながら、勝利感があってもいいはずだと思った。せめて、満足感くらい覚えてもいいはずだと。

ついに、マディックス・ネルソンに法の裁きを受けさせることができるのだ。

「ミケイラとおれは正面玄関から入る」ニックは、後部座席に座っているイアンとジョーダンに告げた。「裏にまわって、気づかれずに侵入してくれ。マディックスは顔を見られたことに気づいていない。おれとミケイラしか来ていないと思えば油断するだろう」

計画は単純だった。ニックとミケイラは家に入っていく。マディックスがひとりでいることを確認したら、ニックがミケイラの家でマディックスを見たと告げる。

マディックスには、この件にかかわっていたら報復すると言い渡していた。最終的には警察にも連絡を入れる。だがまずは、ミケイラのために、ニックはなにがなんでもマディックスに借りを返すつもりだった。

「これをジーンズのうしろポケットに入れておけ」安全装置をかけた小型の拳銃をミケイラ

の両手の上に置き、目を見つめて言った。「シャツをかぶせて見えないようにするんだ。ずっとおれのうしろにいろ。雲行きが怪しくなったら、いちばん近くの出口を目指せ。わかったな？」

ミケイラはうなずいた。アメジスト色の目を大きく見開き、興奮して頬を上気させている。くそ、こうしたのが間違いでなかったらいいのだが。屋敷にはマディックスがひとりでいるとしか考えられない。マディックスは、顔を見られていたら、ニックとミケイラが訪ねてくるわけがないと考えるだろう。警戒していないはずだ。相手が警戒さえしていなければ、ニックはミケイラの安全を守れる。

「行こう」ニックはトラックをおり、反対側へまわってミケイラがおりるのを助けた。

ジョーダンとイアンは気づかれないようひそかにトラックから外に出て、ニックがミケイラを伴って玄関へ向かうあいだに、音もなく陰にまぎれこんだ。

ニックたちが近づいていくとドアが開き、困惑した顔のマディックス・ネルソンが黙ってふたりを見つめた。

「ニック？」と言って、ミケイラに目を向ける。「ミズ・マーティンの家で問題があったと聞いたが？」

「銃撃された」マディックスに通され、ニックはミケイラを連れて家のなかに足を踏み入れた。

ミケイラは玄関広間を見渡した。ほかに潜んでいる人間はいないかと、視線を走らせ、耳を澄ます。

「どうぞ居間のほうへ」居間へふたりを案内するマディックスの口調には、まだ困惑が表れていた。「なにかまずいことでもあったのかね？」

「いくつかな」ニックは答え、テレビが置かれた贅沢な部屋に入った。「グレンダとルークもここに？」

マディックスは首を横に振り、設備の整っているバーに向かった。「グレンダは友人たちと出かけていて、ルークの姿はここ一日くらい見ていないな。酔いをさましたら、また姿を見せるんじゃないかと思うよ」マディックスの声に表れたかすかな嫌悪は見せかけではなかった。

「では、ひとりなんだな？」と、ニック。

マディックスは手元の飲み物から視線をあげた。「それだと問題でもあるかい？」

「ミケイラが襲撃されたとき、あんたがここにいなかったのなら問題だ」ニックは冷ややかに答えた。

「だったら、問題などないよ」マディックスは肩をすくめた。「飲み物はどうだい？」

「けっこうだ。おれたちはいらない」

自分の飲み物を用意しているマディックスを、ミケイラは観察した。飲み物を用意しながら眉をひそめてこちらのようすをうかがうこの男には、緊張の兆しだとか、困惑以外の感情の表れがなにかあるはずだ。

「ニック、きみとミズ・マーティンはどんな用向きで訪ねてくれたのかな?」マディックスはついに問いかけ、火の入っていない暖炉の前に置かれている、とてもやわらかそうな革のソファに腰かけた。「銃撃と関係のある話じゃないかとは思うんだが」

ミケイラはじっとニックのそばを離れずにいた。ニックは身じろぎして開いたままの部屋の入り口にすばやく目をやった。

「おれはあそこであんたを見たんだ、マディックス」

マディックスは、ニックの言葉を理解していない顔でふたりを見つめた。「なんだって?」

「あんたを見たんだ」ニックは体の脇にひそかに手を動かし、そこに収められた武器を抜こうとした。

「おれだったら妙な動きはしないぜ、スティール」

心臓が喉から飛び出そうなほど驚いて、ミケイラは振り返った。わきあがってきた恐怖を上まわるのは怒りだけだった。部屋を入ってすぐのところにルーク・ネルソンが立ち、ふたりに銃口を向けていた。

「いったいどうなってる?」マディックスがのろのろと立ちあがった。ミケイラの視線の先でマディックスは目を見開き、ショックと困惑をありありと顔に浮かべていた。同じ困惑を、ミケイラ自身も感じ始めていた。

マディックスは無実の人のように振る舞っている。ルークは、なにをしているかはわからないが、明らかに有罪だ。けれども、ルークの外見は父親にまったく似ていない。ミケイラやニックがルークをマディックスと見間違えるはずはなかった。ルークが襲撃にかかわっていたとしても。

「ルーク、そんな銃はおろせ」マディックスは険しい声で命じた。「いったいなにを考えている？」

ルークの笑みには、ニックの笑みにも負けないくらい冷ややかな軽蔑が宿っていた。

「根本的にばかな人間なんだな」ルークはわざとゆっくり言った。「おふくろがあんたと別れる前から、おれにはわかってた。あんたは自分では頭が切れると思ってるんだろうな。じいさんが引退したあと引き継いだ事業で成功しただけで」

マディックスはまなざしをとがらせた。「なにをしたんだ、ルーク？」

「言ってみれば、自分で決断して勝者を選んだんだよ」ルークはうしろにさがって廊下に目をやった。次の瞬間、マディックス・ネルソンがどうしてふたつの場所に同時に存在できたのか、ミケイラにもよくわかった。

部屋に入ってきた男は、マディックスに生き写しだった。マディックスがいま着ているのと同じ服まで着ている。

「こんばんは、ミズ・マーティン」あいさつをする男の声も、マディックスとまったく同じだった。「わたしの射撃の腕はまったくなっていないようだ。だけど、腕が抜群だったら、いまごろわたしの目撃者はいなくなっていただろうしね？」悪意のにじむ低い笑い声を聞いて、ミケイラの背筋に悪寒が走った。

目の前の現実を信じるのは無理に思えた。マディックス・ネルソンに兄弟はいない。事業を引き継いだとき、マディックス・ネルソンは父親の唯一の後継ぎだったという話を、何度聞かされたことだろう？　まるで、ひとりだけの子であることが不利であるかのように。

マディックスの表情から判断できるとすれば、マディックスに兄弟はいないと信じていたのはミケイラだけではなかったようだ。

「ルーク？」マディックスは息子に向かって問いかけた。声を聞けば、信じられない、わけがわからないと思っているのは明らかだった。

ルークは笑い声をあげた。人が苦しんでいるのを見て喜び、あざけっている。

「マディックス・ネルソン、あんたの双子の兄弟を紹介するよ、フロイド・キャントウェルだ。あんたたちが生まれたとき、いっぽうを捨てると決めたのはあんたのじいさんだったって知ってたか？」ルークの笑みは、見ていられないほど残酷だった。「そのせいでフロイドは、自分は望まれずに捨てられたほうの息子だと言われて育ったんだ。それがどんな気持ちだか、おれにはわかる」

マディックスは兄弟から息子へと視線を向けた。ミケイラはマディックスの目に浮かぶ感情を見ていた。この状況を信じられず、苦しみ、恐れている。

「おまえを捨てたことなどないだろう？」ショックにとらわれているかのように、マディックスはささやいた。

「おれを捨てただろ、いちばん大事な子どものために。あんたの最愛の、くだらない会社のために」ルークは毒づいた。「でも、おれはおれであんたは最高の父親じゃないって見限ったんだ。それで、望みどおりの父親を選んだ。新しいマディックス・ネルソンを選んだんだ」

マディックスは色を失い、息子を見つめた。息子の正気を疑い、息子に胸を引き裂かれたかのような顔をしていた。ミケイラは生きているうちに、こんなにも苦悩に満ちた人の顔を見ることになるとは思わなかった。

「そんなまねをうまくやってのけるのは難しそうだぞ、ルーク」ニックが口を開いた。「おまえの父親はいまここにひとりでいるわけじゃないからな」

ルークは常軌を逸した顔で笑った。「だから？　おまえとマディックスは言い争ってたんだ。マディックスがおまえとミケイラを撃った。おまえも撃ち返してマディックスを殺した。そしたら、フロイドが現れてネルソン家の後継者になる。ありがたいことにじいとばばあはおれと縁を切ってくれて、父親は息子よりあのあばずれのグレンダに財産を譲るつもりでいるからだよ」

マディックスは否定した。「あれは脅しだったんだよ。ただ、なにを投げ捨てようとしているか、おまえに気づいてほしかっただけだ」声は力なくかすれた。「わたしにはほかに子どもなんていないだろう、ルーク」

「グレンダは子どもを作ろうとしてる」ルークは逆上した。「あの女はあんたにがきを恵んでやろうとしてるだろ。そうすれば、あんたはおれを捨てられるから。あんたのじいさんが、あんたの兄弟を捨てたみたいに」

マディックスはふたたび兄弟に目を向け、首を左右に振った。「わたしを訪ねればよかったのに」と、ささやきかけるように言う。「自分の兄弟の相続権を奪ったりはしなかっただろうに」

ミケイラが見守っていると、フロイド・キャントウェルは薄く笑った。「わたしは奪わせてもらうよ、おまえが死んだらな。わたしは生まれてからずっとおまえの陰で生きてきたんだ、兄弟。もうそこで生きていく気はない」

さらに部屋の中央へと足を向けるフロイド・キャントウェルが、この場の主導権を握っていると思いこんでいるのは明らかだった。薄い茶色の目はぞっとするほど冷たく、ルークの目と同様に悪意と残酷さをかもし出していた。

マディックスは心の底から打ちのめされているようだった。いるとも知らなかった兄弟を見つめる彼の顔は、まるで取りつかれた男のようだ。あるいは、つながりを求めてやまない男のよう。

「両親は知っていたのか？」マディックスは尋ねた。

フロイドは笑い声をあげた。「いいや。わたしを育てたあばずれによれば、おまえの両親は出産のときにわたしは死んだと信じている。けっこうな、かわいらしい葬式を開いたそうだよ。生まれてすぐに死んだ、本物の赤ん坊の死体を用意してな。実際、かなり泣ける式だったそうだ」

「わたしの祖父がそんなことを？」マディックスの声はうつろだった。ミケイラまで、彼のために胸が張り裂けそうになるほど。

マディックスは徐々に心を打ち砕かれている。自分の息子と、兄弟。残酷さより愛情が勝るはずの家族によって。

「懐かしのじいさんの仕業だよ」フロイドはあざ笑ってから、ニックのほうを向いた。「奇妙だな、あんたを調べさせたんだ。マディックスが実際にあんたを雇う金を工面できるとは思わなかった。それに、こんなに無能だとは思ってもみなかったよ。あんたは自分の仕事より、そこの尻軽女ばかりかまっていたじゃないか」ミケイラを指して言った。

「誰しも弱みはある」

ミケイラはニックの声を知り尽くしていたので、いまのニックはもっとも危険だとわかっていた。ミケイラだったら、ニックを評するのに〝無能〟なんて言葉は使わない。それに、ニックの顔つきからして、ミケイラを〝尻軽女〟と呼んだのも賢い行動ではないと思えた。

「おれは親父に、自分の仕事をしっかりわかってるやつを雇ったほうがいいって言ってやったんだぜ」ルークは鼻で笑った。「三万五千ドルだって？　腕のいい私立探偵だったら、もっと金を取るんだよ」

三万五千ドル？　ミケイラはマディックスを見た。どうして、うそをついたのだろう？

「経済は低迷してる」マディックスは言った。「ビジネスもいままでどおりとはいかないんだよ」

「おれも景気の悪さに苦しめられるのはうんざりなんだよ」ルークは怒りをこめて言い放っ

た。「あんたのビジネスのやりかたがなっちゃいないせいで、こっちは貧しい暮らしを強いられてる。そのくせ、再婚したあの子作り女には、ほしがればほしがるだけものをやってるんだろう」

普段からよく聞かされていた文句だった。ルークは聞いてくれる人さえいれば、いつも言っていた。父親は息子である自分に金を分け与えようとしない。父親の頭が悪いせいで財産が減っている。

いずれにせよ、マディックスは実際にどれだけの財産を所有しているか、息子には知らせずにいたらしい。

「いったいなぜ、こんなことをしてのけられると考えるのか、むしろ好奇心をそそられるんだが」ニックが言った。「マディックスが死んでからフロイドが現れたら、フォアマンを殺したのは誰だったのか、みんな疑いだすだろう」

「みんな、なにも疑わないさ」フロイドはくっくと笑った。「マディックスがエディを殺したんだ。なにもかもすんだら、わたしは必要な証拠をまき終える。もちろん、マディックスがあの夜いきなりくだらん会議などせず、都合よく動いていてくれたら、いまごろそいつは刑務所に入って、わたしが会社を手に入れていただろうが」

「妄想でいかれてるな」ニックがつぶやいた。

フロイドは怒り狂って目をぎらつかせ、ニックをねめつけた。「銃も持っていないボディーガードにすぎんくせに。おまえを見ていたんだ。仲間に武器を渡しただろう。あいつに銃

ろうな？」

愚かだ、とミケイラは思った。イアンはそのあと、トラックのなかでニックに銃を返していたのだから。

「わたしをはめて、エディを殺した犯人に仕立てあげようとしていたのか？」マディックスの声は、迷いから覚めかけているかのように静かだった。「わたしを破滅させるために？」

「あたり前だろう」フロイドは笑った。「このこしゃくな女を殺した犯人にも仕立てあげようとしていたんだ。ただ、この女がやたらに運がよくてな。最初に建設現場でこの女を狙ったときは、雲が動いたせいで西日に目をやられた。二度目以降もこの女がぎりぎりで動いたり、いまいましい車が道の穴にはまったりでしくじった。それに、ここにいる筋肉男が――ニックに向かって手を振っている――「しゃしゃり出て、ルークがおまえの車で女をひくのを邪魔した。この女はしぶとい猫より、なかなか死なないんだよ」

「生きていると、わたしに知らせてくれればよかったんだ」マディックスは息を詰まらせそうになって言った。「わたしはきみを歓迎しただろうに」

フロイドはあざ笑った。「くたばれ。わたしは捨てられたんだ。捨てられた人間が、今度はおまえを殺してやる」

銃口があがった。その瞬間にニックが動いた。ミケイラにはなりゆきがわかっても、それを止めるためにできることがなかった。

ニックに押し倒されて覆いかぶさられ、まわりで銃声が響いた。怒り、理性を失ったののしり声が聞こえ、ニックが動いた。

マディックスも床に伏せ、恐怖に目を大きく見開きながら、ミケイラがいるほうへ這い始めた。目の前の床に弾が命中し、木片を飛び散らせると、マディックスは脇に飛びのいた。

明かりが消え、部屋が真っ暗になり、ミケイラは銃弾が飛び交う混沌に閉じこめられた。

ついに静寂が訪れると、ミケイラは暗がりに目を凝らしてニックを見つけようとした。ニックを呼びたい、ニックを見つけたいという気持ちしかなくなった。

膝立ちになり、懸命にまわりを見ようとした。唇が震え、恐怖が忍び寄ってくる。

「このくそったれの売女！」

いきなり首に巻きついてきた腕を避けるすべはなかった。首を絞められ、ルークの荒い息が耳に吹きつけられる。

すぐに、目をくらませる光がふたりを照らした。

「このくそ女を殺してやる！」金切り声が至近距離から耳を貫いた。

これがルークだ。この男のなかに潜む混じりけのない邪悪さに、ミケイラはこれまで一度も気づかなかった。

「ミケイラを放せ、さもないと殺す」暗闇からニックの声がした。「そうさせるな、ルーク」

「おまえがくたばれ、スティール！」ルークが腕を動かした。

銃声が響いた。

ミケイラのうしろでルークはびくりとしたあと動かなくなった。どうしたの、と思ったとたん、背後でルークは力なく倒れた。

ミケイラは部屋の真ん中でひとり恐怖にあえぎ、立ち尽くしていた。ほんの一秒くらいだったのに、一生分くらい長く感じた。恐ろしく寒々しい永遠とも思えるときが過ぎ、不意にニックの腕に包まれた。胸にしっかりと抱き寄せられ、祈りをささやくニックの声を確かに聞いた。

24

ルークも、彼のおじのフロイド・キャントウェルも死んだ。ふたりは誰を相手にしているかもわからぬまま、ニックを敵にまわしたのだ。無能な傭兵？　そんなことはない、とミケイラは思った。しばらくたって、ネルソン家の書斎に集まった黒い覆面の男たちを見て、傭兵のはずがないとわかった。

マディックス・ネルソンは椅子に力なくもたれ、三杯目のウイスキーのグラスを手に、人目もはばからず涙で頬を濡らしていた。ごく短いあいだに、途方もなく多くのものを失ったのだ。存在すら知らなかった兄弟と、芯から邪悪な性質を秘めているとは知らなかった息子。マディックスは、この夜の出来事を必死に現実として受け止めようとしていた。

警察署長と、この件を担当することになった刑事がマディックスのそばに立っている。グレンダも夫のかたわらに寄り添い、彼のために静かに泣いていた。

グレンダが心からマディックスを愛していることは確かだった。

マディックスの両親も、アリゾナ州からこちらに向かっているらしい。ずっと昔に失ったと信じていた子どもがどんなふうに生きていたかを知らされて、彼らがどう対処するかは他人にはわからない。

ニックは部屋の向こうでジョーダン・マローンやイアン・リチャーズと並んで立ち、そろって黒い覆面をし、黒ずくめの格好をしている四人の男たちと話していた。男たちは全員たくましく、長身で、あたりを見渡す目つきは鋭かった。

ミケイラが見守るなか、男たちは順番にニックの背をたたいてテラスのドアから出ていき、夜の闇にまぎれて消えていった。イアンとジョーダンは、マディックスと警察の人たちのところへ歩いていった。

ニックは、ミケイラのもとに来た。

「帰ろう」ニックが手を差し伸べた。「警察への話はすませた。解決したんだ、ベイビー」

あれだけ多くのものが失われたのに、すっかり解決したと言えるだろうか？

ニックの手を取り、引っ張られるまま立って、彼の腕に支えられて出口に向かった。

「病院に寄って、カイラのようすを確かめたいわ」それに、涙が涸れるまで泣いてしまいたい。

「病院では友人がついてる」ニックは言った。「イアンがようすを見にいったら、大丈夫そうだったらしい。いまは休んでいる。またいくつか傷のコレクションが増えたようだが、すぐに元気になるよ」

ミケイラはうなずいた。もう、避けられない終わりを遅らせるすべがない。

「じゃあ、家に帰るのね？」と尋ねた。

「家に帰ろう」ニックは答えた。

ニックは彼女を優しく抱えあげてトラックに乗せてくれた。シートベルトまでかけてくれる。ミケイラの両手が震えて、うまくできなかったからだ。家に帰りたくなかった。彼女を置いて、ニックが行ってしまうところを見たくない。

ニックはミケイラの家の私道にトラックを停め、いまだに胸をかき乱している恐怖を必死で抑えようとしていた。ミケイラの首にまわされたルークの腕、突きつけられる銃を見たときは、心の底から平静を失ってしまいそうだった。もし、ミケイラの身になにか起こっていたら……。

トラックをおり、助手席側へまわってドアを開け、ミケイラを助けおろした。ミケイラのウエストを両手でしっかりとつかみ、ほとんど地面に足もつかせなかった。そのまま手を離すことがどうしてもできず、抱えるようにして家を目指した。

たどり着けそうにない。

自覚していた。恐怖と切望に翻弄され、自制心を保つことなど不可能になっていた。

ミケイラを離しはしない。

ミケイラを腕のなかに抱えあげると、驚いた彼女は両手で肩にしがみついた。そのまま、ニックはミケイラを家へ運んでいった。玄関のドアを開けるのに数秒手間取った。鍵をかけ直すのをほとんど忘れそうになった。首に顔をうずめたミケイラの涙を感じたからだ。

もっとも危険が迫っているときにも、ミケイラは涙を流さなかった。トラックでも、ミケイラは決してニックに涙を見せようとはしなかった。

ミケイラを失ったら、自分はどうなるだろう？

この両腕からミケイラを奪われたら、決して生きていけない。

寝室に着くまでミケイラをおろさなかった。寝室に着いても、足を床につけさせはしなかった。ベッドに仰向けに横たわらせ、あせらずに時間をかけて一糸まとわぬ姿にさせ、自身の服も手荒く脱ぎ捨てた。

ミケイラにふれなくてはならない。ミケイラを感じなくては。

ああ、神よ。

「もう二度とない」ニックはあえぐように言葉を発し、ミケイラに覆いかぶさって首筋に唇をすり寄せた。「あれで最後だ、ベイビー。神に誓って、あんなことは二度と起こらない」

事前に戯れる余裕などなかった。自制心をつかむ余裕も、荒れ狂っている渇望と怒りと恐れのつり合いを保つ余裕もなかった。

唇と唇を重ね合わせると、ミケイラが彼に両腕を巻きつけ、きつく、固く抱きしめた。だが、ニックの魂をつかむミケイラの力ほど固く揺るぎないものはなかった。ミケイラの肌の感触、キスに応えてくれる唇、からみ合って興奮に打ち震える舌ほど、純粋な心地よいぬくもりを感じさせるものはなかった。

「かわいいミケイラ」懸命に呼びかけ、唇で首筋をなぞり、舌で肌を撫で、ミケイラを味わった。そうしながら性急に太腿のあいだに押し入り、脚を開かせて腰に巻きつけさせ、絹のようになめらかな花びらに自身を押しつけた。

途方もなく硬くなった先端を、ミケイラは優しく、やわらかく迎え入れた。彼女のなかに身を沈めていくにつれ、きつく握りしめられるようにとらわれて、荒々しく息を吐いた。

彼の小さな妖精ほどいとおしく、美しい存在など、この世にはいないはずだ。

顔をあげ、ミケイラを見おろした。彼を受け入れていくミケイラの顔に見入った。まなざしに思いやりに満ちた熱情があふれ、表情が恍惚として輝いている。

ああ、これを失って生きていけるわけがないだろう。ミケイラとふれ合えず、ミケイラの笑い声を聞けず、彼女のためにあふれ出す純粋な欲求を感じなくなったら、生きていけるわけがないではないか？

「抱いてくれ」切実な言葉が飛び出した。言葉を押しとどめることもできずにミケイラに抱かれ、ぴったりと押し包まれて、心地よく締めつけられた。ミケイラの体内は小刻みにざわめき、波打ち、この上ない悦びをもたらす手袋のように彼を握りしめて離さなかった。

「いつまでも抱いてるわ」ミケイラの声と誓いがニックを包み、魂の奥までしっかりと入りこんだ。

ミケイラのもとを去らなければならない。このひとときが過ぎたら、自分に許した最後の甘い思い出を手に入れたら、去らなければならない。ミケイラを守るにはこうするしかない。彼女の安全を確保するにはこうするしか……。

だが、どうやって？

最後まで身をうずめ、振り絞った声でミケイラの名を呼んだ。確かに、身を引くつもりだった。身を引かなければならない。ミケイラのもとを去る強さを手に入れなければならない。

だが、いったいどうやったらそんな強さが手に入るのだろう？

これを失って、どうやって生きていくのか？

自身は完全に、潤いに満ちた熱そのものにくるみこまれていた。ぎゅっと抱きしめる動きに敏感な頂を愛撫され、全体を搾られ、根元の袋が彼女の愛液で濡れる。

永遠にミケイラに包まれていたかった。温かくしっかりと抱きしめられて、さざ波に似た愛撫を感じていたかった。しかし、しだいにささやかな愛撫に自制心を突き崩され、少しずつ理性をはぎ取られて、動かずにはいられなくなった。

ゆっくりとだ、とニックは自分に言い聞かせた。

腰を引くなり、やわらかい場所からゆっくり引き離される感触がたまらず、歯を食いしばった。

もう持ちこたえられない。

快感が押し寄せていた。これには耐えられない。抑えられない。

「くそ。ベイビー」うなり声とともに一気に腰を押し出してしまい、それで終わりだった。

ミケイラのなかに押し入り、分け入り、ふたりして熱く燃える純粋な歓喜の渦に突入した。

ニックは感極まり、ミケイラも同じ状態だとわかった。ミケイラは両脚を腰に、両腕を首に巻きつけてすがりつき、貫かれるたびにみずから腰を突きあげ、もっと深く激しくニックを受け止めようとしている。

ニックはミケイラを求めるあまり死にもの狂いになっていた。ミケイラとのふれ合いに没頭していた。

ここまで激しく圧倒され、強く魅了されたことはなかった。ミケイラは完全にニックを魅了し、受け入れている。ミケイラが彼を受け入れたまま上りつめていったときほどの悦びを、ニックは感じたことがなかった。ミケイラは体内で彼をきつく締めつけ、愛液をあふれさせ、彼の腕のなかで震え、達した。ニックが捧げた恍惚に身を任せきった。

「愛してるわ、ニック。ああ、ニック。愛してる」

これは、ミケイラがニックに捧げた恍惚だった。

解放はすさまじい勢いで訪れた。内側から噴き出すようにミケイラのなかへ熱いものをほとばしらせつつ、必死でミケイラの名を呼ぶおのれの声を聞いた。抗い、抑えようとしていた感情がとめどなくわきあがってきた。こんなにも力強く、美しい体験を、彼は生まれて初めてした。

ニックは愛を知らなかったのだ。だが、いま初めて知った。

ミケイラの肩に顔をうずめ、愛に身を任せ、それがあふれるままにし、のみこまれていった。

そのとき、ニックは確信した。ミケイラがいなくてはそこに愛はなく、明るさもなく、生もないだろうことを。

翌朝、ミケイラが目覚めると、ニックはいなくなっていた。

胃がパニックと恐怖で締めつけられ、ベッドから起きあがった。胸の奥から苦しくなった。別れも告げずに、ニックが行ってしまうはずがない。

「そんなはずない」目に涙をあふれさせ、つぶやいていた。

なにも言わず、置いていったりしないはずだ。

急いでローブをはおり、自分の寝室を駆け出て客室へ向かった。勢いよくドアを開け放つと、ニックがいた。裸で振り返った彼は、どうしたんだと言わんばかりだった。

シャワーを浴びていたのだ。引きしまった腰にタオルを巻き、硬く鍛えあげた腹筋をあらわにしている。

荷物をまとめている途中だった。

唇が勝手に震えだし、ミケイラは慌ててそれを止めた。泣きだしたりしない。ニックがミケイラを愛せないからといって、うしろめたい思いをさせたくない。

そんなのは愛とは言えない、とミケイラは自分に言い聞かせた。

視線がふたたび、革の鞄と、その横に積み重ねてある服に向かった。ニックは背を向け、片方の手を握りしめていた。

「さよならも言ってくれないのかと思った」ミケイラは小さな声を出した。

ニックは首を横に傾け、かすかな笑みの気配を浮かべた。

「どうしてさよならなんて言うんだ、ミケイラ?」

ミケイラはかぶりを振って、涙をこぼすまいとした。「わからないわ」

体の奥から悲嘆が渦巻いていた。抱いていた夢をなにもかも失おうとしている。ニックが行ってしまったら、抱きたい、感じたいと夢見ていた愛をすっかり失ってしまうことになる。

「ミケイラ」ニックが近づいてきた。ゆったりと歩み寄ってくる姿は、獲物を追う獣のようだ。荒々しいバイキングの戦士のよう。

ミケイラは泣きたくなった。泣かないと誓ったのに。手をあげたニックにそっと髪を撫でつけられると、涙をこぼさないでいるだけで精いっぱいになった。

「おれは傭兵じゃないんだ」ニックが言った。

ミケイラはうなずいた。「知ってる」

彼の唇のはしがあがった。

「おれは家にいないことが多い。おれみたいな男と一緒になるのは大変だろうな」

立ち去る言い訳をしているのだろうか？

「お願い、ニック——」

「昨日の夜また、おれを愛してると言ったよな、ミケイラ」唐突に、そんな話を持ち出された。

ミケイラは約束なんて求めないと言ったはずだったのに。とはいえ、約束を求めたわけでもない。ただ、感じている気持ちを打ち明けただけだ。

ニックはなにを言わせようとしているのだろう？　あやまれとでもいうの？　いいえ、絶対にあやまらない。愛していないと、うそをつくつもりもない。

「言ったわよ」いけないと思う間もなく、ニックをにらんでいた。「口にした言葉をいまさら取り消すなんてできないから、あなたには受け入れてもらうしかないんじゃないかしら」

「そのようだな」ニックはまた手をあげてミケイラの頰を包み、親指で唇に優しくふれた。

「もう一度、言ってくれ」

「ええっ？」ミケイラはわけがわからなくなった。「なにを？」

「おれを愛してるって」

これは心を苦しめる新種のいじめなのだろうか？

「愛してるって言ったんだからわかってるでしょ――」

親指が、また唇にふれた。「昨日の晩とおんなじふうに言ってくれ」

「愛してるわ、ニック」ミケイラは愛情を抑えられなかった。本物の心だったからだ。ニックがミケイラの人生からいなくなる前に、どうしても聞いておきたいというのなら……。

「おれもきみを愛してる、ミケイラ」

聞き間違いに違いない。そんなことありえない。

「えっ？」息ができなかった。いま聞こえたことは本当なのだろうか？　それとも、自分は正気を失ってしまったのか？

「ミケイラ・マーティン、おれはきみを愛してる」ニックはささやいてミケイラの手を取り、ゆっくりと、男らしく、この上なく優雅にひざまずいた。

ミケイラはわけがわからぬまま見とれた。すると、不意に希望がわきあがって……。

「今朝、きみのお父さんに電話をした」ニックはミケイラの手を握った。「この世のなによりも完璧で、美しい妖精と結婚させてくれと頼んだ」ニックはミケイラの指に指輪をはめた。「今度はきみに申しこみたい、ミケイラ。おれと結婚してくれるか？」

ほっそりした金の輪に、ダイヤモンドとエメラルドがいくつも輝いていた。非常に大切にされてきた家宝に違いない。高い美意識と富を持ち合わせた人のために作られた、由緒ある宝物。

「ニック」ミケイラは愛する人を見つめ返した。まだ不安で、これは夢にすぎないのではないかと恐れていた。

「結婚してくれ、ミケイラ」ニックがささやくように懇願した。「また冷たい世界へ出ていかせないでくれ。もう、あんなふうに生きていけそうにない。きみのぬくもりを知ってしまったからだ」

「はい」ミケイラはためらわなかった。夢でも、幻でもいいから、なんでも手にしたかった。

「ああ、神さま、はい」

夢は本物だった。指にはめられた指輪も、立ちあがって抱きしめてくれた男性も、唇に舞いおりたキスも。

「きみの両親がこっちに向かってるぞ」ニックが唇を重ねたまま、うめいた。「あの厄介な弟どももだ。お祝いだとかなんだか言ってな」

やっぱり、これは幻なんかじゃない。

「愛してるわ、ニック」キスをしながら、ささやきかけた。「いつまでも」

「いつまでも、かわいい妖精」ニックもささやき返した。「永遠に、きみを愛している」

エピローグ

一年後

花嫁はアンティークホワイトのドレスを身にまとっていた。つややかなシルクの前身頃が少しふくらんでいるように見えたとしても、そのことをとやかく言う人は誰もいなかった。花婿は黒い礼服を着て、長い金髪をうしろで結んでいる。すさまじく力の入った表情で、通路をしずしずと歩いてくる花嫁を見つめていた。

ニックは、いまにも震えだしそうな両手を動かすまいとしていた。

このときほど、ミケイラが妖精そっくりに見えたことはなかった。この世のものとは思えないくらい美しく、小さく、華奢だ。ミケイラが力強く彼の人生に押し入ってくれるまで、彼がおのれに抱くことを許さなかった夢そのもの。

いまは、ミケイラのためなら命を捨てる。ミケイラを守るためなら、命を奪うだろう。ミケイラと、ミケイラのなかに宿っている子どもを守るためなら。

ふたりの子ども。

ニックは、自分が勇気を持てたことが信じられなかった。だが、彼のミケイラは勇気そのものなのだ。

決断力。

強さ。

愛情。

ミケイラは彼の魂だ。それを認めるのを、ニックは恥じたりしなかった。

ミケイラに歩み寄ると、彼女は優美な手を彼の腕にかけた。ニックは愛する人を見おろした。

なにもかも兼ね備えた、彼の美しい妖精。

アンティークレースのベールの向こうから、アメジスト色の瞳が彼を見あげた。涙と喜びで輝いている瞳。

これは、ミケイラの夢の結婚式だ。ミケイラは、ニックの夢の花嫁だった。

「親愛なるみなさま、今日ここに集まりましたのは……」

牧師の言葉は長々と続いた。誓いはニックの魂をミケイラの魂に結びつけていた。絹のように決して断てない絆で、ふたりを包みこんでいた。

彼の花嫁だ。

人は彼を反逆者《レネゲイド》と呼ぶが、愛するミケイラは今日から彼を夫と呼んでくれるだろう。ニックは〝夫〟のほうが、はるかにいい言葉だと思った。

「花嫁に誓いのキスを」

ベールを持ちあげる手が、本当に震えた。ミケイラの体に腕をまわして抱き寄せ、キスをし、一年前にふたりで交わした誓いを確かなものにした。
永遠に続く愛の誓いを。

訳者あとがき

世界各国から集められた腕利きエージェントたちが過去を捨て、新しい名前と身元を与えられてエリート作戦部隊を結成し、日々、一国の法執行機関ですら太刀打ちできない危険な敵と戦う。本作『凍てつく瞳の炎』は、そんなエリート作戦部隊の隊員のひとり、ロシア出身のニック・スティールが、米国東部メリーランド州ヘイガーズタウンでテロリストの協力者を追う作戦を終えて一息つく間もなく、知人から個人的な依頼を受けるところから始まります。知人の男性は身に覚えのない殺人事件の犯人であるとして目撃者の女性から名指しされており、困った立場に追いこまれていました。依頼の内容は、たったひとり事件を目撃した若い女性がなぜ、完璧なアリバイもある知人の男性が犯人だと言って譲らないのかを突き止めること。ニックは面倒に巻きこまれるのはごめんだと思いつつ、恩もある知人の頼みをことわりきれず、しぶしぶ依頼を引き受けます。そして、調査の対象となる目撃者の女性、アメリカのどこにでもいそうな、善良に生きてきたかわいらしい女性をひと目見るなり、彼女の清らかな瞳に惹かれてしまい、誠実な知人と、この浮世離れした妖精を思わせる女性のどちらがうそをついているのか、一見平穏な町で起こった殺人事件を解決すべく単独で調査に乗り出すことになります。

ニックの外見や雰囲気はここまでのシリーズで巨漢、物騒、人間というより動物、野生、バイキングといった、恐ろしげな言葉で表現されてきました。ですが、実際の振る舞いは物静かで、司令官のジョーダンにコーヒーをいれたり、仲間の隊員や彼らの大事な女性をサポートしたり、甘い言葉でにごさず真摯に現実を語ったりするようすからは、この人はむしろものすごく優しい心の持ち主なのではないかという感想を抱いていました。ニックが本作で恋に落ちる女性は、秘密エージェントとしてのニックの普段の生活には無縁な、まさしく〝普通〟の女性でした。手ごわいテロリストらと長年戦ってきたニックにとって、人をだまし、傷つけ、殺める悪はつねにあるものとして対抗する備えはできていましたが、不正や人を疑うことなど知らなかった清純派の善良な女性となると存在自体が疑わしい新奇な対象。ニックはヒロインのミケイラに会った瞬間に惹かれながらも警戒し、いくぶん身を守るためのあざけりをこめて「信じられんくらい清らかなんだな」と言ったりします。ところが、ミケイラと深くかかわっていくにつれて、自分とはあまりに違いすぎると考えていたミケイラの純真さと同じ感情が、自身の心の奥にもあるのではないかと気づきます。誰よりも本人がいちばん気づかずにいた純情をニックが取り戻すこの場面が、濃厚なラブシーン満載の本書のなかではっとするほど清らかで切なく、印象に残りました。

本書ではヒーロー、ヒロイン以外にエリート作戦部隊を援護するイアンとカイラのリチャーズ夫妻が大活躍していました。イアンは煙たがられても穏やかに余裕さえ漂わせてニックに恋のアドバイスを授け、カイラはまた体を張ってヒロインを守っています。このふたりは二見書房より翻訳出版されている別シリーズ〈誘惑のシール隊員〉シリーズから活躍していて、三作目の『Killer Secrets』のヒーロー、ヒロインです。

さて、エリート作戦部隊の六人の男性メンバーのうち五人は、これで無事に運命の人と出会いました。残るは司令官ジョーダン・マローン、かたくなに愛を否定する男のみです。次作『Live Wire』でエリート作戦部隊の面々は解散……か？　という岐路に立たされます。さまざまな選択を迫られるジョーダン。いままで部下たちをやきもきさせてきた、あの人との関係をめぐって正しい決断を下せるでしょうか。シリーズ最終巻を、どうか日本でもぜひ近いうちに楽しんでいただけますように。

最後になりましたが、本書の訳出にあたっても株式会社トランネット、オークラ出版編集部の皆様からさまざまなお力添えをいただき、大変お世話になりました。この場をお借りして心よりお礼を申し上げます。

二〇一二年八月　　多田　桃子

マグノリアロマンス／既刊本のお知らせ

理想の恋の見つけかた

ローラ・リー、ローリ・フォスター、シェイエンヌ・マックレイ、ハイディ・ベッツ 著
多田桃子 訳

隠れるように暮らすセーラには秘密があった。体に残る傷跡。それは、彼女の捨て去ったはずの過去を思い出させるゆいいつのものだ。そんなセーラは隣家に住むイーサンに心惹かれていた。彼は、彼女がこの町に来る理由となった男で——。秘密を抱えるセーラの恋のゆくえを描いたローラ・リーの「秘めやかな隣人」、亡き夫の親友に誘惑されるヒロインを描く、ローリ・フォスターの「ルーシーを誘惑して」。そして、シェイエンヌ・マックレイとハイディ・ベッツという米国の人気作家による"理想の恋の見つけかた"を集めた一冊。

定価960円（税込）　マグノリアロマンス

マグノリアロマンス／既刊本のお知らせ

禁じられた熱情

ローラ・リー 著／菱沼怜子 訳

定価／1100円(税込)

危険なかおりのする男に、
心を奪われて……。

SEALに所属する夫を持つサベラは、夫のネイサンが作戦遂行中に命を落としたと告げられた。何年たっても彼への思いを捨てられないサベラだが、夫が残してくれた自動車修理工場を手放さないためにも働きつづけた。そんな彼女の前に、危険なかおりのする男が現れた。ノアと名乗る男は、どことなく雰囲気がネイサンに似ている。ノアに魅力を感じるものの、亡き夫を裏切ることはできないと彼女は葛藤し――。

闇の瞳に守られて

ローラ・リー 著／多田桃子 訳

定価／1050円(税込)

死にそうなんだ、
きみがいないと死んでしまう！

実の父親に醜いと言われつづけ、十代のときには父の仲間の手で誘拐されたリサ。二十六になったいま、そのときに負った心と体の傷が癒えずにひっそりと生きるリサは、現状を打開するために恋人をつくる決意をする。友人に紹介されたのは、ミカと名乗るSEAL隊員だ。夜の闇のようにどこまでも深く黒い瞳をした彼に、リサは惹かれずにはいられない。しかし、ミカがリサに近づいたのには、理由があって……。

復讐はかぎりなく甘く

ローラ・リー 著／多田桃子 訳

定価／990円(税込)

ずっと君を愛し続ける
息絶えるまでだ。

両親や親友を殺されたベイリーは、名家の出で有数の富を手にしていながらも、真相を突き止めるためにCIAのエージェントとなった。だが、両親の死の陰にはウォーバックスというテロリストの存在があることを知り、捨てたはずの華麗な社交界へ戻ることにした。そんな彼女の前に、ジョン・ヴィンセントと名乗る男が現れる。ジョンは、かつてベイリーを捕らえた謎の部隊の一員であり、死んだ恋人を思わせる男で……。

マグノリアロマンス／既刊本のお知らせ

令嬢の危険な恋人

ローラ・リー 著／多田桃子 訳

定価／930円（税込）

彼はあまりにもハンサムで、危険すぎる。

何者かに命を狙われたリリーは、エージェントとして活動した六年間の記憶を失ってしまった。エージェントになる前にはイギリス貴族の令嬢として暮らしていた彼女は、失われた記憶を取り戻せぬまま、もとの生活へと戻った。リリーを見守るのは、エリート作戦部隊に属するトラヴィスだ。かつて、彼女とともに任務にあたっていた彼は、記憶のないリリーが任務を遂行できるかを見極めなくてはならず……。

大富豪と結婚しない理由

ロビン・ケイ 著／矢野真弓 訳

定価／990円（税込）

いちばん必要がないものは夫よ。金持ちであろうとなかろうとね。

絶対に結婚なんかしないと心に決めているロザリーは、タイヤのパンクで立ち往生しているときにセクシーな男性に助けられる。彼の名はニック。本人は隠したがっているけれども、じつは「ニューヨークで夫にしたい男性ナンバーワン」の実業家だ。そしてニックのほうも、結婚願望ゼロ。そんなときに出会ったロザリーは、まさに理想の交際相手！　結婚したくない男女が出会ったとき、その先に待ち受けるのは――？

ドクターと結婚しない理由

ロビン・ケイ 著／矢野真弓 訳

定価／990円（税込）

すごく夢中だって言っているのに、ぼくに立ち去れと言うなんて。

姉の結婚式の翌朝、ベッドで目覚めたアナベルは、自分の隣に幽霊を見た。いや、幽霊ではなく、亡くなった恋人にそっくりな男を。彼は、新郎の親友であるマイクで、酔っぱらっていた彼女は、出会ったばかりの彼をベッドに迎え入れてしまったのだ。アナベルの困惑とは裏腹に、彼女を気に入ったマイクはうかれていた。医者という仕事柄、なかなか素敵な出会いがなかったが、ついに特別な相手に出会えたと気づいたかで……。

凍てつく瞳の炎

2012年12月09日　初版発行

著　者　ローラ・リー
訳　者　多田桃子
（翻訳協力：株式会社トランネット）
装　丁　杉本欣右
発行人　長嶋正博
発　行　株式会社オークラ出版
〒153-0051　東京都目黒区上目黒1-18-6　NMビル
営　業　TEL：03-3792-2411　FAX：03-3793-7048
編　集　TEL：03-3793-4939　FAX：03-5722-7626
郵便振替　00170-7-581612（加入者名：オークランド）
印　刷　図書印刷株式会社

定価はカバーに表示してあります。
乱丁・落丁はお取り替えいたします。当社営業部までお送りください。

ISBN978-4-7755-1948-6